The
Comedies
of William
Shakespeare

莎士比亚喜剧集

[英]威廉·莎士比亚 著   [英]H.C.塞卢斯 绘
朱生豪 译   解村 校

江苏凤凰文艺出版社

图书在版编目（CIP）数据

莎士比亚喜剧集 : 插图珍藏版 / (英) 威廉·莎士比亚 (William Shakespeare) 著 ; (英) H.C. 塞卢斯 (H. C. Selous) 绘 ; 朱生豪译 . —— 南京 : 江苏凤凰文艺出版社 , 2023.1（2024.5 重印）

ISBN 978-7-5594-7305-9

Ⅰ . ①莎… Ⅱ . ①威… ② H… ③朱… Ⅲ . ①喜剧 – 剧本 – 作品集 – 英国 – 中世纪 Ⅳ . ① I561.33

中国版本图书馆 CIP 数据核字 (2022) 第 218176 号

莎士比亚喜剧集（插图珍藏版）

［英］威廉·莎士比亚 著　　［英］H.C. 塞卢斯 绘　朱生豪 译　解村 校

策　　划	尚　飞
责任编辑	曹　波
特约编辑	俞延澜
装帧设计	墨白空间·Yichen
出版发行	江苏凤凰文艺出版社
	南京市中央路 165 号，邮编：210009
网　　址	http://www.jswenyi.com
印　　刷	河北中科印刷科技发展有限公司
开　　本	880 毫米 × 1230 毫米　1/32
印　　张	19.75
字　　数	392 千字
版　　次	2023 年 1 月第 1 版
印　　次	2024 年 5 月第 4 次印刷
书　　号	ISBN 978-7-5594-7305-9
定　　价	118.00 元

江苏凤凰文艺版图书凡印刷、装订错误，可向出版社调换，联系电话 025 – 83280257

目
录

仲夏夜之梦

A
MIDSUMMER-NIGHT'S
DREAM.

剧中人物

忒修斯 / 雅典公爵

伊吉斯 / 赫米娅之父

拉山德

狄米特律斯 } 同恋赫米娅

菲劳斯特莱特 / 掌戏乐之官

昆斯 / 木匠

斯纳格 / 细工木匠

波顿 / 织工

弗鲁特 / 修风箱者

斯诺特 / 补锅匠

斯塔佛林 / 裁缝

希波吕忒 / 阿玛宗女王，忒修斯之未婚妻

赫米娅 / 伊吉斯之女，恋拉山德

海丽娜 / 恋狄米特律斯

奥布朗 / 仙王

提泰妮娅 / 仙后

迫克 / 又名好汉罗宾

豆花
蛛网
飞蛾
芥子   小神仙

其他侍奉仙王仙后的神仙们

忒修斯及希波吕忒的侍从

地点

雅典及附近的森林

第一场

忒修斯宫中

雅典。忒修斯宫中

忒修斯、希波吕忒、菲劳斯特莱特及侍从等上。

忒修斯　美丽的希波吕忒，现在我们的婚期已快要临近了，再过四天幸福的日子，新月便将出来；但是唉！这个旧的月亮消逝得多么慢，她耽延了我的希望，像一个老而不死的后母或寡妇，尽是消耗着年轻人的财产。

希波吕忒　四个白昼很快地便将成为黑夜，四个黑夜很快地可以在梦中消度过去，那时月亮便将像新弯的银弓一样，在天上临视我们的良宵。

忒修斯　去，菲劳斯特莱特，激起雅典青年们的欢笑的心情，唤醒了活泼泼的快乐精神，把忧愁驱到坟墓里去；那个脸色惨白的家伙，是不应该让他参加到我们的结婚行列中的。（菲劳斯特莱特下）希波吕忒，我用我的剑向你求婚，用威力的侵凌赢得了你的芳心[1]；但这次我要换一个调子，我将用豪华、夸耀和狂欢来举行我们的婚礼。

伊吉斯、赫米娅、拉山德、狄米特律斯上。

|伊吉斯|威名远播的忒修斯公爵，祝您幸福！|

伊吉斯　　威名远播的忒修斯公爵，祝您幸福！

忒修斯　　谢谢你，善良的伊吉斯。你有什么事情？

伊吉斯　　我怀着满心的气恼，来控诉我的孩子，我的女儿赫米娅。走上前来，狄米特律斯。殿下，这个人，是我答应叫他娶她的。走上前来，拉山德。殿下，这个人引诱坏了我的孩子。你，你，拉山德，你写诗句给我的孩子，和她交换着爱情的纪念物；在月夜她的窗前，你用做作的声调歌唱着假作多情的诗篇；你用头发编成的腕环、戒指、虚华的饰物、琐碎的玩具、花束、糖果，这些可以强烈地骗诱一个稚嫩的少女之心的信使来偷得她的痴情；你用诡计盗取了她的心，煽惑她使她对我的顺从变成倔强的顽抗。殿下，假如她现在当着您的面仍旧不肯嫁给狄米特律斯，我就要要求雅典自古相传的权利，因为她是我的女儿，我可以随意处置她；按照我们的法律，她要是不嫁给这位绅士，便应当立时处死。

1　忒修斯（Theseus）远征阿玛宗（Amazon），克之，而娶其女王希波吕忒（Hippolyta）。

忒修斯	你有什么话说，赫米娅？当心一点吧，美貌的女郎！你的父亲对于你应当是一尊神明；你的美貌是他给予的，你就像在他手中捏成的一块蜡像一般，他可以保全你，也可以毁灭你。狄米特律斯是一个很好的绅士呢。
赫米娅	拉山德也很好啊。
忒修斯	以他的本身而论当然不用说；但是要做你的丈夫，他不能得到你父亲的同意，就比起来差一筹了。
赫米娅	我真希望我的父亲和我有同样看法。
忒修斯	实在还是应该你依从你父亲的眼光才对。
赫米娅	请殿下宽恕我！我不知道怎样一种力量使我如此大胆，也不知道在这里披诉我的心思将会怎样影响到我的美名；但是我要敬问殿下，要是我拒绝嫁给狄米特律斯，就会有什么最恶的命运临到我的头上？
忒修斯	不是受死刑，便是永远和男人隔绝。因此，美丽的赫米娅，仔细问一问你自己的心愿吧！考虑一下你的青春，好好地估量一下你血脉中的搏动；倘然不肯服从你父亲的选择，想想看能不能披上尼姑的道服，终生幽闭在阴沉的庵院中，向着凄凉寂寞的明月唱着暗淡的圣歌，做一个孤寂的修道女了此一生？她们能这样抑制了热情，到老保持处女的贞洁，自然应当格外受到上天的眷宠；但是结婚的女子如同被采下炼制过的玫瑰，香气留存不散，比之孤独地自开自谢，奄然朽腐的花儿，在尘俗的眼光中看

来，总是要幸福得多了。

赫米娅　就让我这样自开自谢吧，殿下，我也不愿意把我的贞操奉献给我的心所不甘服的人。

忒修斯　回去仔细考虑一下。等到新月初生的时候——我和我的爱人缔结永久的婚约的一天——你便当决定，倘不是因为违抗你父亲的意志而准备一死，便是听从他而嫁给狄米特律斯；否则就得在狄安娜[1]的神坛前立誓严守戒律，终生不嫁。

狄米特律斯　悔悟吧，可爱的赫米娅！拉山德，放弃你那无理的要求，不要再跟我确定的权利抗争了吧！

拉山德　你已经得到她父亲的爱，狄米特律斯，让我保有着赫米娅的爱吧；你去跟她的父亲结婚好了。

伊吉斯　无礼的拉山德！一点不错，我欢喜他，我愿意把属于我所有的给他；她是我的，我要把我在她身上的一切权利都授给狄米特律斯。

拉山德　殿下，我和他一样好的出身；我和他一样有钱；我的爱情比他深得多；我的财产即使不比狄米特律斯更多，也决不会比他少；比起这些来更值得夸耀的是，美丽的赫米娅爱的是我。那么为什么我不能享有我的权利呢？讲到狄米特律斯，我可以当他的面前宣布，他曾经向奈达的女儿海丽娜调过情，勾走了她的魂；这位可爱的女郎痴心地恋着他，像崇拜

---

1 狄安娜（Diana），月的女神，终身保持贞洁。

偶像一样地恋着这个缺德的负心汉。

忒修斯   的确我也听到过不少闲话，曾经想和狄米特律斯谈起；但是因为自己的事情太多，所以忘了。来，狄米特律斯；来，伊吉斯；你们两人跟我来，我有些私人的话要对你们说。你，美丽的赫米娅，好好准备着，让你的情感依从你父亲的意志，否则雅典的法律将要把你处死，或者使你宣誓独身；我们没有法子变更这条法律。来，希波吕忒；怎样，我的爱人？狄米特律斯和伊吉斯，走吧；我必须差你们为我们的婚礼办些事务，还要跟你们商量一些和你们有点关系的事。

伊吉斯   我们敢不欣然跟从殿下。（除拉山德、赫米娅外均下）

拉山德   怎么啦，我的爱人！为什么你的脸颊这样惨白？你脸上的蔷薇怎么会凋谢得这样快？

赫米娅   多半是因为缺少雨露，但我眼中的泪涛可以灌溉它们。

拉山德   唉！从我所能在书上读到，在传说或历史中听到的，真爱情的道路永远是崎岖多阻；不是因为血统的差异——

赫米娅   不幸啊，尊贵的要向微贱者屈节臣服！

拉山德   或者因为年龄上的悬殊——

赫米娅   可憎啊，年老的要和年轻人发生关系！

拉山德   或者因为信从了亲友们的选择——

赫米娅   倒霉啊，选择爱人要依赖他人的眼光！

Lysander. How now, my love! why is your cheek so pale?
How chance the roses there do fade so fast?
Act I. Scene I.

拉山德　　　或者，即使彼此两情悦服，但战争、死亡或疾病侵
　　　　　　害着它，使它像一个声音、一片影子、一段梦、一
　　　　　　阵黑夜中的闪电那样短促，在一刹那间它展现了天
　　　　　　堂和地狱，但还来不及说一声"瞧啊！"，黑暗早
　　　　　　已张开口把它吞噬了。光明的事物，总是那样很快
　　　　　　地变成了混沌。

赫米娅　　　既然真心的恋人们永远要受到磨折，似乎是一条命
　　　　　　运的定律，那么让我们练习着忍耐吧；因为这种磨
　　　　　　折，正和忆念、幻梦、叹息、希望和哭泣一样，都
　　　　　　是可怜的爱情缺不了的随从者。

拉山德　　　你说得很对。听我吧，赫米娅。我有一个寡居的伯
　　　　　　母，很有钱，并没有儿女，她看待我就像亲生的独
　　　　　　子一样。她的家离开雅典二十里路；温柔的赫米娅，
　　　　　　我可以在那边和你结婚，雅典法律的利爪不能追及
　　　　　　我们。要是你爱我，请你在明天晚上溜出你父亲的
　　　　　　屋子，走到郊外三里路地方的森林里，在那边我曾
　　　　　　经约会过你和海丽娜一同庆祝五月节[1]的，我将在
　　　　　　那里等你。

赫米娅　　　我的好拉山德！凭着丘匹德的最坚强的弓，凭着他
　　　　　　的金镞的箭[2]，凭着维纳斯的鸽子的纯洁，凭着那
　　　　　　结合灵魂、祐祐爱情的神力，凭着古代迦太基女王

1　旧俗于五月一日早起以露盥身，采花唱歌。
2　丘匹德（Cupid）的金镞箭主爱，铅镞箭主爱情的冷淡。

焚身的烈火，当她看见她那负心的特洛亚人扬帆而去的时候[1]，凭着一切男子所毁弃的约誓——那数目是远超过女子所曾说过的，我发誓明天一定会到你所指定的那地方和你相会。

拉山德　　愿你不要失约，爱人。瞧，海丽娜来了。

海丽娜上。

赫米娅　　天神保佑美丽的海丽娜！你到哪里去？

海丽娜　　你称我"美丽"吗？请你把那两个字收回了吧！狄米特律斯爱着你的美丽；幸福的美丽啊！你的眼睛是两颗明星，你的甜蜜的声音比在小麦青青、山楂蓓蕾的时节，牧人耳中的云雀之歌还要动听。疾病是能染人的；唉！要是美貌也能传染的话，美丽的赫米娅，我但愿染上你的美丽：我要用我的耳朵捕获你的声音，用我的眼睛捕获你的睇视，用我的舌头捕获你那柔美的旋律。要是除了狄米特律斯之外，整个世界都是属于我所有，我愿意把一切捐弃，但求化身为你。啊！教给我你怎样流转你的眼波，用怎么一种魔力操纵着狄米特律斯的心？

赫米娅　　我向他皱着眉头，但是他仍旧爱我。

---

1 古代迦太基（Carthage）女王狄多（Dido），爱特洛亚（Troy）英雄埃涅阿斯（Aeneas），失恋自焚而死。

海丽娜	唉，要是你的颦蹙能把那种本领传授给我的微笑就好了！
赫米娅	我给他咒骂，但他给我爱情。
海丽娜	唉，要是我的祈祷也能这样引动他的爱情就好了！
赫米娅	我越是恨他，他越是跟随着我。
海丽娜	我越是爱他，他越是讨厌我。
赫米娅	海丽娜，他的傻并不是我的错。
海丽娜	但那是你的美貌的错处；要是那错处是我的就好了！
赫米娅	宽心吧，他不会再见我的脸了；拉山德和我将要逃开此地。在我不曾遇见拉山德之前，雅典对于我就像是一座天堂；啊，有怎样一种神奇在我的爱人身上，使他能把天堂变成一座地狱！
拉山德	海丽娜，我们不愿瞒你。明天夜里，当月亮在镜波中反映她的银色的容颜、晶莹的露珠点缀在草叶尖上的时候——那往往是情奔最适当的时候，我们预备溜出雅典的城门。
赫米娅	我的拉山德和我将要相会在林中，就是你我常常在那边淡雅的樱草花的花坛上躺着彼此吐露柔情的衷曲的所在，从那里我们便将离别雅典，去访寻新的朋友，和陌生人做伴了。再会吧，亲爱的游侣！请你为我们祈祷；愿你重新得到狄米特律斯的心！不要失约，拉山德；我们现在必须暂时忍受一下离别的痛苦，到明晚夜深时再见面吧！
拉山德	一定的，我的赫米娅。（赫米娅下）海丽娜，别

了；如同你恋着他一样，但愿狄米特律斯也恋着
你！（下）

海丽娜　　有些人比起其他的人来是多么幸福！在全雅典大家
都认为我跟她一样美；但那有什么相干呢？狄米特
律斯是不以为如此的；除了他一个人之外大家都知
道的事情，他不会知道。正如他那样错误地迷恋着
赫米娅的秋波一样，我也是只知道爱慕他的才智；
一切卑劣的弱点，在恋爱中都成为无足重轻，而变
成美满和庄严。爱情是不用眼睛，而用心灵看着的，
因此生着翼膀的丘匹德常被描成盲目；而且爱情的
判断全然没有理性，只有翅膀，没有眼睛，表示出
鲁莽的迅速，因此爱神便据说是一个孩儿，因为在
选择方面他常会弄错。正如顽皮的孩子惯爱发假誓
一样，司爱情的小儿也到处赌着口不应心的咒。狄
米特律斯在没有看见赫米娅之前，他也曾像冰雹一
样发着誓，说他是完全属于我的，但这阵冰雹一感
到一丝赫米娅身上的热力，便溶解了，无数的盟言
都化为乌有。我要去告诉他美丽的赫米娅的出奔；
他知道了以后明夜一定会到林中去追寻她。如果为
着这次的通报消息，我能得到一些酬谢，那么我的
代价也十分惨重；此举注定要增加我的苦痛，只为
了能再一次聆接他的音容。（下）

第二场

雅典。昆斯的家中

昆斯[1]、斯纳格[2]、波顿[3]、弗鲁特[4]、斯诺特[5]、斯塔佛林[6]上。

昆斯　咱们一伙人都到了吗？

波顿　你最好照着名单一个一个拢总地点一下名。

昆斯　这儿是每个人名字都在上头的名单，整个雅典都承认，在公爵跟公爵夫人结婚那晚上当着他们的面扮演咱们这一出插戏，这张名单上的弟兄们是再合适也没有的了。

波顿　第一，好彼得·昆斯，说出来这出戏讲的是什么，然后再把扮戏的人名字念出来，好有个头脑。

昆斯　好，咱们的戏名是《最可悲的喜剧，以及皮拉摩斯和提斯柏的最残酷的死》。

波顿　那一定是篇出色的东西，咱可以担保，而且是挺有

---

1 昆斯（Quince），其名可能派生自木匠用的"木楔子"（quines 或 quoins）。
2 斯纳格（Snug），其名意为"做工严实"。
3 波顿（Bottom），其名意为"线轴"或"线团"。
4 弗鲁特（Flute），其名在此处指"教堂风琴"。
5 斯诺特（Snout），其名意为"鼻子"。
6 斯塔佛林（Starveling），其名意为"饿瘦的人"。

趣的。现在，好彼得·昆斯，照着名单把你的角儿们的名字念出来吧。列位，大家站开。

昆斯	咱一叫谁的名字，谁就答应。尼克·波顿，织布的。
波顿	有。先说咱应该扮哪一个角儿，然后再挨次叫下去。
昆斯	你，尼克·波顿，分派你扮皮拉摩斯。
波顿	皮拉摩斯是谁呀？一个情郎呢，还是一个霸王？
昆斯	是一个情郎，为着爱情的缘故，他挺勇敢地把自己毁了。
波顿	要是演得活龙活现，那还得掉下几滴泪来。要是咱演起来的话，让看客们大家留心着自个儿的眼睛吧；咱要叫全场痛哭流涕，管保风云失色。把其余的人叫下去吧。但是扮霸王挺适合咱的胃口了。咱会把厄剌克勒斯 [1] 扮得非常好，或者什么大花脸的角色，管保吓破了人的胆。 山岳狂怒的震动， 裂开了牢狱的门； 太阳在远方高升， 慑伏了神灵的魂。 那真是了不得！现在把其余的名字念下去吧。这是厄剌克勒斯的神气，霸王的神气；情郎还得忧愁一点。
昆斯	法兰西斯·弗鲁特，修风箱的。
弗鲁特	有，彼得·昆斯。

---

1 厄剌克勒斯为赫剌克勒斯（Hercules）之讹，古希腊著名英雄。

昆斯	你得扮提斯柏。
弗鲁特	提斯柏是谁呀？一个游行的侠客吗？
昆斯	那是皮拉摩斯必须爱上的姑娘。
弗鲁特	啊，真的，别叫咱扮一个娘儿们；咱的胡子已经在长起来啦。
昆斯	那没有问题；你得套上假脸扮演，你可以小着声音讲话。
波顿	咱也可以把脸孔罩住，提斯柏也给咱扮了吧。咱会细声细气地说话，"提斯妮！提斯妮！""啊呀！皮拉摩斯，奴的情哥哥，是你的提斯柏，你的亲亲爱爱的姑娘！"
昆斯	不行，不行，你必须扮皮拉摩斯。弗鲁特，你必须扮提斯柏。
波顿	好吧，叫下去。
昆斯	罗宾·斯塔佛林，当裁缝的。
斯塔佛林	有，彼得·昆斯。
昆斯	罗宾·斯塔佛林，你扮提斯柏的母亲。汤姆·斯诺特，补锅子的。
斯诺特	有，彼得·昆斯。
昆斯	你扮皮拉摩斯的爸爸；咱自己扮提斯柏的爸爸；斯纳格，做细木工的，你扮一只狮子。咱想这本戏就此分配好了。
斯纳格	你有没有把狮子的台词写下？要是有的话，请你给我，因为我记性不大好。

Bottom. Let me play the lion too : I will roar, that
I will do any man's heart good to hear me .

Act I. Scene II.

昆斯	你不用预备，你只要嚷嚷就算了。
波顿	让咱也扮狮子吧。咱会嚷嚷，叫每一个人听见了都非常高兴；咱会嚷着嚷着，连公爵都传下谕旨来说，"让他再嚷下去吧！让他再嚷下去吧！"
昆斯	你要嚷得那么可怕，吓坏了公爵夫人和各位太太小姐们，吓得她们尖声叫起来；那准可以把咱们一起给吊死了。
众人	那准会把咱们一起给吊死，每一个母亲的儿子都逃不了。
波顿	朋友们，你们说的很是；要是你把太太们吓昏了头，她们一定会不顾三七二十一把咱们给吊死。但是咱可以把声音压得高一些，不，提得低一些；咱会嚷得就像一只小乳鸽那么地轻柔，就像一只夜莺那样的。
昆斯	你只能扮皮拉摩斯；因为皮拉摩斯是一个讨人欢喜的小白脸，一个体面人，就像你可以在夏天看到的那种人；他又是一个可爱的堂堂绅士模样的人；因此你必须扮皮拉摩斯。
波顿	行，咱就扮皮拉摩斯。顶好咱挂什么须？
昆斯	那随你便吧。
波顿	咱可以挂你那稻草色的须，你那橙黄色的须，你那紫红色的须，或者你那法国金洋钱色的须，纯黄色的须。
昆斯	有些法国人脑袋上可一根毛都没有，你还是光着脸

　　蛋吧。[1] 列位，这儿是你们的台词。咱请求你们，恳求你们，要求你们，在明儿夜里念熟，趁着月光，在郊外一里路地方的禁林里咱们碰头，在那边咱们要练习练习；因为要是咱们在城里练习，就会有人跟着咱们，咱们的计划就要泄漏出去。同时咱要开一张咱们演戏所需要的东西的单子。请你们大家不要误事。

波顿　　咱们一定在那边碰头；咱们在那边练习起来可以像样点儿，胆大点儿。大家辛苦干一下，要干得非常好。再会吧。

昆斯　　咱们在公爵的橡树底下再见。

波顿　　好了，可不许失约。（同下）

---

1 梅毒在当时又被称作"法国病"，脱发是其症状之一。

第一场

雅典附近的森林

一小仙及迫克自相对方向上。

迫克   喂，精灵！你飘流到哪里去?

小仙   越过了溪谷和山陵，

穿过了荆棘和丛薮，

越过了围场和园庭，

穿过了激流和爝火:

我在各地漂游流浪，

轻快得像是月光光；

我给仙后奔走服务，

草环上缀满轻轻露。[1]

亭亭的莲馨花是她的近侍，

---

1 野地上有时发现环形的茂草，传谓仙人夜间在此跳舞所成。

黄金的衣上饰着点点斑痣；

那些是仙人们投赠的红玉，

中藏着一缕缕的芳香馥郁；

我要在这里访寻几滴露水，

给每朵花挂上珍珠的耳坠。

再会，再会吧，你粗野的精灵！

因为仙后的大驾快要来临。

迫克　　　今夜大王在这里大开欢宴，

千万不要让他俩彼此相见；

奥布朗的脾气可不是顶好，

为着王后的固执十分着恼；

她偷到了一个印度小王子，

就像心肝一样怜爱和珍视；

奥布朗看见了有些儿眼红，

想要把他充作自己的侍童；

可是她哪里便肯把他割爱，

满头花朵她为他亲手插戴。

从此林中、草上、泉畔和月下，

他们一见面便要破口相骂；

小妖们往往吓得胆战心慌，

没命地钻向橡斗中间躲藏。

小仙　　　要是我没有把你认错，你大概便是名叫罗宾好人

儿的狡狯的淘气的精灵了。你就是惯爱吓唬乡村的

女郎，在人家的牛乳上撮去了乳脂，使那气喘吁吁

的主妇整天也搅不出奶油来；有时你暗中替人家磨谷，有时弄坏了酒使它不能起酵；夜里走路的人，你把他们引入了迷路，自己却躲在一旁窃笑；谁叫你大仙或是好迫克的，你就给他幸运，帮他做工：那就是你吗？

迫克 仙人，你说得正是；我就是那个快活的夜游者。我在奥布朗跟前想出种种笑话来逗他发笑，看见一匹肥胖精壮的马儿，我就学着雌马的嘶声把它迷昏了头；有时我化作一颗焙熟的野苹果，躲在老太婆的酒碗里，等她举起碗想喝的时候，我就"啪"地弹到她嘴唇上，把一碗麦酒都倒在她那皱瘪的喉皮上；有时我化作三脚的凳子，满肚皮人情世故的婶婶刚要坐下来讲她那感伤的故事，我便从她的屁股底下滑走，把她翻了一个大元宝，一头喊"好家伙！"一头咳呛个不住，于是周围的大家伙儿笑得前仰后合，他们越想越好笑，鼻涕眼泪都笑了出来，发誓说从来不曾逢到过比这更有趣的事。让开路来，仙人，奥布朗来了。

小仙 娘娘也来了。他要是走开了才好！

奥布朗及提泰妮娅各带侍从自相对方向上。

奥布朗 真不巧又在月光下碰见你，骄傲的提泰妮娅！

提泰妮娅 嘿，嫉妒的奥布朗！神仙们，快快走开；我已经发

誓不和他同游同寝了。

奥布朗　等一等，坏脾气的女人！我不是你的夫君吗？

提泰妮娅　那么我也一定是你的尊夫人了。但是你从前溜出了仙境，扮作牧人的样子，整天吹着麦笛，向风骚的牧女调情，这种事我全知道。今番你为什么要从迢迢的印度平原上赶到这里来呢？无非是为着那位高大健硕的阿玛宗女王，你那穿猎靴的勇武爱人，要嫁给忒修斯了，所以你得来道贺道贺他们。

奥布朗　你怎么好意思说出这种话来，提泰妮娅，把我的名字和希波吕忒牵涉在一起诬蔑我？你自己知道你和忒修斯的私情瞒不过我。不是你在朦胧的夜里引导他离开被他所俘虏的佩丽古娜？不是你使他负心地遗弃了美丽的伊葛尔、爱丽亚邓和安提奥巴[1]？

提泰妮娅　这些都是因为嫉妒而捏造出来的谎话。自从仲夏之初，我们每次在山上、谷中、树林里、草场上、细石铺底的泉旁或是海滨的沙滩上聚集，预备和着鸣啸的风声跳环舞的时候，总是要被你吵断了我们的兴致。风因为我们不理会他的吹奏，生了气，便从海中吸起了毒雾；毒雾化成瘴雨降下地上，使每一条小小的溪河都耀武扬威地泛滥到岸上：因此牛儿白白牵着轭，农夫枉费了他的血汗，青青的嫩禾还没有长上芒须便腐烂了；空了的羊栏露出在一片汪洋的田中，乌鸦饱啖着瘟死了的羊群的尸体；草泥

---

1 皆忒修斯情人，先后为其所弃。

坂上满是湿泥，杂草乱生的舞径因为没有人行走，已经辨不出来。冬季无人举行庆典，夜晚没有欢乐的颂歌。执掌潮汐的月亮，因为再也听不见夜间颂神的歌声，气得脸孔发白，在空气中播满了湿气，一沾染上身就要使人害风湿症。因为天时不正，季候也反了常：白头的寒霜倾倒在红颜的蔷薇的怀里，年迈的冬神薄薄的冰冠上，却嘲讽似的缀上了夏天芬芳的蓓蕾的花环。春季、夏季、丰收的秋季、暴怒的冬季，都改换了他们素来的装束，惊愕的世界不能再从他们的出产上辨别出谁是谁来。这都因为我们的不和所致，我们是一切灾祸的根源。

奥布朗　　那么你就该设法补救；这全然在你的手中。为什么提泰妮娅要违拗她的奥布朗呢？我所要求的，不过是一个小小的换儿[1]做我的侍童罢了。

提泰妮娅　　请你死了心吧，整个仙境也不能从我手里换得这个孩子。他的母亲是我神坛前的一个信徒，在芬芳的印度的夜晚，她常常在我身旁闲谈，陪我坐在海边的黄沙上，凝望着海上的商船；我们一起笑着那些船帆因浪狂的风而怀孕，一个个凸起了肚皮；她那时也正怀孕着这个小宝贝，便学着船帆的样子，美妙而轻快地凌风而行，为我往岸上寻取各种杂物，回来时就像航海而归，带来了无数的商品。但她因

---

1 传说中仙人常于夜间将人家美丽小儿窃去，以愚蠢的妖童换置其处。

为是一个凡人，所以在产下这孩子时便死了。为着她的缘故我才抚养她的孩子，也为着她的缘故我不愿舍弃他。

奥布朗　你预备在这林中耽搁多少时候？

提泰妮娅　也许要到忒修斯的婚礼以后。要是你肯耐心地和我们一起跳舞，看看我们月光下的游戏，那么跟我们一块儿走吧；不然的话，请你不要见我，我也决不到你的地方来。

奥布朗　把那个孩子给我，我就和你一块儿走。

提泰妮娅　把你的仙国跟我掉换都别想。神仙们，去吧！要是我再多留一刻，我们就要吵起来了。（率侍从等下）

奥布朗　好，去你的吧！为着这次的侮辱，我一定要在你离开这座林子之前给你一些惩罚。我的好迫克，过来。你记不记得有一次我坐在一片海岬上，望见一个美人鱼骑在海豚的背上，她的歌声是这样婉转而谐美，镇静了狂暴的怒海，好几个星星都疯狂地跳出了它们的轨道，为了听这海女的音乐？[1]

迫克　我记得。

奥布朗　就在那个时候，你看不见，但我能看见持着弓箭的丘匹德在冷月和地球之间飞着；他瞄准了坐在西方宝座上的一个美丽的童贞女[2]，很灵巧地从他的弓

---

1 此段及下一段中的寓意自来有各种猜测。据云美人鱼影射苏格兰女王玛丽；玛丽才美无双，为伊丽莎白女王所嫉杀，举世悼之。玛丽曾与法国王太子结婚，故云"骑在海豚的背上"，因法国王太子的称号 Danphin 与海豚 dophin 发音相似。"星星跳出轨道"云者，指英廷党玛丽的大臣。莎翁因恐犯忌讳，故特以隐语出之。

2 当指伊丽莎白女王。女王终身不嫁，故云。

上射出他的爱情之箭，好像它能刺透十万颗心的样子。但是我看见小丘匹德的火箭在如水的冷洁的月光中熄灭，那位童贞的女王心中一尘不染，在纯洁的思绪中安然无恙；我看见那支箭落在了西方一朵小小的花上，花本来是乳白色的，现在已因爱情的创伤而被染成紫色，少女们把它称作"爱懒花"。去给我把那花采来。我曾经给你看过它的样子；它的汁液如果滴在睡着的人的眼皮上，无论男女，醒来一眼看见什么生物，都会发疯似的对它恋爱。给我采这种花来；在鲸鱼还不曾游过三里路之前，必须回来复命。

迫克 我可以在四十分钟内环绕世界一周。（下）

奥布朗 这种花汁一到了手，我便留心着等提泰妮娅睡了的时候把它滴在她的眼皮上；她一醒来第一眼看见的东西，无论是狮子也好，熊也好，狼也好，公牛也好，或者好事的猕猴、忙碌的无尾猿也好，她都会用最强烈的爱情追求它。我可以用另一种草解去这种魔力，但第一我先要叫她把那个孩子让给我。可是谁到这儿来啦？凡人看不见我，让我听听他们的谈话。

狄米特律斯上，海丽娜随其后。

狄米特律斯 我不爱你，所以别跟着我。拉山德和美丽的赫米娅在哪儿？我要把拉山德杀死，但我的命悬在赫米娅手中。你对我说他们私奔到这座林子里，因此我赶到这儿来；可是因为遇不见我的赫米娅，我简直要发疯啦。滚开！快走，不许再跟着我！

海丽娜　是你吸引我跟着你的，你这硬心肠的磁石！可是你所吸的却不是铁，因为我的心像钢一样坚贞。要是你去掉你的吸引力，那么我也就没有力量再跟着你了。

狄米特律斯　是我引诱你吗？我曾经向你说过好话吗？我不是曾经明明白白地告诉过你，我不爱你，而且也不能爱你吗？

海丽娜　即使那样，也只是使我爱你爱得更加厉害。我是你的一条狗，狄米特律斯；你越是打我，我越是讨好你。请你就像对待你的狗一样对待我吧，踢我、打我、冷淡我、不理我，都好，只容许我跟随着你，虽然我是这么不好。在你的爱情里我还能要求什么比一条狗还不如的地位吗？但那对于我已经是十分可贵了。

狄米特律斯　不要过分惹起我的厌恨吧；我一看见你就头痛。

海丽娜　可是我不看见你就心痛。

狄米特律斯　你太不顾虑你自己的体面了，离开了城中，把你自己委身在一个不爱你的人手里；你也不想想你的贞操多么值钱，就在黑夜中这么一个荒凉的所在盲目地听从着不可知的命运。

海丽娜　你的品行使我能够安心：因为当我看见你面孔的时

候，黑夜也变成了白昼，因此我并不觉得现在是在夜里；你在我的眼光里是一切的世界，因此在这座林中我也不愁缺少伴侣：要是一切的世界都在这儿瞧着我，我怎么还是单身一人呢？

狄米特律斯 我要逃开你，躲在丛林之中，悉听野兽把你怎样处置。

海丽娜 最凶恶的野兽也不像你那样残酷。你要逃开我就逃开吧；从此以后，古来的故事要改过了：逃走的是阿波罗，追赶的是达芙妮；[1] 鸽子追逐着鹰隼；温柔的牝鹿追捕着猛虎；然而弱者追求勇者，结果总是徒劳无益的。

狄米特律斯 我不高兴听你再唠叨下去。让我走吧；要是你再跟着我，相信我，在这座林中你要给我欺负的。

海丽娜 嗯，在神庙中，在市镇上，在乡野里，你到处欺负我。唉，狄米特律斯！你对我的虐待已经使我们女子蒙上了耻辱。我们是不会像男人一样为爱情而争斗的；我们应该被人家求爱，而不是向人家求爱。（狄米特律斯下）我要立意跟随你；我愿死在我所深爱的人的手中，好让地狱化成天宫。（下）

奥布朗 再会吧，女郎！当他还没有离开这座树林，你将逃避他，他将追求你的爱情。

迫克重上。

---

1 阿波罗（Apollo）是太阳神，爱仙女达芙妮（Daphne），达芙妮避之而化为月桂树。

奥布朗　　你已经把花采来了吗？欢迎啊，浪游者！

迫克　　是的，它就在这儿。

奥布朗　　请你把它给我。

我知道一处茴香盛开的水滩，

长满着樱草和盈盈的紫罗兰，

馥郁的金银花，芬泽的野蔷薇，

漫天张起了一幅芬芳的锦帷。

有时提泰妮娅在群花中酣醉，

柔舞清歌低低地抚着她安睡；

小花蛇在那儿褪下斑斓的皮，

小仙人拿来当作合身的外衣。

我要洒一点花汁在她的眼上，

让她充满了各种可憎的幻象。

其余的你带了去在林中访寻，

一个娇好的少女见弃于情人；

倘见那薄幸的青年在她近前，

就把它轻轻地点上他的眼边。

他的身上穿着雅典人的装束，

你须仔细辨认清楚不许弄错；

小心地执行着我谆谆的吩咐，

让他无限的柔情都向她倾吐。

等第一声雄鸡啼时我们再见。

迫克　　放心吧，主人，一切如你的意愿。（各下）

第二场

林中的另一处

提泰妮娅及其小仙侍从等上。

提泰妮娅 来，跳一回舞，唱一曲神仙歌，然后在一分钟内余下来的三分之一的时间里，大家散开去；有的去杀死麝香玫瑰嫩苞中的蛀虫；有的去和蝙蝠作战，剥下它们的翼革来为我的小妖儿们做外衣；其余的去赶逐每夜啼叫，看见我们这些伶俐的小精灵们而惊骇的猫头鹰。现在唱着给我催眠吧；唱罢之后，大家各做各的事，让我休息一会儿。

小仙们 （唱）

一

两舌的花蛇，多刺的猬，

不要打扰着她的安睡！

蝾螈和蜥蜴，不要行近，

仔细毒害了她的宁静。

夜莺，鼓起你的清弦，

为我们唱一曲催眠：

睡啦，睡啦，睡睡吧！睡啦，睡啦，睡睡吧！

一切害物远走高扬，

不要行近她的身旁；

晚安，睡睡吧！

二

织网的蜘蛛，不要过来；

长脚的蛛儿快快走开！

黑背的蜣螂，不许走近；

不许莽撞，蜗牛和蚯蚓。

夜莺，鼓起你的清弦，

为我们唱一曲催眠：

睡啦，睡啦，睡睡吧！睡啦，睡啦，睡睡吧！

一切害物远走高扬，

不要行近她的身旁；

晚安，睡睡吧！

一小仙	去吧！现在一切都已完成， 只须留着一个人作哨兵。（众小仙下，提泰妮娅睡）

奥布朗上，挤花汁滴在提泰妮娅眼皮上。

奥布朗	等你眼睛一睁开， 你就看见你的爱， 为他担起相思债： 山猫，豹子，大狗熊，

　　　　野猪身上毛蓬蓬；

　　　　等你醒来一看见

　　　　丑东西在你身边，

　　　　芳心可可为他恋。（下）

拉山德及赫米娅上。

拉山德　　好人儿，你在林中跋涉着，疲乏得快要昏倒了。说老实话，我已经忘记了我们的路。要是你同意，赫米娅，让我们休息一下，等天亮了再走吧。

赫米娅　　就照你的意思吧，拉山德。你去给你自己找一处睡眠的所在，因为我要在这草堤上安息我的形骸。

拉山德　　一块草地可以作我们两人枕首的地方；两个胸膛一条心，应该合睡一个眠床。

赫米娅　　哎，不要，亲爱的拉山德；为着我的缘故，我的亲亲，再躺远一些，不要挨得那么近。

拉山德　　啊，爱人！不要误会了我的无邪的本意，恋人们是应该明白彼此所说的话的。我是说我的心和你的心连结在一起，已经打成一片，分不开来；两个心胸彼此用盟誓连系，共有着一片忠贞。因此不要拒绝我睡在你的身旁，赫米娅，我一点没有坏心肠。

赫米娅　　拉山德真会说话。要是赫米娅疑心拉山德有坏心肠，愿她从此不能堂堂做人。但是好朋友，为着爱情和礼貌的缘故，请睡得远一些；在人间的礼法上，这样的分隔对于束身自好的未婚男女,是最为合适的。这么远就行了。晚安,亲爱的朋友!愿爱情永无更改,直到你生命的尽头!

拉山德 依着你那祈祷我应和着阿门!阿门!我将失去我的生命,如果我失去我的忠贞!(略就远处退卧)这里是我的眠床了;但愿睡眠给予你充分的休养!

赫米娅 那愿望我愿意和你分享!(二人入睡)

迫克上。

迫克 我已经在森林中间走遍,

但雅典人可还不曾瞧见,

我要把这花液在他眼上

试一试激动爱情的力量。

静寂的深宵!啊,谁在这厢?

他身上穿着雅典的衣裳。

这正是我主人所说的他,

狠心地欺负那美貌娇娃;

她正在这一旁睡得酣熟,

不顾到地上的潮湿龌龊:

美丽的人儿!她竟然不敢

睡近这没有心肝的恶汉。(挤花汁滴拉山德眼上)

我已在你眼睛上,坏东西!

倾注着魔术的力量神奇;

等你醒来的时候，让爱情

从此扰乱你睡眠的安宁！

别了，你醒来我早已去远，

奥布朗在盼我和他见面。（下）

狄米特律斯及海丽娜奔驰上。

海丽娜　　你杀死了我也好，但是请你停步吧，亲爱的狄米特
　　　　　　律斯！

狄米特律斯　我命令你走开，不要这样缠扰着我！

海丽娜　　啊！你要把我丢在黑暗中吗？请不要这样！

狄米特律斯　站住！否则叫你活不成。我要独自走我的路。（下）

海丽娜　　唉！这痴心的追赶使我乏得透不过气来。我越是千
　　　　　　求万告，越是惹他憎恶。赫米娅无论在什么地方都
　　　　　　是那么幸福，因为她有一双天赐的迷人的眼睛。她
　　　　　　的眼睛怎么会这样明亮呢？不是为着泪水的缘故，
　　　　　　因为我的眼睛被眼泪洗着的时候比她更多。不，不，
　　　　　　我是像一头熊那么难看，就是野兽看见我也会因害
　　　　　　怕而逃走；因此一点也不奇怪狄米特律斯会这样逃
　　　　　　避我，就像逃避一个丑妖怪。哪一面欺人的坏镜子
　　　　　　使我居然敢把自己跟赫米娅的明星一样的眼睛相比
　　　　　　呢？啊，谁在这里？拉山德！躺在地上！死了吗，
　　　　　　还是睡了？我看不见有血，也没有伤处。拉山德，
　　　　　　要是你没有死，好朋友，醒醒吧！

拉山德　　（醒）我愿为着你赴汤蹈火，玲珑剔透的海丽娜！上天在你身上显出他的本领，使我能在你的胸前看透你的心。狄米特律斯在哪里？嘿！那个难听的名字多么合适让他死在我的剑下！

海丽娜　　不要这样说，拉山德！不要这样说！即使他爱你的赫米娅又有什么关系？天神啊！那又有什么关系？赫米娅仍旧是爱着你的，所以你应该心满意足了。

拉山德　　跟赫米娅心满意足吗？不，我真悔恨和她在一起度过的那些可厌的时辰。我不爱赫米娅，我爱的是海丽娜；谁不愿意把一只乌鸦换一只白鸽呢？男人的意志是被理性所支配的，理性告诉我你比她更值得敬爱。凡是生长的东西，不到季节，总不会成熟：我一向因为年轻，理性也不曾成熟；但是现在我的智慧已经充分成长，理性指挥着我的意志，把我引到了你的眼前；在你的眼睛里我可以读到写在最丰美的爱情的经典上的故事。

海丽娜　　我怎么忍受得下这种尖刻的嘲笑呢？我什么时候得罪了你，使你这样讥讽我呢？我从来不曾得到过，也永远不会得到，狄米特律斯的一瞥爱怜的眼光，难道那还不够，难道那还不够，年轻人，你必须再这样挖苦我的短处吗？真的，你侮辱了我；真的，用这种卑鄙的样子向我假意献媚。再会吧！我还以为你是个较有教养的上流人。唉！一个女子受到了这一个男人的拒斥，还得忍受另一个男子的揶揄。（下）

拉山德　　她没有看见赫米娅。赫米娅，睡你的吧，再不要走近拉山德的身边了！一个人吃饱了太多的甜食，能使胸胃中发生强烈的厌恶，改信正教的人，最是痛心疾首于以往欺骗他的异端邪说；而你，就是我的甜食和异端邪说。让你被一切的人所憎恶吧，但没有别人比之我更为憎恶你了。我的一切生命之力啊，用爱和力来尊崇海丽娜，做她的忠实的骑士吧！

（下）

赫米娅　　（醒）救救我，拉山德！救救我！用出你全身力量来，替我在胸口上撵掉这条蠕动的蛇。哎呀，天哪！做了怎样的梦！拉山德，瞧我怎样因害怕而颤抖着。我觉得仿佛一条蛇在嚼食我的心，而你坐在一旁，瞧着它残酷的肆虐而微笑。拉山德！怎么！换了地方了？拉山德！好人！怎么！听不见？去了？没有声音，不说一句话？唉！你在哪儿？要是你听见我，答应一声呀！凭着一切爱情的名义，说话呀！我差不多要因害怕而晕倒了。仍旧一声不响！我明白你已不在近旁了；要是我寻不到你，我定将一命丧亡！

（下）

第一场

林中。提泰妮娅熟睡未醒

昆斯、斯纳格、波顿、弗鲁特、斯诺特、斯塔佛林上。

波顿　咱们都会齐了吗？

昆斯　妙极了，妙极了，这儿真是给咱们练戏用的一块再方便也没有的地方。这块草地可以做咱们的戏台，这一<u>丛</u>山楂树便是咱们的后台。咱们可以认真扮演一下；就像当着公爵殿下的面前一个样儿。

波顿　彼得·昆斯——

昆斯　你说什么，波顿好家伙？

波顿　在这本《皮拉摩斯和提斯柏》的戏文里，有几个地方准难叫人家满意。第一，皮拉摩斯该得拔出剑来结果自己的性命，这是太太小姐们受不了的。你说对不对？

斯诺特　凭着圣母娘娘的名字，这可真的不是玩儿的事。

斯塔佛林	我说咱们把什么都做完了之后，这一段自杀可不用表演。
波顿	不必，咱有一个好法子。给咱写一段开场诗，让这段开场诗大概这么说：咱们的剑是不会伤人的；实实在在皮拉摩斯并不真的把自己干掉了；顶好再那么声明一下，咱扮着皮拉摩斯的，并不是皮拉摩斯，实在是织工波顿；这么一来她们就不会害怕了。
昆斯	好吧，就让咱们有这么一段开场诗，咱可以把它写成八六体[1]。
波顿	把它再加上两个字，让它是八个字八个字那样的吧。
斯诺特	太太小姐们见了狮子不会哆嗦吗？
斯塔佛林	咱担保她们一定会害怕。
波顿	列位，你们得好好想一想：把一头狮子，老天爷保佑咱们！——带到太太小姐们的中间，还有比这更荒唐得可怕的事吗？在野兽中间，狮子是再凶恶不过的。咱们可得考虑考虑。
斯诺特	那么说，就得再写一段开场诗，说他并不真的是狮子。
波顿	不，你应当把他的名字说出来，他的脸蛋的一半要露在狮子头颈的外边；他自己就该说着这样或者诸如此类的话："太太小姐们，"或者说，"尊贵的太太小姐们，咱要求你们，"或者说，"咱请求你们，"或者说，"咱恳求你们，不用害怕，不用发

---

1 八音节六音节相间的诗体。

抖；咱可以用生命给你们担保。要是你们想咱真是一头狮子，那咱才真是倒霉啦！不，咱完全不是这种东西；咱是跟别人一个样儿的人。"这么着让他说出自己的名字来，明明白白地告诉她们，他是细工木匠斯纳格。

昆斯　　好吧，就这么办。但是还有两件难事：第一，咱们要把月光搬进屋子里来；你们知道皮拉摩斯和提斯柏是在月亮底下相见的。

斯纳格　　咱们演戏的那天可有月亮吗?

波顿　　拿历本来，拿历本来！瞧历本上有没有月亮，有没有月亮。

昆斯　　有的，那晚上有好月亮。

波顿　　啊，那么你就可以把咱们演戏的那个大厅的一扇窗打开，月亮就会打窗子里照进来啦。

昆斯　　对了，否则就得叫一个人一手拿着柴枝，一手举起灯笼，登场说他是代表着月亮。现在还有一件事，咱们在大厅里应该有一堵墙；因为故事上说，皮拉摩斯和提斯柏是凑在一条墙缝边上彼此讲话的。

斯纳格　　你可不能把一堵墙搬进来。你怎么说，波顿?

波顿　　让什么人扮作墙头；让他身上涂着些灰泥黏土之类，表明他是墙头；让他把手指举起做成那个样儿，皮拉摩斯和提斯柏就可以在手指缝里低声谈话了。

昆斯　　那样的话，一切就都已齐全了。来，每个老娘的儿子都坐下来，念着你们的台词。皮拉摩斯，你开头；

你说完了之后，就走进那簇树后；这样大家可以按着尾白[1]挨次说下去。

迫克自后上。

迫克	哪一群伧夫俗子胆敢在仙后卧榻之旁鼓唇弄舌？哈，在那儿演戏！让我做一个听戏的吧；要是觑着机会的话也许我还要做一个演员哩。
昆斯	说吧，皮拉摩斯。提斯柏，站出来。
波顿	提斯柏，花儿开得十分腥——
昆斯	十分香，十分香。
波顿	——开得十分香；
	你的气息，好人儿，也是一个样。
	听，那边有一个声音，你且等一等，
	一会儿咱再来和你诉衷情。（下）
迫克	请看皮拉摩斯变成了怪妖精。（下）
弗鲁特	现在该咱说了吧？
昆斯	是的，该你说。你得弄清楚，他是去瞧瞧什么声音去的，等一会儿就要回来。
弗鲁特	最俊美的皮拉摩斯，脸孔红如红玫瑰，
	肌肤白得赛过纯白的百合花，
	活泼的青年，最可爱的宝贝，

---

1 尾白，提示另一位演员开始接话的台词。

忠心耿耿像一匹顶好的马。

皮拉摩斯，咱们在宁尼[1]的坟头相会。

昆斯　　"尼纳斯的坟头"，老兄。你不要就把这句说出来，那是要你答应皮拉摩斯的：你把要你说的话不管什么尾白不尾白都一股脑儿说出来啦。皮拉摩斯，进来；你的尾白已经给你说过了，是"顶好的马"。

弗鲁特　　噢。

——忠心耿耿像一匹顶好的马。

迫克重上；波顿戴驴头随上。

波顿　　美丽的提斯柏，咱是整个儿属于你的！

昆斯　　怪事！怪事！咱们见了鬼啦！列位，快逃！快逃！救命哪！　（众下）

迫克　　我要把你们带领得团团乱转，

经过一处处沼地、草莽和林薮；

有时我化作马，有时化作猎犬，

化作野猪、没头的熊或是磷火；

我要学马样嘶，犬样吠，猪样噑，

熊一样的咆哮，野火一样燃烧。　（下）

波顿　　他们干吗都跑走了呢？这准是他们的恶计，要把咱

---

1 宁尼（Ninny）是尼纳斯（Ninus）之讹，尼尼微（Nineveh）城的建立者。Ninny 照字面讲有"傻子"之意。

吓一跳。

斯诺特重上。

斯诺特	啊，波顿！你变了样子啦！你头上是什么东西呀？
波顿	是什么东西？你瞧见你自己变成了一头蠢驴啦，是不是？（斯诺特下）

昆斯重上。

昆斯	天哪！波顿！天哪！你变啦！（下）
波顿	咱看透他们的鬼把戏；他们要把咱当作一头蠢驴，想出法子来吓咱。可是咱决不离开这块地方，瞧他们怎么办。咱要在这儿跑来跑去；咱要唱个歌儿，让他们听见了知道咱可一点不怕。（唱）

山乌嘴巴黄沉沉，

浑身长满黑羽毛，

画眉唱得顶认真，

声音尖细是欧鹩。

提泰妮娅	（醒）什么天使使我从百花的卧榻上醒来呢？
波顿	鹡鸰，麻雀，百灵鸟，

还有杜鹃爱骂人，

大家听了心头恼，

　　　　　可是谁也不回声。[1]

　　　　　真的，谁耐烦跟这么一只蠢鸟斗口舌呢？即使它骂你是乌龟，谁又高兴跟他争辩呢？

提泰妮娅　温柔的凡人，请你唱下去吧！我的耳朵沉醉在你的歌声里，我的眼睛又为你的状貌所迷惑；在第一次见面的时候，你的美姿已使我不禁说出而且矢誓着我爱你了。

波顿　　　咱想，奶奶，您这可太没有理由。不过说老实话，现今世界上理性可真难得跟爱情碰头在一起；也没有哪位正直的邻居大叔给他俩撮合撮合做朋友，真是抱歉得很。哈，我有时也会说说笑话。

提泰妮娅　你真是又聪明又美丽。

波顿　　　不见得，不见得。可是咱要是有本事跑出这座林子，那已经很够了。

提泰妮娅　请不要跑出这座林子！不论你愿不愿，你一定要留在这里。我不是一个平常的精灵，夏天永远听从着我的命令；我真是爱你，因此跟我去吧。我将使神仙们侍候你，他们会从海底里捞起珍宝献给你；当你在花茵上睡去的时候，他们会给你歌唱；而且我要给你洗涤去俗体的污垢，使你身轻得像个精灵一样。豆花！蛛网！飞蛾！芥子！

---

1 杜鹃（cuckoo）下卵于他鸟的巢中，故用以喻奸夫，但其后 cuckold（由 cuckoo 化出）一字却用作奸妇本夫的代名词。杜鹃的鸣声即为 cuckoo，不啻骂人为"乌龟"；但因闻者不能断定其妻子是否贞洁，故虽恼而不敢作声。

Titania. Out of this wood do not desire to go:
Thou shalt remain here, whether thou wilt or no.
I am a spirit of no common rate.

Act III. Scene I.

四神仙上。

豆花	有。
蛛网	有。
飞蛾	有。
芥子	有。
四仙	（合）差我们到什么地方去？
提泰妮娅	恭恭敬敬地侍候这先生，
	蹿蹿跳跳地追随他前行；
	给他吃杏子、鹅莓和桑葚，
	紫葡萄和无花果儿青青。
	去把野蜂的蜜囊儿偷取，
	剪下蜂股的蜂蜡做烛炬，
	在流萤的火睛里点了火，
	照着我的爱人晨兴夜卧；
	再摘下彩蝶儿粉翼娇红，
	扇去他眼上的月光溶溶。
	来，向他鞠一个深深的躬。
豆花	万福，凡人！
蛛网	万福！
飞蛾	万福！
芥子	万福！
波顿	请你们列位先生多多担待担待在下。请教大号

　　　　　　　是——

蛛网　　　蛛网。

波顿　　　很希望跟您交个朋友，好蛛网先生；要是咱指头儿
　　　　　　割破了的话，咱要大胆用用您[1]。善良的先生，您
　　　　　　的尊号是——

豆花　　　豆花。

波顿　　　啊，请多多给咱向您令堂豆荚奶奶和令尊豆壳先生
　　　　　　致意。好豆花先生，咱也很希望跟您交个朋友。先
　　　　　　生，您的雅号是——

芥子　　　芥子。

波顿　　　好芥子先生，咱知道您是个饱历艰辛的人；那头恃
　　　　　　强凌弱的大牛曾经把您家里好多人都吞去了。不瞒
　　　　　　您说，您的亲戚们曾经把咱辣出眼水呢。咱希望跟
　　　　　　您交个朋友，好芥子先生。

提泰妮娅　来，侍候着他，引路到我的闺房。

　　　　　　月亮今夜有一颗多泪的眼睛；

　　　　　　小花们也都陪着她眼泪汪汪，

　　　　　　悲悼着某些遭强暴的童贞。

　　　　　　吩咐那好人静静走不许作声。（同下）

---

1 旧时蛛丝被用于止血。

第二场

林中的另一处

奥布朗上。

奥布朗　　不知道提泰妮娅有没有醒来；等她一醒来的时候，她就要猛烈地爱上了她第一眼所看到的无论什么东西了。这边来的是我的使者。

迫克上。

奥布朗　　啊，疯狂的精灵！在这座夜的魔林里现在有什么事情发生？

迫克　　姑娘爱上了一个怪物了。当她昏昏睡熟的时候，在她的隐秘的神圣的卧室之旁，来了一群村汉；他们都是在雅典市集上做工过活的粗鲁的手艺人，聚集在一起练着戏，预备在忒修斯结婚的那天表演。在这一群蠢货的中间，一个最蠢的蠢材扮演着皮拉摩斯；当他退场而走进一簇丛林里去的时候，我就抓住了这个好机会，给他的头上罩上一只死驴的脑壳。一会儿他因为必须去答应他的提斯柏，所以这位好

伶人又出来了。他们一看见他，就像雁子望见了蹑
足行近的猎人，又像一大群灰鸦听见了枪声，轰然
飞起乱叫、四散着横扫过天空一样，大家没命逃走
了；又因为我们的跳舞震动了地面，一个个横仆竖
倒，嘴里乱喊着救命。他们本来就是那么糊涂，这
回吓得完全丧失了神智，没有知觉的东西也都来欺
侮他们了：野茨和荆棘抓破了他们的衣服；有的失
去了袖子，有的落掉了帽子，败军之将，无论什么
东西都是予取予求的。在这种惊惶中我领着他们走
去，把变了样子的可爱的皮拉摩斯孤单单地留下；
就在那时候，提泰妮娅醒转了来，立刻爱上了一头
驴子了。

奥布朗　　　这比我所能想得到的计策还好。但是你有没有依照
　　　　　　我的吩咐，把那爱汁滴在那个雅典人的眼上呢？

迫克　　　那我也已经乘他睡熟的时候办好了。那个雅典女人
　　　　　　就在他的身边，因此他一醒来，一定便会看见她。

狄米特律斯及赫米娅上。

奥布朗　　　站近些，这就是那个雅典人。

迫克　　　这女人一点不错；那男人可不是。

狄米特律斯　唉！为什么你这样骂着深爱你的人呢？那种毒骂是
　　　　　　应该加在你仇敌身上的。

赫米娅　　　现在我不过把你数说数说罢了；我应该更厉害地对

付你，因为我相信你是可诅咒的。要是你已经趁着
拉山德睡着的时候把他杀了，那么把我也杀了吧；
已经两脚踏在血泊中，索性让杀人的血淹没你的膝
盖吧。太阳对于白昼，也没有像他对于我那样的忠
心。当赫米娅睡熟的时候，他会悄悄地离开她吗？
我宁愿相信地球的中心可以穿成孔道，月亮会从里
面钻过去，在地球的那一端跟她的兄长白昼捣乱。[1]
一定是你已经把他杀死了；因为只有杀人的凶徒，
脸上才会这样惨白而可怖。

狄米特律斯　被杀者的脸色应该是这样的，你的残酷已经洞穿我
的心，因此我应该有那样的脸色；但是你这杀人的，
瞧上去却仍然是那么辉煌莹洁，就像那边天上闪耀
着的金星一样。

赫米娅　你这种话跟我的拉山德有什么关系？他在哪里呀？
啊，好狄米特律斯，把他还给我吧！

狄米特律斯　我宁愿把他的尸体喂我的猎犬。

赫米娅　滚开，贱狗！滚开，恶狗！你使我再也忍不住了。
你真的把他杀了吗？从此之后，别再把你算作人
吧！啊，看在我的面上，老老实实告诉我，告诉我，
你，一个清醒的人，看见他睡着，而把他杀了吗？
哎哟，真勇敢！一条蛇，一条毒蛇，都比不上你；
因为它的分叉的毒舌，也比不上你的毒心那么毒！

---

1 月神福柏（Phoebe）是太阳神福波斯（Phoebus）的妹妹。

狄米特律斯	你的脾气发得好没来由。我并没有杀死拉山德，他也并没有死，照我所知道的。
赫米娅	那么请你告诉我他是安全的。
狄米特律斯	要是我告诉你，我将得到什么好处呢？
赫米娅	你可以得到永远不再看见我的权利。我从此离开你那可憎的脸；无论他死也罢活也罢，你再不要和我相见。（下）
狄米特律斯	在她这样盛怒之中，我还是不要跟着她。让我在这儿暂时停留一会儿。 睡眠欠下了沉忧的债， 心头加重了沉忧的担； 我且把黑甜乡暂时寻访， 还了些还不尽的糊涂账。（卧下睡去）
奥布朗	你干了些什么事呢？你已经大大地弄错了，把爱汁去滴在一个真心的恋人的眼上。为了这次错误，本来忠实的将要变了心肠，而不忠实的仍旧和以前一样。
迫克	一切都是命运在做主；保持着忠心的不过一个人；变心的，把盟誓起了一个毁了一个的，却有百万个人。
奥布朗	比风还快地去往林中各处访寻名叫海丽娜的雅典女郎吧；她是全然为爱情而憔悴的，痴心的叹息耗去她脸上的血色。用一些幻象把她引到这儿来：我将在此人的眼睛上施上魔术，准备他们的见面。

迫克　　　　我去，我去，瞧我一会儿便失了踪迹；

　　　　　　鞑靼人的飞箭都赶不上我的迅疾。（下）

奥布朗　　　这一朵紫色的小花，

　　　　　　尚留着爱神的箭疤，

　　　　　　让它那灵液的力量，

　　　　　　渗进他眸子的中央。

　　　　　　当他看见她的时光，

　　　　　　让她显出庄严妙相，

　　　　　　如同金星照亮天庭，

　　　　　　让他向她婉转求情。

　　　　　　迫克重上。

迫克　　　　报告神仙界的头脑，

　　　　　　海丽娜已被我带到，

　　　　　　她后面随着那少年，

　　　　　　正在哀求着她眷怜。

　　　　　　瞧瞧那痴愚的形状，

　　　　　　人们真蠢得没法想！

奥布朗　　　站开些；他们的声音

　　　　　　将要惊醒睡着的人。

迫克　　　　两男合爱着一女，

　　　　　　这把戏已够有趣；

　　　　　　最妙是颠颠倒倒，

看着才叫人发笑。

拉山德及海丽娜上。

拉山德　　为什么你要以为我的求爱不过是向你嘲笑呢？嘲笑和戏谑是永不会伴着眼泪而来的；瞧，我在起誓的时候是多么感泣着！这样的誓言是不会被人认作虚谎的。明明有着可以证明是千真万确的表记，为什么你会以为我这一切都是出于讪笑呢？

海丽娜　　你越来越俏皮了。要是人们所说的真话都是互相矛盾的，那么相信哪一句真话好呢？这些誓言都是应当向赫米娅说的；难道你把她丢弃了吗？把你对她和对我的誓言放在两个秤盘里，一定称不出轻重来，因为都是像空话那样虚浮。

拉山德　　当我向她起誓的时候，我实在一点见识都没有。

海丽娜　　照我想起来，你现在把她丢弃了，也不像是有见识的。

拉山德　　狄米特律斯爱着她，但他不爱你。

狄米特律斯　（醒）啊，海伦！完美的女神！圣洁的仙子！我要用什么来比拟你的秀眼呢，我的爱人？水晶是太昏暗了。啊，你的嘴唇，那吻人的樱桃，瞧上去是多么成熟，多么诱人！你一举起你那洁白的妙手，被东风吹着的陶洛斯[1]高山上的积雪，就显得像乌鸦

---

1 陶洛斯（Taurus），小亚细亚山脉名。

那么黯黑了。让我吻一吻那纯白的女王，这幸福的象征吧！

海丽娜　　唉，倒霉！该死！我明白你们都在把我取笑；假如你们是懂得礼貌和有教养的人，一定不会这样侮辱我。我知道你们都讨厌着我，那么就讨厌我好了，为什么还要联合起来讥讽我呢？你们瞧上去都像堂堂男子，如果真是堂堂男子，就不该这样对待一个有身份的妇女：发着誓，赌着咒，过誉着我的好处，我断得定你们的心里却在讨厌我。你们两人是情敌，一同爱着赫米娅，现在转过身来一同把海丽娜嘲笑，真是大丈夫的行为，干得真漂亮，为着取笑的缘故逼一个可怜的女人流泪！高尚的人决不会这样轻侮一个闺女，逼到她忍无可忍，只是因为给你们寻寻开心。

拉山德　　你太残忍，狄米特律斯，不要这样；因为你爱着赫米娅，这你知道我是十分明白的。现在我用全心和好意把我在赫米娅的爱情中的地位让给你；但你也得把海丽娜的爱情让给我，因为我爱她，并且将要爱她到死。

海丽娜　　从来不曾有过嘲笑者浪费过这样无聊的口舌。

狄米特律斯　拉山德，保留着你的赫米娅吧，我不要；要是我曾经爱过她，那爱情现在也已经消失了。我的爱不过像过客一样暂时驻留在她的身上，现在它已经回到它的永远的家，海丽娜的身边，再不到别处去了。

拉山德	海伦，他的话是假的。
狄米特律斯	不要侮蔑你所不知道的真理，否则你将以生命的危险重重补偿你的过失。瞧！你的爱人来了；那边才是你的爱人。

赫米娅上。

赫米娅	黑夜使眼睛失去它的作用，却使耳朵的听觉更为灵敏。我的眼睛不能寻到你，拉山德；但多谢我的耳朵，使我能听见你的声音。你为什么那样狠心地离开了我呢？
拉山德	爱情驱着一个人走的时候，为什么他要滞留呢？
赫米娅	哪一种爱情能把拉山德驱开我的身边？
拉山德	拉山德的爱情使他一刻也不能停留；美丽的海丽娜，她照耀着夜天，使一切明亮的繁星黯然无色。为什么你要来寻找我呢？难道这还不能使你知道我因为厌恶你的缘故，才这样离开了你吗？
赫米娅	你说的不是真话；那不会是真的。
海丽娜	瞧！她也是他们的一党。现在我明白了他们三个人一起联合用这种恶戏欺凌我。欺人的赫米娅！最没有良心的丫头！你竟然和这种人一同算计着向我开这种卑鄙的玩笑作弄我吗？难道我们两人从前的种种推心置腹，约为姊妹的盟誓，在一起怨恨急促的时间这样快便把我们拆分的那种时光，啊！都已经

忘记了吗？我们在同学时的那种情谊，一切童年的天真，你都已经完全抛在脑后了吗？赫米娅，我们两人曾经像两个精巧的针神，在一起绣着同一朵花，描着同一个图样，我们同坐在一个椅垫上，齐声地曼吟着同一支歌儿，就像我们的手、我们的身体、我们的声音、我们的思想，都是连在一起不可分的样子。我们这样生长在一起，正如并蒂的樱桃，看似两个，其实却连生在一起；我们是结在同一茎上的两颗可爱的果实，我们的身体虽然分开，我们的心却只有一个，就像纹章上的两个徽纹，共有一个顶饰，同属一个家族。难道你竟把我们从前的友好丢弃不顾，而和男人们联合着嘲弄你的可怜的朋友吗？这种行为太没有朋友的情谊，而且也不合一个少女的身份。不单是我，我们全体女人都可以攻击你，虽然受到委屈的只是我一个。

赫米娅　你这种愤激的话真使我惊奇。我并没有嘲弄你；似乎你在嘲弄我哩。

海丽娜　你不曾唆使拉山德跟随我，假意称赞我的眼睛和面孔吗？你那另一个爱人，狄米特律斯，不久之前还曾要用他的脚踢开我，你不曾使他称我为女神、仙子，神圣而稀有的、珍贵的、超乎一切的人吗？为什么他要向他所讨厌的人说这种话呢？拉山德的灵魂里是充满了你的爱的，为什么他反而要摈斥你，却要把他的热情奉献给我，倘不是因为你的指使，因为你们曾经预先商量好？即使我不像你那样得人爱怜，那样被人追求不舍，那样幸运，而是那样倒霉，得不到我所爱的人的爱情，那和你又有什么关系呢？你应该可怜我而不应该侮蔑我的。

赫米娅 我不懂你说这种话的意思。

海丽娜 好，尽管装腔下去，扮着这一副苦脸，等我一转背，就要向我做嘴脸了；大家彼此眨眨眼睛，把这个绝妙的玩笑尽管开下去吧，将来会记载在历史上的。假如你们是有同情心，懂得礼貌的，就不该把我当作这样的笑柄。再会吧，一半也是我自己不好，死别或生离不久便可以补赎我的错误。

拉山德 不要走，温柔的海丽娜！听我解释。我的爱！我的生命！我的灵魂！美丽的海丽娜！

海丽娜 多好听的话！

赫米娅 亲爱的，不要那样嘲笑她。

狄米特律斯 要是她的恳求不能使你不说那种话，我将强迫你闭住你的嘴。

拉山德 她也不能恳求我，你也不能强迫我；你的威胁正和她软弱的祈告同样没有力量。海伦，我爱你！凭着我的生命起誓，我爱你！谁说我不爱你的，我愿意用我的生命证明他说谎；为了你我是乐意把生命捐弃的。

狄米特律斯 我说我比他更要爱你得多。

拉山德 要是你这样说，那么把剑拔出来证明一下吧。

狄米特律斯	好，快些，来！
赫米娅	拉山德，这一切究竟是怎么一回事呢？
拉山德	走开，你这黑奴[1]！
狄米特律斯	得了，得了，先生。你可不能骗我而自己逃走；假意说着来来，却在准备乘机溜去。你是个不中用的汉子，来吧！
拉山德	（向赫米娅）放开手，你这瘟猫！你这牛蒡子[2]！贱东西，放开手！否则我要像撺走一条蛇那样撺走你了。
赫米娅	为什么你变得这样凶暴？究竟是什么缘故呢，爱人？
拉山德	你的爱人！走开，黑鞑子！走开！可厌的毒物，给我滚吧！
赫米娅	你还是在开玩笑吗？
海丽娜	是的，你也是。
拉山德	狄米特律斯，我一定不失信于你。
狄米特律斯	你的话可有些不能算数，因为人家的柔情在牵系住你。我可信不过你的话。
拉山德	什么！难道要我伤害她、打她、杀死她吗？虽然我厌恨她，我还不至于这样残忍。
赫米娅	啊！还有什么事情比之你厌恨我更残忍呢？厌恨我！为什么呢？天哪！究竟是怎么一回事呢，我的

---

1 原文"You Ethiop！"。因赫米娅肤色微黑，故云。第二幕中有"把乌鸦换白鸽"之语，亦此意；海丽娜肤色白皙，故云白鸽也。
2 牛蒡（burdock）所结的子，上有针刺，易攀附人衣。

好人？难道我不是赫米娅了吗？难道你不是拉山德了吗？我现在生得仍旧跟以前一个样子。就在这一夜里你还曾爱过我；但就在这一夜里你离开了我。那么你真的——唉，天哪！——存心离开我吗？

拉山德　一点不错，而且再不要看见你的脸了；因此你可以断了念头，不必疑心，我的话是千真万确的：我厌恨你，我爱海丽娜，一点不是开玩笑。

赫米娅　天啊！你这骗子！你这花中的蛀虫！你这爱情的贼！哼！你乘着黑夜，悄悄地把我的爱人的心偷了去吗？

海丽娜　真好！难道你一点女人家的羞耻都没有，一点不晓得难为情了吗？哼！你一定要引得我破口说出难听的话来吗？哼！哼！你这装腔作势的人！你这给人家愚弄的小玩偶！

赫米娅　小玩偶！噢，原来如此。现在我才明白了，她是在把她的身材跟我比较；她自夸她生得长，用她那身材，那高高的身材，赢得了他的心。因为我生得矮小，所以他便把你看得高不可及了吗？我是怎样一个矮法？你这涂朱抹粉的花棒儿！请你说，我是怎样矮法？矮虽矮，我的指爪还挖得着你的眼珠哩！

海丽娜　先生们，虽然你们都在嘲弄我，但我求你们别让她伤害我。我从来不曾使过性子；我也完全不懂得怎样跟人家闹架儿；我是一个胆小怕事的女子。不要让她打我。也许你们以为她比我生得矮些，我可以打得过她。

赫米娅	生得矮些！听，又来了！
海丽娜	好赫米娅，不要对我这样凶！我一直是爱你的，赫米娅，有什么事总跟你商量，从来不曾对你做过欺心的事；除了这次，为了对于狄米特律斯的爱情的缘故，我把你私奔到这座林中的事告诉了他。他追踪着你；为了爱，我又追踪着他；但他一直是斥骂着我，威吓着我说要打我、踢我，甚至于要杀死我。现在你让我悄悄地走了吧；我愿带着我的愚蠢回到雅典去，不再跟着你们了。让我走；你瞧我是多么傻多么痴心！
赫米娅	好，你去就去吧，谁在拦住你？
海丽娜	一颗发痴的心，但我把它丢弃在这里了。
赫米娅	噢，给了拉山德了是不是？
海丽娜	不，给了狄米特律斯。
拉山德	不要怕，她不会伤害你的，海丽娜。
狄米特律斯	当然不会的，先生，即使你帮着她也不要紧。
海丽娜	啊，她一发起怒来，真是又凶又狠。在学校里她就是出名的雌老虎；长得很小的时候便已是那么凶了。
赫米娅	又是"很小"！老是矮啊小啊的说个不住！为什么你让她这样讥笑我呢？让我跟她拼命去。
拉山德	滚开，你这矮子！你这发育不全的三寸丁！你这念珠子！你这小青豆！
狄米特律斯	她用不着你的帮忙，因此不必那样乱献殷勤。让她

去；不许你嘴里再提到海丽娜。要是你再略为向她
献媚一下，就请你当心着吧！

拉山德　　　现在她已经不再拉住我了；你要是有胆子，跟我来
吧，我们倒要试试看究竟海丽娜该是属于谁的。

狄米特律斯　跟你来！嘿，我要和你并着肩走呢。（拉山德、狄
米特律斯二人下）

赫米娅　　　你，小姐，这一切的纷扰都是因为你。哎，别逃啊！

海丽娜　　　我怕你，我不敢跟脾气这么大的你在一起。打起架
来，你的手比我快得多；但我的腿比你长些，逃起
来你追不上我。（下）

赫米娅　　　我简直莫名其妙，不知道说些什么话好。（下）

奥布朗　　　这是你的大意所致；倘不是因为你弄错了，就一定
是你故意在捣蛋。

迫克　　　相信我，仙王，是我弄错。你不是对我说只要认
清楚那人穿着雅典人的衣裳？照这样说起来我完全
不曾错，因为我是把花汁滴在一个雅典人的眼上。
事情会弄到这样我是满快活的，因为他们的吵闹看
着怪有趣味。

奥布朗　　　你瞧这两个恋人找地方打架去了，因此，罗宾，快
去把夜天遮暗了；你就去用像冥河的水一样黑的浓
雾盖住了星空，再引这两个声势汹汹的仇人迷失了
路，不要让他们碰在一起。有时你学着拉山德的声
音痛骂狄米特律斯，有时学着狄米特律斯的样子斥
责拉山德：用这种法子把他们两个分开，直到他们

奔波得精疲力竭，死一样的睡眠拖着铅样沉重的腿和蝙蝠的翅膀爬上了他们的额上；然后你把这草挤出汁来涂在拉山德的眼睛上，它能够解去一切的错误，使他的眼睛恢复从前的眼光。等他们醒来之后，这一切的戏谑，就会像是一场梦景或是空虚的幻象；这一班恋人们便将回到雅典去，订下至死不渝的盟约。在我差遣你去做这件事的时候，我要去访问我的王后，向她讨那个印度孩子；然后我要解除她眼中所见的怪物的幻觉，一切事情都将和平解决。

迫克　　这事我们必须赶早办好，主公，

因为黑夜已经驾起他的飞龙；

晨星，黎明的先驱，已照亮苍穹；

一个个鬼魂四散地奔返殡宫：

还有那横死的幽灵抱恨长终，

道旁水底有他们的白骨成丛，

为怕白昼揭露了丑恶的形容，

早已向重泉归寝，相伴着蛆虫；

他们永远照不到日光的融融，

只每夜在暗野里凭吊着凄风。

奥布朗　但你我可完全不能比并他们；

晨光中我惯和猎人一起游巡，

如同林居人一样踏访着丛林：

即使东方开启了火红的天门，

大海上照耀万道灿烂的光针，

青碧的巨浸化成了一片黄金，

但我们应该早早办好这事情，

最好别把它迁延着直到天明。（下）

迫克　奔到这边来，奔过那边去；

我要领他们，奔来又奔去。

林间和市上，无人不怕我；

我要领他们，走尽林中路。

这儿来了一个。

拉山德重上。

拉山德　你在哪里，骄傲的狄米特律斯？说出来！

迫克　在这儿，恶徒！把你的剑拔出来准备着吧。你在哪里？

拉山德　我立刻就过来。

迫克　那么跟我来吧，到平坦一点的地方。（拉山德随声音下）

狄米特律斯重上。

狄米特律斯　拉山德，你再开口啊！你逃走了，你这懦夫！你逃走了吗？说话呀！躲在那一堆树丛里吗？你躲在哪里呀？

迫克　你这懦夫！你在向星星们夸口，向树林子挑战，却不敢过来吗？来，卑怯汉！来，你这小孩子！我要好好抽你一顿。谁要跟你比剑才真倒霉！

狄米特律斯　呀，你在那边吗？

迫克　　　　跟我的声音来吧，这儿不是适宜我们战斗的地方。

（同下）

拉山德重上。

拉山德　　　他走在我的前头，老是挑激着我上前；一等我走到他叫喊着的地方，他又早已不在。这个坏蛋比我脚步快得多，我追得快，他可逃得更快，使我在黑暗崎岖的路上绊跌了一跤。让我在这儿休息一下吧。（躺下）来吧，你仁心的白昼！只要你一露出你的一线灰白的微光，我就可以看见狄米特律斯而洗雪这次仇恨了。（睡去）

迫克及狄米特律斯重上。

迫克　　　　呵！呵！呵！懦夫！你为什么不来？

狄米特律斯　要是你有胆量的话，等着我吧；我全然明白你跑在我前面，从这儿窜到那儿，不敢站住，也不敢当着我的面。你现在在什么地方？

迫克　　　　过来，我在这儿。

狄米特律斯　哼，你在摆布我。要是天亮了我看见你的面孔，你就好好地留点儿神；现在，去你的吧！疲乏逼着我

倒下在这寒冷的地上，等候着白天的降临。（躺下睡去）

海丽娜重上。

海丽娜　疲乏的夜啊！冗长的夜啊！减少一些你的时辰吧！从东方出来的安慰，快照耀起来吧！好让我借着晨光回到雅典去，离开这一群人，他们大家都讨厌着可怜的我。慈悲的睡眠，有时你闭上了悲伤的眼睛，求你暂时让我忘却了自己的存在吧！（躺下睡去）

迫克　两男加两女，四个无错误；
　　　　三人已在此，一人在何处？
　　　　哈哈她来了，满脸愁云罩：
　　　　爱神真不好，惯惹人烦恼！

赫米娅重上。

赫米娅　从来不曾这样疲乏过，从来不曾这样伤心过！我的身上沾满了露水，我的衣裳被荆棘所抓破；我跑也跑不动，爬也爬不动了；我的两条腿再也不能从着我的心愿。让我在这儿休息一下以待天明。要是他们真要格斗的话，愿天保佑拉山德吧！（躺下睡去）

迫克　梦将残，睡方酣，
　　　　神仙药，祛幻觉，

百般迷梦全消却。（挤草汁于拉山德眼上）

醒眼见，旧人脸，

乐满心，情不禁，

从此欢爱复深深。

一句俗语说得好，

各人各有各的宝，

等你醒来就知道：

哥儿爱姐儿，

两两无参差；

失马复得马，

一场大笑话！（下）

第
四
幕

第一场

林中。拉山德、狄米特律斯、海丽娜、赫米娅酣睡未醒

　　　　　　　　提泰妮娅及波顿上，众仙随侍；奥布朗潜随其后。

提泰妮娅　　来，坐下在这花床上。我要爱抚你的可爱的脸颊；
　　　　　　　我要把麝香玫瑰插在你柔软光滑的头颅上；我要吻
　　　　　　　你的美丽的大耳朵，我的温柔的宝贝！

波顿　　　　豆花呢?

豆花　　　　有。

波顿　　　　替咱把头搔搔，豆花儿。蛛网先生在哪儿?

蛛网　　　　有。

波顿　　　　蛛网先生，好先生，把您的刀拿好，替咱把那蓟草
　　　　　　　叶尖上的红屁股的野蜂儿杀了；然后，好先生，替
　　　　　　　咱把蜜囊儿拿来。干那事的时候可别太性急，先生；
　　　　　　　而且，好先生，当心别把蜜囊儿给弄破了；要是您
　　　　　　　在蜜囊里头淹死了，那咱可不很乐意，先生。芥子

先生在哪儿?

芥子　　　　　有。

波顿　　　　　把您的小手儿给我, 芥子先生。请您不用多礼了吧,
　　　　　　　好先生。

芥子　　　　　你有什么吩咐?

波顿　　　　　没有什么, 好先生, 只是帮蛛网君替咱搔搔痒。咱
　　　　　　　一定得理发去, 先生, 因为咱觉得脸上毛得很。咱
　　　　　　　是一头感觉非常灵敏的驴子, 要是一根毛把咱触痒
　　　　　　　了, 咱就非得搔一下子不可。

提泰妮娅　　　你要不要听一些音乐, 我的好人?

波顿　　　　　咱很懂得一点儿音乐。咱们来一下子莲花落吧。

提泰妮娅　　　好人, 你要吃些什么呢?

波顿　　　　　真的, 来一堆刍秣吧; 您要是有好的干麦秆, 也可
　　　　　　　以给咱大嚼一顿。咱想, 咱怪想吃那么一捆干草;
　　　　　　　好干草, 美味的干草, 什么也比不上它。

提泰妮娅　　　我有一个善于冒险的小神仙, 可以给你到松鼠的仓
　　　　　　　里取下些新鲜的榛栗来。

波顿　　　　　咱宁可吃一把两把干豌豆。但是谢谢您, 吩咐您那
　　　　　　　些人们别惊动咱吧, 咱想要睡他妈的一个觉。

提泰妮娅　　　睡吧, 我要把你抱在我的臂中。神仙们, 往各处散
　　　　　　　开去吧。(众仙下)菟丝也正是这样温柔地缠附着
　　　　　　　芬芳的金银花; 女萝也正是这样缱绻着榆树粗糙的
　　　　　　　臂枝。啊, 我是多么爱你! 我是多么热恋着你! (同
　　　　　　　睡去)

Oberon. Welcome, good Robin. See'st thou this
sweet sight?
Her dotage now I do begin to pity.

Act IV. Scene I.

迫克上。

奥布朗　　（上前）欢迎，好罗宾！你见没见这种可爱的情景？
　　　　　我对于她的痴恋开始有点不忍了。刚才我在树林后
　　　　　面遇见她正在为这个可憎的蠢货找寻爱情的礼物，
　　　　　我就谴责她，跟她争吵起来，因为那时她把芬芳的
　　　　　鲜花制成花环环绕着他那毛茸茸的额角；原来在嫩
　　　　　芯上晶莹饱满、如同东方的明珠一样的露水，如今
　　　　　却含在那一朵朵美艳的小花的眼中，像是盈盈欲泣
　　　　　的眼泪，痛心着它们所受的耻辱。我把她尽情嘲骂
　　　　　一番之后，她低声下气地请求我息怒，于是我便乘
　　　　　机向她索讨那个换儿；她立刻把他给了我，差她的
　　　　　仙侍把他送到了我的寝宫里。现在我已经到手了这
　　　　　个孩子，我将解去她眼中这种可憎的迷惑。好迫克，
　　　　　你去把这雅典村夫头上的变形的头盖揭下，等他和
　　　　　大家一同醒来的时候可以回到雅典去，把这晚间一
　　　　　切发生的事只当作一场梦魇。但是先让我给仙后解
　　　　　去了魔法吧。（以草触她的眼睛）
　　　　　回复你原来的本性，
　　　　　解去你眼前的幻景；
　　　　　这一朵女贞花采自月姊园庭，
　　　　　它会使爱情的小卉失去功能。
　　　　　喂，我的提泰妮娅，醒醒吧，我的好王后！

提泰妮娅　我的奥布朗！我看见了怎样的幻景！好像我爱上了

　　　　　　　一头驴子啦。

奥布朗　　　那边就是你的爱人。

提泰妮娅　　这一切事情怎么会发生的呢？啊，现在我看见他的样子是多么惹气！

奥布朗　　　静一会儿。罗宾，把他的头壳揭下了。提泰妮娅，叫他们奏起音乐来吧，让这五个人睡得全然失去了知觉。

提泰妮娅　　来，奏起催眠的乐声柔婉！（音乐）

迫克　　　　等你一醒来的时候，蠢汉，

　　　　　　　用你自己的傻眼睛瞧看。

奥布朗　　　奏下去，音乐！来，我的王后，让我们携手同行，让我们的舞蹈震动这些人睡着的地面。现在我们已经言归于好，明天半夜将要一同到忒修斯公爵的府中跳着庄严的欢舞，祝福他家繁荣昌盛。这两对忠心的恋人也将在那里和忒修斯同时举行婚礼，大家心中充满了喜乐。

迫克　　　　仙王，仙王，留心听，

　　　　　　　我听见云雀歌吟。

奥布朗　　　王后，让我们静静

　　　　　　　追随着夜的踪影；

　　　　　　　我们环绕着地球，

　　　　　　　快过明月的光流。

提泰妮娅　　夫君，请你在一路

　　　　　　　告诉我一切缘故，

Titania. My Oberon! what visions have I seen!
Methought I was enamour'd of an ass.
 Oberon. There lies your love.   *Act IV. Scene 1.*

这些人来自何方，

当我熟睡的时光。（同下。幕内号角声）

忒修斯、希波吕忒、伊吉斯及侍从等上。

忒修斯 你们中间谁去把猎奴唤来。我们已把五月节的仪式遵行，现在还不过是清晨，我的爱人应当听一听猎犬的音乐。把它们放在西面的山谷里；快去把猎奴唤来。美丽的王后，让我们到山顶上去，领略着猎犬们的吠叫和山谷中的回声应和在一起的妙乐吧。

希波吕忒 我曾经同赫剌克勒斯和卡德摩斯一起在克里特林中行猎 [1]，他们用斯巴达的猎犬追赶着巨熊，那种雄壮的吠声我真是第一次听到；除了丛林之外，天空和群山，以及一切附近的区域，似乎混成了一片交互的呐喊。我从来不曾听见过那样谐美的喧声，那样悦耳的雷鸣。

忒修斯 我的猎犬也是斯巴达种，一样的颊肉下垂，一样的黄沙的毛色；它们的头上垂着两片挥拂晨露的耳朵；它们的膝骨是弯曲的，并且像忒萨利亚 [2] 种的公牛一样喉头长着垂肉。它们在追逐时不很迅速，但它们的吠声彼此高下相应，就像钟声那样合调。无论在克里特、

---

1 卡德摩斯（Cadmus）是忒拜城（Thebes）的第一个国王。克里特（Crete）为地中海岛名。
2 忒萨利亚（Thessaly），希腊地名。

斯巴达或是忒萨利亚，都不曾有过这么一队猎狗，能够应和着猎人的号角与召唤，吠得这样好听；你听见了之后便可以自己判断。但是且慢！这些都是什么仙女？

伊吉斯 殿下，这儿躺着的是我的女儿；这是拉山德；这是狄米特律斯；这是海丽娜，奈达老人的女儿。我不知道他们怎么都在这儿。

忒修斯 他们一定是早起守五月节，因为闻知了我们的意旨，所以赶到这儿来参加我们的典礼。但是，伊吉斯，今天不是赫米娅应该决定她的选择的日子了吗？

伊吉斯 是的，殿下。

忒修斯 去，叫猎奴们吹起号角来惊醒他们。（幕内号角及呐喊声；拉山德、狄米特律斯、赫米娅、海丽娜四人惊醒跳起）早安，朋友们！情人节早已过去了，你们这一辈林鸟到现在才配起对来吗？

拉山德 请殿下恕罪！（偕余人并跪下）

忒修斯 请你们站起来吧。我知道你们两人是对头冤家，怎么会变得这样和气，大家睡在一块儿，没有一点猜忌和戒心了呢？

拉山德 殿下，我现在还是糊里糊涂，不知道应当怎样回答您的问话；但是我敢发誓说我真的不知道怎么会在这儿；但是我想——我要说老实话，我现在记起来了，一点不错，我是和赫米娅一同到这儿来的；我们想要逃出雅典，避过了雅典法律的峻严，我们便可以——

伊吉斯　　够了，够了，殿下；话已经说得够了。我要求依法，依法惩办他。他们打算，他们打算逃走，狄米特律斯，他们打算用那种手段欺弄我们，使你的妻子落了空，使我给你的允诺也落了空。

狄米特律斯　殿下，海丽娜告诉了我他们的出奔，告诉了我他们到这林中来的目的；我在盛怒之下追踪他们，同时海丽娜因为痴心的缘故也追踪着我。但是，殿下，我不知道怎样一种力量——但一定是有一种力量——使我对于赫米娅的爱情会像霜雪一样涣解，现在想起来，就像一段童年时所爱好的一件玩物的记忆一样；我一切的忠信、一切的心思、一切乐意的眼光，都是属于海丽娜一个人的了。我在没有认识赫米娅之前，殿下，就已经和她订过盟约；但正如一个人在生病的时候一样，我厌弃着这一道珍馐，等到健康恢复，就会回复正常的胃口。现在我希求着她，珍爱着她，思慕着她，将要永远忠心于她。

忒修斯　　俊美的恋人们，我们相遇得很巧；等会儿我们便可以再听你们把这段话讲下去。伊吉斯，你的意志只好屈服一下了；这两对少年不久便将跟我们一起在庙堂中缔结永久的鸳盟。现在清晨快要过去，我们本来准备的行猎只好中止。跟我们一起到雅典去吧；三三成对地，我们将要大张盛宴。来，希波吕忒。（忒修斯、希波吕忒、伊吉斯及侍从下）

狄米特律斯　这些事情似乎微细而无从捉摸，好像化为云雾的远山一样。

赫米娅　我觉得好像这些事情我都用昏花的眼睛看着，一切都化作了层叠的两重似的。

海丽娜　我也是这样想。我得到了狄米特律斯，像是得到了一颗宝石，好像是我自己的，又好像不是我自己的。

狄米特律斯　你们真能断定我们现在是醒着吗？我觉得我们还是在睡着做梦。你们是不是以为公爵刚才在这儿，叫我们跟他走？

赫米娅　是的，我的父亲也在。

海丽娜　还有希波吕忒。

拉山德　他确曾叫我们跟他到神庙里去。

狄米特律斯　那么我们真已经醒了。让我们跟着他走；一路上讲着我们的梦。（同下）

波顿　（醒）轮到咱的尾白的时候，请你们叫咱一声，咱就会答应；咱下面的一句是，"最美丽的皮拉摩斯。"喂！喂！彼得·昆斯！弗鲁特，修风箱的！斯诺特，补锅子的！斯塔佛林！他妈的！悄悄地溜走了，把咱撇下在这儿一个人睡觉吗？咱做了一个奇怪得了不得的梦。没有人说得出那是怎样的一个梦；要是谁想把这个梦解释一下，那他一定是一头驴子。咱好像是——没有人说得出那是什么东西；咱好像是——咱好像有——但要是谁敢说出来咱好像有什么东西，那他一定是一个蠢材。咱那个梦啊，人们的眼睛从来没有听到过，人们的耳朵从来没有看见过，人们的手也尝不出来是什么味道，人们的舌头也想不出来是什么道理，人们的心也说不出来究竟那是怎样的一个梦。咱要叫彼得·昆斯给咱写一首歌儿咏一下这个梦，题目就叫作"波顿的梦"，因为这个梦可没有个底儿[1]；咱要在演完戏之后当着公爵大人的面前唱这个歌——或者更体面些，还是等提斯柏死了之后再唱吧。（下）

---

1 波顿（Bottom）含有"底"之意。

第二场

雅典。昆斯的家中

昆斯、弗鲁特、斯诺特、斯塔佛林上。

昆斯 你们差人到波顿家里去过了吗？他还没有回家吗？

斯塔佛林 一点消息都没有。他准是给妖精拐了去了。

弗鲁特 要是他不回来，那么咱们的戏就要搁起来啦；它不能再演下去，是不是？

昆斯 那当然演不下去啰；整个雅典城里除了他之外就没有第二个人可以演皮拉摩斯。

弗鲁特 谁也演不了；他在雅典手艺人中间简直是最聪明的一个。

昆斯 对，而且也是顶好的人；他有一副好喉咙，吊起膀子来真是顶呱呱的。

弗鲁特 你说错了，你应当说"吊嗓子"。吊膀子，老天爷！那是一件难为情的事。

斯纳格上。

斯纳格 列位，公爵大人刚从神庙里出来，还有两三位贵人和小姐们也在同时结了婚。要是咱们的玩意儿能够干下去，咱们大家一定都有好处。

弗鲁特　哎呀，可爱的波顿好家伙！他从此就不能再拿到六便士一天的恩俸了。他准可以拿到六便士一天的。咱可以赌咒公爵大人见了他扮演皮拉摩斯，一定会赏给他六便士一天。他应该可以拿到六便士一天的；扮演了皮拉摩斯，应该拿六便士一天，少一个子儿都不行。

波顿上。

波顿　孩儿们在什么地方？心肝们在什么地方？

昆斯　波顿！哎呀，顶好顶好的日子，顶吉利顶吉利的时辰！

波顿　列位，咱要讲古怪事儿给你们听，可不许问咱什么事；要是咱对你们说了，咱不算是真的雅典人。咱要把一切全都告诉你们，一个字也不漏掉。

昆斯　讲给咱们听吧，好波顿。

波顿　关于咱自己的事可一个字也不能告诉你们。咱要报告给你们知道的是，公爵大人已经用过正餐了。把你们的行头收拾起来，胡须上要用坚牢的穿绳，舞鞋上要结簇新的缎带；立刻在宫门前集合；各人温熟了自己的台词；总而言之一句话，咱们的戏已经送上去了。无论如何，可得叫提斯柏穿一件干净一点的衬衫；还有扮演狮子的那位别把指甲修去，因

为那是要露出在外面当作狮子的脚爪的。顶要紧的，列位老板们，别吃洋葱和大蒜，因为咱们可不能把人家熏倒了胃口；咱一定会听见他们说，"这是一出喷香的喜剧。"完了，去吧！去吧！（同下）

第五幕

第一场

雅典。忒修斯宫中

忒修斯、希波吕忒、菲劳斯特莱特及大臣侍从等上。

希波吕忒　忒修斯，这些恋人们所说的话真是奇怪得很。

忒修斯　奇怪得不像会是真实。我永不相信这种古怪的传说和荒唐的神话。情人们和疯子们都富于纷乱的思想和成形的幻觉，他们所理会到的永远不是冷静的理智所能充分了解。疯子、情人和诗人，都是幻象的产儿：疯子眼中所见的鬼，多过于广大的地狱所能容纳；情人，同样是那么狂妄地，能从埃及的黑脸上看见海伦的美貌；诗人的眼睛在神奇的狂放的一转中，便能从天上看到地下，从地下看到天上。想象会把不知名的事物用一种形式呈现出来，诗人的笔再使它们具有如实的形象，空虚的无物也会有了居处和名字。强烈的想象往往具有这种本领，只要一领略到一些快乐，就会相信那种快乐的背后有一个赐予的人；夜间一转到恐惧的念头，一株灌木一下子便会变成一头熊。

希波吕忒　但他们所说的一夜间全部的经历，以及他们大家心理上都受到同样影响的一件事实，可以证明那不会是幻想。虽然那故事是怪异而惊人，却并不令人不能置信。

忒修斯　这一班恋人们高高兴兴地来了。

拉山德、狄米特律斯、赫米娅、海丽娜上。

忒修斯　恭喜，好朋友们！恭喜！愿你们心灵里永远享受着没有阴翳的爱情日子！

拉山德　愿更大的幸福永远追随着殿下的起居！

忒修斯　来，我们应当用什么假面剧或是舞蹈来消磨在尾餐和就寝之间的三点钟悠长的岁月呢？我们一向掌管戏乐的人在哪里？有哪几种余兴准备着？有没有一出戏剧可以祛除难挨的时辰里按捺不住的焦灼呢？叫菲劳斯特莱特过来。

菲劳斯特莱特　有，伟大的忒修斯。

忒修斯　说，你有些什么可以缩短这黄昏的节目？有些什么假面剧？有些什么音乐？要是一点娱乐都没有，我们怎么把这迟迟的时间消度过去呢？

菲劳斯特莱特　这儿是一张预备好的各种戏目的单子，请殿下自己

拣选哪一项先来。（呈上单子）

忒修斯　　"与马人[1]作战，由一个雅典阉伶和竖琴而唱"。那个我们不要听；我已经告诉过我的爱人这一段表彰我的姻兄赫刺克勒斯武功的故事了。"醉酒者之狂暴，特剌刻歌人惨遭肢裂的始末"[2]。那是老调，当我上次征服忒拜凯旋的时候就已经表演过了。"九缪斯神[3]痛悼学术的沦亡"。那是一段犀利尖刻的讽刺，不适合于婚礼时的表演。"关于年轻的皮拉摩斯及其爱人提斯柏的冗长的短戏，非常悲哀的趣剧"。悲哀的趣剧！冗长的短戏！那简直是说灼热的冰，发烧的雪。这种矛盾怎么能调和起来呢？

菲劳斯特莱特　　殿下，一出一共只有十来个字那么长的戏，当然是再短没有了；然而即使只有十个字，也会嫌太长，叫人看了厌倦；因为在全剧之中，没有一个字是用得恰当的，没有一个演员是支配得适如其分的。那本戏的确很悲哀，殿下，因为皮拉摩斯在戏里要把自己杀死。那一场我看他们预演的时候，我得承认确曾使我的眼中充满了眼泪；但那些泪都是在纵声大笑的时候忍俊不住而流下来的，再没有人流过比那更开心的泪了。

忒修斯　　扮演这戏的是些什么人呢？

1　马人（Centaurs）是神话中一种半人半马的怪物，赫刺克勒斯曾战而胜之。
2　特剌刻（Thrace）歌人指俄耳甫斯（Orpheus），遭酗酒妇人所肢裂而死。
3　九缪斯神（Nine Muses）即司文艺学术的九女神。

菲劳斯特莱特	都是在这雅典城里做工过活的胖手胝足的汉子。他们从来不曾用过头脑，今番为了准备参加殿下的婚礼，才辛辛苦苦地把这本戏记诵起来。
忒修斯	好，就让我们听一下吧。
菲劳斯特莱特	不，殿下，那是不配烦渎您的耳朵的。我已经听完过一次，简直一无足取；除非你嘉纳他们的一片诚心和苦苦背诵的辛勤。
忒修斯	我要把那本戏听一次，因为纯朴和忠诚所呈献的礼物，总是可取的。去把他们带来。各位夫人女士们，大家请坐下。（菲劳斯特莱特下）
希波吕忒	我不欢喜看见微贱的人做他们力量所不及的事，忠诚因为努力的狂妄而变成毫无价值。
忒修斯	啊，亲爱的，你不会看见他们糟到那地步。
希波吕忒	他说他们根本不会演戏。
忒修斯	那更显得我们的宽宏大度，虽然他们的劳力毫无价值，他们仍能得到我们的嘉纳。我们可以把他们的错误作为取笑的资料。我们不必较量他们那可怜的忠诚所不能达到的成就，而该重视他们的辛勤。凡是我所到的地方，那些有学问的人都预先准备好欢迎辞迎接我；但是一看见我，便发抖，脸色变白，句子没有说完便中途顿住，背熟的话儿梗在喉中，吓得说不出来，结果是一句欢迎我的话都没有说。相信我，亲爱的，从这种无言中我却领受了他们一片欢迎的诚意；在诚惶诚恐的忠诚的畏怯上表示出

来的意味，并不少于一条娓娓动听的辩舌和无所忌惮的口才。因此，爱人，照我所能观察到的，无言的纯朴所表示的情感，才是最丰富的。

菲劳斯特莱特重上。

菲劳斯特莱特　请殿下吩咐，念开场诗的预备登场了。
忒修斯　让他上来吧。（喇叭奏花腔）

昆斯上，念开场诗。

昆斯　要是咱们，得罪了请原谅。
咱们本来是，一片的好意，
想要显一显。薄薄的伎俩，
那才是咱们原来的本意。
因此列位咱们到这儿来。
为的要让列位欢笑欢笑，
否则就是不曾。到这儿来，
如果咱们。惹动列位气恼。
一个个演员，都将，要登场，
你们可以仔细听个端详。[1]
忒修斯　这家伙简直乱来。

---

1 此段句读完全错误。

拉山德　　他念他的开场诗就像骑一匹顽劣的小马一样，乱冲乱撞，该停的地方不停，不该停的地方偏偏停下。殿下，这是一个好教训：单是会讲话不能算数，要讲话总该讲得像个路数。

希波吕忒　真的，他就像一个小孩子学吹笛，呜哩呜哩了一下，可是全不入调。

忒修斯　　他的话像是一段纠缠在一起的链索，并没有欠缺，可是全弄乱了。跟着是谁登场呢？

皮拉摩斯及提斯柏、墙、月光、狮子上。

昆斯　　　列位大人，也许你们会奇怪这一班人跑出来干吗。不必寻根究底，自然而然地你们总会明白过来。这个人是皮拉摩斯，要是你们想要知道的话；这位美丽的姑娘不用说便是提斯柏啦。这个人身上涂着石灰和黏土，是代表着墙头，那堵隔开这两个情人的坏墙头；他们这两个可怜的人只好在墙缝里低声谈话，这是要请大家明白的。这个人提着灯笼，牵着犬，拿着柴枝，是代表着月亮；因为你们要知道，这两个情人觉得借着月光到尼纳斯的坟头聚首谈情倒也不坏。这一头可怕的畜生名叫狮子，那晚上忠实的提斯柏先到约会的地方，给它吓跑了，或者不如说是被它惊走了；她在逃走的时候脱落了她的外套，那件外套因为给那恶狮子咬住在它那张血嘴里，所以沾满了血斑。隔了不久，皮拉摩斯，那个高个儿的美少年，也来了，一见他那忠实的提斯柏的外套死在地上，便刺楞楞的一声拔出一把血淋淋的杀千刀的剑来，对准他那热辣辣的胸脯里豁拉拉地刺了进去。那时提斯柏却躲在桑树的树荫里，等到她发现了这回事，便把他身上的剑拔出来，结果了她自己的性命。至于其余的一切，可以让狮子、月光、墙头和两个情人详详细细地告诉你们，当他们上场的时候。（昆斯及皮拉摩斯、提斯柏、狮子、月光同下）

忒修斯　　我不知道狮子要不要说话。

狄米特律斯　殿下，这可不用怀疑，要是一班驴子都会讲人话，狮子当然也会说话啦。

墙　　　　小子斯诺特是也，在这本戏文里扮作墙头；须知此墙不是他墙，乃是一堵有裂缝的墙，凑着那条裂缝，皮拉摩斯和提斯柏两个情人常常偷偷地低声谈话。这一把石灰、这一撮黏土、这一块砖头，表明咱是一堵真正的墙头，并非滑头冒牌之流。这便是那条从右到左裂开的缝儿，这两个胆小的情人就在那儿谈着知心话儿的。

忒修斯　　石灰和泥土筑成的东西，居然这样会说话，难得难得！

狄米特律斯　殿下，这是我听到一堵墙所说过的最俏皮的一段话。

忒修斯　　皮拉摩斯走近墙边来了。静听！

　　　　　　皮拉摩斯重上。

皮拉摩斯　　板着脸孔的夜啊！漆黑的夜啊！

　　　　　　夜啊，白天一去，你就来啦！

　　　　　　夜啊！夜啊！哎呀！哎呀！哎呀！

　　　　　　咱担心咱的提斯柏要失约啦！

　　　　　　墙啊！亲爱的、可爱的墙啊！

　　　　　　你硬生生地隔分了咱们两人的家！

　　　　　　墙啊！亲爱的，可爱的墙啊！

　　　　　　露出你的裂缝，让咱向里头瞧瞧吧！（墙举手叠指

　　　　　　作裂缝状）

　　　　　　谢谢你，殷勤的墙！天神大大保佑你！

　　　　　　但是咱瞧见些什么呢？咱瞧不见伊。

　　　　　　刁恶的墙啊！不让咱瞧见可爱的伊；

　　　　　　愿你倒霉吧，因为你竟这样把咱欺！

忒修斯　　　这墙并不是没有知觉的，我想他应当反骂一下。

皮拉摩斯　　没有的事，殿下，真的，他不能。"把咱欺"是该
　　　　　　提斯柏接下去的尾白；她现在就要上场啦，咱就要
　　　　　　在墙缝里看她。你们瞧着吧，下面做下去正跟咱告
　　　　　　诉你们的完全一样。那边她来啦。

　　　　　　提斯柏重上。

提斯柏	墙啊！你常常听得见咱的呻吟，
	怨你生生把咱共他两两分拆！
	咱的樱唇常跟你的砖石亲吻，
	你那用水泥胶得紧紧的砖石。
皮拉摩斯	咱瞧见一个声音；让咱去望望，
	不知可能听见提斯柏的脸庞。
	提斯柏！
提斯柏	你是咱的好人儿，咱想。
皮拉摩斯	尽你想吧，咱是你风流的情郎。
	好像里芒德[1]，咱此心永无变更。
提斯柏	咱就像海伦，到死也决不变心。
皮拉摩斯	沙发勒斯对待普洛克勒斯不过如此。[2]
提斯柏	你就是普洛克勒斯，咱就是沙发勒斯。
皮拉摩斯	啊，在这堵万恶的墙缝中请给咱一吻！
提斯柏	咱吻着墙缝，可全然吻不到你的嘴唇。
皮拉摩斯	你肯不肯到宁尼的坟头去跟咱相聚？
提斯柏	活也好，死也好，咱一准立刻动身前去。（二人下）
墙	现在咱已把墙头扮好，
	因此咱便要拔脚跑了。（下）
忒修斯	现在隔在这家人之间的墙头已经倒下了。

---

1 里芒德（Limander）是里昂德（Leander）之讹，传说中的情人，爱其恋女希罗（Hero），游泳过赫勒思滂河（Hellespont）以赴约，卒遭灭顶，有中国尾生高之风。下行提斯柏以希罗为海伦（Helen）。

2 沙发勒斯（Shafalus）为塞发勒斯（Cephalus）之讹，为黎明女神奥洛拉（Aurora）所恋，但彼卒忠于其妻普洛克里斯（Procris，此误为Procrus）。

狄米特律斯	殿下，墙头要是都像这样随随便便偷听人家的谈话起来，可真没法好想。
希波吕忒	我从来没有听到过比这再蠢的东西。
忒修斯	最好的戏剧也不过是人生的一个缩影；最坏的只要用想象补足一下，也就不会坏到什么地方去。
希波吕忒	那该是靠你的想象，而不是靠他们的想象。
忒修斯	要是我们对于他们的想象里并不比他们对自己的想象更坏，那么他们也可以算得顶好的人了。两个好东西登场了，一个是人，一个是狮子。

狮子及月光重上。

狮子	各位太太小姐们，你们那柔弱的心一见了地板上爬着的一只顶小的老鼠就会害怕，现在看见一头凶暴的狮子发狂地怒吼，多少要发起抖来吧？但是请你们放心，咱实在是细木工匠斯纳格，既不是凶猛的公狮，也不是一头母狮；要是咱真的是一头狮子而跑到这儿来，那咱才大倒其霉！
忒修斯	一头非常善良的畜生，有一颗好良心。
狄米特律斯	殿下，这是我所看见过的最好的畜生了。
拉山德	这头狮子按勇气说只好算是一只狐狸。
忒修斯	对了，而且按他那小心翼翼的样子说起来倒像是一只鹅。
狄米特律斯	可别这么说，殿下。他的"勇气"还比不上他的"小

心"多，一只狐狸却能把一只鹅给叼走。

忒修斯　　我敢肯定，他的"小心"叼不动他的"勇气"，就像一只鹅叼不动一只狐狸。好，别管他吧，让我们听月亮说话。

月光　　这盏灯笼代表着角儿弯弯的新月——

狄米特律斯　他应当把角装在头上。[1]

忒修斯　　他并不是新月，圆圆的哪里有个角儿?

月光　　这盏灯笼代表着角儿弯弯的新月；咱好像就是月亮里的仙人。

忒修斯　　这该是最大的错误了。应该把这个人放进灯笼里去；否则他怎么会是月亮里的仙人呢?

狄米特律斯　他因为怕蜡烛不敢进去。瞧，他恼了。

希波吕忒　这月亮真使我厌倦；他应该变化变化才好!

忒修斯　　照他那昏昏沉沉的样子看起来，他大概是一个残月；但是为着礼貌和一切的理由，我们得忍耐一下。

拉山德　　说下去，月亮。

月光　　总而言之，咱要告诉你们的是，这灯笼便是月亮；咱便是月亮里的仙人；这柴枝是咱的柴枝；这狗是咱的狗。

狄米特律斯　嗨，这些都应该放进灯笼里去才对，因为它们都是在月亮里的。但是静些，提斯柏来了。

---

1 头上长角是西方讥人作"乌龟"的俗语。

提斯柏重上。

提斯柏	这是宁尼老人的坟。咱的好人儿呢？
狮子	（吼）呜！……（提斯柏奔下）
狄米特律斯	吼得好，狮子！
忒修斯	奔得好，提斯柏！
希波吕忒	照得好，月亮！真的，月亮照得姿势很好。（狮子撕破提斯柏的外套后下）
忒修斯	撕得好，狮子！
狄米特律斯	于是皮拉摩斯来了。
拉山德	于是狮子不见了。

皮拉摩斯重上。

皮拉摩斯	可爱的月亮，咱多谢你的阳光；
	谢谢你，因为你照得这么皎洁！
	靠着你那慈和的闪烁的金光，
	咱将要饱餐着提斯柏的秀色。
	但是且住，啊该死！
	瞧哪，可怜的骑士，
	这是一场什么惨景！
	眼睛，你看没看见？
	这种事怎会实现？
	可爱的宝贝啊，亲亲！

你的好外套一件，

怎么全都是血点？

过来吧，狰狞的凶神！

快把生命的羁缠

从此后一刀割断；

今朝咱了结了残生！

忒修斯　这一种情感再加上一个好朋友的死，很可以使一个人脸带愁容。

希波吕忒　该死！我倒真有点可怜这个人。

皮拉摩斯　苍天啊！你为什么要造下狮子，

让它在这里蹂躏了咱的爱人？

她在一切活着爱着的人中，是

一个最美最美最最美的美人。

淋漓地流吧，眼泪！

咱要把宝剑一挥，

当着咱的胸头划破：

一剑刺过了左胸，

叫心儿莫再跳动，

这样咱就死啰死啰！（以剑自刺）

现在咱已经身死，

现在咱已经去世，

咱灵魂儿升到天堂；

太阳，不要再照耀！

月亮，给咱拔脚跑！（月光下）

咱已一命、一命丧亡。（死）

狄米特律斯　不是双亡，是单亡，因为他是孤零零地死去。

拉山德　他现在死去，不但成不了双，而且成不了单；他已经变成"没有"啦。

忒修斯　要是就去请外科医生来，也许还可以把他医活转来，叫他做一头驴子。

希波吕忒　提斯柏还要回来看见她的爱人，月亮怎么这样性急便去了呢？

忒修斯　她可以在星光底下看见他的，现在她来了。她再痛哭流涕一下子，戏文也就完了。

提斯柏重上。

希波吕忒　我想对于这样一个宝货皮拉摩斯，她可以不必浪费口舌；我希望她说得短一点儿。

狄米特律斯　她跟皮拉摩斯较量起来真是半斤八两。天神保佑我们不要嫁到这种男人，也保佑我们不要娶着这种妻子！

拉山德　她那秋波已经看见他了。

狄米特律斯　于是悲声而言曰——

提斯柏　睡着了吗，好人儿？

啊！死了，咱的鸽子？

皮拉摩斯啊，快醒醒！

说呀！说呀！哑了吗？

　　　　　唉，死了！一堆黄沙

　　　　　将要盖住你的美睛。

　　　　　嘴唇像百合花开，

　　　　　鼻子像樱桃可爱，

　　　　　黄花像是你的脸孔，

　　　　　一齐消失、消失了，

　　　　　有情人同声哀悼！

　　　　　他眼睛绿得像青葱。

　　　　　命运女神三姐妹，

　　　　　快快到我这里来，

　　　　　双手白得像牛奶，

　　　　　伸进血中泡一泡，

　　　　　既然你们用剪刀，

　　　　　剪断了他的生命线。

　　　　　舌头，不许再多言！

　　　　　凭着这一柄好剑，

　　　　　赶快把咱胸膛刺穿。（以剑自刺）

　　　　　再会，亲爱的友朋！

　　　　　提斯柏已经毕命；

　　　　　再见吧，再见吧，再见！（死）

忒修斯　　他们的葬事要让月亮和狮子来料理了吧？

狄米特律斯　是的，还有墙头。

波顿　　（跳起）不，咱对你们说，那堵隔开他们两家的墙
　　　　　早已经倒了。你们要不要瞧瞧收场诗，或者听一场

咱们两个伙计的贝格摩[1]舞？

忒修斯　请把收场诗免了吧，因为你们的戏剧无须再求观众原谅；扮戏的人一个个死了，我们还能责怪谁不成？真的，要是写那本戏的人自己来扮皮拉摩斯，把他自己吊死在提斯柏的袜带上，那倒真是一出绝妙的悲剧。实在你们这次演得很不错。现在把你们的收场诗搁在一旁，还是跳起你们的贝格摩舞来吧。（跳舞）夜钟已经敲过了十二点；恋人们，睡觉去吧，现在已经差不多是神仙们游戏的时间了。我担心我们明天早晨会起不来身，因为今天晚上睡得太迟。这出粗劣的戏剧却使我们不觉间把这漫长的夜晚打发走了。好朋友们，去睡吧。我们要用半月工夫把这喜庆延续，夜夜有不同的寻欢作乐。（众下）

---

1 贝格摩（Bergamo）为米兰（Milan）东北地名，以产小丑著名。

第二场

同前

迫克上。

迫克　　　　饿狮在高声咆哮；

豺狼在向月长嗥；

农夫们鼾息沉沉，

完毕一天的辛勤。

火把还留着残红，

鸱鸮叫得人胆战，

传进愁人的耳中，

仿佛见殓衾飘飐。

现在夜已经深深，

坟墓都裂开大口，

吐出了百千幽灵，

荒野里四散奔走。

我们跟着赫卡忒[1]，

离开了阳光赫奕，

---

1 赫卡忒（Hecate）为下界的女神。原文作 triple Hecate，盖三位一体之神，在地上为狄安娜（Diana），在天上为琉娜（Luna）。

像一场梦景幽凄，

追随黑暗的踪迹。

· 且把这吉屋打扫，

供大家一场欢闹；

驱走扰人的小鼠，

还得揩干净门户。

奥布朗、提泰妮娅及侍从等上。

奥布朗　　　屋中消沉的火星

微微地尚在闪耀；

跳跃着每个精灵

像花枝上的小鸟；

随我唱一支曲调，

一齐轻轻地舞蹈。

提泰妮娅　　先要把歌儿练熟，

每个字玉润珠圆；

然后齐声唱祝福，

手携手缥缈回旋。（歌舞）

奥布朗　　　趁东方没有发白，

让我们满屋溜达；

先去看一看新床，

祝福它吉利祯祥。

这三对新婚伉俪，

愿他们永无离贰；

生下来小小儿郎，

一个个相貌堂堂，

不生黑痣不缺唇，

更没有半点瘢痕。

没有不祥的胎记，

令他们遭人嫌弃。

用这神圣的野露，

你们去浇洒门户，

祝福屋子的主人，

永享着福禄康宁。

快快去，莫犹豫；

天明时我们重聚。（除迫克外皆下）

迫克　　（向观众）

要是我们这辈影子

有拂了诸位的尊意，

就请你们这样思量，

一切便可得到补偿；

这种种幻景的显现，

不过是梦中的妄念；

这一段无聊的情节，

真同诞梦一样无力。

先生们，请不要见笑！

倘蒙原宥，定当补报。

万一我们幸而免脱

这一遭嘘嘘的指斥，

我们决不忘记大恩，

迫克生平不会骗人。

再会了！肯赏个脸子的话，

就请拍两下手，多谢多谢！（下）

威尼斯商人

THE
MERCHANT.
of
VENICE

剧中人物

威尼斯公爵

摩洛哥亲王
阿拉贡亲王 } 鲍西娅的求婚者

安东尼奥 / 威尼斯商人

巴萨尼奥 / 安东尼奥的朋友

葛莱西安诺
萨莱尼奥 } 安东尼奥和巴萨尼奥的朋友
萨拉里诺

罗兰佐 / 杰西卡的恋人

夏洛克 / 犹太富翁

杜伯尔 / 犹太人，夏洛克的朋友

朗斯洛特·高波 / 小丑，夏洛克的仆人

老高波 / 朗斯洛特的父亲

里奥那多 / 巴萨尼奥的仆人

鲍尔萨泽
斯丹法诺 } 鲍西娅的仆人

鲍西娅 / 富家嗣女

尼莉莎 / 鲍西娅的侍女

杰西卡 / 夏洛克的女儿

威尼斯众士绅、法庭官吏、狱吏、鲍西娅家中的仆人及其他侍从

地点

一部分在威尼斯；一部分在大陆上的贝尔蒙特，鲍西娅邸宅所在地

第一幕

第一场

威尼斯。街道

安东尼奥、萨拉里诺及萨莱尼奥上。

安东尼奥 真的，我不知道我为什么这样闷闷不乐。它真叫我
厌烦；你们说你们见我这样子，也觉得很厌烦；可
是我怎样会让忧愁沾上了身，这种忧愁究竟是怎么
一种东西，它是从什么地方产生的，我却全不知道；
忧愁已经使我变成了一个傻子，我简直自己也有点
不懂自己了。

萨拉里诺 您的心是跟着您那些扯着满帆的大船，在海洋上簸
荡着呢；它们就像水上的达官富绅，炫示着它们的
豪华，那些小商船向它们点头敬礼，它们却睬也不
睬地凌风直驶。

萨莱尼奥 相信我，老兄，要是我也有这么一笔买卖在外洋，
我一定要用大部分的心思牵记它；我一定常常拔草

观测风吹的方向，在地图上查看港口码头的名字；凡是足以使我担心我的货物的命运的一切事情，不用说都会引起我的忧愁。

萨拉里诺　　吹凉我的粥的一口气，也会吹痛了我的心，当我想到海面上的一阵暴风，将会造成怎样一场灾祸的时候。一看见沙漏的时计，我就会想起海边的沙滩，仿佛看见我那艘满载货物的商船倒插在沙里，船底向天，它的高高的桅樯吻着它的葬身之地。要是我到教堂里去，看见那用石块筑成的神圣的殿堂，我怎么会不立刻想起那些危险的礁石，它们只要略微碰一碰我那艘好船的船舷，就会把满船的香料倾泻在水里，让汹涌的波涛披戴着我的绸缎绫罗；方才还是价值连城的，一转瞬间尽归乌有？要是我想到了这种情形，我怎么会不担心这种情形也许果然会发生而忧愁起来呢？不用对我说，我知道安东尼奥是因为想到他的货物而忧愁。

安东尼奥　　不，相信我；感谢我的命运，我的买卖的成败，并不完全寄托在一艘船上，更不是倚赖着一处地方；我的全部财产，也不会因为这一年的盈亏而受到影响，所以我的货物并不能使我忧愁。

萨拉里诺　　啊，那么您是在恋爱了。

安东尼奥　　呸！哪儿的话！

萨拉里诺　　也不是在恋爱吗？那么让我们说，您因为不快乐，所以忧愁；这就像瞧您笑笑跳跳，就说您因为不忧愁，所以快乐一样，再便当没有了。凭着两面神[1]发誓，老天造下人来，真是无奇不有：有的人老是眯着眼睛笑，好像鹦鹉见了一个吹风笛的人一样；有的人终日皱着眉头，即使涅斯托[2]发誓说那笑话很可笑，他也不肯露一露他的牙齿，装出一个笑容来。

巴萨尼奥、罗兰佐及葛莱西安诺上。

萨莱尼奥　　您的一位最尊贵的朋友，巴萨尼奥，跟葛莱西安诺、罗兰佐都来了。再见；您现在有了更好的同伴，我们可以少陪啦。

萨拉里诺　　倘不是因为您的好朋友来了，我一定要叫您快乐了才走。

安东尼奥　　你们的友谊我是十分看重的。照我看来，恐怕还是你们自己有事，所以借着这个机会想抽身出去吧？

萨拉里诺　　早安，各位老爷。

巴萨尼奥　　两位先生，咱们什么时候再聚在一起谈谈笑笑？你们近来跟我十分疏远，怎么一见面就要走？

萨拉里诺　　您什么时候有空，我们一定奉陪。（萨拉里诺、萨莱尼奥下）

罗兰佐　　巴萨尼奥老爷，您现在已经找到安东尼奥，我们也要少陪啦；可是请您千万别忘记吃饭的时候咱们在

---

1 两面神（two-headed Janus），古罗马神雅努斯，前后各有一张脸。
2 涅斯托（Nestor），荷马史诗《伊利亚特》中的希腊将领，以严肃著名。

什么地方会面。

巴萨尼奥 我一定不失约。

葛莱西安诺 安东尼奥先生，您的脸色不大好；您把世间的事情看得太认真了。人们花费太多的思虑追求快乐，结果反而会失去它。相信我，您近来真的大大地变了一个人啦。

安东尼奥 葛莱西安诺，我把这世界不过看作一个世界；每一个人必须在这舞台上扮演一个角色，我扮演的是一个悲哀的角色。

葛莱西安诺 让我扮演一个小丑吧。让我在嘻嘻哈哈的欢笑声中不知不觉地老去；宁可用酒温暖我的肠胃，不要用折磨自己的呻吟冰冷我的心。为什么一个身体里面流着热血的人，要那么正襟危坐，就像他祖宗爷爷的石膏像一样呢？明明醒着的时候，为什么偏要像睡去了一般？为什么动不动翻脸生气，把自己气出了一场黄疸病来？我告诉你吧，安东尼奥——因为我爱你，所以我才对你说这样的话：世界上有一种人，他们的脸上装出一副心如止水的神气，故意表示他们的冷静，好让人家称赞他们一声智慧深沉，思想渊博；他们的神气之间，好像说，"我说的话都是纶音天语，我要是一张开嘴唇来，不许有一条狗乱叫！"啊，我的安东尼奥，我看透这一种人，他们只是因为不说话，博得了智慧的名声；可是我可以确定说一句，要是他们说起话来，听见的人，谁都会骂他们是傻瓜的。等有机会的时候，我再告诉你关于这种人的笑话吧；可是请你千万别再用悲哀做钓饵，去钓这种无聊的名誉了。来，好罗兰佐。回头见；等我吃完了饭，再来向你结束我的劝告。

罗兰佐　好，咱们在吃饭的时候再见吧。我大概也就是他所说的那种以不说话为聪明的人，因为葛莱西安诺不让我有说话的机会。

葛莱西安诺　嘿，你只要再跟我两年，就会连你自己说话的声音也听不出来。

安东尼奥　再见，我会把自己慢慢儿训练得健谈一点的。

葛莱西安诺　那就再好没有；只有干牛舌和没人要的老处女，才是应该沉默的。（葛莱西安诺、罗兰佐下）

安东尼奥　他说的这一番话有些什么意思？

巴萨尼奥　葛莱西安诺比全威尼斯城里无论哪一个人都更会拉上一大堆废话。他的道理就像藏在两桶砻糠里的两粒麦子，你必须费去整天工夫方才能够把它们找到，可是找到了它们以后，你会觉得费这许多气力找它们出来，是一点不值得的。

安东尼奥　好，您今天答应告诉我您立誓要去秘密拜访的那位姑娘的名字，现在请您告诉我吧。

巴萨尼奥　安东尼奥，我怎样为了维持我的外强中干的体面，把一份微薄的资产消耗殆尽的情形，您是知道得很明白的；对于因为家道中落而感到的生活上的紧缩，现在我倒也不以为意；我的最大的烦恼是怎样可以解脱我背上这一重重由于挥霍而积欠下来的债务。无论在钱财方面或是友谊方面，安东尼奥，我欠您的债都是顶多的；因为你我交情深厚，我才敢大胆把我心里所打算的怎样了清这一切债务的计划全部告诉您知道。

安东尼奥　　好巴萨尼奥，请您告诉我吧。只要您的计划跟您向来的立身行事一样光明正大，那么我的钱囊可以让您任意取用，我自己也可以供您驱使；我愿意用我所有的力量，帮助您达到目的。

巴萨尼奥　　我在学校里练习射箭的时候，每次把一支箭射得不知去向，便用另一支箭向着同一方向射了过去，眼睛看准了它掉在什么地方，这样往往可以把那失去的箭找了回来。我提起这一件儿童时代的往事作为譬喻，因为我将要对您说的话，完全是一种很天真的思想。我欠了您很多的债，而且像一个不听话的孩子一样，把借来的钱一起挥霍完了；可是您要是愿意向着您放射第一支箭的方向，再把您的第二支箭射了过去，那么这一回我一定会把目标看准，即使不把两支箭一起找回来，至少也可以把第二支箭交还给您，让我仍旧对于您先前给我的援助做一个知恩图报的负债者。

安东尼奥　　您是知道我的为人的，现在您用这种譬喻的话来试探我的友谊，不过是浪费时间罢了；要是您怀疑我不肯尽力相助，那就要比把我所有的钱一起花掉还要对我不起。所以您只要对我说我应该怎么做，如果您知道哪件事是我的力量所能办到的，我一定会给您办到。您说吧。

巴萨尼奥　在贝尔蒙特有一位富家的嗣女，她生得非常美貌，尤其值得称道的，是她有非常卓越的德行；从她的眼睛里，我有时接到她的脉脉含情的流盼。她的名字叫作鲍西娅，比起古代凯图的女儿，勃鲁托斯的贤妻鲍西娅[1]来，毫无逊色。这广大的世界也没有漠视了她的好处，四方的风从每一处海岸上带来了声名籍籍的求婚者；她的光亮的长发就像是传说中的金羊毛[2]，把她所居住的贝尔蒙特变成了神话中的王国，引诱着无数的伊阿宋前来向她追求。啊，我的安东尼奥！只要我有相当的财力，可以和他们中间无论哪一个人匹敌，那么我觉得我有充分的把握，一定会达到愿望的。

安东尼奥　你知道我的全部财产都在海上；我现在既没有钱，也没有可以变换作一笔现款的货物。所以我们还是去试一试我的信用，看它在威尼斯城里有些什么效力吧；我一定凭着我这一点面子，竭尽全力供给你到贝尔蒙特去见那位美貌的鲍西娅。去，我们两人就去分头打听什么地方可以借得到钱，我就用我的信用做担保，或者用我自己的名义给你借下来。（同下）

---

1 勃鲁托斯（Brutus）即莎翁史剧《尤里乌斯·恺撒》中的要角，其妻亦名鲍西娅（Portia）。
2 古希腊传说中，在黑海之滨科尔喀斯的橡树圣林中有金羊毛，英雄伊阿宋（Iason）克服重重困难，最终取得了金羊毛。

第二场

贝尔蒙特。鲍西娅家中一室

鲍西娅及尼莉莎上。

鲍西娅　真的，尼莉莎，我这小小的身体已经厌倦了这个广大的世界了。

尼莉莎　好小姐，您的不幸要是跟您的好运气一样大，那么无怪您会厌倦这个世界的；可是照我的愚见看来，吃得太饱的人，跟挨着饿不吃东西的人，一样是会害病的，所以中庸之道才是最大的幸福：富贵催人生白发，布衣蔬食易长年。

鲍西娅　很好的句子。

尼莉莎　要是能够照着它去做，那就更好了。

鲍西娅　倘使做一件事情，就跟知道什么事情是应该做的一样容易，那么小教堂都要变成大礼拜堂，穷人的草屋都要变成王侯的宫殿了。一个好的说教师才会遵从他自己的训诲；我可以教训二十个人，吩咐他们应该做些什么事，可是要我做这二十个人中间的一个，履行我自己的教训，我就要敬谢不敏了。理智可以制定法律来约束感情，可是热情激动起来，就

会把冷酷的法令蔑弃不顾；年轻人是一只不受拘束的野兔，它会跳过老年人所设立的理智的藩篱。可是我这样大发议论，是不会帮助我选择一个丈夫的。唉，说什么选择！我既不能选择我所中意的人，又不能拒绝我所憎厌的人；一个活着的女儿的意志，却要被一个死了的父亲的遗嘱所钳制。尼莉莎，像我这样不能选择，也不能拒绝，不是太叫人难堪了吗？

尼莉莎　　老太爷生前道高德重，大凡有道君子，临终之时，必有神悟；他既然定下这抽签取决的方法，叫谁能够在这金、银、铅三匣之中选中了他预定的一只，便可以跟您匹配成亲，那么能够选中的人，一定是值得您倾心相爱的。可是在这些已经到来向您求婚的王孙公子中间，您对于哪一个最有好感呢？

鲍西娅　　请你列举他们的名字，当你提到什么人的时候，我就对他下几句评语；凭着我的评语，你就可以知道我对于他们各人的印象。

尼莉莎　　第一个是那不勒斯的亲王。

鲍西娅　　嗯，他真是一匹小马；他不讲话则已，讲起话来，老是说他的马怎么怎么；他能够自己替他的马装上蹄铁，就把这看作一件天大的本领。我很有点儿疑心他的令堂太太是跟铁匠有过勾搭的。

尼莉莎　　还有那位巴拉廷伯爵[1]呢？

鲍西娅　　他一天到晚皱着眉头，好像说，"你要是不爱我，随你的便。"他听见笑话也不露一丝笑容。我看他年纪轻轻，就这么愁眉苦脸，到老来只好一天到晚痛哭流涕了。我宁愿嫁给一个骷髅，也不愿嫁给这两人中间的任何一个；上帝保佑我不要落在这两个人手里！

尼莉莎　　您说那位法国贵族勒·滂先生怎样？

鲍西娅　　既然上帝造下他来，就算他是个人吧。凭良心说，我知道讥笑人家是一桩罪过，可是他！嘿！他的马比那不勒斯亲王那一匹好一点，他的皱眉头的坏脾气也胜过那位巴拉廷伯爵。什么人的坏处他都有一点，可是一点没有自己的特色；听见画眉鸟唱歌，他就会手舞足蹈；见了自己的影子，也会跟它比剑。我倘然嫁给他，等于嫁给二十个丈夫。要是他瞧不起我，我会原谅他，因为即使他爱我爱到发狂，我也是永远不会报答他的。

尼莉莎　　那么您说那个英国的少年男爵，福康勃立琪呢？

鲍西娅　　你知道我没有对他说过一句话，因为我的话他听不懂，他的话我也听不懂；他不会说拉丁话、法国话、意大利话；至于我的英国话有多么蹩脚，你是可以

---

1 巴拉廷伯爵原文作 County Palatine，意为在其封邑内享有君权的伯爵，因无适当译名，故译音以代。

替我出席法庭作证的。他的模样倒还长得不错，可是唉！谁高兴跟一个哑巴做手势谈话呀？他的装束多么古怪！我想他的紧身衣是在意大利买的，他的短裤是在法国买的，他的软帽是在德国买的，至于他的行为举止，那是他从四方八处学来的。

尼莉莎　　您觉得他的邻居，那位苏格兰贵族怎样？

鲍西娅　　他很懂得礼尚往来的睦邻之道，因为那个英国人曾经赏给他一记耳刮子，他就发誓说，一有机会，立即奉还；我想那法国人是他的保人，他已经签署契约，声明将来加倍报偿哩。

尼莉莎　　您看那位德国少爷，萨克逊公爵的侄子怎样？

鲍西娅　　他在早上清醒的时候，就已经很坏了，一到下午喝醉了酒，尤其坏透；当他顶好的时候，叫他是个人还有点不够资格，当他顶坏的时候，他简直比畜生好不了多少。就算最不幸的祸事降临到我身上，我也希望永远不要跟他在一起。

尼莉莎　　要是他要求选择，结果居然给他选中了预定的匣子，那时候您倘然拒绝嫁给他，那不是违背老太爷的遗命了吗？

鲍西娅　　为了预防万一起见，所以我要请你替我在错误的匣子上放好一杯满满的莱茵河葡萄酒；要是魔鬼在他的心里，诱惑在他的面前，我相信他一定会选了那一只匣子的。什么事情我都愿意做，尼莉莎，只要别让我嫁给一个酒鬼。

尼莉莎	小姐，您放心吧，您再也不会嫁给这些贵人中间的任何一个的。他们已经把他们的决心告诉了我，说除了您父亲所规定的用选择匣子决定取舍的办法以外，要是他们不能用别的方法得到您的应允，那么他们就决定动身回国，不再麻烦您了。
鲍西娅	要是没有人愿意照我父亲的遗命把我娶去，那么即使我活到一千岁，也只好终身不字。我很高兴这一群求婚者都是这么懂事，因为他们中间没有一个人我不是唯望其速去的；求上帝赐给他们一路顺风吧！
尼莉莎	小姐，您还记不记得，当老太爷在世的时候，有一个跟着蒙特佛拉侯爵到这儿来的才兼文武的威尼斯人？
鲍西娅	是的，是的，那是巴萨尼奥；我想这是他的名字。
尼莉莎	正是，小姐；照我这双痴人的眼睛看起来，他是一切男子中间最值得匹配一位佳人的。
鲍西娅	我很记得他，他的确值得你的夸奖。

一仆人上。

鲍西娅	啊！什么事？
仆人	小姐，那四位客人要来向您告别；另外还有第五位客人，摩洛哥亲王，差了一个人先来报信，说他的主人亲王殿下今天晚上就要到这儿来了。
鲍西娅	要是我能够竭诚欢迎这第五位客人，就像我竭诚欢送那四位客人一样，那就好了。假如他有圣人般的

德行，偏偏生着一副魔鬼样的面貌，那么与其让他做我的丈夫，还不如让他听我的忏悔。来，尼莉莎。喂，你走前面。正是——

垂翅狂蜂方出户，寻芳浪蝶又登门。（同下）

第三场

威尼斯。广场

巴萨尼奥及夏洛克上。

夏洛克　　　三千块钱，嗯？

巴萨尼奥　　是的，大叔，三个月为期。

夏洛克　　　三个月为期，嗯？

巴萨尼奥　　我已经对你说过了，这一笔钱可以由安东尼奥签立借据。

夏洛克　　　安东尼奥签立借据，嗯？

巴萨尼奥　　你愿意帮助我吗？你愿意应承我吗？可不可以让我知道你的答复？

夏洛克　　　三千块钱，借三个月，安东尼奥签立借据。

巴萨尼奥　　你的答复呢？

夏洛克　　　安东尼奥是个好人。

巴萨尼奥　　你有没有听见人家说过他不是个好人？

夏洛克　　　啊，不，不，不，不；我说他是个好人，我的意思是说他是个有身家的人。可是他的财产却还有些问题：他有一艘商船开到特里坡利斯，另外一艘开到印度群岛，我在交易所里还听人说起，他有第三艘船在墨西哥，第四艘到英国去了，此外还有遍布在海外各国的买卖；可是船不过是几块木板钉起来的东西，水手也不过是些血肉之躯，岸上有旱老鼠，水里也有水老鼠，有陆地的强盗，也有海上的强盗，还有风波礁石各种的危险。不过虽然这么说，他这个人是靠得住的。三千块钱，我想我可以接受他的契约。

巴萨尼奥　你放心吧，不会有错的。

夏洛克　我一定要放了心才敢把债放出去，所以还是让我再考虑考虑吧。我可不可以跟安东尼奥谈谈？

巴萨尼奥　不知道你愿不愿意陪我们吃一顿饭？

夏洛克　是的，叫我去闻猪肉的味道，吃你们拿撒勒先知把魔鬼赶进去的脏东西的身体！[1] 我可以跟你们做买卖，讲交易，谈天散步，以及诸如此类的事情，可是我不能陪你们吃东西喝酒做祷告。交易所里有些什么消息？那边来的是谁？

安东尼奥上。

巴萨尼奥　这位就是安东尼奥先生。

夏洛克　（旁白）他的样子多么像一个摇尾乞怜的税吏！我

---

1 拿撒勒先知即耶稣。《马太福音》记载拿撒勒人耶稣让两个人身上的恶魔附到猪的身上，故犹太人不吃猪肉。

恨他因为他是个基督徒，可是尤其因为他是个傻子，借钱给人不取利钱，把咱们在威尼斯城里放债的这一行的利息都压低了。要是我有一天抓住他的把柄，一定要痛痛快快地向他报复我的深仇宿怨。他憎恶我们神圣的民族，甚至在商人会集的地方当众辱骂我，辱骂我的交易，辱骂我辛辛苦苦赚下来的钱，说那些都是盘剥得来的腌臜钱。要是我饶过了他，我们的民族永远没有翻身的日子！

巴萨尼奥 夏洛克，你听见我说的话了吗？

夏洛克 我正在估计我手头的现款，照我大概记得起来的数目，要一时凑足三千块钱，恐怕办不到。可是那没有关系，我们族里有一个犹太富翁杜伯尔，可以供给我必要的数目。且慢！您打算借几个月？（向安东尼奥）您好，好先生；哪一阵好风把尊驾吹了来啦？

安东尼奥 夏洛克，虽然我跟人家互通有无，从来不讲利息，可是为了我的朋友的急需，这回我要破一次例。（向巴萨尼奥）他有没有知道你需要多少？

夏洛克 嗯，嗯，三千块钱。

安东尼奥 三个月为期。

夏洛克 我倒忘了，正是三个月，您对我说过的。好，您的借据呢？让我瞧一瞧。可是听着，好像您说您从来借钱不讲利息。

安东尼奥 我从来不讲利息。

Bassanio. This is Signior Antonio.

Shylock. [*Aside.*] How like a fawning publican he looks!
I hate him for he is a Christian.   *Act I. Scene III.*

夏洛克　　　当雅各替他的舅父拉班牧羊的时候[1]——这个雅各
　　　　　　是我们圣祖亚伯兰的后裔，他的聪明的母亲设计使
　　　　　　他做第三代的族长，是的，他是第三代——

安东尼奥　　为什么说起他呢？他也是取利息的吗？

夏洛克　　　不，不是取利息，不是像你们所说的那样直接取利
　　　　　　息。听好雅各用些什么手段：拉班跟他约定，生下
　　　　　　来的小羊凡是有条纹斑点的，都归雅各所有，作为
　　　　　　他牧羊的酬劳；到晚秋的时候，那些母羊因为淫情
　　　　　　发动，跟公羊交合，这个狡狯的牧人就趁着这些毛
　　　　　　畜正在进行传种工作的当儿，削好了几根木棒，插
　　　　　　在淫浪的母羊的面前，它们这样怀下了孕，一到生
　　　　　　产的时候，产下的小羊都是有斑纹的，所以都归雅
　　　　　　各所有。这是致富的妙法，上帝也祝福他；只要不
　　　　　　是偷窃，会打算盘总是好事。

安东尼奥　　雅各虽然幸而获中，可是这也是他按约应得的酬报；
　　　　　　上天的意旨成全了他，却不是出于他自己的力量。你
　　　　　　提起这一件事，是不是要证明取利息是一件好事？还
　　　　　　是说金子银子就是你的公羊母羊？

夏洛克　　　这我倒不能说；我只是叫它像母羊生小羊一样地快
　　　　　　快生利息。可是先生，您听我说。

安东尼奥　　你听，巴萨尼奥，魔鬼也会引证圣经来替自己辩护
　　　　　　哩。一个指着神圣的名字作证的恶人，就像一个脸

---

1 见《旧约·创世记》。

带笑容的奸徒，又像一只外观美好、中心腐烂的苹果。唉，奸伪的表面是多么动人！

夏洛克　三千块钱，这是一笔可观的整数。一年十二个月，那么三个月，让我看看利钱应该有多少。

安东尼奥　好，夏洛克，我们可不可以仰仗你这一次？

夏洛克　安东尼奥先生，好多次您在交易所里骂我，说我盘剥取利，我总是忍气吞声，耸耸肩膀，没有跟您争辩，因为忍受迫害，本来是我们民族的特色。您骂我异教徒，杀人的狗，把唾沫吐在我的犹太长袍上，只因为我用我自己的钱博取几个利息。好，看来现在是您要来向我求助了；您跑来见我，您说，"夏洛克，我们要几个钱。"您这样对我说。您把唾沫吐在我的胡子上，用您的脚踢我，好像我是您门口的一条野狗一样；现在您却来问我要钱，我应该怎样对您说呢？我要不要这样说，"一条狗会有钱吗？一条恶狗能够借人三千块钱吗？"或者我应不应该弯下身子，像一个奴才似的低声下气，恭恭敬敬地说，"好先生，您在上星期三用唾沫吐在我身上；有一天您用脚踢我；还有一天您骂我狗；为了报答您的这许多恩典，所以我应该借给您这么些钱吗？"

安东尼奥　我巴不得再这样骂你、唾你、踢你。要是你愿意把这钱借给我，不要把它当作借给你的朋友——哪有朋友之间通融几个臭钱也要斤斤较量地计算利息的道理？——你就把它当作借给你的仇人吧；倘使我失了信用，你尽管拉下脸来照约处罚就是了。

夏洛克 哎哟，瞧您生这么大的气！我愿意跟您交个朋友，讨您的欢心；您从前加在我身上的种种羞辱，我愿意完全忘掉；您现在需要多少钱，我愿意如数供给您，而且不要您一个子儿的利息；可是您却不愿意听我说下去。我这完全是一片好心哩。

安东尼奥 这倒果然是一片好心。

夏洛克 我要叫你们看看我到底是不是一片好心。跟我去找一个公证人，就在那儿签好了约；我们不妨开个玩笑，在约里载明要是您不能按照约中所规定的条件，在什么日子、什么地点，还给我一笔什么数目的钱，就得随我的意思，在您身上的任何部分割下整整一磅肉来，作为处罚。

安东尼奥 很好，就这么办吧；我愿意签下这样一张约，还要对人家说这个犹太人的心肠倒不坏呢。

巴萨尼奥 我宁愿安守贫困，不能让你为了我的缘故签这样的约。

安东尼奥 老兄，你怕什么；我决不会受罚的。就在这两个月之内，距离这约的满期还有一个月，我就可以有九倍这借款的数目进门。

夏洛克 亚伯兰老祖宗啊！瞧这些基督徒因为自己待人刻薄，所以疑心人家对他们不怀好意。请您告诉我，要是他到期不还，我照着约上规定的条款向他执行处罚了，那对我又有什么好处？从人身上割下来的一磅肉，它的价值可以比得上一磅羊肉或是牛肉吗？我为了

　　　　　要博得他的好感，所以才向他卖这样一个交情；要
　　　　　是他愿意接受我的条件，很好，否则就算了。千万
　　　　　请你们不要误会了我这一番诚意。

安东尼奥　好，夏洛克，我愿意签约。

夏洛克　　那么就请您先到公证人的地方等我，告诉他这一张
　　　　　游戏的契约怎样写法；我就去马上把钱凑起来，还
　　　　　要回到家里去瞧瞧，让一个靠不住的奴才看守着门
　　　　　户，有点放心不下；然后我立刻就来瞧您。

安东尼奥　那么你去吧，善良的犹太人。（夏洛克下）这犹太
　　　　　人快要变作基督徒了，他的心肠变得好多啦。

巴萨尼奥　我不喜欢口蜜腹剑的人。

安东尼奥　好了好了，这又有什么要紧？再过两个月，我的船
　　　　　就要回来了。（同下）

第一场

贝尔蒙特。鲍西娅家中一室

　　喇叭奏花腔。摩洛哥亲王率侍从；鲍西娅、尼莉莎及婢仆等同上。

摩洛哥亲王　不要因为我的肤色而憎厌我；我是骄阳的近邻，我这一身黝黑的制服，便是它的威焰的赐予。给我到终年不见阳光、冰山雪柱的极北，找一个最白皙姣好的人来，让我们刺血察验对您的爱情，看看究竟是他的血红还是我的血红。我告诉你，小姐，我这副容貌曾经吓破了勇士的肝胆；凭着我的爱情起誓，我们国土里最有声誉的少女也曾为它害过相思。我不愿变更我的肤色，除非为了取得您的欢心，我的温柔的女王！

鲍西娅　讲到选择这一件事，我倒并不单单凭信一双善于挑剔的少女的眼睛；而且我的命运由抽签决定，自己也没有任意弃取的权力；可是我的父亲倘不曾用他的远见把我束缚住了，使我只能委身于按照他所规定的方法赢得我的男子，那么您，声名卓著的王子，您的容貌在我的心目之中，并不比我所已经看到的那些求婚者有什么逊色。

摩洛哥亲王 单是您这一番美意，已经使我万分感激了；所以请您带我去瞧瞧那几个匣子，试一试我的命运吧。凭着这一柄曾经手刃波斯王，并且使一个三次战败苏里曼苏丹的波斯王子授首的宝剑起誓，我要瞪眼吓退世间最狰狞的猛汉，跟全世界最勇武的壮士比赛胆量，从母熊的胸前夺下哺乳的小熊；当一头饿狮咆哮攫食的时候，我要向它揶揄侮弄，为了要博得你的垂青，小姐。可是唉！即使像赫剌克勒斯那样的盖世英雄，要是跟他的奴仆赌起骰子来，也许他的运气还不如一个下贱之人——他正是死在了仆人手里。[1] 我现在听从着盲目的命运的指挥，也许结果终于失望，眼看着一个不如我的人把我的意中人挟走，而自己在悲哀中死去。

鲍西娅 您必须信任命运，或者死了心放弃选择的尝试，或者当您开始选择以前，先立下一个誓言，要是选得不对，终身不再向任何女子求婚；所以还是请您考虑考虑吧。

摩洛哥亲王 我的主意已决，不必考虑了；来，带我去试我的运

---

1 赫剌克勒斯穿上仆人送来的沾了毒血的新衣，因此丧命。

气吧。

鲍西娅　　第一先到教堂里去；吃过了饭，您就可以试试您的
　　　　　　命运。

摩洛哥亲王　好，成功失败，在此一举！正是不挟美人归，壮士
　　　　　　无颜色。（奏喇叭；众下）

第二场

威尼斯。街道

朗斯洛特·高波上。

朗斯洛特 　要是我从我的主人这个犹太人的家里逃走，我的良心是一定要责备我的。可是魔鬼拉着我的臂膀，引诱着我，对我说，"高波，朗斯洛特·高波，好朗斯洛特，拔起你的腿来，开步，走！"我的良心说，"不，留心，老实的朗斯洛特；留心，老实的高波。"或者就是这么说，"老实的朗斯洛特·高波，别逃跑；用你的脚跟把逃跑的念头踢得远远的。"好，那个大胆的魔鬼却劝我卷起铺盖滚蛋；"去呀！"魔鬼说，"去呀！看在老天的面上，鼓起勇气来，跑吧！"好，我的良心挽住我心里的脖子，很聪明地对我说，"朗斯洛特我的老实朋友，你是一个老实人的儿子，"——或者还不如说一个老实妇人的儿子，因为我的父亲的确有点儿不大那个，有点儿很丢脸的坏脾气——好，我的良心说，"朗斯洛特，别动！"魔鬼说，"动！"我的良心说，"别动！""良心，"我说，"你说得不错。""魔鬼，"我说，

"你说得有理。"要是听良心的话，我就应该留在我的主人那犹太人家里，上帝恕我这样说，他也是一个魔鬼；要是从犹太人的地方逃走，那么我就要听从魔鬼的话，对不住，他本身就是魔鬼。可是我说，那犹太人一定就是魔鬼的化身；凭良心说话，我的良心劝我留在犹太人地方，未免良心太狠。还是魔鬼的话说得像个朋友。我要跑，魔鬼；我的脚跟听从着你的指挥；我一定要逃跑。

老高波携篮上。

老高波　　年轻的先生，请问一声，到犹太老爷的家里是怎么去的？

朗斯洛特　（旁白）天啊！这是我的亲生父亲，他的眼睛因为有八九分盲，所以不认识我。待我把他戏弄一下。

老高波　　年轻的少爷先生，请问一声，到犹太老爷的家里是怎么去的？

朗斯洛特　你在转下一个弯的时候，往右手转过去；临了一次转弯的时候，往左手转过去；再下一次转弯的时候，什么手也不用转，曲曲弯弯地转下去，就转到那犹太人的家里了。

老高波　　哎哟，这条路可不容易走哩！您知道不知道有一个住在他家里的朗斯洛特，现在还在不在他家里？

朗斯洛特　你说的是朗斯洛特少爷吗？（旁白）瞧着我吧，现在我要诱他流起眼泪来了。——你说的是朗斯洛特少爷吗？

老高波　不是什么少爷，先生，他是一个穷人的儿子；他的父亲，不是我多嘴，是个老老实实的穷光蛋，多谢上帝，他还活得好好儿的。

朗斯洛特　好，不要管他的父亲是个什么人，咱们讲的是朗斯洛特少爷。

老高波　他是您少爷的朋友，他就叫朗斯洛特。

朗斯洛特　对不住，老人家，所以我要问你，你说的是朗斯洛特少爷吗？

老高波　是朗斯洛特，少爷。

朗斯洛特　所以就是朗斯洛特少爷。老人家，你别提起朗斯洛特少爷啦；因为这位年轻的少爷，根据天命气数鬼神这一类阴阳怪气的说法，是已经去世啦，或者说得明白一点是已经归天啦。

老高波　哎哟，天哪！这孩子是我老年的拐杖，我的唯一的靠傍哩。

朗斯洛特　（旁白）我难道像一根棒儿，或是一根柱子吗？一根拐杖，给他靠着？爸爸，您不认识我吗？

老高波　唉，我不认识您，年轻的少爷；可是请您告诉我，我的孩子——上帝安息他的灵魂！——究竟是活着还是死了？

朗斯洛特　您不认识我吗，爸爸？

老高波　唉，少爷，我是个瞎子；我不认识您。

朗斯洛特	啊，真的，您就是眼睛明亮，也许一样会不认识我，只有聪明的父亲才会知道他自己的儿子。好，老人家，让我告诉您关于您儿子的消息吧。请您给我祝福；真理总会显露出来，杀人的凶手总会给人捉住；儿子虽然会暂时躲过去，事实到最后总是瞒不过的。
老高波	少爷，请您站起来。我相信您一定不会是朗斯洛特，我的孩子。
朗斯洛特	废话少说，请您给我祝福：我是朗斯洛特，从前是您的孩子，现在是您的儿子，将来也还是您的小子。
老高波	我不能想象您是我的儿子。
朗斯洛特	那我倒不知道应该怎样想法；可是我的确是在犹太人家里当仆人的朗斯洛特，我也相信您的妻子玛格蕾就是我的母亲。
老高波	她的名字果真是玛格蕾。你倘然真的就是朗斯洛特，那么你就是我亲生血肉了。上帝果然灵圣！你长了多长的一把胡子啦！你脸上的毛，比我那拖车子的马儿道平尾巴上的毛还多呐！
朗斯洛特	这样看起来，那么道平的尾巴一定是越长越短的；我还清楚记得，上一次我看见它的时候，它尾巴上的毛比我脸上的毛多得多哩。
老高波	上帝啊！你的样子变化多么大！你跟主人合得来吗？我给他带了点儿礼物来了。你们现在合得来吗？
朗斯洛特	合得来，合得来；可是从我自己这一方面讲，我既然已经决定逃跑，那么非到跑了一程路之后，我是

决不会停止下来的。我的主人是个十足的犹太人；给他礼物？还是给他一根上吊的绳子吧。我替他做事情，把身体都饿瘦了；您可以用我的肋骨摸出我的每一根手指来。爸爸，您来了我很高兴。把您的礼物送给一位巴萨尼奥老爷吧，他是会赏漂亮的新衣服给用人穿的。我要是不能服侍他，我宁愿跑到地球的尽头去。啊，运气真好！正是他来了。到他跟前去，爸爸。我要是再继续服侍这个犹太人，连我自己都要变作犹太人了。

巴萨尼奥率里奥那多及其他侍从上。

巴萨尼奥	你们就这样做吧，可是要赶快点儿，晚饭顶迟必须在五点钟预备好。这几封信替我分别送出；叫裁缝把制服做起来；回头再请葛莱西安诺立刻到我的寓所里来。（一仆下）
朗斯洛特	上去，爸爸。
老高波	上帝保佑老爷！
巴萨尼奥	谢谢你，有什么事？
老高波	老爷，这一个是我的儿子，一个苦命的孩子——
朗斯洛特	不是苦命的孩子，老爷，我是犹太富翁的跟班，不瞒老爷说，我想要——我的父亲可以给我证明——
老高波	老爷，正像人家说的，他一心一意地想要侍候——
朗斯洛特	总而言之一句话，我本来是侍候那个犹太人的，可

是我很想要——我的父亲可以给我证明——

老高波　不瞒老爷说，他的主人跟他有点儿意见不合——

朗斯洛特　干脆一句话，实实在在说，这犹太人欺侮了我，他叫我——我的父亲是个老头子，我希望他可以替我向您证明——

老高波　我这儿有一盘烹好的鸽子送给老爷，我要请求老爷一件事——

朗斯洛特　废话少说，这请求是关于我的事情，这位老实的老人家可以告诉您；不是我说一句，我这父亲虽然是个老头子，却是个苦人儿。

巴萨尼奥　让一个人说话。你们究竟要什么？

朗斯洛特　侍候您，老爷。

老高波　正是这一件事，老爷。

巴萨尼奥　我认识你；我可以答应你的要求；你的主人夏洛克今天曾经向我说起，要把你举荐给我。可是你不去侍候一个有钱的犹太人，反要来做一个穷绅士的跟班，恐怕没有什么好处吧。

朗斯洛特　老爷，一句老话刚好说着我的主人夏洛克跟您：他有的是钱，您有的是上帝的恩惠。

巴萨尼奥　你说得很好。老人家，你带着你的儿子，先去向他的旧主人告别，然后再来打听我的住址。（向侍从）给他做一身比别人格外鲜艳一点的制服，不可有误。

朗斯洛特　爸爸，进去吧。我不能得到一个好差使吗？我生了嘴不会说话吗？好，（视手掌）在意大利要是有谁

生得一手比我还要好的掌纹，我一定会交好运的。好，这儿是一条笔直的寿命线；这儿有不多几个老婆；唉！十五个老婆算得什么，十一个寡妇，再加上九个黄花闺女，对于一个男人也不算太多啊。还要三次溺水不死，有一次几乎在一张天鹅绒的床边送了性命，好险呀好险！好，要是命运之神是个女的，她倒是个很好的娘儿们。爸爸，来，我要用一霎眼的工夫向那犹太人告别。（朗斯洛特及老高波下）

巴萨尼奥 好里奥那多，请你记好，这些东西买到以后，把它们安排停当，就赶紧回来，因为我今晚要宴请我的最有名望的相识；快去吧。

里奥那多 我一定给您尽力办去。

葛莱西安诺上。

葛莱西安诺 你家主人呢？

里奥那多 他就在那边走着，先生。（下）

葛莱西安诺 巴萨尼奥老爷！

巴萨尼奥 葛莱西安诺！

葛莱西安诺 我要向您提出一个要求。

巴萨尼奥 我答应你。

葛莱西安诺 您不能拒绝我；我一定要跟您到贝尔蒙特去。

巴萨尼奥 啊，那么我只好让你去了。可是听着，葛莱西安诺，你这个人太随便，太不拘礼节，太爱高声说话了；

这几点本来对于你是再合适不过的，在我们的眼睛里也不以为嫌，可是在陌生人的地方，那就好像有点儿放肆啦。请你千万留心在你的活泼的天性里尽力放进几分冷静进去，否则人家见了你这样狂放的行为，也许会对我产生误会，害我不能达到我的希望。

葛莱西安诺　巴萨尼奥老爷，听我说。我一定会装出一副安详的态度，说起话来恭而敬之，难得赌一两句咒，口袋里放一本祈祷书，脸孔上堆满了庄严；不但如此，在念食前祈祷的时候，我还要把帽子拉下来遮住我的眼睛，叹一口气，说一句"阿门"；我一定遵守一切礼仪，就像人家有意装得循规蹈矩，去讨他老祖母的欢喜一样。要是我不照这样的话做去，您以后就不用相信我好了。

巴萨尼奥　好，我们倒要瞧瞧你装得像不像。

葛莱西安诺　今天晚上可不算；您不能按照我今天晚上的行动来判断我。

巴萨尼奥　不，今天晚上就这样做，那未免太煞风景了。我倒要请你今天晚上痛痛快快地欢畅一下，因为我已经跟几个朋友约定，大家都要尽兴狂欢。现在我还有点事情，等会儿见。

葛莱西安诺　我也要去找罗兰佐，还有那些人；晚饭的时候我们一定来看您。（各下）

第三场

同前。夏洛克家中一室

杰西卡及朗斯洛特上。

杰西卡　　你这样离开我的父亲，使我很不高兴；我们这个家是一座地狱，幸亏有你这淘气的小鬼，多少解除了几分闷气。可是再会吧，朗斯洛特，这一块钱你且拿了去；你在晚饭的时候，可以看见一位叫作罗兰佐的，是你新主人的客人，这封信你替我交给他，留心别让旁人看见。现在你快去吧，我不敢让我的父亲瞧见我跟你谈话。

朗斯洛特　　再见！眼泪哽住了我的舌头。顶美丽的异教徒，顶温柔的犹太人！倘不是一个基督徒跟你母亲私通，生了你下来，就算我有眼无珠。再会吧！这些傻气的泪点，快要把我的男子气概都淹沉啦。再见！

杰西卡　　再见，好朗斯洛特。（朗斯洛特下）唉，我真是罪恶深重，竟会羞于做我父亲的孩子！可是虽然我在血统上是他的女儿，在行为上却不是他的女儿。罗兰佐啊！你要是能够守信不渝，我将要结束我内心的冲突，皈依基督教，做你的亲爱的妻子。（下）

第四场

同前。街道

葛莱西安诺、罗兰佐、萨拉里诺及萨莱尼奥同上。

罗兰佐 不，咱们就在吃晚饭的时候溜出去，在我的寓所里化装好了，只消一点钟工夫就可以把事情办好回来。

葛莱西安诺 咱们还没有好好儿准备过呢。

萨拉里诺 咱们还没有提到过拿火炬的人。

萨莱尼奥 那一定要经过一番训练，否则叫人瞧着笑话；依我看来，还是不用了吧。

罗兰佐 现在还不过四点钟；咱们还有两个钟头可以准备起来。

朗斯洛特持函上。

罗兰佐 朗斯洛特朋友，你带了什么消息来了？

朗斯洛特 请您把这封信拆开来，好像它会告诉您的。

罗兰佐 我认识这笔迹，这几个字写得真好看；写这封信的那双手，是比这信纸还要洁白的。

葛莱西安诺 一定是情书。

朗斯洛特 老爷，小的告辞了。

罗兰佐　你还要到哪儿去？

朗斯洛特　呃，老爷，我要去请我的旧主人犹太人今天晚上陪我的新主人基督徒吃饭。

罗兰佐　慢着，这几个钱赏给你；你去回复温柔的杰西卡，我不会误她的约；留心说话的时候别给旁人听见。各位，去吧。（朗斯洛特下）你们愿意去准备今天晚上的假面舞会吗？我已经有了一个拿火炬的人了。

萨拉里诺　是，我立刻就去准备起来。

萨莱尼奥　我也就去。

罗兰佐　再过一点钟左右，咱们大家在葛莱西安诺的寓所里相会。

萨拉里诺　很好。（萨拉里诺、萨莱尼奥同下）

葛莱西安诺　那封信不是杰西卡写给你的吗？

罗兰佐　我必须把一切都告诉你。她已经教我怎样带着她逃出她父亲的家里，告诉我她随身带了多少金银珠宝，已经准备好怎样一身小童的服装。要是她的父亲那个犹太人有一天会上天堂，那一定因为上帝看在他善良的女儿面上特别开恩；厄运再也不敢侵犯她，除非因为她的父亲是一个奸诈的犹太人。来，跟我一块儿去；你可以一边走一边读这封信。美丽的杰西卡将要替我拿着火炬。（同下）

第五场

同前。夏洛克家门前

夏洛克及朗斯洛特上。

夏洛克　　　好，你就可以知道，你就可以亲眼瞧瞧夏洛克老头
　　　　　　子跟巴萨尼奥有什么不同啦。——喂，杰西卡！——
　　　　　　我家里容得你狼吞虎咽，别人家里是不许你这样放
　　　　　　肆的——喂，杰西卡！——还让你睡觉打鼾，把衣
　　　　　　服胡乱撕破——喂，杰西卡！

朗斯洛特　　喂，杰西卡！

夏洛克　　　谁叫你喊的？我没有叫你喊呀。

朗斯洛特　　您老人家不是常常怪我一定要等人家吩咐了才会做
　　　　　　事吗？

杰西卡上。

杰西卡　　　您叫我吗？有什么吩咐？

夏洛克　　　杰西卡，人家请我去吃晚饭；这儿是我的钥匙，你
　　　　　　好生收管着。可是我去干吗呢？人家又不是真心邀

请我，他们不过拍拍我的马屁而已。可是我因为恨
他们，倒要去这一趟，受用受用这个浪子基督徒的
酒食。杰西卡，我的孩子，留心照看门户。我实在
有点不愿意去；昨天晚上我做梦看见钱袋，恐怕不
是个吉兆，叫我心神难安。

朗斯洛特　老爷，请您一定去；我家少爷在等着您赏光呢。

夏洛克　我也在等着他赏我一记耳光哩。

朗斯洛特　他们已经商量好了；我并不说您可以看到一场假面
跳舞，可是您要是果然看到了，那就怪不得我在上
一个黑曜日早上六点钟会流起鼻血来啦，那一年正
是在圣灰节星期三第四年的下午。

夏洛克　怎么！还有假面舞会吗？听好，杰西卡，把家里的
门锁上了；听见鼓声和弯笛子的怪叫声音，不许爬
到窗槅子上张望，也不要伸出头去，瞧那些脸上涂
得花花绿绿的傻基督徒们打街道上走过。把这房子
的耳朵都给我堵起来——我是说窗子，别让那些无
聊的胡闹的声音钻进我的清静的屋子里。凭着雅各
的牧羊杖发誓，我今晚真有点不想出去参加什么宴
会。可是就去这一次吧。小子，你先回去，说我就
来了。

朗斯洛特　那么我先去了，老爷。小姐，留心看好窗外；“跑
来一个基督徒，不要错过好姻缘。”（下）

Jessica. Call you? what is your will?

Shylock. I am bid forth to supper, Jessica.

Act II. Scene V.

夏洛克	嘿，那个夏甲的傻瓜后裔[1]说些什么？
杰西卡	没有说什么，他只是说，"再会，小姐。"
夏洛克	这蠢材人倒还好，就是食量太大；做起事来，慢吞吞像只蜗牛一般；白天睡觉的本领，比野猫还胜过几分；我家里可容不得懒惰的黄蜂，所以才打发他走了，让他去跟着那个靠借债过日子的败家精，正好帮他消费。好，杰西卡，进去吧；也许我一会儿就回来。记住我的话，把门儿随手关了。"缚得牢，跑不了"，这是一句千古不磨的至理名言。（下）
杰西卡	再会；要是我的命运不跟我作梗，那么我将要失去一个父亲，你也要失去一个女儿了。（下）

1　夏甲（Hagar）为犹太人始祖亚伯拉罕正妻撒拉的婢女，撒拉因无子劝亚伯拉罕纳夏甲为次妻；夏甲生子后，遭撒拉之妒，与其子并遭斥逐。见《旧约·创世记》。此处所云"夏甲后裔"，系表示"贱种"之意。

第六场

同前

葛莱西安诺及萨拉里诺戴假面同上。

葛莱西安诺	这儿屋檐下便是罗兰佐叫我们守望的地方。
萨拉里诺	他约定的时间快要过去了。
葛莱西安诺	他会迟到真是件怪事，因为恋人们总是赶在时钟的前面的。
萨拉里诺	啊！维纳斯的鸽子飞去缔结新欢的盟约，比之履行旧日的诺言，总是要快上十倍。
葛莱西安诺	那是一定的道理。谁在席终人散以后，食欲还像初入座时候那么强烈？哪一匹马在冗长的归途上，会像它启程时那么长驱疾驰？世间的任何事物，追求时候的兴致总要比享用时候的兴致浓烈。一艘新下水的船只扬帆出港的当儿，多么像一个娇养的少年，给那轻狂的风儿爱抚搂抱！可是等到它回来的时候，船身已遭风日的侵蚀，船帆也变成了百结的破衲，它又多么像一个落魄的浪子，给那轻狂的风儿肆意欺凌！
萨拉里诺	罗兰佐来啦，这些话你留着以后再说吧。

罗兰佐上。

罗兰佐　两位好朋友，累你们久等了，对不起得很；实在是因为我有点事情，急切里抽身不出。等你们将来也要偷妻子的时候，我一定也替你们守这么些时候。过来，这儿就是我的犹太岳父所住的地方。喂！里面有人吗？

杰西卡男装自上方上。

杰西卡　你是哪一个？我虽然认识你的声音，可是为了免得错认了人，请你把名字告诉我。

罗兰佐　我是罗兰佐，你的爱人。

杰西卡　你果然是罗兰佐，也的确是我的爱人，还有谁会使我爱得这么深？罗兰佐，除了你之外，谁还知道我究竟是不是属于你的？

罗兰佐　上天和你的思想，都可以证明你是属于我的。

杰西卡　来，把这匣子接住了，你拿了去大有好处的。幸亏在夜里，你瞧不见我，我改扮成这个怪样子，怪不好意思哩。可是恋爱是盲目的，恋人们瞧不见他们自己所干的傻事；要是他们瞧得见的话，那么丘匹德瞧见我变成了一个男孩子，也会脸红起来哩。

罗兰佐　下来吧，你必须替我拿着火炬。

杰西卡	怎么！我必须拿着烛火，照亮自己的羞耻吗？像我这样子，已经太轻狂了，应该遮掩遮掩才是，怎么反而要在别人面前露脸？
罗兰佐	亲爱的，你穿上这一身漂亮的男孩子衣服，人家不会认出你来的。快来吧，夜色已经在不知不觉中浓了起来，巴萨尼奥在等着我们去赴宴呢。
杰西卡	让我把门窗关好，再收拾些银钱带在身边，然后立刻就来。（自上方下）
葛莱西安诺	凭着我的头巾发誓，她真是个基督徒，不是个犹太人。
罗兰佐	我从心底里爱着她。要是我有判断的能力，那么她是聪明的；要是我的眼睛没有欺骗我，那么她是美貌的；她已经替自己证明她是忠诚的；像她这样又聪明、又美丽、又忠诚，怎能不叫我把她永远放在自己的灵魂里呢？

杰西卡上。

罗兰佐	啊，你来了吗？朋友们，走吧！我们的舞侣们现在一定在那儿等着我们了。（罗兰佐、杰西卡、萨拉里诺同下）

安东尼奥上。

Lorenzo.   What, art thou come?—On, gentlemen; away!
Our masking mates by this time for us stay.

Act II. Scene VI.

安东尼奥　　那边是谁?

葛莱西安诺　安东尼奥先生!

安东尼奥　　咦，葛莱西安诺! 另外那些人呢? 现在已经九点钟啦，我们的朋友们都在那儿等着你们。今天晚上的假面跳舞会取消了; 风势已转，巴萨尼奥就要立刻上船。我已经差了二十个人来找你们了。

葛莱西安诺　那好极了，我巴不得今天晚上就开船出发。(同下)

第七场

贝尔蒙特。鲍西娅家中一室

喇叭奏花腔。鲍西娅及摩洛哥亲王各率侍从上。

鲍西娅 去把帐幕揭开，让这位尊贵的王子瞧瞧那几个匣子。现在请殿下自己选择吧。

摩洛哥亲王 第一只匣子是金的，上面刻着这几个字："谁选择了我，将要得到众人所希求的东西。"第二只匣子是银的，上面刻着这样的约许："谁选择了我，将要得到他所应得的东西。"第三只匣子是用沉重的铅打成的，上面刻着像铅一样冷酷的警告："谁选择了我，必须准备把他所有的一切作为牺牲。"我怎么可以知道我选得错不错呢？

鲍西娅 这三只匣子中间，有一只里面藏着我的小像；您要是选中了那一只，我就是属于您的了。

摩洛哥亲王 求神明指示我！让我看；我且先把匣子上面刻着的字句再推敲一遍。这一个铅匣子上面说些什么？"谁选择了我，必须准备把他所有的一切作为牺牲。"必须准备牺牲；为什么？为了铅吗？为了铅而牺牲一切吗？这匣子说的话儿倒有些吓人。人们为了希望得到重大的利益，才会不惜牺牲一切；一颗贵重的心，决不会屈躬俯就鄙贱的外表；我不愿为了铅的缘故而作任何的牺牲。那个色泽皎洁的银匣子上面说些什么？"谁选择了我，将要得到他所应得的东西。"得到他所应得的东西！且慢，摩洛哥，把你自己的价值作一下公正的估计吧。照你自己判断起来，你应该得到很高的评价，可是也许凭着你这几分长处，还不配娶到这样一位小姐；然而我要是疑心我自己不够资格，那未免太小看自己了。得到我所应得的东西！当然那就是指这位小姐而说的；讲到家世、财产、人品、教养，我在哪一点上配不上她？可是超乎这一切之上，凭着我这一片深情，也就应该配得上她了。那么我不必迟疑，就选了这一个匣子吧。让我再瞧瞧那金匣子上说些什么话："谁选择了我，将要得到众人所希求的东西。"啊，那正是这位小姐了；整个儿的世界都希求着她，从地球的四角他们迢迢而来，顶礼这位尘世的仙真：赫堪尼亚的沙漠和广大的阿拉伯的辽阔荒野，现在已经成为各国王子们前来瞻仰美貌的鲍西娅的通衢大道；把唾沫吐在天庭面上的傲慢不逊的海洋，也不能阻止外邦的远客，他们越过汹涌的波涛，就像跨过一条小河一样，为了要看一看鲍西娅的绝世姿容。在这三只匣子中间，有一只里面藏着她的天仙似的小像。难道那铅匣子里面会藏着她吗？想到这

样一个卑劣的念头，就是一种亵渎。就算这是一座
黑暗的坟墓，里面放的是她的寿衣，也都嫌罪过。
那么她是会藏在那价值只及纯金十分之一的银匣子
里面吗？啊，罪恶的思想！这样一颗珍贵的珠宝，
决不会装在比金子低贱的匣子里。英国有一种用金
子铸造的钱币，表面刻着天使的形象；而这里的天
使却深藏在金床里。把钥匙交给我；我已经选定了，
但愿我的希望能够实现！

鲍西娅　　亲王，请您拿着这钥匙；要是这里边有我的小像，
我就是您的了。（摩洛哥亲王开金匣）

摩洛哥亲王　哎哟，该死！这是什么？一个死人的骷髅，那空空
的眼眶里藏着一张有字的纸卷。让我读一读上面写
着什么。

发闪光的不全是黄金，

古人的话语没有骗人；

多少世人出卖了一生，

不过看到了我的外形，

蛆虫占据着镀金的坟。

你要是又大胆又聪明，

手脚壮健，见识却老成，

就不会得到这样回音：

再见，劝你冷却这片心。

冷却这片心；真的是枉费辛劳！

永别了，热情！欢迎，凛冽的寒飙！

再见，鲍西娅；悲伤塞满了心胸，

莫怪我这败军之将去得匆匆。（率侍从下；喇叭奏
花腔）

鲍西娅　　他去得倒还知趣。把帐幕拉下。但愿像他一样肤色
的人，都像他一样选不中。（同下）

第八场

威尼斯。街道

萨拉里诺及萨莱尼奥上。

萨拉里诺 啊，朋友，我看见巴萨尼奥开船，葛莱西安诺也跟他同船去；我相信罗兰佐一定不在他们船里。

萨莱尼奥 那个恶犹太人大呼小叫地吵到公爵那儿去，公爵已经跟着他去搜巴萨尼奥的船了。

萨拉里诺 他去迟了一步，船已经开出。可是有人告诉公爵，说他们曾经看见罗兰佐跟他的多情的杰西卡在一艘平底船里；而且安东尼奥也向公爵证明他们并不在巴萨尼奥的船上。

萨莱尼奥 那犹太狗在街上丑态百出，一路乱叫乱喊，"我的女儿！啊，我的银钱！啊，我的女儿！跟一个基督徒逃走啦！啊，我的基督徒的银钱！公道啊！法律啊！我的银钱，我的女儿！一袋封好的、两袋封好的银钱，给我的女儿偷去了！还有珠宝！两颗宝石，两颗珍贵的宝石，都给我的女儿偷去了！公道啊！把那女孩子找出来！她身边带着宝石，还有银钱。"

萨拉里诺 威尼斯城里所有的小孩子们，都跟在他背后，喊着：

他的宝石呀，他的女儿呀，他的银钱呀。

萨莱尼奥　安东尼奥应该留心那笔债款不要误了期，否则他要在他身上报复的。

萨拉里诺　对了，你想得不错。昨天我跟一个法国人谈天，他对我说起，在英、法二国之间的狭隘的海面上，有一艘从咱们国里开出去的满载着货物的船只出事了。我一听见这句话，就想起安东尼奥，但愿那艘船不是他的才好。

萨莱尼奥　你最好把你听见的消息告诉安东尼奥；可是你要轻描淡写地说，免得害他着急。

萨拉里诺　世上没有一个比他更仁厚的君子。我看见巴萨尼奥跟安东尼奥分别，巴萨尼奥对他说他一定尽早回来，他就回答说，"不必，巴萨尼奥，不要为了我的缘故而误了你的正事，你等到一切事情圆满完成以后再回来吧；至于我在那犹太人那里签下的约，你不必放在心上，你只管高高兴兴，一心一意地进行着你的好事，施展你的全副精神，去博得美人的欢心吧。"说到这里，他的眼睛里已经噙着一汪眼泪，他就回转身去，把他的手伸到背后，亲亲热热地握着巴萨尼奥的手；他们就这样分别了。

萨莱尼奥　我看他只是为了巴萨尼奥的缘故才爱这世界的。咱们现在就去找他，想些开心的事儿替他解解愁闷，你看好不好？

萨拉里诺　很好很好。（同下）

第九场

贝尔蒙特。鲍西娅家中一室

尼莉莎及一仆人上。

尼莉莎　　赶快，赶快，扯开那帐幕；阿拉贡亲王已经宣过誓，就要来选匣子啦。

喇叭奏花腔。阿拉贡亲王及鲍西娅各率侍从上。

鲍西娅　　瞧，尊贵的王子，那三个匣子就在这儿；您要是选中了有我的小像藏在里头的那一只，我们就可以立刻举行婚礼；可是您要是失败了的话，那么殿下，不必多言，您必须立刻离开这儿。

阿拉贡亲王　我已经宣誓遵守三项条件：第一，不得告诉任何人我所选的是哪一只匣子；第二，要是我选错了匣子，终身不得再向任何女子求婚；第三，要是我选不中，必须立刻离开此地。

鲍西娅　　为了我这微贱的身子来此冒险的人，没有一个不曾立誓遵守这几个条件。

阿拉贡亲王　我已经准备好了。但愿命运满足我的心愿！一只是金的，一只是银的，还有一只是下贱的铅的。"谁选择了我，必须准备把他所有的一切作为牺牲。"你要我为你牺牲，应该再好看一点才是。那个金匣子上面说的什么？"谁选择了我，将要得到众人所希求的东西。"众人所希求的东西！那"众人"也许是指那无知的群众，他们只知道凭着外表取人，信赖着一双愚妄的眼睛，不知道窥察到内心，就像燕子把巢筑在风吹雨淋的屋外的墙壁上，自以为可保万全，不想到灾祸就会接踵而至。我不愿选择众人所希求的东西，因为我不愿随波逐流，与庸俗的群众为伍。那么还是让我瞧瞧你吧，你这白银的宝库；待我再看一遍刻在你上面的字句："谁选择了我，将要得到他所应得的东西。"说得好，一个人要是自己没有几分长处，怎么可以妄图非分？尊荣显贵，原来不是无德之人所可以忝窃的。唉！要是世间的爵禄官职，都能够因功授赏，不借钻营，那么多少脱帽侍立的人将会高冠盛服，多少发号施令的人将会唯唯听命，多少卑劣鄙贱的渣滓可以从高贵的种子中间筛分出来，多少隐暗不彰的贤才异能，可以从世俗的糠秕中间剔选出来，大放它们的光泽！闲话少说，还是让我考虑考虑怎样选择吧。"谁选择了我，将要得到他所应得的东西。"那么我就要取出我所配得上的东西了。把这匣子上的钥匙给我，让我立刻打开藏在这里面的我的命运。（开银匣）

鲍西娅　　您在这里面瞧见些什么？怎么呆住了一声也不响？

阿拉贡亲王　这是什么？一个眯着眼睛的傻瓜的画像，上面还写
　　　　　　着字句！让我读一下看。唉！你跟鲍西娅相去得多
　　　　　　么远！你跟我的希望又相去得多么远！难道我只配
　　　　　　得到你这样一个东西吗？"谁选择了我，将要得到
　　　　　　他所应得的东西。"难道我只应该得到一副傻瓜的
　　　　　　嘴脸吗？那便是我的奖品吗？我不该得到好一点的
　　　　　　东西吗？

鲍西娅　　毁谤和评判，是两件作用不同、性质相反的事。

阿拉贡亲王　这儿写着什么？

　　　　　　这银子在火里烧过七遍；

　　　　　　那永远不会错误的判断，

　　　　　　也必须经过七次的试炼。

　　　　　　有的人终身向幻影追逐，

　　　　　　只好在幻影里寻求满足。

　　　　　　我知道世上尽有些呆鸟，

　　　　　　空有着一个镀银的外表；

　　　　　　随你娶一个怎样的妻房，

　　　　　　摆脱不了这傻瓜的皮囊；

　　　　　　去吧，先生，莫再耽搁时光！

　　　　　　我要是再留在这儿发呆，

　　　　　　愈显得是个十足的蠢材；

　　　　　　顶一颗傻脑袋来此求婚，

　　　　　　带两个蠢头颅回转家门。

　　　　　别了，美人，我愿遵守誓言，

　　　　　默忍着心头愤怒的熬煎。（阿拉贡亲王率侍从下）

鲍西娅　　正像飞蛾在烛火里伤身，

　　　　　这些傻瓜们自恃着聪明，

　　　　　免不了被聪明误了前程。

尼莉莎　　古话说得好，上吊娶媳妇，

　　　　　都是一个人注定的天数。

鲍西娅　　来，尼莉莎，把帐幕拉下了。

　　　　　一仆人上。

仆人　　　小姐呢？

鲍西娅　　在这儿；尊驾有什么见教？

仆人　　　小姐，门口有一个年轻的威尼斯人，说是来通知一

　　　　　声，他的主人就要来啦；他说他的主人叫他先来向

　　　　　小姐致意，除了一大堆恭维的客套以外，还带来了

　　　　　几件很贵重的礼物。小的从来没有见过这么一位体

　　　　　面的爱神的使者；预报繁茂的夏季快要来临的四月

　　　　　的天气，也不及这个为主人先驱的俊仆温雅。

鲍西娅　　请你别说下去了吧；你把他称赞得这样天花乱坠，

　　　　　我怕你就要说他是你的亲戚了。来，来，尼莉莎，

　　　　　我倒很想瞧瞧这一位爱神差来的体面的使者。

尼莉莎　　爱神啊，但愿来的是巴萨尼奥！（同下）

第一场

威尼斯。街道

萨莱尼奥及萨拉里诺上。

萨莱尼奥　　交易所里有什么消息？

萨拉里诺　　他们都在那里说安东尼奥有一艘满装着货物的船在海峡里倾覆了；那地方的名字好像是古德温，是一处很危险的沙滩，听说有许多大船的残骸埋葬在那里，要是那些传闻之辞是确实可靠的话。

萨莱尼奥　　我但愿那些谣言就像那些吃饱了饭没事做、嚼嚼生姜或者一把鼻涕一把眼泪地假装为了她第三个丈夫死去而痛哭的那些婆子们所说的鬼话一样靠不住。可是那的确是事实——不说啰里啰唆的废话，也不说枝枝节节的闲话——这位善良的安东尼奥，正直的安东尼奥——啊，我希望我有一个可以充分形容他的好处的字眼！——

萨拉里诺	好了好了，别说下去了吧。
萨莱尼奥	你说什么！总结一句话，他损失了一艘船。
萨拉里诺	但愿这是他最末一次的损失。
萨莱尼奥	让我赶快喊"阿门"，免得给魔鬼打断了我的祷告，因为他已经扮成一个犹太人的样子来啦。

夏洛克上。

萨莱尼奥	啊，夏洛克！商人中间有什么消息？
夏洛克	有什么消息！我的女儿逃走啦，这件事情是你比谁都格外知道得详细的。
萨拉里诺	那当然啦，就是我也知道她飞走的那对翅膀是哪一个裁缝替她做的。
萨莱尼奥	夏洛克自己又何尝不知道，她羽毛已长，当然要离开娘家啦。
夏洛克	她干出这种不要脸的事来，死了一定要下地狱。
萨拉里诺	倘然魔鬼做她的判官，那是当然的事情。
夏洛克	我自己的血肉向我造反！
萨莱尼奥	说什么呢，老东西，这么大岁数了还不安分？
夏洛克	我是说女儿是自己的血肉。
萨拉里诺	你的肉跟她的肉比起来，比黑炭和象牙还差得远；你的血跟她的血比起来，比红葡萄酒和白葡萄酒还差得远。可是告诉我们，你听没听见人家说起安东尼奥在海上遭到了损失？

夏洛克	说起他，又是我的一桩倒霉事情。这个败家精，这个破落户，他不敢在交易所里露一露脸；他平常到市场上来，穿着多么齐整，现在可变成一个叫花子啦。让他留心他的借约吧；他老是骂我盘剥取利；让他留心他的借约吧；他是本着基督徒的精神，放债从来不取利息的；让他留心他的借约吧。
萨拉里诺	我相信要是他不能按约偿还借款，你一定不会要他的肉的；那有什么用处呢？
夏洛克	拿来钓鱼也好；即使他的肉不中吃，至少也可以出出我这一口气。他曾经羞辱过我，夺去我几十万块钱的生意，讥笑着我的亏蚀，挖苦着我的盈余，侮蔑我的民族，破坏我的买卖，离间我的朋友，煽动我的仇敌；他的理由是什么？只因为我是一个犹太人。难道犹太人没有眼睛吗？难道犹太人没有五官四肢，没有知觉，没有感情，没有血气吗？他不是吃着同样的食物，同样的武器可以伤害他，同样的医药可以疗治他，冬天同样会冷，夏天同样会热，就像一个基督徒一样吗？你们要是用刀剑刺我们，我们不是也会出血的吗？你们要是搔我们的痒，我们不是也会笑起来吗？你们要是用毒药谋害我们，我们不是也会死的吗？那么要是你们欺侮了我们，我们难道不会复仇吗？要是在别的地方我们都跟你们一样，那么在这一点上也是彼此相同的。要是一个犹太人欺侮了一个基督徒，那基督徒应该怎样表

现他谦卑的美德？报仇呀。要是一个基督徒欺侮了一个犹太人，那么照着基督徒的榜样，那犹太人应该怎样表现他的宽容？报仇呀。你们已经把残虐的手段教给我，我一定会照着你们的教训实行，而且还要加倍奉敬哩。

一仆人上。

仆人　　两位先生，我家主人安东尼奥在家里，要请两位过去谈谈。

萨拉里诺　我们正在到处找他呢。

杜伯尔上。

萨莱尼奥　又是一个他的族中人来啦；世上再也找不到第三个像他们这样的人，除非魔鬼自己也变成了犹太人。

（萨莱尼奥、萨拉里诺及仆人下）

夏洛克　啊，杜伯尔！热那亚有什么消息？你有没有找到我的女儿？

杜伯尔　我所到的地方，往往听见人家说起她，可是总找不到她。

夏洛克　哎呀，糟糕！糟糕！糟糕！我在法兰克福出两千块钱买来的那颗金刚钻也丢啦！诅咒到现在才降落到咱们民族头上；我到现在才觉得它的厉害。那一颗金刚钻就是两千块钱，还有别的贵重的珠宝。我希望我的女儿死在我的脚下，那些珠宝都挂在她的耳朵上；我希望她就在我的脚下入土安葬，那些银钱都放在她的棺材里！不知道他们的下落吗？哼，我不知道为了寻访他们，又花去了多少钱。你这你这——损失上再加损失！贼子偷了这么多走了，还要花这么多去访寻贼子，结果仍旧是一无所得，出不了这一口怨气。只有我一个人倒霉，只有我一个人叹气，只有我一个人流眼泪！

杜伯尔　倒霉的不单是你一个人。我在热那亚听人家说，安东尼奥——

夏洛克　什么？什么？什么？他也倒了霉吗？他也倒了霉吗？

杜伯尔　——有一艘从特里坡利斯来的大船，在途中触礁。

夏洛克　谢谢上帝！谢谢上帝！是真的吗？是真的吗？

杜伯尔　我曾经跟几个从那船上逃生的水手谈过话。

夏洛克　谢谢你，好杜伯尔。好消息，好消息！哈哈！什么地方？在热那亚吗？

杜伯尔　听说你的女儿在热那亚一个晚上花去八十块钱。

夏洛克　你把一把刀戳进我心里！我再也瞧不见我的银子啦！一下子就是八十块钱！八十块钱！

杜伯尔　有几个安东尼奥的债主跟我同路到威尼斯来，他们肯定地说他这次一定要破产。

夏洛克　我很高兴。我要摆布摆布他；我要叫他知道些厉害。

我很高兴。

杜伯尔　有一个人给我看一个指环，说是你女儿用它向他买了一只猴子的。

夏洛克　该死该死！杜伯尔，你提起这件事，真叫我心里难过；那是我的绿玉指环，是我的妻子莉娅在我们没有结婚的时候送给我的；即使人家用一大群猴子来向我交换，我也不愿把它给人。

杜伯尔　可是安东尼奥这次一定完了。

夏洛克　对了，这是真的，一点不错。去，杜伯尔，现在离借约满期还有半个月，你先给我到衙门里走动走动，花费几个钱。要是他愆了约，我要挖出他的心来；如果他不在威尼斯，我的生意便想怎么做就怎么做了。去，去，杜伯尔，咱们在会堂里见面。好杜伯尔，去吧；会堂里再见，杜伯尔。（各下）

第二场

贝尔蒙特。鲍西娅家中一室

　　　　　　巴萨尼奥、鲍西娅、葛莱西安诺、尼莉莎及侍从等上。

鲍西娅　　请您不要太急，停一两天再冒这个险吧；因为要是您选得不对，咱们就不能再在一块儿，所以请您暂时缓一下吧。我心里仿佛有一种什么感觉——可是那不是爱情——告诉我我不愿失去您；您一定也知道，嫌憎是不会向人说这种话的。一个女孩儿家本来不该信口说话，可是唯恐您不能懂得我的意思，我真想留您在这儿住上一两个月，然后再让您为我冒险一试。我可以教您怎样选才不会有错；可是这样我就要违犯誓言，那是断断不可的；然而那样您也许会选错；要是您选错了，您一定会使我起了一个有罪的愿望，懊悔我不该为了不敢背誓而忍心让您失望。顶可恼的是您这一双眼睛，它们已经瞧透了我的心，把我分成两半：半个我是您的，还有那半个我也是您的——不，我的意思是说那半个我是我的，可是既然是我的，也就是您的，所以整个儿的我都是您的。唉！都是这些无聊的世俗礼法，使人们不能享受他们合法的权利；所以我虽然是您的，却又不是您的。若结果当真如此，那也是命运造孽，不是我的过错。我说得太啰唆了，可是我的目的是要尽量拖延时间，不放您马上就去选择。

巴萨尼奥　　让我选吧；我现在提心吊胆，才像给人拷问一样受罪呢。

鲍西娅　　给人拷问，巴萨尼奥！那么您给我招认出来，在您的爱情之中，隐藏着什么奸谋？

巴萨尼奥　　没有什么奸谋，我只是有点怀疑忧惧，唯恐我的痴心化为徒劳；奸谋跟我的爱情正像冰炭一样，是无法相容的。

鲍西娅　　嗯，可是我怕你是因为受不住拷问的痛苦，才说这样的话。人在刑床之上总是被迫胡言乱语。

巴萨尼奥　　您要是答应赦我一死，我愿意招认真情。

鲍西娅　　好，赦您一死，您招认吧。

巴萨尼奥　　"爱"便是我所能招认的一切。多谢我的刑官，您教给我怎样免罪的答话了！可是让我去瞧瞧那几个匣子，试试我的运气吧。

鲍西娅　　那么去吧！在那三个匣子中间，有一个里面锁着我的小像；您要是真的爱我，您会把我找出来的。尼莉莎，你跟其余的人都站开些。在他选择的时候，把音乐奏起来，要是他失败了，好让他像天鹅一样在音乐声中死去；把这譬喻说得更确当一些，我的眼睛就是他葬身的清流。也许他会胜利的；那么那音乐又像什么呢？那时候音乐就像忠心的臣子俯伏迎迓新加冕的君王的时候所吹奏的号角，又像是黎明时分送进正在做着好梦的新郎的耳中，催他起来举行婚礼的甜柔的琴韵。现在他去了，他的沉毅的姿态，就像少年赫剌克勒斯奋身前去，在特洛亚人的呼叫声中，把他们祭献给海怪的处女拯救出来一样[1]，可是他心里却藏着更多的爱情，我站在这儿做牺牲，她们站在旁边，就像泪眼模糊的特洛亚妇女们，出来看这场争斗的结果。去吧，赫剌克勒斯！我的生命悬在你手里，但愿你安然生还；我这观战的人心中，比你上场作战的人还要惊恐万倍！

巴萨尼奥独白时，乐队奏乐唱歌。

　　歌

告诉我爱情生长在何方？
是在脑海？还是在心房？
它怎样发生？它怎样成长？
回答我，回答我。
爱情的火在眼睛里点亮，
凝视是爱情生活的滋养，

1　希腊神话中，特洛亚王答应将公主赫西俄涅（Hesione）祭献给海怪，最终希腊英雄赫剌克勒斯将海怪斩杀，救出了公主。

它的摇篮便是它的坟堂。

让我们把爱的丧钟鸣响，

叮当！叮当！

（众和）叮当！叮当！

巴萨尼奥 外观往往和事物的本身完全不符，世人却容易为表面的装饰所欺骗。在法律上，哪一件卑鄙邪恶的陈诉，不可以用娓娓动听的言词掩饰它的罪状？在宗教上，哪一桩罪大恶极的过失，不可以引经据典，文过饰非，证明它的确上合天心？任何彰明昭著的罪恶，都可以在外表上装出一副道貌岸然的样子。多少没有胆量的懦夫，他们的心其实松垮得像层层塌陷的流沙。剖出他们的肝来看一看，恐怕像乳汁一样白[1]，可是他们的颊上却长着天神一样威武的须髯。人家只看着他们的外表，也就居然把他们当作英雄一样看待！再看那些世间所谓美貌吧，那是完全靠着脂粉装点出来的，愈是轻浮的女人，所涂的脂粉也愈重；至于那些随风飘扬，像蛇一样的金丝鬈发，看上去果然漂亮，不知道却是从坟墓中死人的骷髅上借来的。所以装饰不过是一道把船只诱进凶涛险浪的怒海中去的陷人的海岸，又像是遮掩着一个黑丑蛮女的一道美丽的面幕；总而言之，它是狡诈的世人用来欺诱智士的似是而非的真理。所

---

1 时人认为肝主勇气，懦夫的肝因为缺血而苍白。

以，你炫目的黄金，米达斯王的坚硬的食物[1]，我不要你；你惨白的银子，在人们手里来来去去的下贱的奴才，我也不要你；可是你，寒伧的铅，你的形状只能使人退走，一点没有吸引人的力量，然而你的质朴却比巧妙的言辞更能打动我的心，我就选了你吧，但愿结果美满！

鲍西娅　　（旁白）一切纷杂的思绪；多心的疑虑、鲁莽的绝望、战栗的恐惧、尖酸的猜忌，多么快地烟消云散了！爱情啊！把你的狂喜节制一下，不要让你的欢乐溢出界限，让你的情绪越过分寸；你使我感觉到太多的幸福，请你把它减轻几分吧，我怕我快要给快乐窒息而死了！

巴萨尼奥　　这里面是什么？（开铅匣）美丽的鲍西娅的副本！这是谁的通神之笔，描画出这样一位绝世的美人？这双眼睛是在转动吗？还是因为我的眼球在转动，所以仿佛它们也在随着转动？她的微启的双唇，是因为她嘴里吐出来的甘美芳香的气息而分裂了；无论怎样亲密的朋友，受到了这样的沁醉，都会变成路人的。画师在描画她的头发的时候，一定曾经化身为蜘蛛，织下了这么一个金丝的发网，来诱捉男子们的心；哪一个男子见了它，不会比飞蛾投入蛛

---

1 古希腊神话中，弗里吉亚王米达斯王（Midas）向天神求得点金术，所触食物也因此变成金子。

Bassanio. And here choose I :—joy be the consequence!
Portia. How all the other passions fleet to air!

Act III. Scene II.

网还快地陷下网罗呢？可是她的眼睛！他怎么能够
睁着眼睛把它们画出来呢？他在画了一只眼睛以
后，我想它的逼人的光芒，一定会使他自己目眩神
夺，再也描画不成其余的一只。可是瞧，我用尽一
切赞美的字句，还不能充分形容出这一个画中幻影
的美妙；然而这幻影跟它的实体比较起来，又是多
么望尘莫及！这儿是一纸手卷，宣判着我的命运。

你选择不凭着外表，

果然给你直中鹄心！

胜利既已入你怀抱，

你莫再往别处追寻。

这结果倘使你满意，

就请接受你的幸运，

赶快回转你的身体，

给你的爱深深一吻。

温柔的纶音！美人，请恕我大胆，　（吻鲍西娅）

我奉命来把彼此的深情交换。

像一个夺标的健儿驰骋身手，

耳旁只听见沸腾的人声如吼，

虽然明知道胜利已在他手掌，

却不敢相信人们在向他赞赏。

绝世的美人，我现在神眩目晕，

仿佛闯进了一场离奇的梦境；

除非你亲口证明这一切是真，

我再也不相信我自己的眼睛。

鲍西娅　巴萨尼奥公子，您瞧我站在这儿，不过是这样的一个人。虽然为了我自己的缘故，我不愿妄想自己比现在的我更好一点；可是为了您的缘故，我希望我能够六十倍胜过我的本身，再加上一千倍的美丽，一万倍的富有；我但愿我有无比的贤德、美貌、财产和亲友，好让我在您的心目中占据一个很高的位置。可是我这一身却是一无所有，我只是一个不学无术、没有教养、缺少见识的女子；幸亏她的年纪还不是顶大，来得及发愤学习；她的天资也不是顶笨，可以加以教导之功；尤其大幸的，她有一颗柔顺的心灵，愿意把它奉献给您，听从您的指导，把您当作她的主人、她的统治者和她的君王。我自己以及我所有的一切，现在都变成您的所有了；刚才我还拥有着这一座华丽的大厦，我的仆人都听从着我的指挥，我是支配我自己的女王，可是就在现在，这屋子、这些仆人和这一个我，都是属于您的了，我的夫君。凭着这一个指环，我把这一切完全呈献给您；要是您让这指环离开您的身边，或者把它丢了，或者把它送给别人，那就预示着您的爱情的毁灭，我可以因此责怪您的。

巴萨尼奥　小姐，您使我说不出一句话来，只有我的热血在我的血管里跳动着向您陈诉。我的精神是在一种恍惚的状态中，正像喜悦的群众在听到他们所爱戴的君王的一篇美妙的演辞以后那种心灵眩惑的神情，除了口头的赞叹和内心的欢乐以外，一切的一切都混和起来，化成白茫茫的一片模糊。这指环要是有一天离开这手指，那么我的生命也一定已经终结；那时候您可以放胆地说，巴萨尼奥已经死了。

尼莉莎 姑爷，小姐，我们站在旁边，眼看我们的愿望成为事实，现在该让我们来道喜。恭喜姑爷! 恭喜小姐!

葛莱西安诺 巴萨尼奥老爷和我的温柔的夫人，愿你们享受一切的快乐! 因为即便如此，我也确信你们抢不走我的快乐。我还有一个请求，要是你们决定在什么时候举行嘉礼，我也想跟你们一起结婚。

巴萨尼奥 很好，只要你能够找到一个妻子。

葛莱西安诺 谢谢老爷，您已经替我找到一个了。不瞒老爷说，我这一双眼睛瞧起人来，并不比您老爷慢；您瞧见了小姐，我也瞧见了使女；您发生了爱情，我也发生了爱情。老爷，我下手可不比您慢。您的命运靠那几个匣子决定，我也是一样；因为我在这儿千求万告，身上的汗出了一身又是一身，指天誓日地说到唇干舌燥，才算得到这位好姑娘的一句回音，答应我要是您能够得到她的小姐，我也可以得到她的爱情。

鲍西娅 这是真的吗，尼莉莎?

尼莉莎 是真的，小姐，要是您赞成的话。

巴萨尼奥 葛莱西安诺，你也是出于真心吗?

葛莱西安诺   是的，老爷。

巴萨尼奥   我们的喜筵有你们的婚礼添兴,那真是喜上加喜了。

葛莱西安诺   我们要跟他们打赌一千块钱，看谁先养儿子。

尼莉莎   怎么，要把命根子都拿出来?

葛莱西安诺   不，拼上命根子[1]也赢不了的。这是谁来啦? 罗兰佐和他的异教徒吗? 什么! 还有我那威尼斯老朋友萨莱尼奥?

罗兰佐、杰西卡及萨莱尼奥上。

巴萨尼奥   罗兰佐、萨莱尼奥，虽然我也是初履此地，让我僭用着这里主人的名义，欢迎你们的到来。亲爱的鲍西娅，请您允许我接待我这几个同乡朋友。

鲍西娅   我也是竭诚欢迎他们。

罗兰佐   谢谢。巴萨尼奥老爷，我本来并没有想到要到这儿来看您，因为在路上碰见萨莱尼奥，给他不由分说地硬拉着一块儿来啦。

萨莱尼奥   是我拉他来，老爷，我是有理由的。安东尼奥先生叫我替他向您致意。(给巴萨尼奥一信)

巴萨尼奥   在我没有拆开这信以前，请你告诉我，我的好朋友近来好吗?

萨莱尼奥   他没有病，除非有点儿心病；也并不健康，除非打

---

1 原文中 stake down 为双关语，既表示下赌注，又表示不举的阴茎。

开心结。您看了他的信，就可以知道他的近况。

葛莱西安诺　尼莉莎，招待招待那位客人。把你的手给我，萨莱尼奥。威尼斯有些什么消息？那位善良的商人安东尼奥怎样？我知道他听见了我们的成功，一定会十分高兴；我们是两个伊阿宋，把金羊毛取了来啦。

萨莱尼奥　我希望你们能够把他失去的金羊毛取了回来，那就好了。

鲍西娅　那信里一定有些什么坏消息，巴萨尼奥的脸色都变白了；多半是一个什么好朋友死了，否则没有别的事情会把一个堂堂男子激动到这个样子的。怎么，还有更坏的事情吗？恕我冒渎，巴萨尼奥，我是您自身的一半，这封信所带给您的任何不幸的消息，也必须让我分一半去。

巴萨尼奥　啊，亲爱的鲍西娅！这信里所写的，是自有纸墨以来最悲惨的字句。好小姐，当我初次向您倾吐我的爱慕之忱的时候，我坦白地告诉您，我的高贵的家世是我仅有的财产，那时我并没有向您说谎；可是，亲爱的小姐，单单把我说成一个两袖清风的寒士，还未免夸张过分，因为我不但一无所有，而且还负着一身的债务；不但欠了我的一个好朋友许多钱，还连累他为了我的缘故，欠了他仇家的钱。这一封信，小姐，那信纸就像是我朋友的身体，上面的每一个字，都是一处血淋淋的创伤。可是，萨莱尼奥，那是真的吗？难道他的船舶都一起遭难了？竟没有一艘平安到港吗？从特里坡利斯、墨西哥、英国、里斯本、巴巴里和印度来的船只，没有一艘能够逃过那些毁害商船的礁石的可怕撞击吗？

萨莱尼奥　一艘也没有逃过。而且即使他现在有钱还那犹太人，那犹太人也不肯收他。我从来没有见过这样一个家伙，样子像人，却一心一意只想残害他的同类；他不分昼夜地向公爵絮渎，说是他们倘不给他主持公道，那么威尼斯根本不成其为一个自由邦。二十个商人、公爵自己，还有那些最有名望的士绅，都曾劝过他，可是谁也不能叫他回心转意，放弃他狠毒的控诉；他一口咬定，要求按照约文的规定，处罚安东尼奥的违约。

杰西卡　我在家里的时候，曾经听见他向杜伯尔和丘斯——他的两个同族的人谈起，说他宁可取安东尼奥身上的肉，也不愿收受比他的欠款多二十倍的钱。要是法律和威权不能拒绝他，那么可怜的安东尼奥恐怕难逃一死了。

鲍西娅　遭到这样危难的人，是不是您的好朋友？

巴萨尼奥　我的最亲密的朋友，一个心肠最仁慈的人，热心为善，多情尚义，在他身上存留着比任何意大利人更多的古代罗马的仁侠精神。

鲍西娅　他欠那犹太人多少钱？

巴萨尼奥　他为了我的缘故，向他借了三千块钱。

鲍西娅　什么，只有这一点数目吗？还他六千块钱，把那借约毁了；两倍六千块钱，或者照这数目再倍三倍都可以，可是万万不能因为巴萨尼奥的过失，害这样一位好朋友损伤一根毛发。先陪我到教堂里去结为夫妇，然后你就到威尼斯去看你的朋友；鲍西娅决不让你抱着一颗不安宁的良心睡在她的身旁。你可以带偿还这笔小小借款的二十倍那么多的钱去；债务清了以后，就带你的忠心的朋友到这儿来。我的侍女尼莉莎陪着我在家里，仍旧像未嫁的时候一样，守候着你们的归来。来，今天就是你结婚的日子，大家快快乐乐，好好招待你的朋友们。你既然是用这么大的代价买来的，我一定格外珍爱你。现在让我听听你朋友的信。

巴萨尼奥　"巴萨尼奥挚友如握：弟船只悉数遇难，债主煎迫，家业荡然。犹太人之约，业已愆期；履行罚则，殆无生望。足下前此欠弟债项，一切勾销，唯盼及弟未死之前，来相临视。或足下燕婉情浓，不忍遽别，则亦不复相强，此信置之可也。"

鲍西娅　啊，亲爱的，快把一切事情办好，立刻就去吧！

巴萨尼奥　既然蒙您允许，我就赶快收拾动身；可是——
　　此去经宵应少睡，长留魂魄系相思。（同下）

第三场

威尼斯。街道

夏洛克、萨拉里诺、安东尼奥及狱吏上。

夏洛克 狱官，留心看住他；不要对我讲什么慈悲。这就是那个放债不取利息的傻瓜。狱官，留心看住他。

安东尼奥 再听我说句话，好夏洛克。

夏洛克 我一定要照约实行；你倘然想推翻这一张契约，那还是请你免开尊口的好。我已经发过誓，非得照约实行不可。你曾经无缘无故骂我狗，既然我是狗，那么你可留心着我的狗牙齿吧。公爵一定会给我主持公道的。你这糊涂的狱官，我真不懂你老是会答应他的请求，陪着他到外边来。

安东尼奥 请你听我说。

夏洛克 我一定要照约实行，不要听你讲什么鬼话；我一定要照约实行，所以请你闭嘴吧。我不像那些软心肠流眼泪的傻瓜们一样，听了基督徒的几句劝告，就会摇头叹气，懊悔屈服。别跟着我，我不要听你说话，我要照约实行。（下）

萨拉里诺 这是人世间一条最顽固的恶狗。

安东尼奥	别理他；我也不愿再费无益的唇舌向他哀求了。他要的是我的命，我也知道他的原因。常常有许多人因为不堪他的剥削，向我诉苦，是我帮助他们解除他的压迫，所以他才恨我。
萨拉里诺	我相信公爵一定不会允许他执行这一种处罚。
安东尼奥	公爵不能变更法律的规定，因为威尼斯的繁荣，完全倚赖着各国人民的来往通商，要是剥夺了异邦人应享的权利，一定会使人对威尼斯的法治精神发生重大的怀疑。去吧，这些不如意的事情，已经把我搅得心力交瘁，我怕到明天身上也许已经剩不到一磅肉来偿还我这位不怕血腥气的债主了。狱官，走吧。求上帝，让巴萨尼奥来亲眼看见我替他还债，我就死而无怨了！（同下）

第四场

贝尔蒙特。鲍西娅家中一室

鲍西娅、尼莉莎、罗兰佐、杰西卡及鲍尔萨泽上。

罗兰佐　夫人，不是我当面恭维您，您的确有一颗高贵真诚、不同凡俗的仁爱的心；尤其像这次敦促尊夫就道，宁愿割舍儿女的私情，这一种精神毅力，真令人万分钦佩。可是您倘使知道受到您这种好意的是个什么人，您所救援的是怎样一个正直的君子，他对于尊夫的交情又是怎样深挚，我相信您一定会格外因为做了这一件好事而自傲，不仅仅认为这是在人道上一件不得不尽的义务而已。

鲍西娅　我做了好事从来不后悔，现在也当然不会。因为凡是常在一块儿谈心游戏的朋友，彼此之间都有一重相互的友爱，他们在容貌上、风度上、习性上，也必定相去不远；所以在我想来，这位安东尼奥既然是我丈夫的心腹好友，他的为人一定很像我的丈夫。要是我的猜想果然不错，那么我把一个跟我的灵魂相仿的人从残暴的迫害下救赎出来，花了这点儿代价，算得什么！可是这样的话，太近于自吹自擂了，所以别说了吧，还是谈些其他的事情。罗兰佐，在我的丈夫没有回来以前，我要劳驾您替我照管家里；我自己已经向天许下密誓，要在祈祷和默念中过着生活，只让尼莉莎一个人陪着我，直到我们两人的丈夫回来。在两里路之外有一所修道院，我们就预备住在那儿。我向您提出这一个请求，不只是为了个人的私情，还有其他事实上的必要，请您不要拒绝我。

罗兰佐　　夫人，您有什么吩咐，我无不乐于遵命。

鲍西娅　　我的仆人们都已知道我的决心，他们会把您和杰西卡当作巴萨尼奥和我自己一样看待。后会有期，再见了。

罗兰佐　　但愿美妙的思想和安乐的时光追随在您的身旁！

杰西卡　　愿夫人一切如意！

鲍西娅　　谢谢你们的好意，我也愿意用同样的愿望祝福你们。再见，杰西卡。（杰西卡、罗兰佐下）鲍尔萨泽，我一向知道你诚实可靠，希望你永远做一个诚实可靠的人。这一封信你给我火速送到帕度亚，交给我的表兄培拉里奥博士亲手收拆；要是他有什么回信和衣服交给你，你就赶快带着它们到码头上，乘公共渡船到威尼斯去。不要多说话，去吧；我会在威尼斯等你。

鲍尔萨泽　小姐，我尽快去就是了。（下）

鲍西娅　　来，尼莉莎，我现在还要干一些你尚不知晓的事情；

我们要在我们的丈夫还没有想到我们之前去跟他们相会。

尼莉莎　　我们要让他们看见我们吗？

鲍西娅　　他们将会看见我们，尼莉莎，可是我们要打扮得叫他们认不出我们的本来面目。我可以跟你打赌无论什么东西，要是我们都扮成了少年男子，我一定比你漂亮点儿，带起刀子来也比你格外神气点儿；我会沙着喉咙讲话，就像一个正在发育的男孩子一样；我会把两个姗姗细步并成一个男人家的阔步；我会学着那些爱吹牛的哥儿们的样子，谈论一些击剑比武的玩意儿，再随口编造些巧妙的谎话，什么谁家的千金小姐爱上了我啦，我不接受她的好意，她害起病来死啦，我怎么心中不忍，后悔不该害了人家的性命啦，以及二十个诸如此类的无关紧要的谎话，人家听见了，一定以为我走出学校的门还不满一年。这些爱吹牛的娃娃们的鬼花样儿我有一千种在脑袋里，都可以搬出来应用。

尼莉莎　　怎么，我们要扮成男人吗？

鲍西娅　　为什么不？来，车子在庭院门口等着我们；待我们上了车，我可以把我的整个计划一路告诉你。快去吧，今天我们要赶二十里路呢。（同下）

第五场

同前。花园

朗斯洛特及杰西卡上。

朗斯洛特　真的，不骗您，父亲的罪恶是要子女承当的，所以我倒真的在替您捏着一把汗呢。我一向喜欢对您说老实话，所以现在我也老老实实把我心里所担忧的事情告诉您；您放心吧，我想您总免不了下地狱。只有一个希望也许可以帮帮您的忙，可是那也是个不大高妙的希望。

杰西卡　请问你，是什么希望呢？

朗斯洛特　嗯，您可以存着一半儿的希望，希望您不是您的父亲所生，不是这个犹太人的女儿。

杰西卡　这个希望可真的太不高妙啦；这样说来，我的母亲的罪恶又要降到我的身上来了。

朗斯洛特　那倒也是真的，您不是为您的父亲下地狱，就是为您的母亲下地狱；逃过了凶恶的礁石，逃不过危险的漩涡。好，您下地狱是下定了。

杰西卡　我可以靠着我的丈夫得救；他已经使我变成一个基督徒。

朗斯洛特	这就是他大大的不该。咱们本来已经有很多的基督徒，简直快要挤都挤不下啦；要是再这样把基督徒一批一批制造出来，猪肉的价钱一定会飞涨，大家吃起猪肉来，恐怕每人只好分到一片薄薄的咸肉了。
杰西卡	朗斯洛特，你这样胡说八道，我一定要告诉我的丈夫。他来啦。

罗兰佐上。

罗兰佐	朗斯洛特，你要是再拉着我的妻子在壁角里说话，我真的要吃起醋来了。
杰西卡	不，罗兰佐，你放心好了，我已经跟朗斯洛特翻脸啦。他老实不客气地告诉我，上天不会对我发慈悲，因为我是一个犹太人的女儿；他又说你不是国家的好公民，因为你把犹太人变成了基督徒，提高了猪肉的价钱。
罗兰佐	要是政府向我质问起来，我自有话说。可是，朗斯洛特，你把那黑人的女儿弄大了肚子，这该是什么罪名呢？
朗斯洛特	那个黑人姑娘失去理智，怀了孩子，固然是件大事；可是如果她不是个老实女人，那我才真是看走眼啦。
罗兰佐	连傻瓜都说起俏皮话来啦！我看用不了多久，连口才最好的人都只好默不作声，只剩下鹦鹉在那儿叽叽喳喳地出风头了。给我进去，小鬼，叫他们好预

备吃饭了。

朗斯洛特　先生，他们早已预备好了；他们都是有肚子的呢。

罗兰佐　老天爷，你的嘴真尖利！那么叫他们把饭菜准备好。

朗斯洛特　饭菜都准备好了，先生，您该说"摆桌子"。

罗兰佐　那么可否劳烦尊驾如此吩咐下去？

朗斯洛特　那可不行，老爷，我清楚自己的身份。

罗兰佐　还要我浪费多少口舌！你打算一口气把全副身家的机灵都抖出来？拜托了，我是个老实人，不会跟你歪扯。去对你那些同伴们说，桌子可以铺起来，饭菜可以端上来，我们要进来吃饭啦。

朗斯洛特　是，先生，我就去叫他们把饭菜铺起来，桌子端上来；至于您进不进来吃饭，那可悉随尊便。（下）

罗兰佐　嘿，瞧他的心思多么缜密，用词多么精巧！这傻瓜的脑子里存满了奇词妙句。我认识不少地位比他高的傻瓜，也跟他一样喜欢咬文嚼字、搬弄辞藻，没一句说到正事上。你好吗，杰西卡？亲爱的好人儿，现在告诉我，你对于巴萨尼奥的夫人有什么意见？

杰西卡　好到没有话说。巴萨尼奥老爷娶到这样一位好夫人，享尽了人世天堂的幸福，自然应该不会走上邪路了。要是有两个天神打赌，各自拿一个人间的女子做赌注，如果一个是鲍西娅，那么还有一个必须另外加上些什么，才可以彼此相抵，因为这一个寒伧的世界还不能产生一个跟她同样好的人来。

罗兰佐　他娶到了这么一个好妻子，你也嫁着了我这么一个好丈夫。

杰西卡　　那可要先问问我的意见。

罗兰佐　　可以可以，可是先让我们吃了饭再说。

杰西卡　　不，让我趁着胃口没有倒之前，先把你恭维两句。

罗兰佐　　不，你有话还是留到吃饭的时候说吧；那么不论你
　　　　　说得好说得坏，我都可以连着饭菜一起吞下去。

杰西卡　　好，你且等着听我怎样说你吧。（同下）

第一场

威尼斯。法庭

公爵、众绅士、安东尼奥、巴萨尼奥、葛莱西安诺、萨拉里诺、萨莱尼奥及余人等同上。

公爵	安东尼奥有没有来？
安东尼奥	有，殿下。
公爵	我很代你不快乐；你是来跟一个心如铁石的对手当庭质对，一个不懂得怜悯、没有一丝慈悲心的不近人情的恶汉。
安东尼奥	听说殿下曾经用尽力量，劝他不要过为已甚，可是他一味坚执，不肯略作让步。既然没有合法的手段可以使我脱离他的怨毒的掌握，我只有用默忍迎受他的愤怒，安心等待着他的残暴的处置。
公爵	来人，传那犹太人到庭。
萨拉里诺	他在门口等着；他来了，殿下。

夏洛克上。

公爵　　大家让开些，让他站在我的面前。夏洛克，人家都以为——我也是这样想——你不过故意装出这一副凶恶的姿态，到了最后关头，就会显出你的仁慈恻隐来，比你现在这种表面上的残酷更加出人意料；现在你虽然坚持着照约处罚，一定要从这个不幸的商人身上割下一磅肉来，到了那时候，你不但愿意放弃这一种处罚，而且因为受到良心上的感动，说不定还会豁免他一部分的欠款。人家都是这样说，我也是这样猜想着。你看他最近接连遭逢的巨大损失，足以使无论怎样富有的商人倾家荡产，即使铁石一样的心肠，从来不知道人类同情的野蛮人，也不能不对他的境遇产生怜悯。犹太人，我们都在等候你一句温和的回答。

夏洛克　　我的意思已经向殿下告禀过了；我也已经指着我们的圣安息日起誓，一定要照约执行处罚；要是殿下不准许我的请求，那就是蔑视宪章，我要到京城里去上告，要求撤销贵邦的特权。您要是问我为什么不愿接受三千块钱，宁愿拿一块腐烂的臭肉，那我可没有什么理由可以回答您，我只能说我欢喜这样，这是不是一个回答？要是我的屋子里有了耗子，我高兴出一万块钱叫人把它们赶掉，谁管得了我？这不是回答了您吗？有的人不爱看张开嘴的猪，有的人瞧见一只猫就要发脾气，还有人听见人家吹风笛的声音，就忍不住要小便；因为一个人的感情完全受着喜恶的支配，谁也做不了自己的主。现在我就这样回答您：为什么有人受不住一只张开嘴的猪，有人受不住一只有益无害的猫，还有人受不住咿咿唔唔的风笛的声音，这些都是毫无充分的理由的，只是因为天生的癖性，使他们一受到感触，就会情不自禁地现出丑相来；所以我不能举什么理由，也不愿举什么理由，除了因为我对于安东尼奥抱着久积的仇恨和深刻的反感，所以才会向他进行这一场对于我自己并没有好处的诉讼。现在您不是已经得到我的回答了吗？

巴萨尼奥　你这冷酷无情的家伙，这样的回答可不能作为你的残忍的辩解。

夏洛克　我的回答本来不是为要讨你的欢喜。

巴萨尼奥　难道人们对于他们所不喜欢的东西，都一定要置之死地吗？

夏洛克　哪一个人会恨他所不愿意杀死的东西？

巴萨尼奥　初次的冒犯，不应该就引为仇恨。

夏洛克　什么！你愿意给毒蛇咬两次吗？

安东尼奥　请你想一想，你现在跟这个犹太人讲理，就像站在海滩上，叫那大海的怒涛减低它的奔腾的威力，责问豺狼为什么害母羊为了失去它的羔羊而哀啼，或是叫那山上的松柏，在受到天风吹拂的时候，不要摇头摆脑，发出簌簌的声音。要是你能够叫这个犹太人的心变软——世上还有什么东西比它更硬呢？——那么还有什么难事不可以做到？所以我请你不用再跟他商量什么条件，也不用替我想什么办法，让我爽爽快快受到判决，满足这犹太人的心愿吧。

巴萨尼奥　借了你三千块钱，现在拿六千块钱还你好不好？

夏洛克　即使这六千块钱中间的每一块钱都可以分作六份，每一份都可以变成一块钱，我也不要它们；我只要照约处罚。

公爵　你这样一点没有慈悲之心，将来怎么能够希望人家对你慈悲呢？

夏洛克　我又不干错事，怕什么刑罚？你们买了许多奴隶，把他们当作驴狗骡马一样看待，叫他们做种种卑贱的工作，因为他们是你们出钱买来的。我可不可以对你们说，让他们自由，叫他们跟你们的子女结婚吧；为什么他们要在重担之下流着血汗呢？让他们的床铺得跟你们的床同样柔软，让他们的舌头也尝尝你们所吃的东西吧。你们会回答说："这些奴隶是我们所有的。"所以我也可以回答你们：我向他要求的这一磅肉，是我出了很大的代价买来的；它是归我所有的，我一定要把它拿到手里。您要是拒绝了我，那么你们的法律根本就是骗人的东西！我现在等候着判决，请快些回答我，我可不可以拿到这一磅肉？

公爵	我已经差人去请培拉里奥，一位有学问的博士，来替我们审判这件案子了；要是他今天不来，我可以有权宣布延期判决。
萨拉里诺	殿下，外面有一个使者刚从帕度亚来，带着这位博士的书信，等候着殿下的召唤。
公爵	把信拿来给我；叫那使者进来。
巴萨尼奥	高兴起来吧，安东尼奥！喂，老兄，不要灰心！这犹太人可以把我的肉、我的血、我的骨头、我的一切都拿去，可是我决不让你为了我的缘故流一滴血。
安东尼奥	我是羊群里一头不中用的病羊，死是我的应分；最软弱的果子最先落到地上，让我也就这样结束了我的一生吧。你应当继续活下去，巴萨尼奥；我的墓志铭除了你以外，是没有人写得好的。

尼莉莎扮律师书记上。

公爵	你是从帕度亚培拉里奥那里来的吗？
尼莉莎	是，殿下。培拉里奥叫我向殿下致意。（呈上一信）
巴萨尼奥	你这样使劲儿磨着刀干吗？
夏洛克	从那破产的家伙身上割下那磅肉来。
葛莱西安诺	狠心的犹太人，你的刀不应该放在你的靴底磨，应该放在你的灵魂里磨，才可以磨得锐利；就是刽子手的钢刀，也及不上你刻毒的心肠锋利。难道什么恳求都不能打动你吗？

夏洛克　不能，无论你说得多么婉转动听，都没有用。

葛莱西安诺　万恶不赦的狗，看你死后不下地狱！让你这种东西活在世上，真是公道不生眼睛。你简直使我的信仰发生摇动，相信起毕达哥拉斯所说畜生的灵魂可以转生人体的议论来了；你的前生一定是一头豺狼，因为吃了人给人捉住吊死，它那凶恶的灵魂就从绞架上逃了出来，钻进了你那老娘的腌臜的胎里，因为你的性情正像豺狼一样残暴贪婪。

夏洛克　除非你能够把我这一张契约上的印章骂掉，否则像你这样拉开了喉咙直嚷，不过白白伤了你的肺，何苦来呢？好兄弟，我劝你还是休养休养你的头脑吧，免得它将来毁坏得不可收拾。我在这儿要求法律的裁判。

公爵　培拉里奥在这封信上介绍一位年轻有学问的博士出席我们的法庭。他在什么地方？

尼莉莎　他就在这儿附近等着您的答复，不知道殿下准不准许他进来？

公爵　非常欢迎。来，你们去三四个人，恭恭敬敬领他到这儿来。现在让我们把培拉里奥的来信当庭宣读。

书记　"尊翰到时，鄙人抱疾方剧；适有一青年博士鲍尔萨泽君自罗马来此，致其慰问，因与详讨犹太人与安东尼奥一案，遍稽群籍，折中是非，遂恳其为鄙人庖代，以应殿下之召。凡鄙人对此案所具意见，此君已深悉无遗；其学问才识，虽穷极赞辞，亦不足

道其万一，务希勿以其年少而忽之，盖如此少年老
成之士，实鄙人生平所仅见也。倘蒙延纳，必能不
辱使命。敬祈钧裁。"

公爵　　　你们已经听到了博学的培拉里奥的来信。这儿来的
　　　　　大概就是那位博士了。

鲍西娅扮律师上。

公爵　　　把您的手给我。足下是从培拉里奥老前辈那儿来的
　　　　　吗？

鲍西娅　　正是，殿下。

公爵　　　欢迎欢迎；请上坐。您有没有明了今天我们在这儿
　　　　　审理的这件案子的两方面的争点？

鲍西娅　　我对于这件案子的详细情形已经完全知道了。这儿
　　　　　哪一个是那商人，哪一个是犹太人？

公爵　　　安东尼奥，夏洛克，你们两人都上来。

鲍西娅　　你的名字就叫夏洛克吗？

夏洛克　　夏洛克是我的名字。

鲍西娅　　你这场官司打得倒也奇怪，可是按照威尼斯的法律，
　　　　　你的控诉是可以成立的。（向安东尼奥）你的生死
　　　　　现在操在他的手里，是不是？

安东尼奥　他是这样说的。

鲍西娅　　你承认这借约吗？

安东尼奥　我承认。

鲍西娅　　那么犹太人应该慈悲一点。

夏洛克　　为什么我应该慈悲一点？把您的理由告诉我。

鲍西娅　　慈悲不是出于勉强，它是像甘霖一样从天上降下尘世；它不但给幸福于受施的人，也同样给幸福于施与的人；它有超乎一切的无上威力，比皇冠更足以显出一个帝王的高贵：御杖不过象征着俗世的威权，使人民对于君上的尊严凛然生畏；慈悲的力量却高出于权力之上，它深藏在帝王的内心，是一种属于上帝的德行，执法的人倘能把慈悲调剂着公道，人间的权力就和上帝的神力没有差别。所以，犹太人，虽然你所要求的是公道，可是请你想一想，要是真的按照公道执行起赏罚来，谁也没有死后得救的希望；我们既然祈祷着上帝的慈悲，就应该按照祈祷的指引，自己做一些慈悲的事。我说了这一番话，为的是希望你能够从你的法律的立场上作几分让步；可是如果你坚持着原来的要求，那么威尼斯的法庭是执法无私的，只好把那商人宣判定罪了。

夏洛克　　我做事情由头脑来指引。我只要求法律允许我照约执行处罚。

鲍西娅　　他是不是无力清还你的债款？

巴萨尼奥　　不，我愿意替他当庭还清；照原数加倍也可以；要是这样他还不满足，那么我愿意签署契约，还他十倍的数目，倘然不能如约，他可以割我的手，砍我的头，挖我的心；要是这样还不能使他满足，那就是存心害人，不顾天理了。请堂上运用权力，把法律稍为变通一下，犯一次小小的错误，干一件大大的功德，别让这个残忍的恶魔逞他杀人的兽欲。

鲍西娅　那可不行，在威尼斯谁也没有权力变更既成的法律；要是开了这一个恶例，以后谁都可以借口有例可援，什么坏事情都可以干了。这是不行的。

夏洛克　一个但尼尔[1]来做法官了！真的是但尼尔再世！聪明的青年法官啊，我真佩服你！

鲍西娅　请你让我瞧一瞧那借约。

夏洛克　在这儿，可尊敬的博士；请看吧。

鲍西娅　夏洛克，他们愿意出三倍的钱还你呢。

夏洛克　不行，不行，我已经对天发过誓啦，难道我可以让我的灵魂背上毁誓的罪名吗？不，把整个儿的威尼斯给我，我都不能答应。

鲍西娅　好，那么就应该照约处罚；根据法律，这犹太人有权要求从这商人的胸口割下一磅肉来。还是慈悲一点，把三倍原数的钱拿去，让我撕了这张约吧。

夏洛克　等他按照约中所载条款受罚以后，再撕不迟。您瞧上去像是一个很好的法官；您懂得法律，您讲的话也很有道理，不愧是法律界的中流砥柱，所以现在我就用法律的名义，请您立刻进行宣判。凭着我的灵魂起誓，谁也不能用他的口舌改变我的决心。我

---

1 但尼尔（Daniel），以色列人的著名士师，以善于折狱称。

现在只等着执行原约。

安东尼奥　我也诚心请求堂上从速宣判。

鲍西娅　好，那么就是这样：你必须准备让他的刀子刺进你的胸膛。

夏洛克　啊，尊严的法官！好一位优秀的青年！

鲍西娅　因为这约上所订定的惩罚，对于法律条文的涵义并无抵触。

夏洛克　很对很对！啊，聪明正直的法官！想不到你瞧上去这样年轻，见识却这么老练！

鲍西娅　所以你应该把你的胸膛袒露出来。

夏洛克　对了，"他的胸部"，约上是这么说的；——不是吗，尊严的法官？——"附近心口的所在"，约上写得明明白白的。

鲍西娅　不错，称肉的天平有没有预备好？

夏洛克　我已经带来了。

鲍西娅　夏洛克，你应该自己拿出钱来，请一位外科医生替他堵住伤口，免得他流血而死。

夏洛克　约上有这样的规定吗？

鲍西娅　约上并没有这样的规定；可是那又有什么相干呢？为了人道起见，你应该这样做的。

夏洛克　我找不到；约上没有这一条。

鲍西娅　商人，你还有什么话说吗？

安东尼奥　我没有多少话要说；我已经准备好了。把你的手给我，巴萨尼奥，再会吧！不要因为我为了你的缘故

Portia. Have by some surgeon, Shylock, on your charge,
To stop his wounds, lest he do bleed to death.
   Shylock. Is it so nominated in the bond?

Act IV. Scene I.

遭到这种结局而悲伤，因为命运对我已经特别照顾了：她往往让一个不幸的人在家产荡尽以后继续活下去，用他凹陷的眼睛和满是皱纹的额角去挨受贫困的暮年；这一种拖延时日的刑罚，她已经把我豁免了。替我向尊夫人致意，告诉她安东尼奥的结局；对她说我怎样爱你，替我在死后说几句好话；等到你把这一段故事讲完以后，再请她判断一句，巴萨尼奥是不是曾经有过一个真心爱他的朋友。不要因为你将要失去一个朋友而懊恨，替你还债的人是死而无怨的；只要那犹太人的刀刺得深一点，我就可以在一刹那的时间把那笔债完全还清。

巴萨尼奥　　安东尼奥，我爱我的妻子，就像我自己的生命一样；可是我的生命、我的妻子以及整个的世界，在我的眼中都不比你的生命更为贵重；我愿意丧失一切，把它们献给这恶魔做牺牲，来救出你的生命。

鲍西娅　　尊夫人要是就在这儿听见您说这样的话，恐怕不见得会感谢您吧。

葛莱西安诺　　我有一个妻子，我可以发誓我是爱她的；可是我希望她马上归天，好去求告上帝改变这恶狗一样的犹太人的心。

尼莉莎　　幸亏尊驾在她的背后说这样的话，否则府上一定要吵得鸡犬不宁了。

夏洛克　　这些便是相信基督教的丈夫！我有一个女儿，我宁愿她嫁给强盗的子孙，不愿她嫁给一个基督徒！别再浪费光阴了；请快些儿宣判吧。

鲍西娅	那商人身上的一磅肉是你的；法庭判给你，法律许可你。
夏洛克	公平正直的法官！
鲍西娅	你必须从他的胸前割下这磅肉来；法律许可你，法庭判给你。
夏洛克	博学多才的法官！判得好！来，预备！
鲍西娅	且慢，还有别的话哩。这约上并没有允许你取他的一滴血，只是写明着"一磅肉"；所以你可以照约拿一磅肉去，可是在割肉的时候，要是流下一滴基督徒的血，你的土地财产，按照威尼斯的法律，就要全部充公。
葛莱西安诺	啊，公平正直的法官！听着，犹太人；啊，博学多才的法官！
夏洛克	法律上是这样说吗?
鲍西娅	你自己可以去查查明白。既然你要求公道，我就给你公道，而且比你要求的更公道。
葛莱西安诺	啊，博学多才的法官！听着，犹太人；好一个博学多才的法官！
夏洛克	那么我愿意接受还款；照约上的数目三倍还我，放了那基督徒吧。
巴萨尼奥	钱在这儿。
鲍西娅	别忙！这犹太人必须得到绝对的公道。别忙！他除了照约处罚以外，不能接受其他的赔偿。

葛莱西安诺	啊，犹太人！一个公平正直的法官，一个博学多才的法官！
鲍西娅	所以你准备着动手割肉吧。不准流一滴血，也不准割得超过或是不足一磅的重量；要是你割下来的肉，比一磅略微轻一点或是重一点，即使相差只有一丝一毫，或者仅仅一根汗毛之微，就要把你抵命，你的财产全部充公。
葛莱西安诺	一个再世的但尼尔，一个但尼尔，犹太人！现在你可掉在我的手里了，你这异教徒！
鲍西娅	那犹太人为什么还不动手？
夏洛克	把我的本钱还我，放我去吧。
巴萨尼奥	钱我已经预备好在这儿，你拿去吧。
鲍西娅	他已经当庭拒绝过了；我们现在只能给他公道，让他履行原约。
葛莱西安诺	好一个但尼尔，一个再世的但尼尔！谢谢你，犹太人，你教会我说这句话。
夏洛克	难道我不能单单拿回我的本钱吗？
鲍西娅	犹太人，除了冒着你自己生命的危险，割下那一磅肉以外，你不能拿一个钱。
夏洛克	好，那么魔鬼保佑他去享用吧！我不要打这场官司了。
鲍西娅	等一等，犹太人，法律上还有一点牵涉你。威尼斯的法律规定：凡是一个异邦人企图用直接或间接手段，谋害任何公民，查明确有实据者，他的财产的半数应当归被企图谋害的一方所有，其余的半数没

入公库，犯罪者的生命悉听公爵处置，他人不得过问。你现在刚巧陷入这一条法网，因为根据事实的发展，已经足以证明你确有运用直接、间接手段，危害被告生命的企图，所以你已经遭逢着我刚才所说起的那种危险了。快快跪下来，请公爵开恩吧。

葛莱西安诺　　求公爵开恩，让你自己去寻死；可是你的财产现在充了公，一根绳子也买不起啦，所以还是要让公家破费把你吊死。

公爵　　让你瞧瞧我们基督徒的精神，你虽然没有向我开口，我自动饶恕了你的死罪。你的财产一半划归安东尼奥，还有一半没入公库；要是你能够诚心悔过，也许还可以减处你一笔较轻的罚款。

鲍西娅　　这是说没入公库的一部分，不是说划归安东尼奥的一部分。

夏洛克　　不，把我的生命连着财产一起拿了去吧，我不要你们的宽恕。你们夺去了支撑房子的梁柱，就是夺去了我的房子；你们夺去了我养家活命的根本，就是活活要了我的命。

鲍西娅　　安东尼奥，你能不能够给他一点慈悲？

葛莱西安诺　　白送给他一根上吊的绳子吧；看在上帝的面上，不要给他别的东西！

安东尼奥　　要是殿下和堂上愿意从宽发落，免予没收他的财产的一半，我就十分满足了；只要他能够让我接管他的另外一半的财产，等他死了以后，把它交给最近和他的女儿私奔的那位绅士；可是还要有两个附带的条件：第一，他接受了这样的恩典，必须立刻改信基督教；第二，他必须当庭写下一张文契，声明他死了以后，他的全部财产传给他的女婿罗兰佐和他的女儿。

公爵 他必须履行这两个条件，否则我就撤销刚才所宣布的赦令。

鲍西娅 犹太人，你满意吗？你有什么话说？

夏洛克 我满意。

鲍西娅 书记，写下一张授赠产业的文契。

夏洛克 请你们允许我退庭，我身子不大舒服。文契写好了送到我家里，我在上面签名就是了。

公爵 去吧，可是临时变卦是不成的。

葛莱西安诺 你在受洗礼的时候，可以有两个教父；要是我做了法官，我一定给你请十二个教父，不是领你去受洗，是送你上绞架。（夏洛克下）

公爵 先生，我想请您到舍间去用餐。

鲍西娅 请殿下多多原谅，我今天晚上要回帕度亚去，必须现在就动身，恕不奉陪了。

公爵 您这样贵忙，不能容我略尽寸心，真是抱歉得很。安东尼奥，谢谢这位先生，你这回全亏了他。（公爵、众士绅及侍从等下）

巴萨尼奥 最可尊敬的先生，我跟我这位敝友今天多赖您的智慧，免去了一场无妄之灾；为了表示我们的敬意，这三千块钱本来是预备还那犹太人的，现在就奉送给先生，聊以报答您的辛苦。

安东尼奥　您的大恩大德，我们是永远不忘记的。

鲍西娅　一个人做了心安理得的事，就是得到了最大的酬报；我这次帮两位的忙，总算没有失败，已经引为十分满足，用不到再谈什么酬谢了。但愿咱们下次见面的时候，两位仍旧认识我。现在我就此告辞了。

巴萨尼奥　好先生，我不能不再向您提出一个请求，请您随便从我们身上拿些什么东西去，不算是酬谢，只算是留个纪念。请您答应我两件事：赏我这一个面子，也原谅我的冒昧。

鲍西娅　你们这样殷勤，倒叫我却之不恭了。（向安东尼奥）把您的手套送给我，让我戴在手上留个纪念吧；（向巴萨尼奥）为了纪念您的盛情，让我拿了这戒指去。不要缩回您的手，我不再向您要什么了；您既然是一片诚意，想来总也不会拒绝我吧。

巴萨尼奥　这指环吗，好先生？唉！它是个不值钱的玩意儿；我不好意思把这东西送给您。

鲍西娅　我什么都不要，就是要这指环；现在我想我非把它要了来不可。

巴萨尼奥　这指环的本身并没有什么价值，可是因为有其他的关系，我不能把它送人。我愿意搜访威尼斯最贵重的一枚指环来送给您，可是这一枚却只好请您原谅了。

鲍西娅　先生，您原来是个口头上慷慨的人；您先教我怎样伸手求讨，然后再教我一个叫花子会被怎样回答。

巴萨尼奥　好先生，这指环是我的妻子给我的；她把它套上我的手指的时候，曾经叫我发誓永远不把它出卖、送人或是遗失。

鲍西娅　人们在吝惜他们的礼物的时候，都可以用这样的话做推托的。要是尊夫人不是一个疯婆子，她知道了我对于这指环是多么受之无愧，一定不会因为您把它送掉了而跟您长久反目的。好，愿你们平安！（鲍西娅、尼莉莎同下）

安东尼奥　我的巴萨尼奥少爷，让他把那指环拿去吧；看在他的功劳和我的交情分上，违犯一次尊夫人的命令，想来不会有什么要紧。

巴萨尼奥　葛莱西安诺，你快追上他们，把这指环送给他；要是可能的话，领他到安东尼奥的家里去。去，赶快！（葛莱西安诺下）来，我就陪着你到你府上；明天一早咱们两人就飞到贝尔蒙特去。来，安东尼奥。

（同下）

第二场

同前。街道

鲍西娅及尼莉莎上。

鲍西娅　　打听打听这犹太人住在什么地方,把这文契交给他,叫他签了字。我们要比我们的丈夫先一天到家,所以一定得在今天晚上动身。罗兰佐拿到了这一张文契,一定高兴得不得了。

葛莱西安诺上。

葛莱西安诺　好先生,我好容易追上了您。我家老爷巴萨尼奥再三考虑之下,决定叫我把这指环拿来送给您,还要请您赏光陪他吃一顿饭。

鲍西娅　　那可没法应命;他的指环我收下了,请你替我谢谢他。我还要请你给我这小兄弟带路到夏洛克老头儿的家里。

葛莱西安诺　可以可以。

尼莉莎　　大哥,我要向您说句话儿。(向鲍西娅旁白)我要试一试我能不能把我丈夫的指环拿下来。我曾经叫他发誓永远不离手。

鲍西娅　　　你一定能够。我们回家以后，一定可以听听他们指

天誓日，说他们把指环送给了男人；可是我们要压

倒他们，比他们发更厉害的誓。你快去吧，你知道

我会在什么地方等你。

尼莉莎　　　来，大哥，请您给我带路。（各下）

第五幕

第一场

贝尔蒙特。通至鲍西娅住宅的林荫路

罗兰佐及杰西卡上。

罗兰佐	好皎洁的月色！微风轻轻地吻着树枝，不发出一点声响；我想正是在这样一个夜里，特洛伊罗斯登上了特洛亚的城墙，遥望着克瑞西达所寄身的希腊人的营幕，发出他的深心中的悲叹。[1]
杰西卡	正是在这样一个夜里，提斯柏心惊胆战地踏着霜露，去赴她情人的约会，因为看见了一头狮子的影子，吓得远远逃走。
罗兰佐	正是在这样一个夜里，狄多手里执着柳枝，站在辽阔的海滨，招她的爱人回到迦太基来。
杰西卡	正是在这样一个夜里，美狄亚采集了灵芝仙草，使

---

1 关于特洛伊罗斯（Troilus）与克瑞西达（Cressida）恋爱的故事可参看莎翁所著悲喜剧《特洛伊罗斯与克瑞西达》。

衰迈的埃宋返老还童。

罗兰佐　　　正是在这样一个夜里，杰西卡从犹太富翁的家里逃走出来，跟着一个不中用的情郎从威尼斯一直走到贝尔蒙特。

杰西卡　　　正是在这样一个夜里，年轻的罗兰佐发誓说他爱她，用许多忠诚的盟言偷去了她的灵魂，可是没有一句话是真的。

罗兰佐　　　正是在这样一个夜里，可爱的杰西卡像一个小泼妇似的，信口毁谤她的情人，可是他饶恕了她。

杰西卡　　　倘不是有人来了，我可以搬弄出比你所知道的更多的夜的典故来。可是听！这不是一个人的脚步声吗？

斯丹法诺上。

罗兰佐　　　谁在这静悄悄的深夜里跑得这么快？

斯丹法诺　　一个朋友。

罗兰佐　　　一个朋友！什么朋友？请问朋友尊姓大名？

斯丹法诺　　我的名字是斯丹法诺，我来向你们报个信，我家女主人在天明以前，就要到贝尔蒙特来了；她一路上看见圣十字架，便停步下来，长跪祷告，祈求着婚姻的美满。

罗兰佐　　　谁陪她一起来？

斯丹法诺　　没有什么人，只是一个修道的隐士和她的侍女。请问我家主人有没有回来？

罗兰佐	他没有回来，我们也没有听到他的消息。好了，杰西卡，我们进去吧；让我们按照礼节，准备一些欢迎这屋子的女主人的仪式。

朗斯洛特上。

朗斯洛特	索拉！索拉！哦哈呵！索拉！索拉！
罗兰佐	谁在那儿嚷？
朗斯洛特	索拉！你看见罗兰佐老爷吗？罗兰佐老爷！索拉！索拉！
罗兰佐	别嚷啦，朋友；他就在这儿。
朗斯洛特	索拉！哪儿？哪儿？
罗兰佐	这儿。
朗斯洛特	对他说我家主人差一个人带了许多好消息来了；他在天明以前就要回家来啦。（下）
罗兰佐	亲爱的，我们进去，等着他们回来吧。不，还是不用进去。我的朋友斯丹法诺，请你进去通知家里的人，你们的女主人就要来啦，叫他们准备好乐器到门外来迎接。（斯丹法诺下）月光多么恬静地睡在山坡上！我们就在这儿坐下来，让音乐的声音悄悄送进我们的耳边；柔和的静寂和夜色，是最足以衬托出音乐的甜美的。坐下来，杰西卡。瞧，天宇中嵌满了多少灿烂的金钹；你所看见的每一颗微小的天体，在转动的时候都会发出天使般的歌声，永远

应和着嫩眼的天婴的妙唱。在永生的灵魂里也有这一种音乐，可是当它套上这一具泥土制成的俗恶易朽的皮囊以后，我们便再也听不见了。

众乐工上。

罗兰佐　来啊！奏起一支圣歌来唤醒狄安娜女神；用最温柔的节奏倾注到你们女主人的耳中，让她被乐声吸引着回来。（音乐）

杰西卡　我听见了柔和的音乐，总觉得有些惘怅。

罗兰佐　这是因为你有一个敏感的灵魂。你只要看一群野性未驯的畜兽，或是青春不羁的小马，逞着它们奔放的血气，乱跳狂奔，高声嘶叫，倘然偶尔听到一声喇叭，或是任何乐调，就会一齐立定，它们狂野的眼光，因为中了音乐的魅力，变成温和的注视。所以诗人会造出俄耳甫斯用音乐感动木石、平息风浪的故事，因为无论怎样坚硬顽固狂暴的事物，音乐都可以立刻改变它们的性质；灵魂里没有音乐，或是听了甜蜜和谐的乐声而不会感动的人，都是擅于为非作恶、使奸弄诈的；他们的灵魂像黑夜一样昏沉，他们的感情像鬼域一样幽暗；这种人是不可信任的。听这音乐！

鲍西娅及尼莉莎自远处上。

鲍西娅	那灯光是从我家里发出来的。一支小小的蜡烛，它的光照耀得多么远！一件善事也正像这支蜡烛一样，在这罪恶的世界上发出广大的光辉。
尼莉莎	月光明亮的时候，我们就瞧不见灯光。
鲍西娅	小小的荣耀也正是这样给更大的光荣所掩盖。国王出巡的时候摄政的威权未尝不就像一个君主，可是一等国王回来，他的威权就归于乌有，正像溪涧中的细流注入大海一样。音乐！听！
尼莉莎	小姐，这是我们家里的音乐。
鲍西娅	没有比较，就显不出长处；我觉得它比在白天好听得多哪。
尼莉莎	小姐，那是晚上比白天静寂的缘故。
鲍西娅	没有听赏的人，乌鸦的歌声也就和云雀一样；要是夜莺在白天杂在群鹅的聒噪里歌唱，人家决不以为它比鹪鹩唱得更美。多少事情因为逢到有利的环境，才能够达到尽善的境界，博得一声恰当的赞赏！喂，静下来！月亮正在拥着她的情郎[1]酣睡，不肯就醒来呢。（音乐停止）
罗兰佐	要是我没有听错，这分明是鲍西娅的声音。
鲍西娅	我的声音太难听，所以一下子就给他听出来了，正像瞎子能够辨认杜鹃一样。

---

1 "月亮的情郎"指恩底弥翁（Endymion），神话中的美少年，为狄安娜女神所钟爱。

罗兰佐	好夫人，欢迎您回家来！
鲍西娅	我们在外边为我们的丈夫祈祷平安，希望他们能够因我们的祈祷而多福。他们已经回来了吗？
罗兰佐	夫人，他们还没有来；可是刚才有人来送过信，说他们就要来了。
鲍西娅	进去，尼莉莎，吩咐我的仆人们，叫他们就当我们两人没有出去过一样；罗兰佐，您也给我保守秘密；杰西卡，您也不要多说。（喇叭声）
罗兰佐	您的丈夫来啦，我听见他的喇叭的声音。我们不是搬嘴弄舌的人，夫人，您放心好了。
鲍西娅	这样的夜色就像一个昏沉的白昼，不过略微惨淡点儿；没有太阳的白天，瞧上去也不过如此。

巴萨尼奥、安东尼奥、葛莱西安诺及侍从等上。

巴萨尼奥	要是您在没有太阳的地方走路，我们就可以和地球那一面的人共同享有着白昼。
鲍西娅	让我发出光辉，可是不要让我像光一样轻浮；因为一个轻浮的妻子，是会使丈夫的心头沉重的，我决不愿意巴萨尼奥为了我而心头沉重。可是一切都是上帝做主！欢迎您回家来，夫君！
巴萨尼奥	谢谢您，夫人。请您欢迎我这位朋友；这就是安东尼奥，我曾经受过他无穷的恩惠。
鲍西娅	他的确使您受惠无穷，因为我听说您曾经使他受累

无穷呢。

安东尼奥 没有什么，现在一切都已经圆满解决了。

鲍西娅 先生，我们非常欢迎您的光临；可是口头的空言不能表示诚意，所以一切客套的话，我都不说了。

葛莱西安诺 （向尼莉莎）我凭着那边的月亮起誓，你冤枉了我，我真的把它送给了那法官的书记。好人，你既然把这件事情看得这么重，那么我但愿拿了去的人是个割掉了那话儿的。

鲍西娅 啊！已经在吵架了吗？为了什么事？

葛莱西安诺 为了一个金圈圈儿，她给我的一个不值钱的指环，上面刻着的诗句，就跟那些刀匠们刻在刀子上的差不多，什么"爱我毋相弃"。

尼莉莎 你管它什么诗句，什么值钱不值钱？我当初给你的时候，你曾经向我发誓，说你要戴着它直到死去，死了就跟你一起葬在坟墓里；即使不为我，为了你所发的重誓，你也应该把它看重，好好儿地保存着。送给一个法官的书记！呸！上帝可以替我判断，拿了这指环去的那个书记，一定是个脸上永远不会出毛的。

葛莱西安诺 他年纪长大起来，自然会出胡子的。

尼莉莎 一个女人也会长成男子吗？

葛莱西安诺 我举手起誓，我的确把它送给一个少年人，一个年纪小小、发育不全的孩子；他的个儿并不比你高，这个法官的书记。他是个多话的孩子，一定要我把这指环给他做酬劳，我实在不好意思不给他。

鲍西娅	恕我说句不客气的话，这是你的不对；你怎么可以把你妻子的第一件礼物随随便便给了人？你已经发过誓把它套在你的手指上，它就是你身体上不可分的一部分。我也曾经送给我的爱人一个指环，使他发誓永不把它抛弃；他现在就在这儿，我敢代他发誓，即使把世间所有的财富向他交换，他也不肯丢掉它或是把它从他的手指上取下来的。真的，葛莱西安诺，你太对不起你的妻子了；倘然是我的话，我早就发起脾气来啦。
巴萨尼奥	（旁白）哎哟，我应该把我的左手砍掉了，那就可以发誓说，因为强盗要我的指环，我不肯给他，所以连手都给砍下来了。
葛莱西安诺	巴萨尼奥老爷也把他的指环给那法官了，因为那法官一定要向他讨那指环；其实他就是拿了指环去，也一点不算过分。那个孩子、那法官的书记，因为写了几个字，也就讨了我的指环去做酬劳。他们主仆两人什么都不要，就是要这两个指环。
鲍西娅	我的爷，您把什么指环送了人哪？我想不会是我给您的那一个吧？
巴萨尼奥	要是我可以用说谎来加重我的过失，那么我会否认的；可是您瞧我的手指上已没有指环；它已经没有了。
鲍西娅	正像你的虚伪的心里没有一丝真情。我对天发誓，除非等我见了这指环，我再也不跟你同床共枕。
尼莉莎	要是我看不见我的指环，我也再不跟你同床共枕。

巴萨尼奥　　　亲爱的鲍西娅，要是您知道我把这指环送给什么人，要是您知道我为了谁的缘故把这指环送人，要是您能够想到为了什么理由我把这指环送人，我又是多么舍不下这个指环，可是人家偏偏什么也不要，一定要这个指环，那时候您就不会生这么大的气了。

鲍西娅　　　要是你知道这指环的价值，或是把这指环给你的那人的一半好处，或是懂得了你自己保存着这指环的光荣，你就不会把这指环抛弃。只要你用诚恳的话向他剀切解释，世上哪有这样不讲理的人，会好意思硬要人家留作纪念品的东西？尼莉莎讲的话一点不错，我可以用我的生命赌咒，一定是什么女人把这指环拿去了。

巴萨尼奥　　　不，夫人，我用我的名誉、我的灵魂起誓，并不是什么女人拿去，的确是送给那位法学博士的；他不接受我送给他的三千块钱，一定要讨这指环，我不答应，他就老大不高兴地去了。就是他救了我的好朋友的性命；我应该怎么说呢，好太太？我没有法子，只好叫人追上去送给他；人情和礼貌逼着我这样做，我不能让我的名誉上沾上忘恩负义的污点。原谅我，好夫人，凭着天上的明灯起誓，要是那时候您也在那儿，我想您一定会恳求我把这指环送给那位贤能的博士的。

鲍西娅　　　让那博士再也不要走近我的屋子。他既然拿去了我所珍爱的宝物，又是你所发誓永远为我保存的东西，那么我也会像你一样慷慨；我会把我所有的一切都给他，即使他要我的身体，或是我的丈夫的眠床，我都不会拒绝他。我确信总有一天会认识他的；你还是一夜也不要离开家里，像个百眼怪人那样看守着我吧；否则我可以凭着我的尚未失去的贞操起誓，要是你让我一个人在家里，我一定要跟这个博士睡在一床的。

尼莉莎　我也要跟他的书记睡在一床；所以你还是留心不要走开我的身边。

葛莱西安诺　好，随你的便，只要不让我碰到他；要是他给我捉住了，我就弯断这个少年书记的那支笔。

安东尼奥　都是我的不是，引出你们这一场吵闹。

鲍西娅　先生，这跟您没有关系；您来我们是很欢迎的。

巴萨尼奥　鲍西娅，饶恕我这一次出于不得已的错误，当着这许多朋友们的面前，我向您发誓，凭着您这一双美丽的眼睛，在它们里面我可以看见我自己——

鲍西娅　你们听他的话！我的左眼里也有一个他，我的右眼里也有一个他；你用你的两重人格发誓，我还能够相信你吗？

巴萨尼奥　不，听我说。原谅我这一次错误，凭着我的灵魂起誓，我以后再不违背对你所作的誓言。

安东尼奥　我曾经为了他的幸福，把我自己的身体向人抵押，倘不是幸亏那个把您丈夫的指环拿去的人，几乎送了性命；现在我敢再立一张契约，把我的灵魂作为

Bassanio. By Heaven! it is the same I gave the doctor!
Portia. I had it of him: pardon me, Bassanio.

Act V. Scene I.

担保，保证您的丈夫决不会再有故意背信的行为。

鲍西娅　　那么就请您做他的保证人，把这个给他，叫他比上回那一个保存得牢一些。

安东尼奥　拿着，巴萨尼奥；请您发誓永远保存这一个指环。

巴萨尼奥　天哪！这就是我给那博士的那一个！

鲍西娅　　我就是从他手里拿来的。原谅我，巴萨尼奥，因为凭着这个指环，那博士已经跟我睡过觉了。

尼莉莎　　原谅我，我的好葛莱西安诺；就是那个发育不全的孩子，那个博士的书记，因为我问他讨这个指环，昨天晚上已经跟我睡在一起了。

葛莱西安诺　哎哟,这就像是在夏天把铺得好好的道路重新翻造。嘿！我们就这样冤枉地做起王八来了吗?

鲍西娅　　不要说得那么难听。你们大家都有点莫名其妙；这儿有一封信，拿去慢慢地念吧，它是培拉里奥从帕度亚寄来的，你们从这封信里，就可以知道那位博士就是鲍西娅，她的书记便是这位尼莉莎。罗兰佐可以向你们证明，当你们出发以后，我就立刻动身；我回家来还没有多少时候，连大门也没有进去过呢。安东尼奥，我们非常欢迎您到这儿来；我还带着一个您所意料不到的好消息给您，请您拆开这封信，您就可以知道您有三艘商船，已经满载而归，马上要到港了。您再也想不出这封信怎么会凑巧地到了我的手里。

安东尼奥　我没有话说。

巴萨尼奥	你就是那个博士，我还不认识你吗？
葛莱西安诺	你就是要叫我当王八的那个书记吗？
尼莉莎	是的，可是除非那书记会长成一个男子，他再也不能叫你当王八。
巴萨尼奥	好博士，你今晚就陪着我睡觉吧；当我不在的时候，你可以睡在我妻子的床上。
安东尼奥	好夫人，您救了我的命，又给了我一条活路；我从这封信里得到了确实的消息，我的船只已经平安到港了。
鲍西娅	喂，罗兰佐！我的书记也有一件好东西要给您哩。
尼莉莎	是的，我可以免费送给他。这儿是那犹太富翁亲笔签署的一张授赠产业的文契，声明他死了以后，全部遗产都传给您和杰西卡，请你们收下吧。
罗兰佐	两位好夫人，你们像是散布玛哪[1]的天使，救济着饥饿的人们。
鲍西娅	天已经差不多亮了，可是我知道你们还想把这些事情知道得详细一点。我们大家进去吧；你们还有什么疑惑的地方，尽管再向我们发问，我们一定老老实实地回答一切的问题。
葛莱西安诺	很好，我要我的尼莉莎宣誓答复的第一个问题是，现在离白昼只有两小时了，我们是就去睡觉呢，还是等明天晚上再睡？正是—— 不惧黄昏近，但愁白日长；

---

1 玛哪（manna），天降的粮食，见《旧约·出埃及记》。

翩翩书记俊，今夕喜同床。

金环束指间，灿烂自生光，

唯恐娇妻骂，莫将弃道旁。（众下）

无事生非

MUCH ADO
About
NOTHING.

剧中人物

唐·彼德罗 / 阿拉贡亲王

唐·约翰 / 唐·彼德罗的庶弟

克劳狄奥 / 佛罗伦萨的少年贵族

培尼狄克 / 帕度亚的少年贵族

里奥那托 / 梅西那总督

安东尼奥 / 里奥那托之弟

鲍尔萨泽 / 唐·彼德罗的仆人

波拉契奥
康拉德 } 唐·约翰的侍从

道格培里 / 警吏

弗吉斯 / 警佐

法兰西斯神父

教堂司事

小童

希罗 / 里奥那托的女儿

贝特丽丝 / 里奥那托的侄女

玛格莱特
欧苏拉 } 希罗的侍女

使者、巡丁、侍从等

地点

梅西那

第一场

里奥那托住宅门前

里奥那托、希罗、贝特丽丝[1]及一使者上。

里奥那托	这封信里说,阿拉贡的唐·彼德罗今晚就要到梅西那[2]来了。
使者	他现在快要到了;我跟他分手的时候,他离开这儿不过八九里路呢。
里奥那托	你们在这次战事里损失了多少将士?
使者	没有损失多少,有点名气的一个也没有。
里奥那托	得胜者全师而归,那是双重的胜利了。信上还说起唐·彼德罗十分看重一位叫作克劳狄奥的年轻的佛罗伦萨人。
使者	他果然是一位很有才能的人,唐·彼德罗赏识得不

错。他年纪虽然很轻，做的事情却十分了不得，看上去像一头羔羊，上起战场来却像一头狮子；他的确能够超过一般人对他的期望，我这张嘴也说不尽他的好处。

里奥那托 他有一个伯父在我们梅西那，知道了一定会非常高兴的。

使者 我已经送过信去给他了，看他的样子十分快乐，甚至快乐得忍不住心酸起来。

里奥那托 他流起眼泪来了吗？

使者 流了很多眼泪。

里奥那托 这是天性中温情的自然流露；泪洗过的脸，是最真诚不过的了。因为快乐而哭泣，比之看见别人哭泣而快乐，总要好得多啦！

贝特丽丝 请问你，那位剑客先生是不是也从战场上回来了？

使者 小姐，这个名字我没有听见过；在军队里没有这样一个人。

里奥那托 侄女，你问的是什么人？

希罗 姊姊说的是帕度亚的培尼狄克[1]先生。

使者 啊，他也回来了，仍旧是那么爱打趣的。

贝特丽丝 他曾经在我们梅西那这里，公然宣布要跟爱神一较高下，我叔叔家的弄臣听见了，拿着弹弓，要以爱神的名义跟他较量呢。请问你，他在这次战事中间

---

1 培尼狄克（Benedick），拉丁语中 benedictus 意为"被赐福之人"。

Beatrice. I pray you, is Signior Montanto returned from the wars, or no? . . . . .

Leonato. What is he that you ask for, niece?

Hero. My cousin means Signior Benedick of Padua.—*Act I. Scene I.*

杀了多少人？吃了多少人？你先告诉我他杀了多少人，因为我曾经答应他，无论他杀死多少人，我都可以把他们吃下去。

里奥那托 真的，侄女，你把培尼狄克先生取笑得太过分了；我相信他一定会向你报复的。

使者 小姐，他在这次战事里立下很大的功劳呢。

贝特丽丝 你们那些发霉的军粮，都是他一个人吃下去的；他是个著名的大饭桶，他的胃口好得很哩。

使者 而且他也是个很好的军人，小姐。

贝特丽丝 他在小姐太太们面前是个很好的军人；可是在老爷们面前呢？

使者 在老爷们面前，就是一个正人君子，一个堂堂的男儿，充满了各种的美德。

贝特丽丝 究竟他肚子里充满了些什么，我们还是别说了吧；我们谁也不是圣人。

里奥那托 请你不要误会舍侄女的意思。培尼狄克先生跟她是说笑惯了的；他们一见面，总是舌剑唇枪，各不相让。

贝特丽丝 可惜他总是占不到便宜！在我们上次交锋的时候，他的五分才气倒有四分给我杀得狼狈逃走，现在他全身只剩一分了；要是他还有些才气留着，那么就让他保存起来，叫他跟他的马儿有个分别吧，因为这是使他可以被称为有理性动物的唯一的财产了。现在谁是他的同伴？听说他每个月都要换一位把兄弟。

使者	有这等事吗？
贝特丽丝	很可能；他的心就像他帽子的式样一般，时时刻刻会起变化的。
使者	小姐，看来这位先生的名字不曾注在您的册子上。
贝特丽丝	没有，否则我要把我的书斋都一起烧了呢。可是请问你，谁是他的同伴？难道没有一个年轻的轻浮之徒，愿意跟他一起鬼混吗？
使者	他跟那位尊贵的克劳狄奥来往得顶亲密了。
贝特丽丝	天哪，他要像一场瘟疫一样缠住人家呢；他比瘟疫还容易传染，谁要是跟他发生接触，立刻就会变成疯子。上帝保佑尊贵的克劳狄奥！要是他给那个培尼狄克缠住了，一定要花上一千镑钱才可以把他赶走哩。
使者	小姐，我愿意跟您交个朋友。
贝特丽丝	很好，好朋友。
里奥那托	侄女，你是永远不会发疯[1]的。
贝特丽丝	不到大热的冬天，我是不会发疯的。
使者	唐·彼德罗来啦。

唐·彼德罗、唐·约翰、克劳狄奥、培尼狄克、鲍尔萨泽等同上。

---

1 指因爱情而发疯。

彼德罗	里奥那托大人，您是来迎接麻烦来了；一般人都只想避免耗费，您却偏偏自己愿意多事。
里奥那托	多蒙殿下枉驾，已是莫大的荣幸，怎么说是麻烦呢？麻烦去了，可以使人如释重负；可是当您离开我的时候，我只觉得怅怅然若有所失。
彼德罗	您真是太喜欢自讨麻烦啦。这位便是令爱吧？
里奥那托	她的母亲好几次对我说她是我的女儿。
培尼狄克	大人，您问她的时候，是不是心里有点疑惑？
里奥那托	不，培尼狄克先生，因为那时候您还是个孩子哩。
彼德罗	培尼狄克，你也给人家挖苦了；听了这话，我们可以猜想到你现在长大了，是个怎么样的人。真的，这位小姐很像她的父亲。小姐，您真幸福，因为您是像这样一位高贵的父亲。
培尼狄克	要是里奥那托大人果然是她的父亲，就是把梅西那全城的财富都给她，她也不愿意有他那样一副容貌的。
贝特丽丝	培尼狄克先生，您怎么还在那儿讲话呀？没有人听着您哩。
培尼狄克	哎哟，我的傲慢的小姐！您还活着吗？
贝特丽丝	世上有培尼狄克先生那样的人，傲慢是不会死去的；顶有礼貌的人，只要一看见您，也就会傲慢起来。
培尼狄克	那么礼貌也是个反复无常的小人了。可是除了您以外，无论哪个女人都爱我，这一点是毫无疑问的；我希望我的心肠不是那么硬，因为说句老实话，我实在一个也不爱她们。

贝特丽丝　　　那真是女人们好大的运气，因为否则她们就要给一个讨厌的追求者麻烦死了。我感谢上帝和我自己冷酷的心，我在这一点上完全同意您的想法；与其叫我听一个男人发誓说他爱我，我宁愿听我的狗向着一只乌鸦叫。

培尼狄克　　　上帝保佑小姐您永远抱着这样的心情吧！这样某一位先生就可以逃过他命中注定的抓破脸皮的厄运了。

贝特丽丝　　　要是像您这样一副尊容，就算抓破了也不会使它变得比原来更难看的。

培尼狄克　　　好，您真是一位好鹦鹉教师。

贝特丽丝　　　像我一样会说话的鸟儿，比起像尊驾一样的畜生来，总要好得多啦。

培尼狄克　　　我希望我的马儿能够跑得像您说起话来一样快，也像您的舌头一样不知道疲倦。请您尽管说下去吧，我可要恕不奉陪啦。

贝特丽丝　　　您在说不过人家的时候，总是像一匹不听话的马儿一样，往岔路里溜了过去；我知道您的老脾气。

彼德罗　　　　那么就这样吧，里奥那托。克劳狄奥，培尼狄克，我的好朋友里奥那托请你们一起住下来。我对他说我们至少要在这儿耽搁一个月；他却诚心希望会有什么事情留着我们多住一些时候。我敢发誓他不是一个虚情假意的人，他的话都是从心里发出来的。

里奥那托　　　殿下，您要是发了誓，您一定不会背誓。（向唐·约翰）欢迎，大人；您现在已经跟令兄言归于好，我应该向您竭诚致敬。

约翰　　　谢谢；我是一个不会说话的人，可是我谢谢你。

里奥那托　殿下请了。

彼德罗　　让我搀着您的手，里奥那托，咱们一块儿走吧。（除培尼狄克、克劳狄奥外皆下）

克劳狄奥　培尼狄克，你有没有注意到里奥那托的女儿？

培尼狄克　看是看见的，可是我没有对她注意。

克劳狄奥　她不是一位贞静的少女吗？

培尼狄克　您是规规矩矩地要我把老实话告诉您呢，还是要我照平常的习惯，摆出一副统治女性的暴君面孔来发表我的意见？

克劳狄奥　不，我要你根据冷静的判断回答我。

培尼狄克　好，那么我说，她是太矮了点儿，不能给她太高的恭维；太黑了点儿，不能给她太美的恭维；又太小了点儿，不能给她太大的恭维。我所能给她的唯一的称赞，就是她倘不是像现在这样子，一定很不漂亮；可是她既然不能再好看一点，所以我一点不喜欢她。

克劳狄奥　你以为我是在说着玩玩的。请你老老实实告诉我，你觉得她怎样。

培尼狄克　您这样问起她，是想要把她买下来吗？

克劳狄奥　全世界所有的财富，可以买得到这样一块美玉吗？

培尼狄克　可以，而且还可以附送一只匣子把它藏起来哩。可是您说这样的话，是一本正经的呢，还是随口胡说，就像说盲目的丘匹德是个猎兔的好手、打铁的乌尔冈是个出色的木匠一样？告诉我，您唱的歌儿究竟是什么调子？

克劳狄奥　在我的眼睛里，她是我平生所见的最可爱的姑娘。

培尼狄克　我现在还可以不戴眼镜瞧东西，可是我却瞧不出来她有什么可爱。她那个族姊就是脾气太坏了点儿，要是讲起美貌来，那就正像一个是五月的春朝，一个是十二月的岁暮，比她好看得多啦。可是我希望您不是想要做起丈夫来了吧？

克劳狄奥　虽然我曾经立誓终身不娶，可是要是希罗肯做我的妻子，我一定会信不过我自己。

培尼狄克　事情已经到这个地步了吗？难道世界上的男子个个都愿意戴上绿头巾吗？难道我永远看不见一个六十岁的童男子吗？好，要是你愿意把你的头颈伸进轭里去，那么你就把它套起来，到星期日休息的日子自己怨命吧。瞧，唐·彼德罗回来找您了。

唐·彼德罗重上。

彼德罗　你们不跟我到里奥那托家里去，在这儿讲些什么秘密话儿？

培尼狄克　我希望殿下命令我说出来。

彼德罗　好，我命令你说出来。

培尼狄克　听着，克劳狄奥伯爵。我能够像哑巴一样保守秘密，我也希望您相信我不是一个搬嘴弄舌的人；可是殿下这样命令我，有什么办法呢？他是在恋爱了。跟谁呢？这就应该殿下自己去问他了。注意他的回答是多么短：他爱的是希罗，里奥那托的矮小的女儿。

克劳狄奥　　要是真有这么一回事，那么他已经替我说出来了。

培尼狄克　　正像老话说的，殿下，"既不是这么一回事，也不是那么一回事，可是真的，上帝保佑不会有这么一回事。"

克劳狄奥　　我的感情倘不是一下子就会起变化，我倒并不希望上帝改变这事实。

彼德罗　　阿门，要是你真的爱她；这位小姐是很值得你眷恋的。

克劳狄奥　　殿下，您这样说是有意诱我吐露真情吗？

彼德罗　　真的，我不过说我心里想到的话。

克劳狄奥　　殿下，我说的也是我自己心里的话。

培尼狄克　　凭着我的三心两意起誓，殿下，我说的也是我自己心里的话。

克劳狄奥　　我觉得我真的爱她。

彼德罗　　我知道她是位很好的姑娘。

培尼狄克　　我可既不明白为什么要爱她，也不知道她有什么好处；你们就是用火刑烧死我，也不能使我改变这个意见。

彼德罗　　你永远是一个排斥美貌的顽固的异教徒。

克劳狄奥　　他这种不近人情的态度，都是违背了良心故意做作出来的。

培尼狄克　　一个女人生下了我，我应该感谢她；她把我养大，我也要向她表示至诚的感谢；可是要我为了女人的缘故而戴起一顶不雅的头巾来，或者把我的小喇叭就此拴住，那么我只好敬谢不敏了。因为我不愿意对任何一个女人猜疑而使她受到委屈，所以宁愿对无论哪个女人都不信任，免得委屈了自己。总而言之，为了让我自己穿得漂亮一点起见，我愿意一生一世做个光棍。

彼德罗　　我在未死之前，总有一天会看见你为了爱情而憔悴的。

培尼狄克　　殿下，我可以因为发怒，因为害病，因为挨饿而脸色惨白，可是决不会因为爱情而憔悴；您要是能够证明有一天我因为爱情而消耗的血液，喝了酒后不能把它恢复过来，就请您用编造歌谣的人的那支笔挖去我的眼睛，把我当作一个瞎眼的丘匹德，挂在妓院门口做招牌。

彼德罗　　好，要是有一天你的决心动摇起来，可别怪人家笑话你。

培尼狄克　　要是有那么一天，我就让你们把我像一只猫似的放在口袋里吊起来，叫大家用箭射我；谁把我射中了，你们可以拍拍他的肩膀，夸奖他是个好汉子。

彼德罗　　好，咱们等着瞧吧；有一天野牛也会俯首就轭的。

培尼狄克　　野牛也许会俯首就轭，可是有理性的培尼狄克要是也会钻上圈套，那么请您把牛角拔下来，插在我的额角上吧；我可以让你们把我涂上油彩，像人家写

"好马出租"一样替我用大字写好一块招牌，招牌
上这么说："请看结了婚的培尼狄克。"

| 克劳狄奥 | 要是真的把你这样，你一定要气得把你的一股牛劲儿都使出来了。 |

| 彼德罗 | 嘿，要是丘匹德没有把他的箭在威尼斯一起放完，他会叫你知道他的厉害的。 |

| 培尼狄克 | 那时候一定要天翻地覆啦。 |

| 彼德罗 | 好，咱们等着瞧吧。现在，好培尼狄克，请你到里奥那托那儿去，替我向他致意，对他说晚餐的时候我一定准时出席，因为他已经费了不少手脚在那儿预备呢。 |

| 培尼狄克 | 办这件事，我的脑子还够用，所以我想敬请—— |

| 克劳狄奥 | 大安，自家中发—— |

| 彼德罗 | 七月六日，培尼狄克谨上。 |

| 培尼狄克 | 哎，别开玩笑啦。你们讲起话来，老是这么支离破碎，不成片段，要是你们还要把这种滥调搬弄下去，请你们问问自己的良心吧，我可要失陪了。（下） |

| 克劳狄奥 | 殿下，您现在可以帮我一下忙。 |

| 彼德罗 | 咱们是好朋友，你有什么事尽管吩咐我；无论它是多么为难的事，我都愿意竭力帮助你。 |

| 克劳狄奥 | 殿下，里奥那托有没有儿子？ |

| 彼德罗 | 没有，希罗是他唯一的后嗣。你喜欢她吗，克劳狄奥？ |

| 克劳狄奥 | 啊，殿下，当我们向战场出发的时候，我用一个军人的眼睛望着她，虽然心中爱慕，可是因为有更艰 |

巨的工作在我面前，来不及顾到儿女私情；现在我回来了，战争的思想已经离开我的脑中，代替它的是一缕缕的柔情，它们指点我年轻的希罗是多么美丽，对我说，我在出征以前就已经爱上她了。

彼德罗　你就要像个恋人似的，动不动用长篇大论叫人听着厌倦了。要是你果然爱希罗，你就爱下去吧，我可以替你向她和她的父亲说去，一定叫你如愿以偿。你向我转弯抹角地说了这一大堆，不就是为了这个目的吗？

克劳狄奥　您这样鉴貌辨色，真是医治相思的妙手！可是人家也许以为我一见钟情，未免过于孟浪，所以我想还是慢慢儿再说吧。

彼德罗　造桥只要量着河身的阔度就行了，何必过分铺张呢？做事情也只要按照事实上的需要；凡是能够帮助你达到目的的，就是你所应该采取的手段。你现在既然害着相思，我可以给你治相思的药饵。我知道今晚我们将要有一个假面舞会；我可以化装一下冒充着你，对希罗说我是克劳狄奥，当着她的面前倾吐我的心曲，用动人的情话迷惑她的耳朵；然后我再替你向她的父亲传达你的意思，结果她一定会属你所有。让我们立刻着手进行吧。（同下）

第二场

里奥那托家中一室

里奥那托及安东尼奥自相对方向上。

里奥那托　　啊，贤弟！我的侄儿，你的儿子呢？他有没有把乐队准备好？

安东尼奥　　他正在那儿忙着呢。可是，大哥，我可以告诉你一些新鲜的消息，你做梦也想不到的。

里奥那托　　是好消息吗？

安东尼奥　　那要看事情的发展而定；可是从外表上看起来，那是个很好的消息。亲王跟克劳狄奥伯爵刚才在我的花园里一条树荫浓密的小路上散步，他们讲的话给我的一个用人听见了许多：亲王告诉克劳狄奥，说他爱上了我的侄女，你的女儿，想要在今晚跳舞的时候向她倾吐衷情；要是她表示首肯，他就要抓住眼前的时机，立刻向你提起这件事情。

里奥那托　　告诉你这个消息的家伙，是不是个有头脑的人？

安东尼奥　　他是一个很机灵的家伙；我可以去叫他来，你自己问问他。

里奥那托　　不，不，在事情没有证实以前，我们只能把它当作

一个幻梦；可是我要先去通知我的女儿一声，万一
真有那么一回事，她也好预先准备准备怎样回答。
你去告诉她吧。（若干人穿过舞台）各位伻儿，记
好你们分内的事。啊，对不起，朋友，跟我一块儿
去，我还要仰仗您的大力哩。贤弟，在大家手忙脚
乱的时候，请你留心照看照看。（同下）

第三场

里奥那托家中的另一室

唐·约翰及康拉德上。

康拉德　哎哟，我的爷！您为什么这样闷闷不乐？

约翰　我的烦闷是茫无涯际的，因为不顺眼的事情太多啦。

康拉德　您应该听从理智的劝告呀。

约翰　听从了理智的劝告，又有什么好处呢？

康拉德　即使不能立刻医好您的烦闷，至少也可以教您怎样安心忍耐。

约翰　我真不懂像你这样一个自己说是土星照命[1]的人，居然也会用道德的箴言来医治人家致命的沉疴。我不能掩饰我自己的为人：心里不快活的时候，我就拉下脸来，不会听了人家的嘲谑而赔着笑脸；肚子饿了我就吃，谁愿意伺候人家的方便；精神疲倦了我就睡，谁去理会人家的闲事；心里高兴我就笑，谁去窥探人家的颜色。

康拉德　话是说得不错，可是您现在在别人的约束之下，总

---

1 西洋星相家的说法，谓土星照命的人，性格必阴沉忧郁。

不能完全照着您自己的意思做去。最近您跟王爷闹
过别扭，你们兄弟俩言归于好还是不久前的事，您
要是不格外赔些小心，那么他现在对您的种种恩宠，
也是靠不住的；您必须自己造成一个机会，然后才
可以达到您的目的。

约翰　　　我宁愿做一朵篱下的野花，不愿做一朵受他恩惠的
　　　　　蔷薇；与其逢迎献媚，偷取别人的欢心，宁愿被众
　　　　　人所鄙弃；我固然不是一个善于阿谀的正人君子，
　　　　　可是谁也不能否认我是一个正大光明的小人，人家
　　　　　用口套罩着我的嘴，表示对我信任，用木桩系住我
　　　　　的脚，表示给我自由；关在笼子里的我，还能够唱
　　　　　歌吗？要是我有嘴，我就要咬人；要是我有自由，
　　　　　我就要做我欢喜做的事。现在你还是让我保持我的
　　　　　本来面目，不要设法改变它吧。

康拉德　　您不能利用您的不平之气来干一些事情吗？

约翰　　　我把它尽量利用着呢，因为它是我的唯一的武器。
　　　　　谁来啦？

　　　　　波拉契奥上。

约翰　　　有什么消息，波拉契奥？

波拉契奥　我刚从那边盛大的晚餐席上出来，王爷被里奥那托
　　　　　招待得十分隆重；我还可以告诉您一件正在计划中
　　　　　的婚事的消息哩。

约翰	我们可以在这上面出个主意跟他们捣乱捣乱吗？那个愿意自讨麻烦的傻瓜是谁？
波拉契奥	他就是王爷的右手。
约翰	谁？那个最最了不得的克劳狄奥吗？
波拉契奥	正是他。
约翰	好家伙！那个女的呢？他中意了哪一个？
波拉契奥	里奥那托的女儿和继承人希罗。
约翰	一只早熟的小母鸡！你怎么知道的？
波拉契奥	他们叫我去用香料把屋子熏一熏，我正在那儿熏一间发霉的房间的时候，亲王跟克劳狄奥两个人手挽手走了进来，郑重其事地在商量着什么事情；我就把身子闪到屏风后面，听见他们约定由亲王出面去向希罗求婚，等她答应以后，就把她让给克劳狄奥。
约翰	来，来，咱们到那边去；也许我可以借此出出我的一口怨气。自从我失势以后，那个年轻的新贵出足了风头；要是我能够叫他受些挫折，也好让我拍手称快。你们两人都愿意帮助我，不会变心吗？
康拉德 波拉契奥	我们愿意誓死为爵爷尽忠。
约翰	让我们也去参加那盛大的晚餐吧；他们看见我的屈辱，一定格外高兴。要是厨子也跟我抱着同样的心理就好了！我们要不要先计划一下着手的方法？
波拉契奥	我们愿意侍候您的旨意。（同下）

第一场

里奥那托家中的厅堂

里奥那托、安东尼奥、希罗、贝特丽丝及余人等同上。

里奥那托 约翰伯爵有没有在这儿吃晚饭？

安东尼奥 我没有看见他。

贝特丽丝 那位先生的脸孔多么阴沉！我每一次看见他，总要有一个时辰心里不好过。

希罗 他有一种很忧郁的脾气。

贝特丽丝 要是把他跟培尼狄克折中一下，那就是个顶好的人啦：一个太像泥塑木雕似的，老是一言不发；一个却像骄纵惯了的小少爷，叽里呱啦地吵个不停。

里奥那托 那么把培尼狄克先生的半条舌头放在约翰伯爵的嘴里，把约翰伯爵的半副心事面孔装在培尼狄克先生脸上——

贝特丽丝 叔叔，再加上一双好腿，一对好脚，袋里有几个钱，这样一个男人，世上无论哪个女人都愿意嫁给他的——要是他能够得到她的欢心的话。

里奥那托　　真的，侄女，你要是说话这样刻薄，我看你一辈子也嫁不出去的。

安东尼奥　　真的，她是泼辣得过了分。

贝特丽丝　　泼辣得过了头就不是泼辣喽。我可帮上帝省下不少工夫，因为俗话说"造物心肠好，泼牛生短角"，一头牛如果泼辣得过了头，上帝就不用给它长犄角啦。

里奥那托　　这么说，泼辣得过了头，上帝就不用给你犄角[1]啦。

贝特丽丝　　谢天谢地！我每天早晚都在跪求上帝，我说主啊！叫我嫁给一个脸上出胡子的丈夫，我是怎么也受不了的，还是让我睡在毛毯里吧！

里奥那托　　你可以拣一个没有胡子的丈夫。

贝特丽丝　　我要他来做什么呢？叫他穿起我的衣服来，让他做我的侍女吗？有胡子的人年纪一定不小了，没有胡子的人，算不得须眉男子；我不要一个老头子做我的丈夫，也不愿意嫁给一个没有丈夫气的男人。人家说，老处女死了要在地狱里牵猴子；所以还是让我把六便士的保证金交给动物园里的看守，把他的猴子牵下地狱去吧。

里奥那托　　好，那么你决心下地狱吗？

贝特丽丝　　不，我刚走到门口，头上出角的魔鬼就像个老王八

---

1 犄角（horns），指（妻子出轨的）丈夫，也指男性生殖器。

似的，出来迎接我，说，"您到天上去吧，贝特丽丝，您到天上去吧；这儿不是你们姑娘家住的地方。"所以我就把猴子交给他，到天上去见圣彼得[1]了；他指点我单身汉在什么地方，我们就在那儿快快乐乐地过日子。

安东尼奥　　（向希罗）好，侄女，我相信你一定听你父亲的话。

贝特丽丝　　是的，我的妹妹是最懂得规矩的，她会行个礼儿，说，"父亲，您看怎么办，就怎么办吧。"可是虽然这么说，妹妹，他一定要是个漂亮的家伙才好，否则你还是再行个礼儿，说，"父亲，这可要让我自己做主了。"

里奥那托　　好，侄女，我希望看见你有一天嫁到一个丈夫。

贝特丽丝　　男人都是泥做的，我不要。一个女人要把她的终身托付给一块臭硬的泥土，还要在他面前低头伏小，岂不倒霉！不，叔叔，亚当的儿子都是我的兄弟，跟自己的亲族结婚是一件罪恶哩。

里奥那托　　女儿，记好我对你说的话；要是亲王真的向你提出那样的请求，你知道你应该怎样回答他。

贝特丽丝　　妹妹，要是对方求婚求得不在点儿上，那么毛病一定出在音乐里。要是那亲王太冒冒失失啦，你就对他说，什么事情都应该有个节拍，然后用你的舞步给他答复。听我说，希罗，求婚、结婚和后悔，就

---

1 圣彼得（Saint Peter），天堂大门的看守者。

　　　　　像是苏格兰急舞、慢步舞和五步舞一样：开始求婚
　　　　　的时候，正像苏格兰急舞一样狂热，迅速而充满了
　　　　　幻想；到了结婚的时候，循规蹈矩的，正像慢步舞
　　　　　一样，拘泥着仪式和虚文；于是接着来了后悔，拖
　　　　　着疲乏的脚腿，开始跳起五步舞来，愈跳愈快，一
　　　　　直跳到筋疲力尽，倒在坟墓里为止。

里奥那托　　侄女，你的观察倒是十分深刻。

贝特丽丝　　叔叔，我的眼光很不错哩，能在白天里看得清一座
　　　　　教堂[1] 呢。

里奥那托　　贤弟，跳舞的人进来了，咱们让开吧。

　　　　　唐·彼德罗、克劳狄奥、培尼狄克、鲍尔萨泽、
　　　　　唐·约翰、波拉契奥、玛格莱特、欧苏拉及余人等
　　　　　各戴假面上。

彼德罗　　姑娘，您愿意陪着您的朋友走走吗？

希罗　　您要是轻轻儿走，态度文静点儿，也不说什么话，
　　　　　我就愿意奉陪；尤其是当我要走出去的时候。

彼德罗　　您要不要我陪着您一块儿出去呢？

希罗　　我要是心里高兴，我可以这样说。

彼德罗　　您什么时候才高兴这样说呢？

希罗　　当我看见您的相貌并不讨厌的时候；但愿上帝保佑
　　　　　琴儿不像琴囊一样难看！

---

1 教堂是举行婚礼仪式的地方，所以"看清教堂"表示看透婚姻。

彼德罗	我的脸罩就像菲利蒙的草屋,草屋里面住着天神乔武。[1]
希罗	那么您的脸罩上应该盖起茅草来才是。
彼德罗	讲情话要低声点儿。(拉希罗至一旁)
鲍尔萨泽	好,我希望您欢喜我。
玛格莱特	为了您的缘故,我倒不敢这样希望,因为我有许多缺点哩。
鲍尔萨泽	可以让我略知一二吗?
玛格莱特	我念起祷告来,总是提高了声音。
鲍尔萨泽	那我更加爱您了;高声念祷告,人家听见了就可以喊阿门。
玛格莱特	求上帝赐给我一个好舞伴!
鲍尔萨泽	阿门!
玛格莱特	再求上帝,等到跳舞完毕,让我再也不要看见他!您怎么不说话了呀,执事先生?
鲍尔萨泽	别多讲啦,执事先生已经得到他的答复了。
欧苏拉	我认识您;您是安东尼奥老爷。
安东尼奥	干脆一句话,我不是。
欧苏拉	我瞧您摇头摆脑的样子,就知道是您啦。
安东尼奥	老实告诉你吧,我是学着他的样子的。
欧苏拉	您倘不就是他,决不会把他那种怪样子学得这么惟妙惟肖。这一只挥上挥下的手,不正是他的干瘪的

---

1 菲利蒙(Philemon)是弗里吉亚(Phrygia)的一个穷苦老人,天神乔武(Jove,即朱庇特[Jupiter])遨游人间,借宿在他的草屋里,菲利蒙和他的妻子鲍雪斯(Baucis)招待尽礼,天神乃将其草屋变成殿宇。

手？您一定是他，您一定是他。

安东尼奥　　干脆一句话，我不是。

欧苏拉　　算啦算啦，像您这样能言善辩，您以为我不能一下
　　　　　　子就听出来，除了您没有别人吗？一个人有了好处，
　　　　　　难道遮掩得了吗？算了吧，别多话了，您正是他，
　　　　　　不用再抵赖了。

贝特丽丝　　您不肯告诉我谁对您说这样的话吗？

培尼狄克　　不，请您原谅我。

贝特丽丝　　您也不肯告诉我您是谁吗？

培尼狄克　　现在不能告诉您。

贝特丽丝　　说我目中无人，说我的俏皮话儿都是从笑话书里偷
　　　　　　下来的；哼，这一定是培尼狄克说的话。

培尼狄克　　他是什么人？

贝特丽丝　　我相信您一定很熟悉他的。

培尼狄克　　相信我，我不认识他。

贝特丽丝　　他没有叫您笑过吗？

培尼狄克　　请您告诉我，他是什么人？

贝特丽丝　　他呀，他是亲王手下的弄人，一个语言无味的傻瓜；
　　　　　　他的唯一的本领，就是捏造一些无稽的谣言。只有
　　　　　　那些胡调的家伙才会喜欢他，可是他们并不赏识他
　　　　　　的机智，只是赏识他的奸刁；他一方面会讨好人家，
　　　　　　一方面又会惹人家生气，所以他们一面笑他，一面
　　　　　　打他。我想他一定在人丛里；我希望他会碰到我！

培尼狄克　　等我认识了那位先生以后，我可以把您说的话告诉他。

贝特丽丝	很好，请您一定告诉他。他听见了顶多不过把我侮辱两句；要是人家没有注意到他的话，或者听了笑也不笑，他就要郁郁不乐，这样就可以有一块鹧鸪的翅膀省下来啦，因为这傻瓜会气得不吃晚饭的。（内乐声）我们应该跟随领头的人。
培尼狄克	在一切事情上都该如此。
贝特丽丝	不，要是领头的出了毛病，到下一个转弯处我就不跟他们了。

跳舞。除唐·约翰、波拉契奥及克劳狄奥外皆下。

约翰	我的哥哥真的给希罗迷住啦；他已经拉着她的父亲，去把他的意思告诉他了。女人们都跟着她去了，只有一个戴假面的人留着。
波拉契奥	那是克劳狄奥；我从他的神气上认得出来。
约翰	您不是培尼狄克先生吗？
克劳狄奥	您猜得不错，我正是他。
约翰	先生，您是我的哥哥亲信的人，他现在迷恋着希罗，请您劝劝他打断这一段痴情，她是配不上他这样家世门第的；您要是肯这样去劝他，才是尽一个朋友的正道。
克劳狄奥	您怎么知道他爱着她？
约翰	我听见他发过誓申说他的爱情了。
波拉契奥	我也听见；他刚才发誓说要跟她结婚。

约翰	来，咱们喝酒去吧。（约翰、波拉契奥同下）
克劳狄奥	我这样冒认着培尼狄克的名字，却用克劳狄奥的耳朵听见了这些坏消息。事情一定是这样；亲王是为他自己去求婚的。友谊在别的事情上都是可靠的，在恋爱的事情上却不能信托；所以恋人们都是用他们自己的唇舌。谁生着眼睛，让他自己去传达情愫吧，总不要请别人代劳；因为美貌是一个女巫，在她的魔力之下，忠诚是会在热情里溶解的。这是一个每一个时辰里都可以找到证明的例子，毫无怀疑的余地。那么永别了，希罗！

培尼狄克重上。

培尼狄克	是克劳狄奥伯爵吗？
克劳狄奥	正是。
培尼狄克	来，您跟着我来吧。
克劳狄奥	到什么地方去？
培尼狄克	到最近的一棵柳树[1]底下去，伯爵，为了您自己的事。您欢喜把花圈怎样戴法？是把它套在您的头颈上，像盘剥重利的人套着的锁链似的呢？还是把它串在您的臂上，像一个军官的臂章似的？您一定要把它戴起来，因为您的希罗已经给亲王夺去啦。

---

1 柳树被视为悲哀和失恋的象征。

克劳狄奥　我希望他姻缘美满！

培尼狄克　哎哟，听您说话的神气，简直好像一个牛贩子卖掉
了一匹牛似的。可是您想亲王会这样对待您吗？

克劳狄奥　请你让我一个人在这儿。

培尼狄克　哈！现在您又变成一个不问是非的瞎子了；小孩子
偷了您的肉去，您却去打一根柱子。

克劳狄奥　你要是不肯走开，那么我走了。（下）

培尼狄克　唉，可怜的受伤的鸟儿！现在他要爬到芦苇里去了。
可是想不到咱们那位贝特丽丝小姐居然会见了我认
不出来！亲王的弄人！嘿？也许因为人家瞧我喜欢
说笑，所以背地里这样叫我；可是我要是这样想，
那就是自己看轻自己了；不，人家不会这样叫我，
这都是贝特丽丝凭着她那下流刻薄的脾气，把自己
的意见代表着众人，随口编造出来毁谤我的。好，
我一定要向她报复此仇。

唐·彼德罗重上。

彼德罗　培尼狄克，伯爵呢？你看见他了吗？

培尼狄克　不瞒殿下说，我已经做过一个搬弄是非的长舌妇了。
我看见他像猎场上的茅草屋似的，一个人孤零零地
在这儿发呆，我就对他说——我想我对他说的是真
话——您已经得到这位姑娘的芳心了。我说我愿意
陪着他到一株柳树底下去；或者给他编一个花圈，

表示被弃的哀思；或者给他扎起一条藤鞭来，因为
他有该打的理由。

彼德罗　该打！他做错了什么事？

培尼狄克　他犯了一个小学生的过失，因为发现了一窠小鸟，
高兴非常，指点给他的同伴看见，让他的同伴把它
偷去了。

彼德罗　你把信任当作一种过失吗？偷的人才是有罪的。

培尼狄克　可是他把藤鞭和花圈扎好，总是有用的；花圈可以
给他自己戴，藤鞭可以赏给您。照我看来，您就是
把他那窠小鸟偷去的人。

彼德罗　我不过是想教它们唱歌，教会了就把它们归还原主的。

培尼狄克　那么且等它们唱的歌儿来证明您的一片好心吧。

彼德罗　贝特丽丝小姐在生你的气；陪她跳舞的那位先生告
诉她你说了她许多坏话。

培尼狄克　啊，她才把我侮辱得连一块顽石都要气得直跳起来
呢！一株秃得只剩一片青叶子的橡树，也会忍不住
跟她拌嘴；就是我的脸罩也差不多给她骂活了，要
跟她对骂一场哩。她不知道在她面前的就是我自己，
对我说，我是亲王的弄人，我比融雪的天气还要无
聊；她用一连串恶毒的讥讽，像乱箭似的向我射了
过来，我简直变成了一个箭垛啦。她的每一句话都
是一把钢刀，每一个字都刺到人心里；要是她嘴里
的气息跟她说的话一样恶毒，那一定无论什么人走
近她身边都不能活命的；她的毒气会把北极星都熏

坏呢。即使亚当把他犯罪以前的全部家产传给她，我也不愿意娶她做妻子；她会叫赫剌克勒斯给她烤肉，把他的棍子劈碎了当柴烧的。好了，别讲她了。她就是母夜叉的变相，但愿上帝差一个有法力的人来把她一道咒赶回地狱里去，因为她一天留在这世上，人家就会觉得地狱里简直清静得像一座洞天福地，大家为了希望下地狱，都会故意犯起罪来，所以一切的混乱、恐怖、纷扰，都跟着她一起来了。

彼德罗 　瞧，她来啦。

克劳狄奥、贝特丽丝、希罗及里奥那托重上。

培尼狄克 　殿下有没有什么事情要派我到世界的尽头去的？我现在愿意到地球的那一边去，给您干无论哪一件您所能想得到的最琐细的差使：我愿意给您从亚洲最远的边界上拿一根牙签回来；我愿意给您到埃塞俄比亚去量一量护法王约翰的脚有多长；我愿意给您去从蒙古大可汗的脸上拔下一根胡须，或者到侏儒国里去办些无论什么事情；可是我不愿意跟这妖精谈三句话儿。您没有什么事可以给我做吗？

彼德罗 　没有，我要请你陪着我。

培尼狄克 　啊，殿下，这是强人所难了；我可受不住咱们这位尖嘴的小姐。（下）

彼德罗 　看看，小姐，看看，您失去了培尼狄克先生的心了。

贝特丽丝 　没错，殿下，他曾经把心借给了我一段时间，我还给了他利息，付出了双倍的心。结果有一回，他用诈术赚走了我的心，所以您的确可以说我失去了他的心。[1]

彼德罗　你已经放倒他了，小姐，你已经放倒他了。

贝特丽丝　我总不能让他放倒吧，殿下，那样的话我早就是一群傻孩子的妈妈了。您叫我去找克劳狄奥伯爵，我已经把他带来了。

彼德罗　啊，怎么，伯爵！你为什么这样不高兴？

克劳狄奥　没有什么不高兴，殿下。

彼德罗　那么害病了吗？

克劳狄奥　也不是，殿下。

贝特丽丝　这位伯爵无所谓高兴不高兴，也无所谓害病不害病；您瞧他皱着眉头，也许他吃了一只酸橘子，心里头有一股酸溜溜的味道。

彼德罗　真的，小姐，我想您把他形容得很对；可是我可以发誓，要是他果然有这样的心思，那就错了。来，克劳狄奥，我已经替你向希罗求过婚，她已经答应了；我也已经向她的父亲说起，他也表示同意了；现在你只要选定一个结婚的日子，愿上帝给你快乐！

里奥那托　伯爵，从我手里接受我的女儿，我的财产也随着她一起传给您了。这门婚事多仗殿下鼎力，一定能够

---

1 该段众说纷纭，部分莎学家认为，此处表示贝特丽丝和培尼狄克先前曾有过一段短暂情史。

得到上天的嘉许!

贝特丽丝   说呀,伯爵,现在要轮到您开口了。

克劳狄奥   静默是表示快乐最好的方法;要是我能够说出我的心里多么快乐,那么我的快乐只是有限度的。小姐,您现在既然已经属于我,我也就是属于您的了;我把我自己跟您交换,我要把您当作瑰宝一样珍爱。

贝特丽丝   说呀,妹妹;要是你不知道说些什么话好,你就用一个吻堵住他的嘴,让他也不要说话。

彼德罗   真的,小姐,您真会说笑。

贝特丽丝   是的,殿下;也幸亏是这样,我这可怜的傻子才从来不知道有什么心事。我那妹妹附着他的耳朵,在那儿告诉他她的心里有着他呢。

克劳狄奥   她正是这么说,姊姊。

贝特丽丝   天哪,真好亲热!人家一个个嫁了出去,只剩我一个人年老珠黄;我还是躲在壁角里,哭哭自己的没有丈夫吧!

彼德罗   贝特丽丝小姐,我来为您找一个吧。

贝特丽丝   我想要一个您父亲的儿子。殿下没有一个跟您长得差不多的兄弟吗?您父亲的儿子才是最好的丈夫,就是姑娘们恐怕不好接近。

彼德罗   您愿意嫁给我吗,小姐?

贝特丽丝   不,殿下,除非我可以再有一个家常用的丈夫;因为您太尊贵啦,只好留着在星期日装装场面。可是我要请殿下原谅,我这一张嘴是向来胡说惯的,没有一句正经。

| 彼德罗 | 您要是不声不响，我才要恼哪；这样说说笑笑，正是您的风趣本色。我想您一定是在一个快乐的时辰里出世的。 |

| 贝特丽丝 | 不，殿下，我的妈哭得才苦呢；可是那时候刚巧有一颗星在跳舞，我就在那颗星底下生下来了。妹妹，妹夫，愿上帝给你们快乐！ |

| 里奥那托 | 侄女，你肯不肯去把我对你说起过的事情办一办？ |

| 贝特丽丝 | 对不起，叔叔。殿下，恕我失陪了。（下） |

| 彼德罗 | 真是一个快乐的小姐。 |

| 里奥那托 | 殿下，她身上找不出一丝丝的忧愁；除了睡觉的时候，她从来不曾板起过脸孔；就是在睡觉的时候，她也还是嘻嘻哈哈的，因为我曾经听见小女说起，她往往会梦见什么淘气的事情，把自己笑醒过来。 |

| 彼德罗 | 她顶不喜欢听见人家向她谈起丈夫。 |

| 里奥那托 | 啊，她听都不要听；向她求婚的人，一个个都给她嘲笑得退缩回去啦。 |

| 彼德罗 | 要是把她配给培尼狄克，倒是很好的一对。 |

| 里奥那托 | 哎哟！殿下，他们两人要是结了婚一个星期，准会吵疯了呢。 |

| 彼德罗 | 克劳狄奥伯爵，你预备什么时候上教堂？ |

| 克劳狄奥 | 就是明天吧，殿下；在爱情没有完成它的一切仪式以前，时间总是走得像一个扶着拐杖的跛子一样慢。 |

| 里奥那托 | 那不成，贤婿，还是等到星期一吧，左右也不过七 |

天工夫；要是把事情办得一切都称我的心，这几天日子还嫌太局促了些。

彼德罗 好了，别这么摇头长叹啦；克劳狄奥，包在我身上，我们要把这段日子过得一点也不沉闷。我想在这几天的时间以内，干一件非常艰辛的工作；换句话说，我要叫培尼狄克先生跟贝特丽丝小姐彼此热恋起来。我很想把他们两人配成一对；要是你们三个人愿意听我的吩咐，帮着我把这件事情进行起来，一定可以成功的。

里奥那托 殿下，我愿意全力相助，即使叫我十个晚上不睡觉都可以。

克劳狄奥 我也愿意出力，殿下。

彼德罗 温柔的希罗，您也愿意帮帮忙吗？

希罗 殿下，我愿意尽我的微力，帮助我的姊姊得到一位好丈夫。

彼德罗 培尼狄克并不是一个没有出息的丈夫。至少我可以为他说这几句好话：他的家世是高贵的；他的勇敢、他的正直，都是大家所公认的。我可以教您用怎样的话打动令姊的心，叫她对培尼狄克产生爱情；再靠着你们两位的合作，我只要向培尼狄克略施小计，凭他怎样刁钻古怪，不怕他不爱上贝特丽丝。要是我们能够把这件事情做成功，丘匹德也可以不用再射他的箭啦；他的一切的光荣都要属于我们，因为我们才是真正的爱神。跟我一块儿进去，让我把我的计划告诉你们。（同下）

第二场

里奥那托家中的另一室

唐·约翰及波拉契奥上。

约翰　　　果然是这样，克劳狄奥伯爵要跟里奥那托的女儿结婚了。

波拉契奥　是，爵爷；可是我有法子破坏他们。

约翰　　　无论什么破坏、阻挠、捣乱的手段，都可以替我消一消心头的闷气；我把他恨得什么似的，只要能够打破他的恋爱的美梦，什么办法我都愿意采取。你想怎样破坏他们的婚姻呢？

波拉契奥　不是用正当的手段，爵爷；可是我会把事情干得十分诡秘，让人家看不出破绽来。

约翰　　　把你的计策简单一点告诉我。

波拉契奥　我想我在一年以前，就告诉过您我跟希罗的侍女玛格莱特相好了。

约翰　　　我记得。

波拉契奥　我可以约她在夜静更深的时候，在她小姐闺房里的窗口等着我。

约翰　　　这是什么用意？怎么就可以把他们的婚姻破坏了呢？

波拉契奥	毒药是要您自己配制出来的。您去对王爷说,他不该叫克劳狄奥这样一位赫赫有名的人物——您可以拼命抬高他的身价——去跟希罗那样一个下贱的女人结婚;您尽管对他说,这一次的事情对于他的名誉一定大有影响。
约翰	我有什么证据可以提出呢?
波拉契奥	有,有,一定可以使亲王受骗,叫克劳狄奥懊恼,毁坏希罗的名誉,把里奥那托活活气死:这不正是您所希望得到的结果吗?
约翰	为了发泄我对他们这批人的气愤,什么事情我都愿意试一试。
波拉契奥	那么很好,找一个适当的时间,您把亲王跟克劳狄奥拉到一处没有旁人的所在,告诉他们说您知道希罗跟我很要好;您可以假意装出一副对亲王和他的朋友的名誉十分关切的样子,因为这次婚姻是亲王一手促成,现在克劳狄奥将要娶到一个已非完璧的女子,您不忍坐视他们受人之愚,所以不能不把您所知道的告诉他们。他们听了这样的话,当然不会就此相信;您就向他们提出真凭实据,把他们带到希罗的窗下,让他们看见我站在窗口,听我把玛格莱特叫作希罗,听玛格莱特叫我波拉契奥。就在预定的婚期的前一个晚上,您带着他们看一看这幕把戏,我可以预先设法把希罗调开;他们见到这种似乎是千真万确的事实,一定会相信希罗果真是一个

　　　　　　　不贞的女子，在妒火中烧的情绪下决不会作冷静的
　　　　　　　推敲，这样他们的一切准备就可以全部推翻了。

约翰　　　　不管它会引起怎样不幸的后果，我要把这计策实行
　　　　　　　起来。你给我用心办理，我赏你一千块钱。

波拉契奥　您只要一口咬定，我的诡计是不会失败的。

约翰　　　　我就去打听他们的婚期。（同下）

第三场

里奥那托的花园

培尼狄克上。

培尼狄克　童儿!

小童上。

小童　老爷叫我吗?

培尼狄克　我的寝室窗口有一本书,你去给我拿来。

小童　老爷您看,我这不是已经来了吗?

培尼狄克　我知道你来了,可我是让你先去一趟再回来。(小童下)我真不懂一个人明明知道沉迷在恋爱里是一件多么愚蠢的事,可是在讥笑他人的浅薄无聊以后,偏偏会自己打自己的耳光,照样跟人家闹起恋爱来;克劳狄奥就是这种人。从前我认识他的时候,战鼓和军笛是他的唯一的音乐;现在他却宁愿听小鼓和洞箫了。从前他会跑十里路去看一身好甲胄;现在他却会接连十个晚上不睡觉,为了设计一身新的紧身衣的式样。从前他说起话来,总是直捷爽快,像个老老实实的军人；现在他却变成了个秀才先生，满嘴都是些稀奇古怪的话儿。我会不会也变得像他一样呢？我不知道；我想不至于。我不敢说爱情不会叫我变成一只牡蛎；可是我可以发誓，在它没有把我变成牡蛎以前，它一定不能叫我变成这样一个傻瓜。好看的女人，聪明的女人，贤惠的女人，我都碰见过，可是我还是个原来的我；除非在一个女人身上能够集合一切女人的优点，否则没有一个女人会中我的意的。她一定要有钱，这是不用说的；她必须聪明，不然我就不要；她必须贤惠，不然我也不敢领教；她必须美貌，不然我看也不要看她；她必须温柔，否则不要叫她走近我的身；她必须有高贵的人品，否则我不愿花十先令把她买下来；她必须会讲话，精音乐，而且她的头发必须是天然的颜色。哈！亲王跟咱们这位多情种子来啦！让我到凉亭里去躲他一躲。（退后）

　　唐·彼德罗、里奥那托、克劳狄奥同上；鲍尔萨泽及众乐工随上。

彼德罗	来，我们要不要听听音乐？
克劳狄奥	好的，殿下。暮色是多么沉寂，好像故意静下来，让乐声格外显得谐和似的！
彼德罗	你们看见培尼狄克躲在什么地方吗？

克劳狄奥	啊，看得很清楚，殿下；等音乐停止了，我们要叫这小狐狸钻进我们的圈套。
彼德罗	来，鲍尔萨泽，我们要把那首歌再听一遍。
鲍尔萨泽	啊，我的好殿下，像我这样的坏嗓子，把好好的音乐糟蹋了一次，也就够了，不要再叫我献丑了吧！
彼德罗	越是本领超人一等的人，越是不满意自己的才能。请你唱起来吧，别让我向你再三求告了。
鲍尔萨泽	既蒙殿下如此错爱，我就唱了。有许多求婚的人，在开始求婚的时候，虽然明知道他的恋人没有什么可爱，仍旧会把她恭维得天花乱坠，发誓说他真心爱着她的。
彼德罗	好了好了，请你别说下去了；要是你还想发表什么意见，就放在歌里边唱出来吧。
鲍尔萨泽	在我未唱以前，先要声明一句：我唱的歌儿是一句也不值得你们注意的。
彼德罗	他在那儿净说些废话。（音乐）
培尼狄克	（旁白）啊，神圣的曲调！现在他的灵魂要飘飘然起来了！几根羊肠绷起来的弦线，会把人的灵魂从身体里抽了出来，真是不可思议！哼，等他唱完，我要回去听一听军号声。
鲍尔萨泽	（唱） 不要叹气，姑娘，不要叹气， 男人们都是些骗子， 一脚在岸上，一脚在海里，

他天性里朝三暮四。

不要叹息，让他们去，

你何必愁眉不展？

收起你的哀丝怨绪，

唱一曲清歌婉转。

莫再悲吟，姑娘，莫再悲吟，

停住你沉重的哀音；

哪一个夏天不绿叶成荫？

哪一个男子不负心？

不要叹息，让他们去，

你何必愁眉不展？

收起你的哀丝怨绪，

唱一曲清歌婉转。

彼德罗　　　真是一首好歌。

鲍尔萨泽　　可是唱歌的人太不行啦，殿下。

彼德罗　　　哈，不，不，真的，你唱得总算过得去。

培尼狄克　　（旁白）倘然他是一条狗叫得这样子，他们一定把他吊死啦；求上帝别让他的坏喉咙预兆着什么灾殃！与其听他唱歌，我宁愿听夜里的乌鸦叫，不管有什么祸事会跟着它一起来。

彼德罗　　　好，你听见了没有，鲍尔萨泽？请你给我们预备些好音乐，因为明天晚上我们要在希罗小姐的窗下弹奏。

鲍尔萨泽　　我一定尽力办去，殿下。

彼德罗	很好，再见。（鲍尔萨泽及乐工等下）过来，里奥那托。您今天对我怎么说，说是令侄女贝特丽丝在恋爱着培尼狄克吗？
克劳狄奥	啊！是的。（向彼德罗旁白）小心，小心，鸟儿正在那边歇着呢。——我再也想不到那位小姐会爱上什么男人的。
里奥那托	我也是出于意料之外；尤其想不到的是她竟会对培尼狄克这样一往情深，照外表上看起来，总像她把他当作冤家对头似的。
培尼狄克	（旁白）有这样的事吗？风会吹到那个角里去吗？
里奥那托	真的，殿下，这件事情简直使我莫名其妙；我只知道她爱他爱得像发狂一般。谁也万万想象不到会有这样的怪事。
彼德罗	也许她是假装着骗人的。
克劳狄奥	嗯，那倒也有几分可能。
里奥那托	上帝啊！假装出来的！我从来没有见过谁能把热情假装得像她这样逼真。
彼德罗	啊，那么她是怎样表示她的热情的呢？
克劳狄奥	（旁白）好好儿把钓钩放下去，鱼儿就要吞饵了。
里奥那托	怎样表示，殿下？她会一天到晚坐着出神；（向克劳狄奥）你听见过我的女儿怎样告诉你的。
克劳狄奥	她是这样告诉过我的。
彼德罗	怎么？怎么？你们说呀。你们让我奇怪死了；我以为像她那样的性格，是无论如何不会受到爱情袭击的。

Claudio. Oh, ay.—[*Aside to* PEDRO.] Stalk on, stalk on; the fowl sits.
[*Aloud.*] I did never think that lady would have loved any man. . .
Benedick. [*Aside.*] Is't possible? Sits the wind in that corner?

Act II. Scene III.

里奥那托	殿下，我也可以跟人家赌咒说决不会有这样的事，尤其是对于培尼狄克。
培尼狄克	（旁白）倘不是这白须老头儿说的话，我一定会把它当作一场诡计；可是诡计是不会藏在这样庄严的外表之下的。
克劳狄奥	（旁白）他已经上了钩了，别让他溜走。
彼德罗	她有没有把她的衷情向培尼狄克表示出来？
里奥那托	不，她发誓说一定不让他知道；这是使她痛苦的最大的原因。
克劳狄奥	对了，我听令爱说她说过这样的话："我当着他的面前屡次把他讥笑，难道现在却要写信给他，说我爱他吗？"
里奥那托	她每次提起笔来要想写信给他，便这样自言自语；一个夜里她总要起来二十次，披了一件衬衫，写满了一张纸再睡下去。这都是小女告诉我们的。
克劳狄奥	您说起一张纸，我倒记起令爱告诉我的一个有趣的笑话来了。
里奥那托	啊！是不是说她写好了信，把它读了一遍，发现"培尼狄克"跟"贝特丽丝"两个名字刚巧写在一块儿？
克劳狄奥	正是。
里奥那托	啊！她把那封信撕成了一千片，把她自己痛骂了一顿，说她不应该这样不知羞耻，写信给一个她知道一定会把她嘲笑的人。她说，"我根据自己的脾气推想他；要是他写信给我，即使我心里爱他，我也

还是要嘲笑他的。"

克劳狄奥 于是她跪在地上，痛哭流涕，捶着她的心，扯着她的头发，一面祈祷一面诅咒："啊，亲爱的培尼狄克！上帝呀，给我忍耐吧！"

里奥那托 她真是这样；小女就是这样说的。她这种疯疯癫癫、如醉如痴的神气，有时候简直使小女提心吊胆，恐怕她会对自己闹出些什么不顾死活的事情来呢。这些都是千真万确的。

彼德罗 要是她自己不肯说，那么叫别人去告诉培尼狄克知道也好。

克劳狄奥 有什么用处呢？他不过把它当作一桩笑话，叫这个可怜的姑娘格外难堪罢了。

彼德罗 他要是真的这样，那么吊死他也是一件好事。她是个很好的可爱的姑娘；她的品行也是无可疵议的。

克劳狄奥 而且她是个绝世聪明的人儿。

彼德罗 她什么都聪明，就是在爱培尼狄克这件事上不大聪明。

里奥那托 啊，殿下！智慧和感情在这么一个娇嫩的身体里交战，十之八九感情会得到胜利的，我是她的叔父和保护人，瞧着她这样子，心里真是难受。

彼德罗 我倒希望她把这样的痴情用在我身上；我一定会不顾一切，娶她做我的妻子的。依我看来，你们还是去告诉了培尼狄克，听他怎么说。

里奥那托 您想这样会有用处吗？

克劳狄奥 希罗相信她迟早活不下去：因为她说要是他不爱她，

她一定会死；可是她宁死也不愿让他知道她爱他；
即使他来向她求婚，她也宁死不愿把她平日那种倔
强的态度改变一丝一毫。

彼德罗　她的意思很对。要是她向他呈献了她的一片深情，
多半反而要遭他奚落；因为你们都知道，这个人的
脾气是非常骄傲的。

克劳狄奥　他是一个很漂亮的人。

彼德罗　他的确有一副很好的仪表。

克劳狄奥　凭良心说，他也很聪明。

彼德罗　他的确有几分小聪明。

里奥那托　我看他也很勇敢。

彼德罗　他是个大英雄哩；可是在碰到打架的时候，你就可
以看到他的聪明所在，因为他总是小心翼翼地躲开，
万一脱身不了，也是战战兢兢，像个好基督徒似的。

里奥那托　他要是敬畏上帝，当然应该跟人家和和气气；万一
闹翻了，自然要惴惴不安的。

彼德罗　他正是这样；这家伙虽然一张嘴胡说八道，可是他
倒的确敬畏上帝。好，我对于令侄女非常同情。我
们要不要去找培尼狄克，把她的爱情告诉他？

克劳狄奥　别告诉他，殿下；还是让她好好地想一想，把这段
痴心慢慢地淡下去吧。

里奥那托　不，那是不可能的；等到她觉悟过来，她的心早已
碎了。

彼德罗　好，我们慢慢再等着听令爱报告消息吧，现在暂时

不用多讲了。我很欢喜培尼狄克；我希望他能够平心静气反省一下，看看他自己多么配不上这么一位好姑娘。

里奥那托　　殿下，请吧。晚饭已经预备好了。

克劳狄奥　　（旁白）要是他听见了这样的话，还不会爱上她，我以后再不相信我自己的预测。

彼德罗　　（旁白）咱们还要给她设下同样的圈套，那可要请令爱跟她的侍女多多费心了。顶有趣的一点，就是让他们彼此以为对方在恋爱着自己，其实却根本没有这么一回事儿；这就是我所希望看到的一幕哑剧。让我们叫她来请他进去吃饭吧。（彼德罗、克劳狄奥、里奥那托同下）

培尼狄克　　（自凉亭内走出）这不会是诡计；他们谈话的神气是很严肃的；他们从希罗嘴里听到了这一件事情，当然不会有假。他们好像很同情这姑娘；她的热情好像已经涨到最高度。爱我！哎哟，我一定要报答她才是。我已经听见他们怎样批评我，他们说要是我知道了她在爱我，我一定会摆架子；他们又说她宁死也不愿把她的爱情表示出来。结婚这件事我倒从来没有想起过。我一定不要摆架子；一个人知道了自己的短处，能够改过自新，就是有福的。他们说这姑娘长得漂亮，这是真的，我可以为他们证明；说她品行很好，这也是事实，我不能否认；说她除了爱我以外，别的地方都是很聪明的，其实这一件事情固然不足以表示她的聪明，可是也不能因此反证她的愚蠢，因为就是我也要从此为她颠倒哩。也许人家会向我冷嘲热讽，因为我一向都是讥笑着结婚的无聊；可是难道一个人的口味是不会改变的吗？年轻的时候喜欢吃肉，也许老来一闻到肉的味道就要受不住。难道这种不关痛痒的舌丸唇弹，就可以把人吓退，叫他放弃他的决心吗？不，人类是不能让它绝种的。当初我说我要一生一世做个单身汉，那是因为我没有想到我会活到结婚的一天。贝特丽丝来了。天日在上，她是个美貌的姑娘！我可以从她脸上看出几分爱我的意思来。

贝特丽丝上。

贝特丽丝　　他们叫我来请您进去吃饭，可是这是违反我自己的意志的。

培尼狄克　　好贝特丽丝，有劳枉驾，真是多谢您啦。

贝特丽丝　　我没什么辛苦值得您感谢，这样感谢我倒是辛苦你了；要是这是一件辛苦的事，我也不会来啦。

培尼狄克　　那么您是很乐意来叫我的吗？

贝特丽丝　　是的，欢喜得正像您把一柄刀插进一只乌鸦的嘴里，让它没法再叽叽喳喳。您肚子不饿吧，先生？再见。
　　　　　　（下）

培尼狄克　　哈！"他们叫我来请您进去吃饭，可是这是违反我

Beatrice. Against my will, I am sent to bid you come in to dinner.
Benedick. Fair Beatrice, I thank you for your pains.

Act II. Scene III.

自己的意志的"，这句话里含着双关的意义。"我没什么辛苦值得您感谢，这样感谢我倒是辛苦你了。"那等于说，我无论给您做些什么辛苦的事，都像说一声谢谢那样不足为奇。要是我不可怜她，我就是个混蛋；要是我不爱她，我就是个犹太人。我要向她讨一幅小像去。（下）

第一场

里奥那托的花园

希罗、玛格莱特及欧苏拉上。

希罗   好玛格莱特，你快跑到客厅里去，我的姊姊贝特丽丝正在那儿跟亲王和克劳狄奥讲话；你在她的耳边悄悄地告诉她，说我跟欧苏拉在花园里谈天，我们所讲的话都是关于她的事情；你说你因为听到了我们的谈话，所以特来通知她，叫她偷偷地溜到给金银花藤密密地纠绕着的凉亭里；这繁茂的藤萝受着太阳的煦养，成长以后，却不许日光进来，正像一般凭借主子的势力作威作福的宠臣，一朝羽翼既成，却向栽培他的恩人反噬一口一样；你就叫她躲在那个地方，听我们说些什么话。这是你的事情，你好好地做去，让我们两个人在这儿。

玛格莱特   我一定叫她立刻就来。（下）

希罗　　　欧苏拉，我们就在这条路上走来走去；一等贝特丽丝来了，我们必须满嘴讲的都是培尼狄克：我一提起他的名字，你就把他恭维得好像走遍天下也找不到他这样一个男人似的；我就告诉你他怎样为了贝特丽丝害相思。我们就是这样用谎话造成丘匹德的一支利箭，凭着传闻的力量射中她的心。

贝特丽丝自后上。

希罗　　　现在开始吧；瞧贝特丽丝像一只田凫似的，缩头缩脑地在那儿听我们谈话了。

欧苏拉　　钓鱼最有趣的时候，就是瞧那鱼儿用她的金桨拨开银浪，贪馋地吞那陷人的美饵；我们也正是这样引诱贝特丽丝上钩。她现在已经躲在金银花藤的浓荫下面了。您放心吧，我一定不会讲错了话。

希罗　　　那么让我们走近她些，好让她的耳朵一字不漏地把我们给她安排下的诱人的美饵吞咽下去。（二人走近凉亭）不，真的，欧苏拉，她太高傲啦；我知道她的脾气就像山上的野鹰一样倔强豪放。

欧苏拉　　可是您真的相信培尼狄克这样一心一意地爱着贝特丽丝吗？

希罗　　　亲王跟我的未婚夫都是这么说。

欧苏拉　　他们有没有叫您告诉她，小姐？

希罗　　　他们请我把这件事情告诉她；可是我劝他们说，要是他们把培尼狄克当作他们的好朋友，就应该希望他从爱情底下挣扎出来，无论如何不要让贝特丽丝知道。

欧苏拉　您为什么对他们这样说呢？难道这位绅士就配不上贝特丽丝小姐吗？

希罗　爱神在上，我也知道像他这样的人品，是值得享受世间一切至美至好的事物的；可是造物从来不曾造下一颗女人的心，像贝特丽丝那样的骄傲冷酷了；轻蔑和讥嘲在她的眼睛里闪耀着，把她所看见的一切贬得一文不值，她因为自恃才情，所以什么都不放在她的眼里。她不会恋爱，也从来不想到有恋爱这件事；她是太自命不凡了。

欧苏拉　不错，我也是这样想；所以还是不要让她知道他对她的爱情，免得反而给她讥笑一番。

希罗　是呀，你说得很对。无论怎样聪明、高贵、年轻、漂亮的男子，她总要把他批评得体无完肤：要是他面孔长得白净，她就发誓说这位先生应当做她的妹妹；要是他皮肤黑了点儿，她就说上帝在打一个小花脸的图样的时候，不小心涂上了一大块墨渍；要是他是个高个儿，他就是柄歪头的长枪；要是他是个矮子，他就是块刻坏了的玛瑙坠子；要是他多讲了几句话，他就是个随风转的风标；要是他一声不响，他就是块没有知觉的木头。她这样指摘着每一个人的短处，至于他的纯朴的德行和才能，她却绝口不给它们应得的赞赏。

欧苏拉 真的，这种吹毛求疵可不敢恭维。

希罗 是呀，像贝特丽丝这样古怪得不近人情，真叫人不敢恭维。可是谁敢去对她这样说呢？要是我对她说了，她会把我讥笑得无地自容，用她的俏皮话儿把我揶揄死呢！所以还是让培尼狄克像一堆盖在灰里的火一样，在叹息中熄灭了他的生命的残焰吧；与其受人讥笑而死——那比痒死还难受——还是不声不响地闷死了的好。

欧苏拉 可是告诉了她，听听她有怎样的说法也好。

希罗 不，我想还是去劝劝培尼狄克，叫他努力斩断这一段痴情。真的，我想捏造一些关于我这位姊姊的谣言，一方面对她的名誉没有什么损害，一方面却可以冷了他的心；谁也不知道一句诽谤的话，会多么中伤人们的感情！

欧苏拉 啊！不要做这种对不起您姊姊的事。人家都说她心窍玲珑，她决不会糊涂到这个地步，会拒绝培尼狄克先生那样一位难得的绅士。

希罗 除了我的亲爱的克劳狄奥以外，全意大利找不到第二个像他这样的人来。

欧苏拉 小姐，请您别生气，照我看来，培尼狄克先生无论在外表上，在风度上，在智力和勇气上，都可以在意大利首屈一指。

希罗 是的，他有很好的名誉。

欧苏拉	这也是因为他果然有过人的才德，所以才会得到这样的名誉。小姐，您的大喜在什么时候？
希罗	就在明天。来，进去吧；我要给你看几件衣服，你帮我决定明天最好穿哪一件。
欧苏拉	（旁白）她已经上了钩了；小姐，我们已经把她捉住了。
希罗	（旁白）要是果然这样，那么恋爱就是一个偶然的机遇；有的人被爱神用箭射中，有的人却自己跳进网罗。（希罗、欧苏拉同下）
贝特丽丝	（上前）我的耳朵里怎么火一般热？果然会有这种事吗？难道我就让他们这样批评我的骄傲和轻蔑吗？再会吧，我的轻狂，和我处女的骄傲！人家在你的背后，是不会说你好话的。培尼狄克，爱下去吧，我一定会报答你；我要把这颗狂野的心收束起来，呈献在你温情的手里。你要是真的爱我，我的转变过来的温柔的态度，一定会鼓励你把我们的爱情用神圣的约束结合起来。人家说你值得我的爱，可是我比人家更知道你的好处。（下）

第二场

里奥那托家中一室

唐·彼德罗、克劳狄奥、培尼狄克、里奥那托同上。

彼德罗 我等你结了婚，就到阿拉贡去。

克劳狄奥 殿下要是准许我，我愿意伴送您到那边。

彼德罗 不，你正在新婚燕尔的时候，这不是太煞风景了吗？把一件新衣服给孩子看了，却不许他穿起来，那怎么可以呢？我只要培尼狄克愿意跟我做伴就行了。他这个人从头顶到脚跟，没有一点心事；他曾经两三次割断了丘匹德的弓弦，现在这个小东西再也不敢射他啦。他那颗心就像一只好钟一样完整无缺，他的一条舌头就是钟舌；心里一想到什么，便会打嘴里说出来。

培尼狄克 哥儿们，我已经不再是从前的我啦。

里奥那托 我也是这样说；我看您近来好像有些心事似的。

克劳狄奥 我希望他是在恋爱了。

彼德罗 哼，这放荡的家伙，他的腔子里没有一丝真情，怎么会真的恋爱起来？要是他有了心事，那一定是因为没有钱用。

培尼狄克　　我牙齿痛。

彼德罗　　　那就拔掉它。

培尼狄克　　唉，真要命！

克劳狄奥　　疼的时候要命，拔掉就好了。

彼德罗　　　啊！才为了牙齿痛就这样长吁短叹吗？

里奥那托　　只是因为出了点脓水，或者一个小虫儿在作怪吗？

培尼狄克　　算了吧，痛在别人身上，谁都会说风凉话的。

克劳狄奥　　可是我说，他是在恋爱了。

彼德罗　　　他一点也没有痴痴癫癫的样子，就是喜欢把自己打
　　　　　　扮得奇形怪状：今天是个荷兰人，明天是个法国人；
　　　　　　有时候一下子做了两个国家的人，下半身是个套着
　　　　　　灯笼裤的德国人，上半身是个不穿紧身衣的西班牙
　　　　　　人。除了这一股无聊的傻劲儿以外，他并没有什么
　　　　　　反常的地方，可以证明像你说的那样是在恋爱。

克劳狄奥　　要是他没有爱上什么女人，那么古来的看法也都是靠
　　　　　　不住的了。他每天早上刷他的帽子，这表示什么呢？

彼德罗　　　有人见过他上理发店没有？

克劳狄奥　　没有，可是有人看见理发匠跟他在一起；他那脸蛋
　　　　　　上的几根装饰品，都已经拿去塞网球去了。[1]

里奥那托　　他剃了胡须，瞧上去的确年轻了点儿。

彼德罗　　　他还用麝香擦他的身子哩；你们闻不出来这一股香
　　　　　　味吗？

1　当时的网球常用毛发填充。

克劳狄奥	那等于说，这一个好小子在恋爱了。
彼德罗	他的忧郁是他的最大的证据。
克劳狄奥	他几时用香水洗过脸？
彼德罗	对了，我听人家说他还搽粉哩。
克劳狄奥	还有他那爱说笑话的脾气，现在也已经钻进了琴弦里，给音栓管住了哪。
彼德罗	不错，那已经充分揭露了他的秘密。总而言之，他是在恋爱了。
克劳狄奥	啊，可是我知道谁爱着他。
彼德罗	我也很想知道知道；我想一定是个不大熟悉他的人。
克劳狄奥	不，她十分了解他的坏脾气呢；可是却愿意为他而死。
彼德罗	当她被某个人"埋住"的时候，一定是脸朝上的。
培尼狄克	你们这样胡说八道，不能叫我的牙齿不痛呀。老先生，陪我走走；我已经想好了八九句聪明的话儿，要跟您谈谈，可是一定不能让这些傻瓜听见。（培尼狄克、里奥那托同下）
彼德罗	我可以打赌，他一定是向他说起贝特丽丝的事。
克劳狄奥	正是。希罗和玛格莱特大概也已经把贝特丽丝同样捉弄过啦；现在这两头熊碰见了，总不会再彼此相咬了吧。

唐·约翰上。

约翰	上帝保佑您，王兄！

彼德罗	你好，贤弟。
约翰	您要是有工夫的话，我想跟您谈谈。
彼德罗	不能让别人听见吗？
约翰	是；不过克劳狄奥伯爵不妨让他听见，因为我所要说的话，是跟他很有关系的。
彼德罗	是什么事？
约翰	（向克劳狄奥）大人预备在明天结婚吗？
彼德罗	那你早就知道了。
约翰	要是他知道了我所知道的事，那我可就不知道了。
克劳狄奥	倘然有什么妨碍，请您明白告诉我。
约翰	您也许以为我对您有点儿过不去，那咱们等着瞧吧；我希望您听了我现在将要告诉您的话以后，可以把您对我的意见改变过来。至于我这位兄长，我相信他是非常看重您的；他为您促成了这一门婚事，完全是他的一片好心；可惜看错了追求的对象，这一番心思气力，花得好不冤枉！
彼德罗	啊，是怎么一回事？
约翰	我就是来告诉你们；长话短说，这位姑娘是不贞洁的，人家久已在那儿讲她的闲话了。
克劳狄奥	谁？希罗吗？
约翰	正是她；里奥那托的希罗，您的希罗，大众的希罗。
克劳狄奥	不贞洁吗？
约翰	不贞洁这一个字眼，还是太好了，不够形容她的罪恶；她岂止不贞洁而已！您要是能够想得到一个更

坏的名称，她也可以受之而无愧。不要吃惊，等着看事实的证明吧，您只要今天晚上跟我去，就可以看见在她结婚的前一晚，还有人从窗子走进她的房间里去。您看见这种情形以后，要是仍旧爱她，那么明天就跟她结婚吧；可是为了您的名誉起见，还是把您的决心改变一下的好。

克劳狄奥　　有这等事吗？

彼德罗　　　我想不会的。

约翰　　　　要是你们看见了真凭实据以后，还不敢相信你们自己的眼睛，那么就当作不知情好了。你们只要跟我去，我一定可以叫你们看一个明白；等你们看饱听饱以后，再决定怎么办吧。

克劳狄奥　　要是今天晚上果然有什么事情给我看到，那我明天一定不跟她结婚；我还要在教堂里当众羞辱她呢。

彼德罗　　　我曾经代你向她求婚，我也要帮着你把她羞辱。

约翰　　　　我也不愿多说她的坏话，横竖你们自己会替我证明的。现在大家不用声张，等到半夜时候再看究竟吧。

彼德罗　　　真扫兴的日子！

克劳狄奥　　真倒霉的事情！

约翰　　　　等会儿你们就要说，幸亏发觉得早，真好的运气！

　　　　　　（同下）

第三场

街道

道格培里[1]、弗吉斯[2]及巡丁等上。

道格培里　你们都是老老实实的好人吗?

弗吉斯　是啊,否则他们的肉体灵魂不一起上天堂,那才可惜哩。

道格培里　不,他们当了王爷的巡丁,要是有一点忠心的话,这样的刑罚还嫌太轻啦。

弗吉斯　好,道格培里伙计,把他们应该做的事吩咐他们吧。

道格培里　第一,你们看来谁是顶不配当巡丁的人?

巡丁甲　回长官,修·奥凯克[3]跟乔治·西可尔[4],因为他们俩都会写字念书。

道格培里　过来,西可尔伙计。上帝赏给你一个好名字;一个人长得漂亮是偶然的运气,会写字念书才是天生的本领。

---

1 道格培里(Dogberry),dogberry 意为"野生山茱萸的果实"。
2 弗吉斯(Verges),其名源自 verjuice,意为"酸果汁"。
3 修·奥凯克(Hugh Otecake),otecake(oatcake)意为"燕麦饼"。
4 乔治·西可尔(George Seacole),其名取自 sea coal,意为"海煤"。

巡丁乙	巡官老爷，这两种好处——
道格培里	你都有；我知道你会这样说。好，朋友，讲到你长得漂亮，那么你谢谢上帝，自己少卖弄卖弄；讲到你会写字念书，那么等到用不着这种玩意儿的时候，再显显你自己的本领吧。大家公认你是这儿最没有头脑、最配当一个巡丁小队长的人，所以你拿着这盏灯笼吧。听好我的吩咐：你要是看见什么流氓无赖，就把他抓了；你可以用王爷的名义喊无论什么人站住。
巡丁甲	要是他不肯站住呢？
道格培里	那你就不用理他，让他去好了；你就立刻召集其余的巡丁，谢谢上帝免得你们受一个混蛋的麻烦。
弗吉斯	要是喊他站住他不肯站住，他就不是王爷的子民。
道格培里	对了，不是王爷的子民，就可以不用理他们。你们也不准在街上大声吵闹；因为巡丁们要是哗啦哗啦谈起天来，那是最叫人受得住也是最不可宽恕的事。
巡丁乙	我们宁愿睡觉，也不愿说话；我们知道一个巡丁的责任。
道格培里	啊，你说得真像一个老练的安静的巡丁，睡觉总是不会得罪人的；只要留心你们的钩镰枪别给人偷去就行啦。好，你们还要到每一家酒店去查看，看见谁喝醉了，就叫他回去睡觉。
巡丁甲	要是他不愿意呢？
道格培里	那么让他去，等他自己醒过来吧；要是他不好好地

回答你，你可以说你看错了人啦。

巡丁甲　　是，长官。

道格培里　　要是你们碰见一个贼，按着你们的职分，你们可以疑心他不是个好人；对于这种家伙，你们越是少跟他们多事，越可以显出你们都是规矩的好人。

巡丁乙　　要是我们知道他是个贼，我们要不要抓住他呢？

道格培里　　按着你们的职分，你们本来是可以抓住他的；可是我想谁把手伸进染缸里，总要弄脏了自己的手；为了省些麻烦起见，要是你们碰见了一个贼，顶好的办法就是让他使出他的看家本领来，偷偷地溜走了事。

弗吉斯　　伙计，你一向是个出名的好心肠人。

道格培里　　是呀，就是一条狗我也不忍把它勒死，何况是个还有几分天良的人，自然更加不在乎啦。

弗吉斯　　要是你们听见谁家的孩子晚上啼哭，你们必须去把那奶妈子叫醒，叫她止住他的啼哭。

巡丁乙　　要是那奶妈子睡熟了，听不见我们叫喊呢？

道格培里　　那么你们就一声不响地走开去，让那孩子把她吵醒好了；因为母羊要是听不见她自己小羊的啼声，她怎么会回答一头小牛的叫喊呢？

弗吉斯　　你说得真对。

道格培里　　完了。你们当巡丁的，就是代表着王爷本人；要是你们在黑夜里碰见王爷，你们也可以叫他站住。

弗吉斯　　哎哟，圣母娘娘呀！我想那是不可以的。

道格培里　　谁要是懂得法律，我可以用五先令跟他打赌一先令，

> 他可以叫他站住；当然啰，那还要看王爷自己愿不
> 愿意；因为巡丁是不能得罪人的，叫一个不愿意站
> 住的人站住，那不就得罪人了嘛。

弗吉斯　　对了，这才说得有理。

道格培里　哈哈哈！好，伙计们，晚安！倘然有要紧的事，你
　　　　　们就来叫我起来；什么事大家彼此商量商量。再见！
　　　　　来，伙计。

巡丁乙　　好，弟兄们，我们已经听见长官吩咐我们的话；让
　　　　　我们就在这儿教堂门前的凳子上坐下来，等到两点
　　　　　钟的时候，大家回去睡觉吧。

道格培里　好伙计们，还有一句话。请你们留心留心里奥那托
　　　　　老爷的门口；因为他家里明天有喜事，今晚十分忙
　　　　　碌，怕有坏人混进去。再见，千万留心点儿。（道
　　　　　格培里、弗吉斯同下）

波拉契奥及康拉德上。

波拉契奥　喂，康拉德！

巡丁甲　　（旁白）静！别动！

波拉契奥　喂，康拉德！

康拉德　　这儿，朋友，我就在你的身边哪。

波拉契奥　他妈的！怪不得我身上痒，原来有一颗癞疥疮在我
　　　　　身边。

康拉德　　等会儿再跟你算账；现在还是先讲你的故事吧。

波拉契奥	那么你且站在这儿屋檐下面，天在下着毛毛雨哩；我可以像一个醉汉[1]似的，把什么话儿都告诉你。
巡丁甲	（旁白）弟兄们，一定是些什么阴谋；可是大家站着别动。
波拉契奥	告诉你吧，我从唐·约翰那儿拿到了一千块钱。
康拉德	干一件坏事的价钱会这样贵吗？
波拉契奥	你还不如问，一个坏人怎么能出这么多钱。有钱的坏人需要没钱的坏人帮忙的时候，没钱的坏人当然可以漫天讨价。
康拉德	我可有点不大相信。
波拉契奥	这就表明你是个初出茅庐的人。你知道一套衣服、一顶帽子的式样时髦不时髦，对于一个人本来是没有什么相干的。
康拉德	是的，那不过是些章身之具而已。
波拉契奥	我说的是式样的时髦不时髦。
康拉德	对啦，时髦就是时髦，不时髦就是不时髦。
波拉契奥	呸！那简直就像说，傻子就是傻子。可是你不知道这个时髦是个多么坏的贼吗？
巡丁甲	（旁白）我知道有这么一个坏贼，他已经做了七年老贼了；他在街上走来走去，就像个绅士的模样。我记得有这么一个家伙。
波拉契奥	你没听见什么人在讲话吗？

---

1 波拉契奥在西班牙语中为 borracho，意为"醉汉"。

康拉德　　　没有，只有屋顶上风标转动的声音。

波拉契奥　　我说，你不知道这个时髦是个多么坏的贼吗？他会把那些从十四岁到三十五岁的血气未定的年轻人搅昏了头，有时候把他们装扮得活像那些烟熏的古画上的埃及法老的兵士，有时候又像漆在教堂窗上的异教邪神的祭司，有时候又像织在污旧虫蛀的花毡上的剃光了胡须的赫剌克勒斯，裤裆里的那话儿瞧上去就像他的棍子一样又粗又重。

康拉德　　　这一切我都知道；我也知道往往一件衣服没有穿旧，流行的式样已经变了两三通。可是你是不是也给时髦搅昏了头，所以不向我讲你的故事，却来讨论起时髦问题来呢？

波拉契奥　　那倒不是这样说。好，我告诉你吧，我今天晚上已经去跟希罗小姐的侍女玛格莱特谈过情话啦；我叫她作"希罗"，她靠在她小姐卧室的窗口，向我说了一千次晚安——我把这故事讲得太坏，我应当先告诉你那亲王和克劳狄奥怎样听了我那主人唐·约翰的话，三个人预先站在花园里远远的地方，瞧见我们这一场幽会。

康拉德　　　他们都以为玛格莱特就是希罗吗？

波拉契奥　　亲王跟克劳狄奥是这样想的；可是我那个魔鬼一样的主人知道她是玛格莱特。一则因为他言之凿凿，使他们受了他的愚弄；二则因为天色昏黑，蒙过了他们的眼睛；可是说来说去，还是全亏我的诡计多

端，证实了唐·约翰随口捏造的谣言，惹得那克劳狄奥一怒而去，发誓说他要在明天早上，按着预定的钟点，到教堂里去见她的面，把他晚上所见的情形当众宣布出来，出出她的丑，叫她仍旧回去做一个没有丈夫的女人。

巡丁甲　　我们用亲王的名义命令你们站住！

巡丁乙　　去叫巡官老爷起来。一件最危险的奸淫案子给我们破获了。

巡丁甲　　他们同伙的还有一个坏贼，我认识他，他头发上打了个相思结。

康拉德　　列位朋友们！

巡丁乙　　告诉你们吧，这个坏贼是一定要叫你们交出来的。

康拉德　　列位——

巡丁甲　　别说话，乖乖地跟我们去。

波拉契奥　他们把我们抓了去，倒是捞到了一批好货。

康拉德　　少不得还要受一番检查呢。来，我们服从你们。（同下）

第四场

里奥那托家中一室

希罗、玛格莱特及欧苏拉上。

希罗	好欧苏拉,你去叫醒我的姊姊贝特丽丝,叫她快点儿起身。
欧苏拉	是,小姐。
希罗	请她过来一下子。
欧苏拉	好的。(下)
玛格莱特	真的,我想还是那一个绉领好一点。
希罗	不,好玛格莱特,我要戴这一个。
玛格莱特	这一个真的不是顶好;您的姊姊也一定会这样说的。
希罗	我的姊姊是个傻子;你也是个傻子,我偏要戴这一个。
玛格莱特	我很欢喜这一顶新的发罩,要是头发的颜色再略微深一点儿就好了。您的长袍的式样真是好极啦。人家把米兰公爵夫人那件袍子称赞得了不得,那件衣服我也见过。
希罗	啊!他们说它好得很哩。
玛格莱特	不是我胡说,那一件比起您这一件来,简直只好算

是一件睡衣：金线织成的缎子，镶着银色的花边，嵌着珍珠，有垂袖，有侧袖，圆圆的衣裾，缀满了带点儿淡蓝色的闪光箔片；可是要是讲到式样的优美雅致，齐整漂亮，那您这一件就可以抵得上她十件。

希罗 上帝保佑我快快乐乐地穿上这件衣服，因为我的心里重得好像压着一块石头似的！

玛格莱特 等到一个男人压到您身上，它还要重得多哩。

希罗 啐！你不害臊吗？

玛格莱特 害什么臊呢，小姐？因为我说了句老实话吗？结婚就是对于一个叫花子，不也是光明正大的吗？像姑爷这样尊贵的人，难道结了婚就不体面了吗？我想您是嫌"男人"这个词太粗俗，那我就改说"丈夫"好了。我说话实实在在，不怕别人的歪曲。我说"等到有了丈夫，那份担子压下来就更重了"，这话有什么错吗？只要大家是明媒正娶的，那有什么要紧？否则倒不能说是重，只好说是轻狂了。您要是不相信，去问贝特丽丝小姐吧；她来啦。

贝特丽丝上。

希罗 早安，姊姊。

贝特丽丝 早安，好希罗。

希罗 哎哟，怎么啦？你怎么说话的调子这样懒洋洋的？

贝特丽丝 我想我已经不会别的调子了。

玛格莱特	我们来一曲《轻浮女》吧，这调子里没有男低音。你来唱，我来跳舞。
贝特丽丝	用你的小蹄子轻浮地跳吧！将来你丈夫的马厩里得养上一窝小马驹吧。
玛格莱特	哎哟，这真是牛头不对马嘴！我把这些话一脚踢开。
贝特丽丝	快要五点钟啦，妹妹；你该快点儿端整起来了。真的，我身子怪不舒服。唉——呵！
玛格莱特	您这是呼鹰还是唤马，还是呼唤个丈夫？
贝特丽丝	这几个都让人疼得慌。
玛格莱特	哼，您倘然没有变了一个人，那么航海的人也不用看星啦。
贝特丽丝	这傻子在那儿说些什么？
玛格莱特	我没有说什么；但愿上帝保佑每一个人如愿以偿！
希罗	这双手套是伯爵送给我的，上面熏着很好的香料。
贝特丽丝	我的鼻子塞住啦，妹妹，我闻不出来。
玛格莱特	一个姑娘家被塞住了，这伤风伤得好。
贝特丽丝	啊，老天爷，你从什么时候开始这么爱说俏皮话了？
玛格莱特	自从您不说了我就开始说了。我的俏皮话还算厉害吗？
贝特丽丝	还不够厉害，你最好把它顶在头上。真的，我有点病。
玛格莱特	您这病需要一种药草，叫"飞廉·培尼狄克忒"[1]，

---

1 飞廉·培尼狄克忒（*Carduus benedictus*），即圣蓟，一种药草，与培尼狄克谐音。该药草多刺，故随后希罗说"刺进她心里"。

	你去弄一点来，萃了汁敷在心口，专门治您的心病。
希罗	你这药草可刺进她的心里去了。
贝特丽丝	"培尼狄克忒"？为什么用这个？你说这个"培尼狄克忒"有什么别的意思？
玛格莱特	意思！不，真的，我一点没有什么意思。您也许以为我想您在恋爱啦；可是不，我不是那么一个傻子，会高兴怎么想就怎么想；我也不愿意想到什么就想什么；老实说，就是想空了我的心，我也决不会想到您是在恋爱，或者您将要恋爱，或者您会跟人家恋爱。可是培尼狄克起先也跟您一样，现在他却变了个人啦；他曾经发誓决不结婚，现在可死心塌地地做起爱情的奴隶来啦。我不知道您会变成个什么样子；可是我觉得您现在瞧起人来的那种神气，也有点跟别的女人差不多啦。
贝特丽丝	你的一条舌头滚来滚去的，在说些什么呀？
玛格莱特	我说的都是老实话哩。

欧苏拉重上。

欧苏拉	小姐，进去吧；亲王、伯爵、培尼狄克先生、唐·约翰，还有全城的公子哥儿们，都来接您到教堂里去了。
希罗	好姊姊，好玛格莱特，好欧苏拉，快帮我穿扮起来吧。（同下）

第五场

里奥那托家中的另一室

里奥那托偕道格培里、弗吉斯同上。

里奥那托　朋友，你有什么事要对我说？

道格培里　呃，老爷，我有点事情要来向您告禀，这件事情对于您自己是很有关系的。

里奥那托　那么请你说得简单一点，因为你瞧，我现在忙得很哪。

道格培里　呃，老爷，是这一回事。

弗吉斯　是的，老爷，真的是这么一回事。

里奥那托　是怎么一回事呀，我的好朋友们？

道格培里　老爷，弗吉斯是个好人，他讲起话来总是有点儿缠夹不清；他年纪老啦，老爷，他的头脑已经没有从前那么糊涂，上帝保佑他！可是说句良心话，他是个老实不过的好人，他的额头上都明白写着呢。

弗吉斯　是的，感谢上帝，我就跟无论哪一个跟我一样老，也不比我更老实的人一样老实。

道格培里　不要比这个比那个，叫人家听着心烦啦；少说些废话，弗吉斯伙计。

里奥那托　两位老朋友，你们太能说了。

道格培里	承蒙老爷夸奖，不过我们只不过是可怜的公爵手下的巡官而已。可是说真的，拿我自己来说，要是我像国王一样能说，那么我一定把我这一身本领都传给老爷您。
里奥那托	呃，让我像你这么能说？
道格培里	是的，就算有比这本领贵一千倍的宝贝，我也不会舍不得给您。因为我听说老爷您名头响得很，不比城里哪个人差，我虽然是个小人物，但听人家这么说您也很高兴。
弗吉斯	我也很高兴。
里奥那托	最能让我高兴的就是知道你们究竟有些什么话要对我说。
弗吉斯	呃，老爷，我们的巡丁今天晚上捉到了梅西那的两个顶坏的坏人，当然不包括老爷您。
道格培里	老爷，他是个很好的老头子，就是喜欢多话；人家说的，年纪一老，人也变糊涂啦。上帝保佑我们！这世上新鲜的事情可多着呢！说得好，真的，弗吉斯伙计。好，上帝是个好人；两个人骑一匹马，总有一个人在后面。真的，老爷，他是个老实汉子，天地良心；可是我们应该敬重上帝，世上有好人也就有坏人。唉！好伙计。
里奥那托	说真的，老朋友，他比你差远了。
道格培里	我的本领是上帝的恩赐。
里奥那托	我可要少陪了。

道格培里	就是一句话，老爷；我们的巡丁真的捉住了两个形迹可疑的人，我们想在今天当着您面前把他们审问一下。
里奥那托	你们自己去审问吧，审问明白以后，再来告诉我；我现在忙得不得了，你们也一定可以看得出来的。
道格培里	那么就这么办吧。
里奥那托	你们喝点儿酒再走；再见。

一使者上。

使者	老爷，他们都在等着您去主持婚礼。
里奥那托	我就来；我已经预备好了。（里奥那托及使者下）
道格培里	去，好伙计，把法兰西斯·西可尔找来；叫他把他的笔和墨水壶带到监牢里，我们现在就要审问这两个家伙。
弗吉斯	我们一定要审问得非常聪明。
道格培里	是的，我们一定要尽量运用我们的智慧，叫他们狡赖不了。你就去找一个有学问的念书人来给我们记录口供；咱们在监牢里会面吧。（同下）

第一场

教堂内部

　　　　　　唐·彼德罗、唐·约翰、里奥那托、法兰西斯神父、克劳狄奥、培尼狄克、希罗、贝特丽丝等同上。

里奥那托　　来，法兰西斯神父，简单一点；只要给他们行一行结婚的仪式，以后再把夫妇间应有的责任仔细告诉他们吧。

神父　　　　爵爷，您到这儿来是要跟这位小姐举行婚礼的吗？

克劳狄奥　　不。

里奥那托　　神父，他是来跟她结婚的；您才是给他们举行婚礼的人。

神父　　　　小姐，您到这儿来是要跟这位伯爵结婚吗？

希罗　　　　是的。

神父　　　　要是你们两人中间有谁知道有什么秘密的阻碍，使

Friar Francis. You come hither, my lord, to marry this lady?
Claudio. No.
Leonato. To be married to her :—friar, you come to marry her.
Friar Francis. Lady, you come hither to be married to this count?
Hero. I do. *Act IV. Scene I.*

你们不能结为夫妇，那么为了免得你们的灵魂受到责罚，我命令你们说出来。

克劳狄奥　希罗，你知道有没有？

希罗　　　没有，我的主。

神父　　　伯爵，您知道有没有？

里奥那托　我敢替他回答，没有。

克劳狄奥　啊！人们敢做些什么！他们会做些什么出来！他们每天都在做些什么，却不知道他们自己在做些什么！

培尼狄克　怎么！发起感慨来了吗？那么让我来大笑三声吧，哈！哈！哈！

克劳狄奥　神父，请你站在一旁。老人家，对不起，您愿意这样慷慨地把这位姑娘，您的女儿，给我吗？

里奥那托　是的，贤婿，正像上帝把她给我的时候一样慷慨。

克劳狄奥　我应当用什么来报答您，它的价值可以抵得过这一件贵重的礼物呢？

彼德罗　　没有什么抵得过，除非把她仍旧还给他。

克劳狄奥　好殿下，您已经教会我表示感谢的最得体的方法了。里奥那托，把她拿回去吧；不要把这只坏橘子送给你的朋友，她只是外表上像一个贞洁的女人罢了。瞧！她那害羞的样子，多么像是一个无邪的少女！啊，狡狯的罪恶多么善于用真诚的面具遮掩它自己！她脸上现起的红晕，不是正可以证明她的贞静纯朴吗？你们大家看见她这种表面上的做作，不是都会发誓说她是个处女吗？可是她已经不是一个处女了，她已经领略过枕席上的风情；她的脸红是因为罪恶，不是因为羞涩。

里奥那托　爵爷，您这是什么意思？

克劳狄奥　我不要结婚，不要把我的灵魂跟一个声名狼藉的淫妇结合在一起。

里奥那托　爵爷，要是照您这样说来，您因为她年幼可欺，已经破坏了她的贞操——

克劳狄奥　我知道你会这么说：要是我已经跟她发生了关系，你就会说她不过是委身于她的丈夫的，所以不能算是一件不可恕的过失。不，里奥那托，我从来不曾用一句游辞浪语向她挑诱；我对她总是像一个兄长对待他的弱妹一样，表示着纯洁的真诚和合礼的情爱。

希罗　您看我对您不也正是这样吗？

克劳狄奥　不要脸的！正是这样！我看你就像是月亮里的狄安娜女神一样纯洁，就像是未开放的蓓蕾一样无瑕；可是你却像维纳斯一样放荡，像纵欲的禽兽一样无耻！

希罗　我的主病了吗？怎么他会讲起这种荒唐的话来？

里奥那托　好殿下，您怎么不说句话儿？

彼德罗　叫我说些什么呢？我竭力替我的好朋友跟一个淫贱的女人撮合，我自己的脸也丢尽了。

里奥那托　这些话是从你们嘴里说出来的呢，还是我在做梦？

约翰　老人家，这些话是从他们嘴里说出来的；这些事情都是真的。

培尼狄克　这简直不成其为婚礼啦。

希罗	真的！啊，上帝！
克劳狄奥	里奥那托，我不是站在这儿吗？这不是亲王吗？这不是亲王的兄弟吗？这不是希罗的面孔吗？我们大家不是都生着眼睛的吗？
里奥那托	这一切都是事实；可是您这样说是什么意思呢？
克劳狄奥	让我只问你女儿一个问题，请你用你做父亲的天赋权力，叫她老实回答我。
里奥那托	我命令你从实答复他的问题，因为你是我的孩子。
希罗	啊，上帝保佑我！我要给他们逼死了！这算是什么审问呀？
克劳狄奥	我们要从你自己的嘴里听到你的实在的回答。
希罗	我不是希罗吗？谁能够用公正的谴责玷污这一个名字？
克劳狄奥	嘿，那就要问希罗自己了；希罗自己可以玷污希罗的名节。昨天晚上在十二点钟到一点钟之间，在你的窗口跟你谈话的那个男人是谁？要是你是个处女，请你回答这一个问题吧。
希罗	爵爷，我在那个时候不曾跟什么男人谈过话。
彼德罗	哼，你还要抵赖！里奥那托，我很抱歉要让你知道这一件事：凭着我的名誉起誓，我自己、我的兄弟和这位受人欺骗的伯爵，昨天晚上在那个时候的的确确看见她，也听见她在她卧室的窗口跟一个混账东西谈话；那个荒唐的家伙已经亲口招认，这样不法的幽会，他们已经有过许多次了。
约翰	啧！啧！王兄，那些话还是不要说了吧，说出来也

不过污了大家的耳朵。美貌的姑娘，你这样不知自
重，我真替你可惜！

克劳狄奥　啊，希罗！要是把你外表上的一半优美分给你的内
心，那你将会是一个多么好的希罗！可是再会吧，
你这最下贱、最美好的人！你这纯洁的淫邪，淫邪
的纯洁，再会吧！为了你我要锁闭一切爱情的门户，
让猜疑停驻在我的眼睛里，把一切美色变成不可亲
近的蛇蝎，永远失去它诱人的力量。

里奥那托　这儿谁有刀子可以借给我，让我刺在我自己的心
里？（希罗晕倒）

贝特丽丝　哎哟，怎么啦，妹妹！你怎么倒下去啦？

约翰　来，我们去吧。她因为隐事给人揭发了出来，一时
羞愧交集，所以昏过去了。（彼德罗、约翰、克劳
狄奥同下）

培尼狄克　这姑娘怎么啦？

贝特丽丝　我想是死了！叔叔，救命！希罗！哎哟，希罗！叔
叔！培尼狄克先生！神父！

里奥那托　命运啊，不要松了你的沉重的手！对于她的羞耻，
死是最好的遮掩。

贝特丽丝　希罗妹妹，你怎么啦？

神父　小姐，您宽心吧。

里奥那托　你的眼睛又睁开了吗？

神父　是的，为什么她不可以睁开眼睛来呢？

里奥那托　为什么？不是整个世界都在斥责她的无耻吗？她

可以否认已经刻下在她血液里的这一段丑事吗？不要活过来，希罗，不要睁开你的眼睛；因为要是你不能快快地死去，要是你的灵魂里载得下这样的羞耻，那么我在把你痛责以后，也会亲手把你杀死的。你以为我只有你这一个孩子，我会因为失去你而悲伤吗？我会埋怨造化的吝啬，不肯多给我几个子女吗？啊，像你这样的孩子，一个已经太多了！为什么我要有这么一个孩子呢？为什么你在我的眼睛里是这么可爱呢？为什么我不曾因为一时慈悲心起，在门口收养了一个叫花的孩子，那么要是她长大以后干下这种丑事，我还可以说，"她的身上没有一部分是属于我的；这一种羞辱是她从不知名的血液里传下来的"？可是我自己亲生的孩子，我所钟爱的、我所赞美的、我所引为骄傲的孩子，为了爱她的缘故，我甚至把她看得比我自己还切身；她——啊！她现在落下了污泥的坑里，大海的水也洗不净她的污秽，海里所有的盐也不够解除她肉体上的腐臭。

培尼狄克　　老人家，您安心点儿吧。我瞧着这一切，简直是莫名其妙，不知道应该说些什么话才好。

贝特丽丝　　啊！我敢赌咒，我的妹妹是给他们冤枉的！

培尼狄克　　小姐，您昨天晚上跟她睡在一个床上吗？

贝特丽丝　　那倒没有；虽然在昨晚以前，我跟她已经同床睡了一年啦。

里奥那托　　证实了！证实了！啊，本来就是铁一般的事实，现在又加上一重证明了！亲王兄弟两人是会说谎的吗？克劳狄奥这样爱着她，讲到她的丑事的时候，也会忍不住流泪，难道他也是会说谎的吗？别理她！让她死吧！

神父　　　　听我讲几句话。我刚才在这儿静静地旁观着这一件意外的变故，我也在留心观察这位小姐的神色：我看见无数羞愧的红晕出现在她的脸上，可是立刻有无数冰霜一样皎洁的惨白把这些红晕驱走，显示出她的含冤蒙屈的清贞；我更看见在她的眼睛里射出一道火一样的光来，似乎要把这些贵人们加在她身上的无辜的诬蔑烧掉。要是这位温柔的小姐不是遭到重大的误会，要是她不是一个清白无罪的人，那么你们尽管把我叫作傻子，再不要相信我的学问、我的见识、我的经验，也不要重视我的年齿、我的身份或是我的神圣的职务吧。

里奥那托　　神父，不会有这样的事的。你看她虽然做出这种丧尽廉耻的事来，可是她还有几分天良未泯，不愿在她的深重的罪孽之上，再加上一重欺罔的罪恶；她并没有否认。事情已经是这样明显了，你为什么还要替她辩护呢？

神父　　　　小姐，他们说你跟什么人私通？

希罗　　　　他们这样说我，他们一定知道；我可不知道。要是我违背了女孩儿家应守的礼法，跟任何不三不四的男人来往，那么让我的罪恶不要得到宽恕吧！啊，父亲！您要是能够证明有哪个男人在可以引起嫌疑的时间里跟我谈过话，或者我在昨天晚上曾经跟别人交换过言语，那么请您斥逐我、痛恨我、用酷刑处死我吧！

神父 亲王们一定有了些误会。

培尼狄克 他们中间有两个人是正人君子；要是他们这次受了人家的欺骗，一定是约翰那个私生子弄的诡计，他是最喜欢设阱害人的。

里奥那托 我不知道。要是他们说的关于她的话果然是事实，我要亲手把她杀死；要是他们无中生有，损害她的名誉，我要跟他们中间最尊贵的一个人拼命去。时光不曾干涸了我的血液，年龄也不曾侵蚀了我的智慧，我的家财不曾因为逆运而消耗，我的朋友也不曾因为我的行为不检而走散；他们要是看我可欺，我就叫他们看看我还有几分精力，还会转转念头，也不是无财无势，也不是无亲无友，尽可对付他们得了的。

神父 且慢，在这件事情上，请您还是听从我的劝告。亲王们离开这儿的时候，以为您的小姐已经死了；现在不妨暂时叫她深居简出，就向外面宣布说她真的已经死了，再给她举办一番丧事，在贵府的坟地上给她立起一方碑铭，一切丧葬的仪式都不可缺少。

里奥那托 为什么要这样呢？这样有什么好处呢？

神父 要是好好地照这样做去，就可以使诬蔑她的人心生悔恨，这也未始不是好事；可是我提起这样奇怪的办法，却有另外更大的用意。人家听说她一听到这种诽谤的时候就立刻身死，一定谁都会悲悼她、可怜她，从而原谅她。我们往往在享有某一件东西的时候，一点不看重它的好处；等到失掉它以后，却会格外夸张它的价值，发现当它还在我们手里的时候所看不出来的优点。克劳狄奥一定也会这样：当他听说了他的无情的言语，已经致希罗于死地的时候，她生前可爱的影子一定会浮起在他的想象之中，她的生命中的每一部分都会在他的心目中变得比活在世上的她格外值得珍贵，格外优美动人，格外充满了生命；要是爱情果然打动过他的心，那时他一定会悲伤哀恸，即使他仍旧以为他所指斥她的确是事实，他也会后悔不该给她这样大的难堪。您就照这么办吧，它的结果一定会比我所能预料得到的还要美满。即使退一步说，它并不能收到理想中的效果，至少也可以替她把这场羞辱掩盖过去，您不妨把她隐藏在什么僻静的地方，让她潜心修道，远离世人的耳目，隔绝任何的诽谤损害；对于名誉已受创伤的她，这是一个最适当的办法。

培尼狄克　里奥那托大人，听从这位神父的话吧。虽然您知道我对于亲王和克劳狄奥都有很深的交情，可是我愿意凭着我的名誉起誓，在这件事情上，我一定抱着公正的态度，保持绝对的秘密。

里奥那托	我已经伤心得毫无主意了，你们用一根顶细的草绳都可以牵着我走。
神父	好，那么您已经答应了；立刻去吧，非常的病症是要用非常的药饵来疗治的。来，小姐，您必须死里求生；今天的婚礼也许不过是暂时的延期，您耐心忍着吧。（神父、希罗及里奥那托同下）
培尼狄克	贝特丽丝小姐，您一直在哭吗？
贝特丽丝	是的，我还要哭下去哩。
培尼狄克	我希望您不要这样。
贝特丽丝	您有什么理由？这是我自己愿意这样呀。
培尼狄克	我相信令妹一定是冤枉的。
贝特丽丝	唉！要是有人能够替她申雪这场冤枉，我才愿意跟他做朋友。
培尼狄克	有没有可以表示这一种友谊的方法？
贝特丽丝	方法是有，而且也是很直捷爽快的，可惜没有这样的朋友。
培尼狄克	可以让一个人试试吗？
贝特丽丝	那是一个男子汉做的事情，可不是您做的事情。
培尼狄克	您是我在这世上最爱的人，这不是很奇怪吗？
贝特丽丝	就像我所不知道的事情一样奇怪。我也可以说您是我在这世上最爱的人；可是别信我；可是我没有说假话。我什么也不承认，什么也不否认。我只是为我的妹妹伤心。
培尼狄克	贝特丽丝，凭着我的宝剑起誓，你是爱我的。

贝特丽丝	发了这样的誓，是不能反悔的。
培尼狄克	我愿意凭我的剑发誓你爱着我；谁要是说我不爱你，我就叫他吃我一剑。
贝特丽丝	您不会食言而肥吗？
培尼狄克	无论给它调上些什么油酱，我都不愿把我今天说过的话吃下去。我发誓我爱你。
贝特丽丝	那么上帝恕我！
培尼狄克	亲爱的贝特丽丝，你犯了什么罪过？
贝特丽丝	您刚好打断了我的话头，我正要说我也爱着您呢。
培尼狄克	那么就请你用整个的心说出来吧。
贝特丽丝	我用整个心儿爱着您，简直分不出一部分来向您这样诉说。
培尼狄克	来，吩咐我给你做无论什么事吧。
贝特丽丝	杀死克劳狄奥。
培尼狄克	喔！那可办不到。
贝特丽丝	您拒绝了我，就等于杀死了我。再见。
培尼狄克	等一等，亲爱的贝特丽丝。
贝特丽丝	我的身子就算在这儿，我的心也不在这儿。您一点没有真情。哎哟，请您还是放我走吧。
培尼狄克	贝特丽丝——
贝特丽丝	真的，我要去啦。
培尼狄克	让我们先言归于好。
贝特丽丝	您愿意跟我做朋友，却不敢跟我的敌人打架。
培尼狄克	克劳狄奥是你的敌人吗？

贝特丽丝　　　他不是已经充分证明了是一个恶人，把我的妹妹这样横加诬蔑，信口毁谤，破坏她的名誉吗？啊！我但愿自己是一个男人！嘿！不动声色地搀着她的手，一直等到将要握手成礼的时候，才翻过脸来，当众宣布他的恶毒的谣言！——上帝啊，但愿我是个男人！我要在市场上吃下他的心。

培尼狄克　　　听我说，贝特丽丝——

贝特丽丝　　　跟一个男人在窗口讲话！说得真好听！

培尼狄克　　　可是，贝特丽丝——

贝特丽丝　　　亲爱的希罗！她负屈含冤，她的一生从此完了！

培尼狄克　　　贝特——

贝特丽丝　　　什么亲王！什么伯爵！好一个做见证的亲王！好一个甜言蜜语的风流伯爵！啊，为了他的缘故，我但愿自己是一个男人；或者我有什么朋友愿意为了我的缘故，做一个堂堂男子！可是人们的丈夫气概，早已消磨在打躬作揖里，他们的豪侠精神，早已丧失在逢迎阿谀里了；他们已经变得只剩下一条善于拍马吹牛的舌头；谁会造最大的谣言，发最狠的誓，谁就是个英雄好汉。我既然不能凭着我的愿望变成一个男子，所以我只好做一个女人在伤心中死去。

培尼狄克　　　等一等，好贝特丽丝。我举手为誓，我爱你。

贝特丽丝　　　您要是真的爱我，那么把您的手用在比发誓更有意义的地方吧。

培尼狄克　　　凭着你的良心，你以为克劳狄奥伯爵真的冤枉了希罗吗？

贝特丽丝　是的，正像我知道我有一颗良心一样毫无疑问。

培尼狄克　够了！一言为定，我要去向他挑战。让我在离开你以前，吻一吻你的手。我以此手为誓，克劳狄奥一定要得到一次重大的教训。请你等候我的消息，把我放在你的心里。去吧，安慰安慰你的妹妹；我必须对他们说她已经死了。好，再见。（各下）

第二场

监狱

道格培里、弗吉斯及教堂司事各穿制服上；巡丁押康拉德及波拉契奥随上。

道格培里 咱们这一伙儿都到齐了吗？

弗吉斯 啊！端一张凳子和垫子来给教堂司事先生坐。

教堂司事 哪两个是被告？

道格培里 呃，那就是我跟我的伙计。

弗吉斯 不错，我们是来审案子的。

教堂司事 可是哪两个是受审判的犯人？叫他们到巡官老爷面前来吧。

道格培里 对，对，叫他们到我面前来。朋友，你叫什么名字？

波拉契奥 波拉契奥。

道格培里 请写下波拉契奥。小子，你呢？

康拉德 长官，我是个绅士，我的名字叫康拉德。

道格培里 写下绅士康拉德先生。两位先生，你们都敬奉上帝吗？

康拉德 波拉契奥	是，长官，我们希望我们是敬奉上帝的。
道格培里	写下他们希望敬奉上帝；留心把上帝写在前面，因为要是让这些混蛋的名字放在上帝前面，上帝一定要生气的。两位先生，你们已经被证明是两个比奸恶的坏人好不了多少的家伙，大家也就要这样看待你们了。你们自己有什么辩白没有？
康拉德	长官，我们说我们不是坏人。
道格培里	好一个乖巧的家伙；可是我会诱他说出真话来。过来，小子，让我在你的耳边说一句话：先生，我对您说，人家都以为你们是奸恶的坏人。
波拉契奥	长官，我对你说，我们不是坏人。
道格培里	好，站在一旁。天哪，他们都是老早商量好了说同样的话的。你有没有写下来，他们不是坏人吗？
教堂司事	巡官老爷，您这样审问是审问不出什么结果来的；您必须叫那控诉他们的巡丁上来问话。
道格培里	对，对，这是最迅速的方法。叫那巡丁上来。弟兄们，我用亲王的名义，命令你们控诉这两个人。
巡丁甲	禀长官，这个人说亲王的兄弟唐·约翰是个坏人。
道格培里	写下约翰亲王是个坏人。哎哟，这简直是犯的伪证罪，把亲王的兄弟叫作坏人！
波拉契奥	巡官先生——
道格培里	闭住你的嘴，家伙；我讨厌你的面孔。
教堂司事	你们还听见他说些什么？

巡丁乙	呃，他说他因为捏造了希罗小姐的谣言，唐·约翰给了他一千块钱。
道格培里	这简直是未之前闻的窃盗罪。
弗吉斯	对了，一点不错。
教堂司事	还有些什么话？
巡丁甲	他说克劳狄奥伯爵听了他的话，准备当着众人的面前把希罗羞辱，不再跟她结婚。
道格培里	哎哟，你这该死的东西！你干下这种恶事，要一辈子不会下地狱啦。
教堂司事	还有什么？
巡丁乙	没有什么了。
教堂司事	两位先生，就是这一点，你们也没有法子抵赖了。约翰亲王已经在今天早上逃走；希罗已经这样给他们羞辱过，克劳狄奥也已经拒绝跟她结婚，她因为伤心过度，已经突然身死了。巡官老爷，把这两个人绑起来，带到里奥那托家里去；我先走一步，把我们审问的结果告诉他。（下）
道格培里	来，把他们铐起来。
弗吉斯	把他们交给——
康拉德	滚开，蠢货！
道格培里	他妈的！教堂司事呢？叫他写下：亲王的官吏是个蠢货。来，把他们绑了。你这该死的坏东西！
康拉德	滚开，你是头驴子，你是头驴子！
道格培里	你难道瞧不起我的地位吗？你难道瞧不起我这一把

年纪吗？啊,但愿他在这儿,给我写下我是头驴子!
可是列位弟兄们，记住我是头驴子；虽然这句话没
有写下来，可是别忘记我是头驴子。你这恶人，你
简直是目中无人，这儿大家都可以做见证的。老实
告诉你吧，我是个聪明人；而且是个官；而且是个
有家小的人；再说，我的相貌也比得上梅西那地方
无论哪一个人；我懂得法律，那可以不去说它；我
还是个有钱人，那也不必说起；我不是不曾碰到过
坏运气，可是我还有两件袍子，无论到什么地方去
总还是体体面面的。把他带下去！啊，但愿他给我
写下我是一头驴子！（同下）

第 五 幕

第一场

里奥那托家门前

里奥那托及安东尼奥上。

安东尼奥　　您要是老是这样，那不过气坏了您自己的身体；帮着忧伤摧残您自己，那未免太不聪明吧。

里奥那托　　请你停止你的劝告；把这些话送进我的耳中，就像把水倒在筛里一样毫无用处。不要劝我；也不要让什么人安慰我，除非他也遭到跟我同样的不幸。给我找一个像我一样的父亲，他宠爱女儿的快乐，像我一样被完全碾碎了，叫他来劝我安心忍耐；把他的悲伤跟我的悲伤两两相较，必须铢两悉称，从外形到枝节，毫发不爽；要是这样一个人能够拈弄他的胡须微笑，把一切懊恼的事情放在脑后，清清嗓子便能代替呻吟，用一些老生常谈自宽自解，在烛光中消磨一夜便忘却了自己的不幸，那么叫他来见我吧，我也许可以从他那里学到些忍耐的方法。可是世上不会有这样的人；因为，兄弟，人们对于自己并不感觉到的痛苦，是会用空洞的话来劝告慰藉的，可是他们要是自己尝到了这种痛苦的滋味，他们的理智就会变为激情，就会觉得他们给人家服用的药饵，对自己也不会发生效力；极度的疯狂，是不能用一根丝线把它拴住的，正如空话治愈不了痛苦。不，不，谁都会劝一个在悲哀的重压下辗转呻吟的人安心忍耐，可是谁也没有那样的修养和勇气，能够叫自己忍受同样的痛苦。所以不要给我劝告，我的悲哀的呼号会盖住劝告的声音。

安东尼奥　人们就是在这种地方，跟小孩子没有分别。

里奥那托　请你不必多说。我只是个血肉之躯的凡人；就是那些写惯洋洋洒洒的大文的哲学家们，尽管他们像天上的神明一样，蔑视着人生的灾难痛苦，一旦他们的牙齿痛起来，也是会忍受不住的。

安东尼奥　可是您也不要一味自己吃苦；您应该叫那些害苦了您的人也吃些苦才是。

里奥那托　你说得有理；对了，我一定要这样。我心里觉得希罗一定是受人诬谤；我要叫克劳狄奥知道他的错误，也要叫亲王跟那些破坏她的名誉的人知道他们的错误。

安东尼奥　亲王跟克劳狄奥急匆匆地来了。

唐·彼德罗及克劳狄奥上。

彼德罗	早安，早安。
克劳狄奥	早安，两位老人家。
里奥那托	听我说，两位贵人——
彼德罗	里奥那托，我们现在没有工夫。
里奥那托	没有工夫，殿下！好，回头见，殿下；您现在这样忙吗？——好，那也不要紧。
彼德罗	哎哟，好老人家，别跟我们吵架。
安东尼奥	要是吵了架可以报复他的仇恨，咱们中间总有一个人会送命的。
克劳狄奥	谁得罪他了？
里奥那托	嘿，就是你呀，你，你这假惺惺的骗子！怎么，你要拔剑吗？我可不怕你。
克劳狄奥	对不起，那是我的手不好，害得您老人家吓了一跳；其实它并没有要拔剑的意思。
里奥那托	哼，朋友！别对我扮鬼脸取笑。我不像那些倚老卖老的傻老头儿一般，只会向人吹吹我在年轻时候怎么了不得，要是现在再年轻了几岁，一定会怎么怎么。告诉你，克劳狄奥，你冤枉了我的清白的女儿，把我害得好苦，我现在忍无可忍，只好不顾我这一把年纪，凭着满头的白发和这身久历风霜的老骨头，向你挑战。我说你冤枉了我的清白的女儿；你的信口的诽谤已经刺透了她的心，她现在已经跟

她的祖先长眠在一起了；啊，想不到我的祖先清白传家，到了她身上却落下一个污名，这都是因为你的恶行！

克劳狄奥　　我的恶行？

里奥那托　　是的，克劳狄奥，我说是你的恶行。

彼德罗　　　老人家您说错了。

里奥那托　　殿下，殿下，要是他有胆量，我愿意用武力跟他较量出一个是非曲直来；虽然他击剑的本领不坏，练习得又勤，又是年轻力壮，可是我不怕他。

克劳狄奥　　走开！我不要跟你胡闹。

里奥那托　　你会这样推开我吗？你已经杀死了我的孩子；要是你把我也杀死了，孩子，才算你是个汉子。

安东尼奥　　他要把我们两人一起杀死了，才算是个汉子；可是让他先杀死一个吧，让他跟我较量一下，看他能不能把我取胜。来，跟我来，孩子；来，哥儿，来，跟我来。哥儿，我要把你杀得无招架之功！我是个绅士，我说到做到。

里奥那托　　兄弟——

安东尼奥　　您宽心吧。上帝知道我爱我的侄女；她现在死了，给这些恶人们造的谣言气死了。他们只会欺负一个弱女子，可是叫他们跟一个男子汉打架，却像叫他们从毒蛇嘴里拔出舌头来一样没有胆子了。这些乳臭小儿，只会说大话，诓人的猴子，不中用的懦夫！

里奥那托　　安东尼贤弟——

安东尼奥	您不要说话。哼，这些家伙！我看透了他们，知道他们的骨头一共有多少分量；这些胡闹的、寡廉鲜耻的纨绔公子们，就会说谎骗人，造谣生事，打扮得奇奇怪怪，装出一副吓人相，说几句假威风的言语，动辄扬言要叫敌人尝尝厉害——假如他们鼓得起胆量。这就是他们的全副本领！
里奥那托	可是，安东尼贤弟——
安东尼奥	没事，您不用管，让我来对付他们。
彼德罗	两位老先生，我们不愿意冒犯你们。令爱的死实在使我非常抱憾；可是凭着我的名誉发誓，我们对她说的话都是绝对确实，而且有充分的证据。
里奥那托	殿下，殿下——
彼德罗	我不要听你的话。
里奥那托	不要听我的话？好，兄弟，我们去吧。总有人会听我的话的——
安东尼奥	不要听也得听，否则咱们就拼个你死我活。（里奥那托、安东尼奥同下）

培尼狄克上。

彼德罗	瞧，瞧，我们正要去找的那个人来啦。
克劳狄奥	啊，老兄，什么消息？
培尼狄克	早安，殿下。
彼德罗	欢迎，培尼狄克；你来迟了一步，我们刚才险些儿

打起来呢。

克劳狄奥	我们的两个鼻子险些儿没给两个没有牙齿的老头子咬下来。
彼德罗	里奥那托跟他的兄弟。你看怎么样? 要是我们真的打起来, 那我们跟他们比起来未免太年轻点儿了。
培尼狄克	强弱异势, 虽胜不武。我是来找你们两个人的。
克劳狄奥	我们到处找你, 因为我们一肚子都是烦恼, 想设法把它排遣排遣。你给我们讲个笑话吧。
培尼狄克	我的笑话就在我的剑鞘里, 要不要拔出来给你们瞧瞧?
彼德罗	你是把笑话随身佩带的吗?
克劳狄奥	只听过人家抖出一 "包袱" 笑料, 还没听说谁把笑话藏在剑鞘里。请你把它 "拔" 出来, 就像乐师从他的琴囊里拿出他的乐器来一样, 给我们弹奏弹奏解解闷吧。
彼德罗	哎哟, 他的脸色怎么这样白得怕人! 你病了吗? 还是在生气?
克劳狄奥	喂, 放出勇气来, 朋友! 虽然忧能伤人, 可是你是个好汉子, 你会把忧愁赶走的。
培尼狄克	爵爷, 您要是想用您的俏皮话儿挖苦我, 那我是很可以把您对付得了的。请您换一个题目好不好?
克劳狄奥	好, 他的枪已经弯断了, 给他换一支吧。
彼德罗	他的脸色越变越难看了; 我想他真的在生气哩。
克劳狄奥	要是他真的在生气, 那么他知道武器就拴在他的

腰上。

培尼狄克	可不可以让我在您的耳边说句话？
克劳狄奥	上帝保佑我不要是挑战！
培尼狄克	（向克劳狄奥旁白）你是个坏人，我不跟你开玩笑：你敢用什么方式，凭着什么武器，在什么时候跟我决斗，我一定从命；你要是不接受我的挑战，我就公开宣布你是一个懦夫。你已经害死了一位好好的姑娘，她的阴魂一定会缠绕在你的身上。请你给我一个回音。
克劳狄奥	好，我一定奉陪就是了；让我也可以借此消消闷儿。
彼德罗	怎么，你们打算喝酒去吗？
克劳狄奥	是的，谢谢他的好意；他请我去吃一个小牛头，还有一只阉鸡，我要是不把它切得好好的，就算我的刀子不中用。我能再多吃一只呆鸟吗？
培尼狄克	您的才情真是太好啦，出口都是俏皮话儿。
彼德罗	让我告诉你那天贝特丽丝怎样称赞你的才情。我说你的才情很不错；"是的，"她说，"他有一点琐碎的小聪明。""不，"我说，"他有很大的才情。""对了，"她说，"他的才情是大而无当的。""不，"我说，"他很善于机锋。""正是，"她说，"因为太善了，所以不会伤人。""不，"我说，"这位绅士很聪明。""啊，"她说，"好一位自作聪明的绅士！""不，"我说，"他有一条能言善辩的舌头。""我相信您的话，"她说，"因为他在

星期一晚上向我发了一个誓，到星期二早上又把那
个誓毁了；他不止有一条舌头，他是有两条舌头哩。"
这样她用足足一点钟的工夫，把你的长处批评得一
文不值；可是临了她却叹了口气，说你是意大利最
漂亮的一个男人。

克劳狄奥　因此她伤心得哭了起来，说她一点不放在心上。

彼德罗　正是这样；可是说是这么说，她倘不把他恨进骨髓
里去，就会把他爱到心窝儿里。那老头子的女儿已
经完全告诉我们了。

克劳狄奥　全都说了，而且，"当他躲在园里的时候，上帝就
看见他"[1]。

彼德罗　可是我们什么时候把那野牛的角儿插在有理性的培
尼狄克的头上呢？

克劳狄奥　对了，还要在头颈下面挂着一块招牌，"请看结了
婚的培尼狄克！"

培尼狄克　再见，哥儿；你已经知道我的意思。现在我让你一
个人去唠唠叨叨说话吧；谢谢上帝，你讲的那些笑
话正像只会说说大话的那些懦夫们的刀剑一样无关
痛痒。殿下，一向蒙您知遇之恩，我是十分地感谢，
可是现在我不能再跟您继续来往了。您那位令弟已
经从梅西那逃走；你们几个人已经合伙害死了一位
纯洁无辜的姑娘。至于我们那位白脸公子，我已经

---

1 此句出自《旧约·创世记》。

跟他约期相会了；在那个时候以前，我愿他平安。

（下）

彼德罗	他果然认起真来了。
克劳狄奥	绝对地认真；我告诉您，他这样一本至诚，完全是为了贝特丽丝的爱情。
彼德罗	他向你挑战了吗？
克劳狄奥	他非常诚意地向我挑战了。
彼德罗	一个衣冠楚楚的人，会这样迷塞了心窍，真是可笑！
克劳狄奥	像他这样一个人，讲外表也许比一只猴子神气得多，可是他的聪明还不及一只猴子哩。
彼德罗	且慢，让我静下来想一想；糟了！他不是说我的兄弟已经逃走了吗？

道格培里、弗吉斯及巡丁押康拉德、波拉契奥同上。

道格培里	你来，朋友；要是法律管不了你，那简直可以用不到什么法律了。不，假如你真是一个该死的伪君子，我们就必须好好看待看待你。
彼德罗	怎么！我兄弟手下的两个人都给绑起来啦！一个是波拉契奥！
克劳狄奥	殿下，您问问他们犯的什么罪。
彼德罗	巡官，这两个人犯了什么罪？
道格培里	禀王爷，他们乱造谣言；而且他们说了假话；第二，他们信口诽谤；末了第六点，他们冤枉了一位小姐；

第三，他们做假见证；总而言之，他们是说谎的坏人。

彼德罗　第一，我问你，他们干了些什么事？第三，我问你，他们犯的什么罪？末了第六点，我问你，他们为什么被捕？总而言之，你控诉他们什么罪状？

克劳狄奥　问得很好，而且完全套着他的口气，把一个意思用各种不同的方式表达了出来。

彼德罗　你们两人得罪了谁，所以才给他们抓了起来问罪？这位聪明的巡官讲的话儿太奥妙了，我听不懂。你们犯了什么罪？

波拉契奥　好殿下，我向您招认一切以后，请您不必再加追问，就让这位伯爵把我杀死了吧。我已经当着您的眼前把您欺骗；您的智慧所观察不到的，却让这些蠢货们揭发出来了。他们在晚上听见我告诉这个人您的兄弟唐·约翰怎样唆使我毁坏希罗小姐的名誉；你们怎样听了他的话到花园里去，瞧见我在那儿跟打扮作希罗样子的玛格莱特昵昵情话；以及你们怎样在举行婚礼的时候把她羞辱。我的罪恶已经给他们记录下来；我现在但求一死，不愿再把它重新叙述出来，增加我的惭愧。那位小姐是受了我跟我的主人诬陷而死的；总之，我不求别的，只请殿下处我应得之罪。

彼德罗　他这一番话，不是像一柄利剑似的刺进你的心里吗？

克劳狄奥　我听他说话，就像是吞下了毒药。

彼德罗　可是果真是我的兄弟指使你做这种事的吗？

Don Pedro. Runs not this speech like iron through your blood?
Claudio. I have drunk poison whiles he utter'd it.   *Act V. Scene I*

波拉契奥	是的，他还给了我很大的酬劳呢。
彼德罗	他是个奸恶成性的家伙，现在一定是为了阴谋暴露，所以逃走了。
克劳狄奥	亲爱的希罗！现在你的形象又回复到我最初爱你的时候那样纯洁美好了！
道格培里	来，把这两个原告带下去。咱们那位司事先生现在一定已经把这件事情告诉里奥那托老爷知道了。弟兄们，要是碰上机会，你们可别忘了替我证明我是头驴子。
弗吉斯	啊，里奥那托老爷来了，司事先生也来了。

里奥那托、安东尼奥及教堂司事重上。

里奥那托	这个恶人在哪里？让我把他的面孔认认清楚，以后看见跟他长得模样差不多的人，就可以远而避之。两个人中哪一个是他？
波拉契奥	您倘要知道谁是害苦了您的人，就请瞧着我吧。
里奥那托	就是你这奴才用你的鬼话害死了我的清白的孩子吗？
波拉契奥	是的，那全是我一个人干的事。
里奥那托	不，恶人，你错了；这儿有一对正人君子，还有第三个已经逃走了，他们都是有份的。两位贵人，谢谢你们害死了我的女儿；你们干了这一件好事，是应该在青史上大笔特书的。你们自己想一想，这一件事情干得多么英雄。

克劳狄奥	我不知道应该怎样向您请求原谅，可是我不能不说话。您爱怎样处置我就怎样处置我吧，我愿意接受您所能想得到的无论哪一种惩罚；虽然我所犯的罪完全是出于误会的。
彼德罗	凭着我的灵魂起誓，我也犯下了无心的错误；可是为了消消这位好老人家的气起见，我也愿意领受他的任何重罚。
里奥那托	我不能叫你们把我的女儿救活过来，那当然是不可能的事；可是我要请你们两位向这儿梅西那所有的人宣告她死得多么清白。要是您的爱情能够鼓动您写些什么悲悼的诗歌，请您就把它悬挂在她的墓前，向她的尸骸歌唱一遍；今天晚上您就去歌唱这首挽歌。明天早上您再到我家里来；您既然不能做我的子婿，那么就做我的侄婿吧。舍弟有一个女儿，她跟我去世的女儿长得一模一样，现在她是我们兄弟两人唯一的嗣息；您要是愿意把您本来应该给她姊姊的名分转给她，那么我这口气也就消下去了。
克劳狄奥	啊，可敬的老人家，您的大恩大德，真使我感激涕零！我敢不接受您的好意；从此以后，不才克劳狄奥愿意永远听从您的驱使。
里奥那托	那么明天早上我等您来；现在我要告别啦。这个坏人必须叫他跟玛格莱特当面质对；我相信她也一定受到令弟的贿诱，参加这阴谋的。
波拉契奥	不，我可以用我的灵魂发誓，她并不知情；当她向

我说话的时候，她也不知道她已经做了些什么不应该做的事；照我平常所知道，她一向都是规规矩矩的。

道格培里　而且，老爷，这个原告，这个罪犯，还叫我作驴子；虽然这句话没有写下来，可是请您在判罪的时候不要忘记。还有，巡丁听见他们讲起一个坏贼，到处用上帝的名义向人借钱，借了去永不归还，所以现在人们的心肠都变得硬起来，不再愿意看在上帝的面上借给别人半个子儿了。请您在这一点上也要把他仔细审问审问。

里奥那托　谢谢你这样细心，这回真的有劳你啦。

道格培里　老爷您说得真像一个知恩感德的小子，我为您赞美上帝！

里奥那托　这是你的辛苦钱。

道格培里　上帝保佑，一生平安。

里奥那托　去吧，你的罪犯归我发落，谢谢你。

道格培里　我把一个大恶人交在您手里；请您自己把他处罚，给别人做个榜样。上帝保佑您老爷！愿老爷平安如意，无灾无病！后会无期，小的告辞了！来，伙计。

（道格培里、弗吉斯同下）

里奥那托　两位贵人，咱们明天早上再见。

安东尼奥　再见；我们明天等着你们。

彼德罗　我们一定准时奉访。

克劳狄奥　今晚我就到希罗坟上哀吊去。（彼德罗、克劳狄奥同下）

里奥那托　　（向巡丁）把这两个家伙带走。我们要去问一问玛
　　　　　　格莱特，她怎么会跟这个下流的东西来往。（同下）

第二场

里奥那托的花园

培尼狄克及玛格莱特自相对方向上。

培尼狄克　　好玛格莱特姑娘，请你帮帮忙替我请贝特丽丝出来说话。

玛格莱特　　我去请她出来了，您肯不肯写一首诗歌颂我的美貌呢？

培尼狄克　　我一定会写一首顶高雅的诗送给你，高雅得没有一个男人高攀得上。因为说真的，你配得上。

玛格莱特　　没有男人攀得上？那我不就要永远独守空闺了？

培尼狄克　　你的才思像猎狗的嘴一样快，一口就把人咬住了。

玛格莱特　　您的才思就像练剑用的钝头剑，落在身上不痛不痒。

培尼狄克　　这才是大丈夫，玛格莱特，对女人会手下留情。请你去叫贝特丽丝吧，我缴械投降，把我的盾牌拿去。

玛格莱特　　盾牌我们自己有，把你的剑交上来。[1]

培尼狄克　　我怕你招架不住，玛格莱特，那玩意儿对于姑娘家太危险啦。

玛格莱特　　好，我就去叫贝特丽丝出来见您；我想她自己也长了腿的。

---

1 此处的盾牌和剑皆包含性隐喻。

培尼狄克　　　所以一定会来。（玛格莱特下）

恋爱的神明，

高坐在天庭，

知道我，知道我，

多么的可怜！——

我的意思是说，我的歌喉是多么糟糕得可怜；可是讲到恋爱，那么那位游泳好手里昂德，那位最初发明请人拉纤的特洛伊罗斯，以及那一大批载在书上的古代的风流才子们，他们的名字至今为骚人墨客所乐道，谁也没有像可怜的我这样真的为情颠倒了。可惜我不能把我的热情用诗句表示出来；我曾经搜索枯肠，可是找来找去，可以跟"姑娘"押韵的，只有"儿郎"两个字，一个孩子气的韵！可以跟"羞辱"押韵的，只有"甲壳"两个字，一个硬绷绷的韵！可以跟"学校"押韵的，只有"呆鸟"两个字，一个混账的韵！这些韵脚都不大吉利。不，我想我命里没有诗才，我也不会用那些风花雪月的话儿向人求爱。

贝特丽丝上。

培尼狄克　　　亲爱的贝特丽丝，我一叫你你就出来了吗？

贝特丽丝　　　是的，先生；您一叫我走，我也就会去的。

培尼狄克　　　啊，待一会儿再走好不好。

贝特丽丝　　　"一会儿"已经待过了，那就该道别了。可是在我未去以前，让我先问您一个明白，您跟克劳狄奥怎么样了？我就是为了这个才来的。

培尼狄克　我已经骂过他了；所以给我一个吻吧。

贝特丽丝　骂人的嘴是不干净的；不要吻我，让我去吧。

培尼狄克　你真会强词夺理。可是我必须明白告诉你，克劳狄奥已经接受了我的挑战，要是他不快点给我一个回音，我就公开宣布他是个懦夫。现在我要请你告诉我，你究竟为了我哪一点坏处而开始爱起我来呢？

贝特丽丝　为了您所有的坏处，它们朋比为奸，尽量发展它们的恶势力，不让一点好处混杂在它们中间。可是您究竟为了我哪一点好处，才对我害起相思来呢？

培尼狄克　"害起相思来"，好一句话！我真的给相思害了，因为我爱你是违反我的本心的。

贝特丽丝　那么您原来是在跟您自己的心作对。唉，可怜的心！您既然为了我的缘故而跟它作对，那么我也要为了您的缘故而跟它作对了；因为我的朋友要是讨厌它，我当然再也不会欢喜它的。

培尼狄克　咱们两个人都太聪明啦，总不会安安静静地讲几句情话。

贝特丽丝　照您这样的说法，恐怕未必如此；真的聪明人是不会自称自赞的。

培尼狄克　这是一句老生常谈，贝特丽丝，在从前世风淳厚、大家能够赏识他邻人的好处的时候，未始没有几分道理。可是当今之世，谁要是不乘他自己未死之前预先把墓志铭刻好，那么等到丧钟敲过，他的寡妇哭过几声以后，谁也不会再记得他了。

贝特丽丝　您想那要经过多少时间呢？

培尼狄克　问题就在这里，左右也不过钟鸣一小时，泪流一刻钟而已。所以一个人只要问心无愧，把自己的好处自己宣传宣传，就像我对于我自己这样子，实在是再聪明不过的事。我可以替我自己作证，我这个人的确不坏。现在已经自称自赞得够了，请你告诉我，你的妹妹怎样啦？

贝特丽丝　她现在憔悴不堪。

培尼狄克　你自己呢？

贝特丽丝　我也是憔悴不堪。

培尼狄克　敬礼上帝，尽心爱我，你的身子就可以好起来。现在我应该去啦；有人慌慌张张地找你来了。

欧苏拉上。

欧苏拉　小姐，快到您叔叔那儿去。他们正在那儿议论纷纷：希罗小姐已经证明受人冤枉，亲王跟克劳狄奥上了人家一个大大的当；唐·约翰是罪魁祸首，他已经逃走了。您就来吗？

贝特丽丝　先生，您也愿意去听听消息吗？

培尼狄克　我愿意活在你的心里，死在你的怀里，葬在你的眼里；我也愿意陪着你到你叔叔那儿去。（同下）

第三场

教堂内部

　　　　　　唐·彼德罗、克劳狄奥及侍从等携乐器蜡烛上。

克劳狄奥　　这儿就是里奥那托家的坟堂吗?

一侍从　　　正是,爵爷。

克劳狄奥　　(展手卷朗诵)"青蝇玷玉,谗口铄金,嗟吾希罗,
　　　　　　月落星沉! 生蒙不虞之毁,死播百世之馨;惟令德
　　　　　　之昭昭,斯虽死而犹生。"天长地久有时尽,此恨
　　　　　　绵绵无绝期! 现在奏起音乐来,歌唱你们的挽诗吧。

　　　　　　　　歌

　　　　　　惟兰蕙之幽姿兮,

　　　　　　遽一朝而摧焚;

　　　　　　风云怫郁其变色兮,

　　　　　　月姊掩脸而似嗔:

　　　　　　语月姊兮毋嗔,

　　　　　　听长歌兮当哭;

　　　　　　绕墓门而逡巡兮,

　　　　　　岂百身之可赎!

　　　　　　风瑟瑟兮云漫漫,

纷助予之悲叹；

安得起重泉之白骨兮，

及长夜之未旦！

克劳狄奥　　幽明从此音尘隔，岁岁空来祭墓人。永别了，希罗！

彼德罗　　早安，列位朋友；把你们的火把熄了。豺狼已经觅食回来；瞧，熹微的晨光在日轮尚未出现之前，已经在欲醒未醒的东方缀上鱼肚色的斑点了。劳驾你们，现在你们可以回去了；再会。

克劳狄奥　　早安，列位朋友；大家各走各的路吧。

彼德罗　　来，我们也去换好衣服，再到里奥那托家里去。

克劳狄奥　　但愿许门[1]有灵，这一回赐给我好一点的运气！（同下）

---

1 许门（Hymen），希腊神话中的婚姻之神。

第四场

里奥那托家中一室

里奥那托、安东尼奥、培尼狄克、贝特丽丝、
玛格莱特、欧苏拉、法兰西斯神父及希罗同上。

神父　　　　我不是对您说她是无罪的吗？

里奥那托　　亲王跟克劳狄奥怎样凭着莫须有的罪名冤诬她，您
　　　　　　是听见的，他们误信人言，也不能责怪他们；可是
　　　　　　玛格莱特在这件事情上也有几分不是，虽然照盘问
　　　　　　和调查的结果看起来，她的行动并不是出于本意。

安东尼奥　　好，一切事情总算圆满收场，我很高兴。

培尼狄克　　我也很高兴，因为否则我有誓在先，非得跟克劳狄
　　　　　　奥那小子算账不可了。

里奥那托　　好，女儿，你跟各位姑娘进去一会；等我叫你们出
　　　　　　来的时候，大家戴上面罩出来。亲王跟克劳狄奥约
　　　　　　定在这个时候来看我的。（众女下）兄弟，你知道
　　　　　　你应该做些什么事；你必须做你侄女的父亲，把她
　　　　　　许婚给克劳狄奥。

安东尼奥　　我一定会扮演得神气十足。

培尼狄克　　神父，我想我也要有劳您一下。

神父	先生，您要我做些什么事？
培尼狄克	替我加上一层束缚，或者把我送进坟墓。里奥那托大人，不瞒您说，好老人家，令侄女对我很是另眼相看。
里奥那托	不错，她这一只另外的眼睛是我的女儿替她装上去的。
培尼狄克	为了报答她的眷顾，我也已经把我的一片痴心呈献给她。
里奥那托	您这一片痴心，我想是亲王、克劳狄奥跟我三个人替您安放进去的。可是请问有何见教？
培尼狄克	大人，您说的话太玄妙了。可是讲到我的意思，那么我是希望得到您的许可，让我们就在今天正式成婚；好神父，这件事情我要有劳您啦。
里奥那托	我竭诚赞成您的意思。
神父	我也愿意效劳。亲王跟克劳狄奥来啦。

唐·彼德罗、克劳狄奥及侍从等上。

彼德罗	早安，各位朋友。
里奥那托	早安，殿下；早安，克劳狄奥。我们正在等着你们呢。您今天仍旧愿意娶我的侄女吗？
克劳狄奥	即使她长得像黑炭一样，我也决不反悔。
里奥那托	兄弟，你去叫她出来；神父已经等在这儿了。（安东尼奥下）

彼德罗 早安，培尼狄克。啊，怎么，你的面孔怎么像严冬一样难看，堆满了霜雪风云？

克劳狄奥 他大概想起了那头野牛。呸！怕什么，朋友！我们要用金子镶在你的角上，整个的欧罗巴都会欢喜你，正像从前欧罗巴欢喜那因为爱情而变成一头公牛的乔武一样。

里奥那托 乔武老牛叫起来声音很是好听；大概也有那么一头野牛看中了令尊大人那头母牛，结果才生下了像老兄一样的一头小牛来，因为您的叫声也跟他差不多，倒是家学渊源哩。

克劳狄奥 我暂时不跟你算账；这儿来了我一笔待清的债务。

　

安东尼奥率众女戴面罩重上。

　

克劳狄奥 哪一位姑娘我有福握住她的手？

里奥那托 就是这一个，我现在把她交给您了。

克劳狄奥 啊，那么她就是我的了。好人，让我瞻仰瞻仰您的芳容。

里奥那托 不，在您没有揽着她的手到这位神父面前宣誓娶她为妻以前，不能让您瞧见她的脸孔。

克劳狄奥 把您的手给我；当着这位神父之前，我愿意娶您为妻，要是您不嫌弃我的话。

希罗 当我在世的时候，我是您的另一个妻子；（取下面罩）当您爱我的时候，您是我的另一个丈夫。

克劳狄奥	又是一个希罗！
希罗	一点不错；一个希罗已经蒙垢而死，但我以清白之身活在人间。
彼德罗	就是从前的希罗！已经死了的希罗！
里奥那托	殿下，当谗言流传的时候，她才是死的。
神父	我可以替你们解释一切；等神圣的仪式完毕以后，我会详细告诉你们希罗逝世的一段情节。现在暂时把这些怪事看作不足为奇，让我们立刻到教堂里去。
培尼狄克	慢点儿，神父。贝特丽丝呢？
贝特丽丝	（取下面罩）我就是她。您有什么见教？
培尼狄克	您不是爱我吗？
贝特丽丝	啊，不，我不过照着道理对待您罢了。
培尼狄克	这样说来，那么您的叔父、亲王跟克劳狄奥都受了骗啦；因为他们发誓说您爱我的。
贝特丽丝	您不是爱我吗？
培尼狄克	真的，不，我不过照着道理对待您罢了。
贝特丽丝	这样说来，那么我的妹妹、玛格莱特跟欧苏拉都大错而特错啦；因为她们发誓说您爱我的。
培尼狄克	他们发誓说您为了我差不多害起病来啦。
贝特丽丝	她们发誓说您为了我差不多活不下去啦。
培尼狄克	没有这回事。那么您不爱我吗？
贝特丽丝	不，真的，咱们不过是两个普通的朋友。
里奥那托	好了好了，侄女，我可以断定你是爱着这位绅士的。
克劳狄奥	我也可以赌咒他爱着她；因为这儿就有一首他亲笔

　　　　　　　　写的歪诗，是他从自己的枯肠里搜索出来，歌颂着
　　　　　　　　贝特丽丝的。

希罗　　　　　这儿还有一首诗，是我姊姊的亲笔，从她的口袋里
　　　　　　　　偷出来的；这上面倾诉着她对于培尼狄克的爱慕。

培尼狄克　　　怪事怪事！我们自己的手会写下跟我们心里的意思
　　　　　　　　完全不同的话。好，我愿意娶你；可是天日在上，
　　　　　　　　我是因为可怜你才娶你的。

贝特丽丝　　　我不愿拒绝您；可是天日在上，我只是因为推却不
　　　　　　　　过人家的劝告，一方面也是因为要救您的性命，才
　　　　　　　　答应嫁给您的；人家告诉我您在一天天瘦下去呢。

培尼狄克　　　别多话！让我堵住你的嘴。（吻贝特丽丝）

彼德罗　　　　结了婚的培尼狄克，请了！

培尼狄克　　　殿下，我告诉你吧，就是一大伙鼓唇弄舌的家伙向
　　　　　　　　我鸣鼓而攻，我也决不因为他们的讥笑而放弃我的
　　　　　　　　决心。你以为我会把那些冷嘲热讽的话儿放在心上
　　　　　　　　吗？不，要是一个人这么容易给人家用空话打倒，
　　　　　　　　他根本不配穿体面的衣服。总之，我既然立志结婚，
　　　　　　　　那么无论世人说些什么闲话，我都不会去理会他们；
　　　　　　　　所以你们也不必因为我从前说过反对结婚的话而把
　　　　　　　　我取笑，因为人本来是个出尔反尔的东西，这就是我
　　　　　　　　的结论了。至于讲到你，克劳狄奥，我倒很想把你打
　　　　　　　　一顿；可是既然你就要做我的亲戚了，那么就让你保
　　　　　　　　全皮肉，好好地爱我的小姨吧。

克劳狄奥　　　我倒很希望你会拒绝贝特丽丝，这样我就可以用棍

Claudio. And I'll be sworn upon't that he loves her;
For here's a paper, written in his hand,
A halting sonnet of his own pure brain,
Fashion'd to Beatrice.

Act V. Scene IV.

子打你一顿，打得你不敢再做光棍了。我就担心你
这家伙不大靠得住；我的大姨应该把你监管得紧一
点才好。

培尼狄克　得啦得啦，咱们是老朋友。现在我们还是趁没有举
行婚礼之前，大家跳一场舞，让我们的心跟我们妻
子的脚跟一起飘飘然起来吧。

里奥那托　还是结过婚再跳舞吧。

培尼狄克　不，我们先跳舞再结婚；奏起音乐来！殿下，你好像
有些什么心事似的；娶个妻子吧，娶个妻子吧。世上
再没有比戴上一顶绿帽子的丈夫更受人尊敬的啦。

一使者上。

使者　殿下，您的在逃的兄弟约翰已经在路上给人抓住，
现在由武装的兵士把他押回到梅西那来了。

培尼狄克　现在不要想起他，明天再说吧；我可以给你设计一
些最巧妙的惩罚他的方法。吹起来，笛子！（跳舞。
众下）

皆大欢喜

AS YOU LIKE IT

剧中人物

公爵 / 在放逐中

弗莱德里克 / 其弟，篡位者

阿米恩斯
杰奎斯 } 流亡公爵的从臣

勒·波 / 弗莱德里克的侍臣

查尔斯 / 拳师

奥列佛
贾奎斯 } 罗兰·德·鲍埃爵士的儿子
奥兰多

亚当
丹尼斯 } 奥列佛的仆人

试金石 / 小丑

奥列佛·马坦克斯特师傅 / 牧师

柯林
西尔维斯 } 牧人

威廉 / 乡人，恋奥德蕾

扮许门者

罗瑟琳 / 流亡公爵的女儿

西莉娅 / 弗莱德里克的女儿

菲苾 / 牧女

奥德蕾 / 村姑

众臣、侍童、林居人及侍从等

地点

奥列佛宅旁庭园；篡位者的宫廷；亚登森林

第一场

奥列佛宅旁园中

奥兰多及亚当上。

奥兰多　亚当，我记得遗嘱上只给了我一笔小小的一千块钱，而且正像你所说的，吩咐我的大哥把我好生教养，否则他不能得到父亲的祝福：我的不幸就这样开始了。他把我的二哥贾奎斯送进学校，据说成绩很好；可是我呢，他却叫我像个村汉似的住在家里，或者再说得确切一点，他把我一点不照顾地关在家里：你说像我这种身份的良家子弟，就可以像一头牛那样养着的吗？他的马匹也还比我养得好些；因为除了食料充足之外，还要把它们调练起来，因此用重金雇下了骑师；可是我，他的兄弟，却不曾在他手下得到一点好处，除了让我徒然地长大起来，这是我跟他那些粪堆上的畜生一样要感激他的。他除了

　　　　　这样慷慨地对我一无所予，还要剥夺去我固有的一
　　　　　点点天分；他叫我和佃工在一起过活，不把我当兄
　　　　　弟看待，用这种教育来竭力摧毁我的高贵的素质。
　　　　　这是使我伤心的缘故，亚当；我觉得在我身体之内
　　　　　的我父亲的精神已经因为受不住这种奴隶的生活而
　　　　　反抗起来了。我一定不能再忍受下去，虽然我还不
　　　　　曾想到怎样避免它的妥当的方法。

亚当　　　老爷，您的哥哥从那边来了。

奥兰多　　到旁边去，亚当，你就会听到他怎样欺侮我。

　　　　　奥列佛上。

奥列佛　　嘿，少爷！你来做什么？

奥兰多　　不做什么；我不曾学习过做什么。

奥列佛　　那么你在作践些什么呢，少爷？

奥兰多　　哼，老爷，我在帮您的忙，把一个上帝造下来的、
　　　　　您的可怜的没有用处的兄弟用游荡来作践着哩。

奥列佛　　那么你给我做事去，别站在这儿吧，少爷。

奥兰多　　我要去看守您的猪，跟它们一起吃糠吗？我浪费了
　　　　　什么了，才要受这种惩罚？

奥列佛　　你知道你在什么地方吗，少爷？

奥兰多　　噢，老爷，我知道得很清楚；我是在这儿，您的园
　　　　　子里。

奥列佛　　你知道你是当着谁说话吗，少爷？

奥兰多　　啊，我知道我所面对的人，比他知道我要明白些。我知道你是我的大哥；照你高贵的血统说起来，你也应该知道我是谁。按着世间的常礼，你的身份比我高些，因为你是长子；可是同样的礼法却不能剥夺我的血统，即使我们之间还有二十个兄弟。我的血液里有着跟你一样多的我们父亲的素质；虽然我承认你排行居长，在名分上是该格外受人敬重一些。

奥列佛　　什么，孩子！

奥兰多　　算了吧，算了吧，大哥，你不用这样卖老啊。

奥列佛　　你要向我动起手来了吗，混蛋？

奥兰多　　我不是混蛋；我是罗兰·德·鲍埃爵士的小儿子，他是我的父亲；谁敢说这样一位父亲会生下混蛋儿子来的，才是个大混蛋。你倘不是我的哥哥，我这手一定不放松你的喉咙，直等我那另一只手拔出了你的舌头为止，因为你说了这样的话。你骂的是你自己。

亚当　　　（上前）好主子们，别生气；看在去世老爷的脸上，大家和和气气的吧！

奥列佛　　放开我！

奥兰多　　等我高兴放你的时候再放你；你一定要听我说话，父亲在遗嘱上吩咐你给我好好的教育；你却把我训练得像一个农夫，不让我跟上流社会接触。父亲的精神在我心中炽烈燃烧，我再也忍受不下去了。你得允许我去学习那种适合上流人身份的技艺；否则把父亲在遗嘱里指定给我的那笔小小的钱给了我，也好让我去自寻生路。

奥列佛　　等到那笔钱用完了你便怎样？去做叫花子吗？哼，少爷，给我进去吧，别再跟我找麻烦了；你可以得到你所要的一部分。请你走吧。

奥兰多　　我不愿过分冒犯你，除了为我自身的利益。

奥列佛　　你跟着他去吧，你这老狗！

亚当　　　"老狗"便是您给我的谢意吗？一点不错，我服侍你已经服侍得牙齿都落光了。上帝和我的老爷同在！他是决不会说出这种话来的。（奥兰多、亚当下）

奥列佛　　竟有这种事吗？你不服我管了吗？我要把你的傲气去掉，还不给你那一千块钱。喂，丹尼斯！

丹尼斯上。

丹尼斯　　老爷叫我吗？

奥列佛　　公爵手下那个拳师查尔斯不是在这儿要跟我说话吗？

丹尼斯　　禀老爷，他就在门口，要求见您哪。

奥列佛　　叫他进来。（丹尼斯下）这是一个妙计；明天就是摔角的日子。

查尔斯上。

查尔斯	早安，老爷！
奥列佛	查尔斯好朋友，新朝廷里有些什么新消息？
查尔斯	朝廷里没有什么新消息，老爷，只有一些老消息：那就是说长公爵给他的弟弟新公爵放逐了；三四个忠心的大臣自愿跟着他出亡，他们的地产收入都给新公爵没收了去，因此他巴不得他们一个个滚蛋。
奥列佛	你知道公爵的女儿罗瑟琳是不是也跟她的父亲一起放逐了？
查尔斯	啊，不，因为新公爵的女儿，她的族妹，自小便跟她在一个摇篮里长大，非常地爱她，一定要跟她一同出亡，否则便要寻死；所以她现在仍旧在宫里，她的叔父把她像自家女儿一样看待着；从来不曾有两位小姐像她们这样要好了。
奥列佛	长公爵预备住在什么地方呢？
查尔斯	据说他已经住在亚登森林[1]了，有好多人们跟着他；他们在那边过着英国罗宾汉[2]那样的生活。据说每天有许多年轻贵人投奔到他那儿去，逍遥地把时间消磨过去，像是置身在古昔的黄金时代里一样。
奥列佛	喂，你明天要当着新公爵面前摔角吗？
查尔斯	正是，老爷；我来就是要通知您一件事情。我得到了一个风声，老爷，说令弟奥兰多想要乔装改扮，

---

1 亚登森林在法国与比利时的东北部，即 Forest of Ardennes；但莎翁头脑中所想的亚登森林，则可能是英国沃里克郡的 Forest of Arden。
2 罗宾汉（Robin Hood），英国传说中十四世纪时的著名侠盗。

明天来跟我交手。明天这一场摔角，老爷，是与我的名誉有关的；谁要是想不断一根骨头而安然逃出，就必须好好留点儿神才行。令弟年纪太轻，顾念着咱们的交情，我本不想下狠手把他打败；可是为了我自己的名誉起见，他如果要来，我却非得给他一点厉害不可。为此看在咱们的交情分上，我特地来通报您一声：您或者劝他打断了这个念头；或者请您不用为了他所将要遭到的羞辱而生气，这全然是他自取其咎，并非我的本意。

奥列佛　　查尔斯，多谢你对我的好意，我一定会重重报答你的。我自己也已经注意到舍弟的意思，曾经用婉言劝阻过他；可是他执意不改。我告诉你，查尔斯，他是在全法国顶无理可喻的一个兄弟，野心勃勃，一见人家有什么好处，心里总是不服，而且老是在阴谋设计陷害我，他的同胞的兄长。一切悉听尊意吧；我巴不得你把他的头颈和手指一起捩断了呢。你得留心一些；要是你略为削了他一点面子，或者他不能大大地削你的面子，他就会用毒药毒死你，用奸谋陷害你，非把你的性命用卑鄙的手段除掉了不肯甘休。不瞒你说，我一说起也忍不住要流泪，在现在世界上没有比他更好恶的年轻人了。为了自己兄弟的关系，我还不好怎样说他；假如我把他的真相完全告诉了你，那我一定要惭愧而哭泣，你也要脸色发白，大吃一惊的。

查尔斯　　我真幸运上您这儿来。假如他明天来，我一定要给他一顿教训；倘若不叫他瘸了腿，我以后再不跟人家摔角赌锦标了。好，上帝保佑您，老爷！（下）

奥列佛　　再见，好查尔斯。——现在我要去挑拨这位好勇斗狠的家伙了。我希望他送了命。我自己也不明白为什么我是那么恨他；说起来他很善良，从来不曾受过教育，然而却很有学问，充满了高贵的思想，无论哪一等人都爱戴他；真的，大家都是这样喜欢他，尤其是我自己手下的人，以至于我倒给人家轻视起来。可是情形不会长久是这样的；这个拳师可以给我解决一切。现在我只消怂恿那孩子前去就是了；我就去。（下）

第二场

公爵宫门前草地

罗瑟琳及西莉娅上。

西莉娅　　　罗瑟琳，我的好姊姊，请你快活些吧。

罗瑟琳　　　亲爱的西莉娅，我已经强作欢容，你还要我再快活
　　　　　　一些吗？除非你能够教我怎样忘掉一个放逐的父
　　　　　　亲，否则你总不能叫我想起无论怎样有趣的事情的。

西莉娅　　　我看出你对我的爱抵不上我爱你那样深。要是我的
　　　　　　伯父，你的放逐的父亲，放逐了你的叔父，我的父
　　　　　　亲，只要你仍旧跟我在一起，我可以爱你的父亲就
　　　　　　像我自己的父亲一样。假如你爱我也像我爱你一样
　　　　　　真纯，那么你也一定会这样的。

罗瑟琳　　　好，我愿意忘记我自己的处境，为了你而高兴起来。

西莉娅　　　你知道我父亲只有我一个孩子，看来也不见得会再
　　　　　　有了，等他去世之后，你便可以承继他；因为凡是
　　　　　　他用暴力从你父亲手里夺了来的，我便要用爱心归
　　　　　　还给你。凭着我的名誉起誓，我一定会这样；要是
　　　　　　我背了誓，让我变成个妖怪。所以，我的好罗瑟琳，
　　　　　　我的亲爱的罗瑟琳，快活起来吧。

罗瑟琳	妹妹，从此以后我要高兴起来，想出一些消遣的法子。让我想想，你觉得恋爱怎样？
西莉娅	好的，不妨作为消遣，可是不要认真爱起人来；而且玩笑也总不要开得过度，羞答答地脸红了一下子就算了，不要弄到丢了脸摆不脱身。
罗瑟琳	那么我们作什么消遣呢？
西莉娅	让我们坐下来嘲笑那位好管家太太命运之神，叫她羞得离开了纺车，免得她的赏赐老是不公平。[1]
罗瑟琳	我希望我们能够这样做，因为她的恩典完全是滥给的。这位慷慨的瞎眼婆子在给女人赏赐的时候尤其是乱来。
西莉娅	一点不错，因为被她给了美貌的，她总不让她们贞洁；被她给了贞洁的，她便叫她们生得怪难看的。
罗瑟琳	不，现在你把命运的职务拉扯到造物身上去了；命运管理着人间的赏罚，可是管不了天生的相貌。

试金石上。

西莉娅	管不了吗？造物生下了一个美貌的人儿来，命运不会把她推到火里去从而毁坏她的容颜吗？造物虽然给我们智慧，可以把命运取笑，可是命运不已经差这个傻瓜来打断我们的谈话了吗？

---

1 命运女神于纺车上织人类的命运；因命运赏罚毫无定准，故下文云"瞎眼婆子"。

罗瑟琳	真的，那么命运太对不起造物了，她会叫一个天生的傻瓜来打断天生的智慧。
西莉娅	也许这也不干命运的事，而是造物的意思，因为看到我们天生的智慧太迟钝了，不配议论神明，所以才叫这傻瓜来做我们的砺石；因为傻瓜的愚蠢往往是聪明人的砺石。喂，聪明人！你到哪儿去？
试金石	小姐，快到您父亲那儿去。
西莉娅	你作起差人来了吗？
试金石	不，我以名誉为誓，我是奉命来请您去的。
罗瑟琳	傻瓜，你从哪儿学来的这一句誓？
试金石	从一个骑士那儿学来，他以名誉为誓说煎饼很好，又以名誉为誓说芥末不行；可是我知道煎饼不行，芥末很好；然而那骑士却也不曾发假誓。
西莉娅	你怎样用你那一大堆的学问证明他不曾发假誓呢？
罗瑟琳	啊，对了，请把你的聪明施展出来吧。
试金石	您两人都站出来；摸摸你们的下巴，以你们的胡须为誓说我是个坏蛋。
西莉娅	以我们的胡须为誓，要是我们有胡须的话，你是个坏蛋。
试金石	以我的坏蛋的身份为誓，要是我有坏蛋的身份的话，那么我便是个坏蛋。可是假如你们用你们所没有的东西起誓，你们便不算是发的假誓。这个骑士用他的名誉起誓，因为他从来不曾有过什么名誉，所以他也不算是发假誓；即使他曾经有过名誉，也早已

在他看见这些煎饼和芥末之前发誓发掉了。

西莉娅　请问你说的是谁?

试金石　是您的父亲老弗莱德里克所喜欢的一个人。

西莉娅　我的父亲喜欢他,他也就够有名誉的了。够了,别再
　　　　说起他;你总有一天会因为把人讥诮而吃鞭子的。

试金石　这就可发一叹了,聪明人可以做傻事,傻子却不准
　　　　说聪明话。

西莉娅　真的,你说得对;自从把傻子的一点点小聪明禁止
　　　　发表之后,聪明人的一点点小小的傻气却大大地显
　　　　起身手来了。——勒·波先生来啦。

罗瑟琳　含着满嘴的新闻。

西莉娅　他会把他的新闻向我们倾吐出来,就像鸽子哺雏一
　　　　样。

罗瑟琳　那么我们要塞满一肚子的新闻了。

西莉娅　那再好没有,塞得胖胖的,卖出去更值钱些。

　　　　勒·波上。

西莉娅　您好,勒·波先生。有什么新闻?

勒·波　好郡主,您错过一场很好的玩乐了。

西莉娅　玩乐!什么花色的?

勒·波　什么花色的,小姐!我怎么回答您呢?

罗瑟琳　凭着您的聪明和您的机缘吧。

试金石　或者按照着命运女神的旨意。

西莉娅	说得好，极堆砌之能事了。
试金石	嗨，还不是为了保住我的"位"——
罗瑟琳	为了放出你肚子里的陈年臭"味"。
勒·波	两位小姐，你们叫我莫名其妙。我是要来告诉你们有一场很好的摔角，你们错过机会了。
罗瑟琳	可是把那场摔角的情形讲给我们听吧。
勒·波	我可以把开场的情形告诉你们；假如两位小姐听着乐意，收场的情形你们可以自己看一个明白，精彩的部分还不曾开始呢；他们就要到这儿来表演了。
西莉娅	好，就把那个已经陈死了的开场说来听听。
勒·波	有一个老人带着他的三个儿子到来——
西莉娅	我可以把这开头接上一个老故事去。
勒·波	三个漂亮的青年，长得一表人才——
罗瑟琳	头颈里挂着招贴，"特此布告，俾众周知。"
勒·波	老大跟公爵的拳师查尔斯摔角，查尔斯一下子就把他摔倒了，打断了三根肋骨，生命已无希望；老二老三也都这样给他对付过去。他们都躺在那边；那个可怜的老头子，他们的父亲，在为他们痛哭，惹得旁观的人都陪他落泪。
西莉娅	哎哟！
试金石	但是，先生，您说小姐们错过了的玩乐是什么呢？
勒·波	喏，就是我说的这件事啊。
试金石	所以人们每天都可以增进一些见识。我今天才第一次听说折断肋骨是小姐们的玩乐。

西莉娅	我也是第一次呢。
罗瑟琳	可是还有谁想要听自己胁下清脆动人的一声吗？还有谁喜欢让他的肋骨给人敲断吗？妹妹，我们要不要去看他们摔角？
勒·波	要是你们不走开去，那么不看也得看；因为这儿正是指定摔角的地方，他们就要来表演了。
西莉娅	真的，他们从那边来了；我们不要走开，看一下子吧。

　　　　喇叭奏花腔。弗莱德里克公爵、众臣、奥兰多、查尔斯及侍从等上。

弗莱德里克	来吧；那年轻人既然不肯听劝，就让他吃些苦楚，也是他自不量力的报应。
西莉娅	那边就是那个人吗？
勒·波	就是他，小姐。
西莉娅	唉！他太年轻啦；可是瞧上去倒好像很有得胜的神气。
弗莱德里克	啊，吾儿和侄女！你们也溜这儿来看摔角吗？
西莉娅	是的，殿下，请您准许我们。
弗莱德里克	我可以断定你们一定不会感兴趣的，两方的实力太不平均了。我因为可怜这个挑战的人年纪轻轻，想把他劝阻了，可是他不肯听劝。小姐们，你们去对他说说，看能不能说服他。
西莉娅	叫他过来，勒·波先生。

弗莱德里克	好吧，我就走开去。（退至一旁）
勒·波	挑战的先生，两位郡主有请。
奥兰多	敢不从命。
罗瑟琳	年轻人，你向拳师查尔斯挑战了吗？
奥兰多	不，美貌的郡主，他才是向众人挑战的人；我不过像别人一样来到这儿，想要跟他较量较量我的青春的力量。
西莉娅	年轻的先生，照您的年纪而论，您的胆量是太大了。您已经看见了这个人的无情的蛮力；要是您能够用您的眼睛瞧见您自己的形状，或者用您的理智判断您自己的能力，那么您对于这回冒险所怀的戒惧，一定会劝您另外找一件比较适宜于您的事情来做。为了您自己的缘故，我们请求您顾虑您自身的安全，放弃了这种尝试吧。
罗瑟琳	是的，年轻的先生，您的名誉不会因此而受损；我们可以去请求公爵停止这场摔角。
奥兰多	我要请你们原谅，我觉得我自己十分有罪，胆敢拒绝这样两位美貌出众的小姐的要求。可是让你们的美目和好意伴送着我去作这场决斗吧。假如我打败了，那不过是一个从来不曾给人看重过的人丢了脸；假如我死了，也不过死了一个自己愿意寻死的人。我不会辜负我的朋友们，因为没有人会哀悼我；我不会对世间有什么损害，因为我在世上一无所有；我不过在世间占了一个位置，也许死后可以让更好

的人来补充。

罗瑟琳	我但愿我所有的一点点微弱的气力也加在您身上。
西莉娅	我也愿意把我的气力再加在她的气力上面。
罗瑟琳	再会。恳求上天，但愿我错看了您！
西莉娅	愿您的希望成全！
查尔斯	来，这个想要来送死的哥儿在什么地方？
奥兰多	已经预备好了，朋友；可是他却不像你这样傲慢。
弗莱德里克	你们斗一个回合就够了。
查尔斯	殿下，您已经竭力敦劝过他不要打第一回合，我保证您用不着求他打第二回合了。
奥兰多	你该在事后嘲笑我，可不必事先就嘲笑起来。来啊。
罗瑟琳	赫刺克勒斯默佑着你，年轻人！
西莉娅	我希望我有隐身术，去拉住那强徒的腿。（查尔斯、奥兰多二人摔角）
罗瑟琳	啊，出色的青年！
西莉娅	假如我的眼睛里会打雷，我知道谁是要被打倒的。（查尔斯被摔倒；欢呼声）
弗莱德里克	算了，算了。
奥兰多	请殿下准许我再试；我的一口气还不曾透完哩。
弗莱德里克	你怎样啦，查尔斯？
勒·波	他说不出话来了，殿下。
弗莱德里克	把他抬出去。你叫什么名字，年轻人？（查尔斯被抬下）
奥兰多	禀殿下，我是奥兰多，罗兰·德·鲍埃的幼子。

Duke Frederick. No more, no more.
Orlando. Yes, I beseech your grace: I am not yet well breathed.

Act I. Scene II.

弗莱德里克	我希望你是别人的儿子。世间都以为你的父亲是个好人，但他是我的永远的仇敌；假如你是别族的子孙，你今天的行事一定可以使我更喜欢你一些。再见吧；你是个勇敢的青年，我愿你向我说起的是另外一个父亲。（弗莱德里克、勒·波及随从下）
西莉娅	姊姊，假如我在我父亲的地位，我会做这种事吗？
奥兰多	我以做罗兰爵士的儿子为荣，即使只是他的幼子；我不愿改变我的地位，过继给弗莱德里克做后嗣。
罗瑟琳	我的父亲宠爱罗兰爵士，就像他的灵魂一样；全世界都抱着和我父亲同样的意见。要是我本来就已经知道这位青年便是他的儿子，我一定含着眼泪谏劝他不要作这种冒险。
西莉娅	好姊姊，让我们到他跟前去鼓励鼓励他。我父亲的无礼猜忌的脾气，使我十分痛心。——先生，您很值得尊敬；要是您在恋爱上也像刚才的比试一样言出必信，那么您的情人一定是很有福气的。
罗瑟琳	先生，（自颈上取下项链赠奥兰多）为了我的缘故，请戴上这个吧；我是个失爱于运命的人，心有余而力不足，不过略表微忱而已。我们去吧，妹妹。
西莉娅	好。再见，好先生。
奥兰多	我不能说一句谢谢您吗？我的心神已被击倒，站在这儿的只是一个人形的枪靶，一块没有生命的木石。
罗瑟琳	他在叫我们回去。我的矜傲早已随着我的运命一起

摧毁了；我且去问他有什么话说。您叫我们吗，先生？先生，您摔角摔得很好；给您征服了的，不单是您的敌人。

西莉娅　去吧，姊姊。

罗瑟琳　你先走，我跟着你。再会。（罗瑟琳、西莉娅下）

奥兰多　怎样一种情感重压住我的舌头？虽然她想跟我交谈，我却想不出话来对她说。可怜的奥兰多啊，你给征服了！取胜了你的，不是查尔斯，却是比他更柔弱的人儿。

勒·波重上。

勒·波　先生，出于好意，我劝您还是离开这地方吧。虽然您很值得恭维、赞扬和敬爱，但是公爵的脾气太坏，他会把您一切的行事都误会了。公爵的心性有点捉摸不定；他的为人怎样我不便说，还是您自己去忖度忖度吧。

奥兰多　谢谢您，先生。我还要请您告诉我，这两位小姐中间哪一位是在场的公爵的女儿？

勒·波　要是我们照行为举止上看起来，两个可说都不是他的女儿；但是那位矮小一点的是他的女儿。另外一位便是放逐在外的公爵所生，被她这位篡位的叔父留在这儿陪伴他的女儿；她们两人的相爱是远过于同胞姊妹的。但是我可以告诉您，新近公爵对于他

这位温柔的侄女有点不乐意；毫无理由，只是因为
人民都称赞她的品德，为了她那位好父亲的缘故而
同情她；我可以断定他对于这位小姐的恶意不久就
会突然显露出来的。再会吧，先生；我希望在另外
一个较好的世界里可以再跟您多多结识。

奥兰多　　　我非常感荷您的好意，再会。（勒·波下）才穿过
浓烟，又钻进烈火；一边是专制的公爵，一边是暴
虐的哥哥。可是天仙一样的罗瑟琳啊！（下）

第三场

宫中一室

西莉娅及罗瑟琳上。

西莉娅 喂，姊姊！喂，罗瑟琳！爱神哪！没有一句话吗？

罗瑟琳 连可以丢给一条狗的一句话也没有。

西莉娅 不，你的话是太宝贵了，怎么可以丢给贱狗呢？丢给我几句吧。来，讲一些道理来叫我浑身瘫痪。

罗瑟琳 那么姊妹两人都害了病了：一个是给道理害得浑身瘫痪，一个是因为想不出什么道理来而发了疯。

西莉娅 但这是不是全然为了你的父亲？

罗瑟琳 不，一部分是为了我的孩子的父亲。唉，这个平凡的世间是多么充满了荆棘呀！

西莉娅 姊姊，这不过是些有刺的果壳，为了取笑玩玩而丢在你身上的；要是我们不在道上走，我们的裙子就要给它们抓住。

罗瑟琳 在衣裳上的，我可以把它们抖去；但是这些刺是在我的心里呢。

西莉娅 你咳嗽一声就咳出来了。

罗瑟琳 要是我咳嗽一声，他就会应声而来，那么我倒会试一下的。

西莉娅　　算了算了，使劲地把你的爱情克服下来吧。

罗瑟琳　　唉！我的爱情比我气力大得多哩！

西莉娅　　啊，那么我替你祝福吧！即使你要被扑倒，也得使劲呢。先把笑话搁在一旁，让我们正正经经地谈谈。你真的会突然这样猛烈地爱上老罗兰爵士的小儿子吗？

罗瑟琳　　我的父亲和他的父亲非常要好呢。

西莉娅　　因此你也必须和他的儿子非常要好吗？照这样说起来，那么我的父亲非常恨他的父亲，因此我也应当恨他了；可是我却不恨奥兰多。

罗瑟琳　　不，看在我的面上，不要恨他。

西莉娅　　为什么不呢？他不是值得恨的吗？

罗瑟琳　　因为他是值得爱的，所以让我爱他；因为我爱他，所以你也要爱他。瞧，公爵来了。

西莉娅　　他满眼都是怒气。

弗莱德里克公爵率从臣上。

弗莱德里克　姑娘，为了你的安全，你得赶快收拾起来，离开我们的宫廷。

罗瑟琳　　我吗，叔父？

弗莱德里克　你，侄女。在这十天之内，要是发现你在离我们宫廷二十里之内，就得把你处死。

罗瑟琳	请殿下开示我，我犯了什么罪过。要是我有自知之明，要是我并没有做梦，也不曾发疯——我相信我没有——那么，亲爱的叔父，我从来不曾起过半分触犯您老人家的念头。
弗莱德里克	一切叛徒都是这样的；要是他们凭着口头的话便可以免罪，那么他们都是再清白没有的了。可是我不能信任你，这一句话就够了。
罗瑟琳	但是您的不信任不能使我变成叛徒；请告诉我您有什么证据？
弗莱德里克	你是你父亲的女儿；还用得着说别的话吗？
罗瑟琳	当殿下夺去了我父亲的公国的时候，我就是他的女儿；当殿下把他放逐的时候，我也还是他的女儿。叛逆并不是遗传的，殿下；即使我们受到亲友的牵连，那与我又有什么相干？我的父亲并不是个叛徒呀。所以，殿下，别看错了我，把我的穷迫看作了奸愿。
西莉娅	好殿下，听我说。
弗莱德里克	嗯，西莉娅，我让她留在这儿，只是为了你的缘故，否则她早已跟她的父亲流浪去了。
西莉娅	那时我没有请您让她留下；那是您自己的主意，因为您自己觉得不好意思。那时我还太小，不曾知道她的好处；但现在我知道她了。要是她是个叛徒，那么我也是。我们一直都睡在一起，同时起床，一块儿读书，同游同食，无论到什么地方去，都像朱

诺的一双天鹅[1]，永远成着对，拆不开来。

弗莱德里克　她这人太阴险，你敌不过她；她的和气、她的沉默和她的忍耐，都能感动人心，叫人民可怜她。你是个傻子，她已经夺去了你的名誉；她去了之后，你就可以显得格外光彩而贤德了。所以闭住你的嘴；我对她所下的判决是确定而无可挽回的，她必须被放逐。

西莉娅　那么您把这句判决也加在我身上吧，殿下；我没有她做伴便活不下去。

弗莱德里克　你是个傻子。侄女，你得准备起来，假如误了期限，凭着我的名誉和我的言出如山的命令，要把你处死。

（偕从臣下）

西莉娅　唉，我的可怜的罗瑟琳！你到哪儿去呢？你肯不肯换一个父亲？我把我的父亲给了你吧。请你不要比我更伤心。

罗瑟琳　我比你有更多的伤心的理由。

西莉娅　你没有，姊姊。请你高兴一点；你知道不知道，公爵把我——他的女儿也放逐了？

罗瑟琳　他没有。

西莉娅　没有？那么罗瑟琳还没有那种爱情，使你明白你我两人有如一体。我们难道要拆散了吗？我们难道要分手了吗，亲爱的姑娘？不，让我的父亲另外找一

1　朱诺（Juno，天后）之鸟为孔雀，天鹅为维纳斯（Venus，爱神）之鸟。

个后嗣吧。你应该跟我商量我们应当怎样飞走，到哪儿去，带些什么东西。不要因为环境的变迁而独自伤心，让我分担一些你的心事吧。我对着因为同情我们而惨白的天空起誓，无论你怎样说，我都要跟你一起走。

罗瑟琳 但是我们到哪儿去呢？

西莉娅 到亚登森林找我的伯父去。

罗瑟琳 唉，像我们这样的姑娘家，走这么远路，该是多么危险！美貌比金银更容易引起盗心呢。

西莉娅 我可以穿了破旧的衣裳，用些黄泥涂在脸上，你也这样；我们便可以通行过去，不会遭人家算计了。

罗瑟琳 我的身材特别高，完全扮得像个男人岂不更好？腰间插一把出色的匕首，手里拿一柄刺野猪的长矛；心里尽管隐藏着女人家的胆怯，俺要在外表上装出一副雄赳赳气昂昂的样子来，正像那些冒充好汉的懦夫一般。

西莉娅 你做了男人之后，我叫你什么名字呢？

罗瑟琳 我要取一个和乔武的侍童一样的名字，所以你叫我盖尼米德[1]吧。但是你叫什么呢？

西莉娅 我要取一个可以表示我的境况的名字；我不再叫西莉娅，就叫爱莲娜[2]吧。

---

1 盖尼米德（Ganymede），天神乔武（Jove）的斟酒童子。
2 爱莲娜原文 Aliena，暗示 alienated（远隔）之意。

罗瑟琳　　但是妹妹，我们设法去把你父亲宫廷里的小丑偷来好不好？他在我们的旅途中不是很可以给我们解闷吗？

西莉娅　　他要跟着我走遍广大的世界；让我独自去对他说吧。我们且去把珠宝钱物收拾起来。我出走之后，他们一定要追寻，我们该想出一个顶适当的时间和顶安全的方法来避过他们。现在我们是满心的欢畅，去找寻自由，不是流亡。（同下）

第一场

亚登森林

长公爵、阿米恩斯及众臣作林居人装束上。

公爵　　我的流放生涯中的同伴和弟兄们，我们不已经习惯
　　　　了这种生活，觉得它比虚饰的浮华有趣得多吗？这
　　　　些树林不比猜忌的朝廷更为安全吗？我们在这儿所
　　　　感觉到的，只是时序的改变，那是上帝加于亚当的
　　　　惩罚[1]；那冬天的风张舞着冰雪的爪牙，发出暴声
　　　　的呼啸，即使当它砭刺着我的身体，使我寒冷而抖
　　　　缩的时候，我也会微笑着说，"这不是谄媚啊；它
　　　　们就像是忠臣一样，谆谆提醒我所处的地位。"逆
　　　　运也有它的好处，就像丑陋而有毒的蟾蜍，它的头
　　　　上却顶着一颗珍贵的宝石。我们的这种生活，虽然

1　亚当（Adam）未逐出伊甸园之前，四季常春。

与世间相遗弃，却可以听树木的谈话，溪中的流水便是大好的文章，一石之微，也暗寓着教训；每一件事物中间，都可以找到些益处来。我不愿改变这种生活。

阿米恩斯　　殿下真是幸福，能把运命的顽逆说成了这样恬静而可爱的样子。

公爵　　来，我们打鹿去吧；可是我心里却有些不忍，这种可怜的花斑的蠢物，本来是这荒凉的城市中的居民，可就在自家的领域之内，它们的肥圆的腰腿上却要受到箭镞的刺伤。

臣甲　　不错，那忧愁的杰奎斯很为此事伤心，发誓说您在这件事上，比之您那篡位的兄弟是一个更大的篡位者；今天阿米恩斯大人跟我两人悄悄地躲在背后，瞧他躺在一株橡树底下，那古老的树根露出在沿着林旁潺潺流去的溪水上面，有一只可怜的失群的牡鹿中了猎人的箭伤，奔到那边去喘气；真的，殿下，这头不幸的畜生发出了那样的呻吟，真要把它的皮囊都胀破了，一颗颗滚圆的泪珠怪可怜地争先恐后流下在它无辜的鼻子上；忧愁的杰奎斯瞧着这头可怜的毛畜这样站在急流的小溪边，用眼泪添注在溪水里。

公爵　　但是杰奎斯怎样说呢？他见了此情此景，不又要讲起一番道理来了吗？

臣甲　　啊，是的，他作了一千种的譬喻。起初他看见那鹿

把眼泪浪费地流下了水流之中，便说，"可怜的鹿，你就像世人立遗嘱一样，把你所有的一切给了那已经有得太多的人。"于是，看它形单影只，被它那些皮毛柔滑的朋友们所遗弃，便说，"不错，人倒了霉，朋友也不会来睬你了。"不久又有一群吃得饱饱的、无忧无虑的鹿跳过它的身边，也不停下来向它打个招呼；"嗯，"杰奎斯说，"奔过去吧，你们这批肥胖而油腻的市民们；世事无非如此，那个可怜的破产的家伙，瞧他做什么呢？"他这样用最恶毒的话来辱骂着乡村、城市和宫廷的一切，甚至于骂着我们的这种生活；发誓说我们只是些篡位者、暴君或者比这更坏的人物，到这些畜生们的天然的居处来惊扰它们，杀害它们。

公爵　你们就在他作这种思索的时候离开了他吗？

臣甲　是的，殿下，就在他为了这头啜泣的鹿而流泪发议论的时候。

公爵　带我到那地方去，我欢喜趁他发愁的时候去见他，因为那时他最富于见识。

臣甲　我就领您去见他。（同下）

第二场

宫中一室

弗莱德里克公爵、众臣及侍从上。

弗莱德里克 难道没有一个人看见她们吗？决不会的；一定在我
的宫廷里有奸人知情串通。

臣甲 我不曾听见谁说曾经看见她。她寝室里的侍女们都
看她上了床；可是一早就看见床上没有她们的郡主了。

臣乙 殿下，那个常常逗您发笑的下贱小丑也失踪了。郡
主的侍女希丝比利娅供认她曾经偷听到郡主跟她的
姊姊常常称赞最近在摔角赛中打败了强有力的查尔
斯的那个汉子的技艺和人品；她说她相信不论她们
到哪里去，那个少年一定是跟她们在一起的。

弗莱德里克 差人到他哥哥家里去，把那家伙抓来；要是他不在，
就带他的哥哥来见我，我要叫他去找他。马上去，
这两个逃走的傻子一定要用心搜寻探访，非把她们
寻回来不可。（众下）

第三场

奥列佛家门前

奥兰多及亚当自相对方向上。

奥兰多　　那边是谁？

亚当　　　啊！我的少爷吗？啊，我的善良的少爷！我的好少
爷！啊，您叫人想起了老罗兰爵爷！唉，您为什么
到这里来呢？您为什么这样好呢？为什么人家要爱
您呢？为什么您是这样仁善、这样健壮、这样勇敢
呢？为什么您这么傻，要去把那乖僻的公爵手下那
个强壮的拳师打败呢？您的声誉是来得太快了。您
不知道吗，少爷，有些人常会因为他们太好了，反
而害了自己？您也正是这样；您的好处，好少爷，
就是陷害您自身的圣洁的叛徒，唉，这算是一个什
么世界，怀德的人会因为他们的德行而反遭毒手！

奥兰多　　啊，怎么一回事？

亚当　　　唉，不幸的青年！不要走进这扇门来；在这屋子里
潜伏着您一切美德的敌人呢。您的哥哥——不，不
是哥哥，然而却是您父亲的儿子——不，他也不能
称为他的儿子——他听见了人家称赞您的话，预备

在今夜放火烧去您所住的屋子；要是这计划不成功，他还会想出别的法子来除掉您。他的阴谋给我偷听到了。这儿不是安身之处，这屋子不过是一所屠场，您要回避，您要警戒，别走进去。

奥兰多	什么，亚当，你要我到哪儿去？
亚当	随您到哪儿去都好，只要不在这儿。
奥兰多	什么，你要我去做个要饭的吗？还是提着一把卑劣野蛮的剑，在大路上做一个强盗？我只好走这种路，否则我就不知道怎么办；可是无论干什么，我也不愿干这个；我宁愿忍受一个不念手足之情的凶狠的哥哥的恶意。
亚当	可是不要这样。我在您父亲手下侍候了这许多年，曾经辛辛苦苦把工钱省下了五百块；我把那笔钱存下，本来是预备等我没有气力做不动事的时候做养老之本，人一老不中用了，是会给人踢在角落里的。您拿了去吧；上帝给食物与乌鸦，他也不会忘记把麻雀喂饱，我这一把年纪，就悉听他的慈悲吧！钱就在这儿，我把它全都给了您了。让我做您的仆人。我虽然瞧上去这么老，可是我的气力还不错；因为我在年轻时候从不曾灌下过一滴猛烈的酒，也不曾鲁莽地贪欲伤身，所以我的老年譬比是个生气勃勃的冬天，虽然结着严霜，却并不惨淡。让我跟着您去；我可以像一个年轻人一样，为您照料一切。
奥兰多	啊，好老人家！在你身上多么明白地表现出来古时

那种耿耿忠心，不是为着报酬，只是为了尽职而流着血汗！你是太不合时了；现在的人们努力工作，只是为着希望高升，等到目的一达到，便耽于安逸；你却不是这样。但是，可怜的老人家，你虽然这样辛辛苦苦地费尽培植的工夫，给你培植的却是一株不成材的树木，开不出一朵花来酬答你的殷勤。可是赶路吧，我们要在一块儿走；在我们没有把你年轻时的积蓄花完之前，一定要找到一处小小的安身的地方。

亚当　少爷，走吧；我愿意忠心地跟着您，直至喘尽最后一口气。从十七岁起我到这儿来，到现在快八十了，却要离开我的老地方。许多人们在十七岁的时候都去追求幸运，但八十岁的人是不济的了；可是我只要能够有个好死，对得住我的主人，那么命运对我也不算无恩。（同下）

第四场

亚登森林

罗瑟琳男装、西莉娅作牧羊女装束及试金石上。

罗瑟琳　天哪！我的精神多么疲乏啊。

试金石　我可不管我的精神，只要我的两腿不疲乏。

罗瑟琳　我简直想丢了我这身男装的脸，而像一个女人一样哭起来；可是我必须安慰安慰这位小娘子，穿褐衫短裤的，总该向穿裙子的显出一点勇气来才是。好，提起精神来吧，好爱莲娜。

西莉娅　请你担待担待我吧；我再也走不动了。

试金石　要我说，我愿意担待你，但不想担起你。不过就算担起你，我也不会担上十字架[1]，因为我想你钱包里没有钱。

罗瑟琳　好，这儿就是亚登森林了。

试金石　啊，现在我到了亚登了。我真是个大傻瓜！在家里舒服得多哩；可是旅行人只好知足一点。

罗瑟琳　对了，好试金石。你们瞧，谁来了；一个年轻人和

1　当时的钱币上印有十字架。

Celia. I pray you, bear with me; I can go no farther.
Touchstone. For my part, I had rather bear with you than bear you.

Act II. Scene IV.

一个老头子在一本正经地讲话。

柯林及西尔维斯上。

| 柯林 | 你那样不过叫她永远把你笑骂而已。 |

| 西尔维斯 | 啊，柯林，你要是知道我是多么爱她！ |

| 柯林 | 我有点猜得出来，因为我也曾经恋爱过呢。 |

| 西尔维斯 | 不，柯林，你现在老了，也就不能猜想了；虽然在你年轻的时候，你也像那些半夜三更在枕上翻来覆去的情人们一样真心。可是假如你的爱也是跟我差不多的——我想一定没有人的爱法会像我那样——那么你为了你的痴心梦想，一定做出过不知多少可笑的事情来呢！ |

| 柯林 | 我做过一千种的傻事，现在都已忘记了。 |

| 西尔维斯 | 噢！那么你就是不曾诚心爱过。假如你记不得你为了爱情而做出来的一件最琐细的傻事，你就不算真的恋爱过。假如你不曾像我现在这样坐着絮絮讲你的姑娘的好处，使听的人不耐烦，你就不算真的恋爱过。假如你不曾突然离开你的同伴，像我的热情现在驱使着我一样，你也不算真的恋爱过。啊，菲苾！菲苾！菲苾！（下） |

| 罗瑟琳 | 唉，可怜的牧人！我在诊探你的痛处的时候，却不幸地找到我自己的创伤了。 |

| 试金石 | 我也是这样。我记得我在恋爱的时候，曾经把一柄 |

剑在石头上摔断，叫那趁夜里来和琴·史美尔幽会
的那个家伙留心着我；我记得我曾经吻过她的洗衣
棍子，也吻过被她那双皲裂的玉手挤过的母牛乳头；
我记得我曾经把一颗豌豆荚权当作她而向她求婚，
我剥出了两颗豆子，又把它们放进去，边流泪边说，
"为了我的缘故，请您留着作个纪念吧。"我们这
种多情种子都会做出一些古怪事儿来；但是我们既
然都是凡人，一着了情魔是免不得要大发其痴劲的。

罗瑟琳　　你的话聪明得出于你自己意料之外。

试金石　　啊，我总不知道自己的聪明，除非有一天我给它绊
　　　　　一跤，跌断了我的腿骨。

罗瑟琳　　天神，天神！这个牧人的痴心，很有几分像我自己
　　　　　的情形。

试金石　　也有点像我的情形；可是在我似乎有点儿陈腐了。

西莉娅　　请你们随便哪一位去问问那边的人，肯不肯让我们
　　　　　用金子向他买一点吃的东西；我简直要乏力死了。

试金石　　喂，你这蠢货！

罗瑟琳　　闭嘴，傻子；他并不是你的一家人。

柯林　　　谁在叫？

试金石　　比你好一点的人，朋友。

柯林　　　要是他们不比我好一点，那可寒酸得太不成话啦。

罗瑟琳　　闭上嘴吧，我说。——您晚安，朋友。

柯林　　　晚安，好先生；各位晚安。

罗瑟琳　　牧人，假如人情或是金银可以在这种荒野里换到一

点款待的话，请你带我们到一处可以休息一下吃些
东西的地方去好不好？这一位小姑娘赶路疲乏，快
要晕过去了。

柯林　　　好先生，我可怜她，不是为我自己打算，只是为了
她的缘故，但愿我有能力帮助她；可是我只是给别
人看羊的，羊儿虽然归我饲养，羊毛却不归我剪。
我的东家很小气，从不会修修福做点儿好事；而且
他的草屋、他的羊群、他的牧场，现在都要出卖了。
现在因为他不在家，我们的牧舍里没有一点可以给
你们吃的东西；但是别管他有些什么，请你们来瞧
瞧看，我对你们是极其欢迎的。

罗瑟琳　　他的羊群和牧场预备卖给谁呢？

柯林　　　就是刚才你们看见的那个年轻汉子，他是从来不想
要买什么东西的。

罗瑟琳　　要是没有什么不妥当的地方，我请你把那草屋牧场
和羊群都买下了，我们给你出钱。

西莉娅　　我们还要加你的工钱。我喜欢这地方，很愿意在这
儿消度我的时光。

柯林　　　这桩买卖一定可以成交。跟我来；要是你们打听过
后，对于这块地皮、这种收益和这样的生活觉得中
意的话，我愿意做你们十分忠心的仆人，马上用你
们的钱去把它买来。（同下）

第五场

林中的另一部分

阿米恩斯、杰奎斯及余人等上。

阿米恩斯　（唱）

绿树高张翠幕，

谁来偕我偃卧，

翻将欢乐心声，

学唱枝头鸟鸣：

盍来此？盍来此？盍来此？

目之所接，

精神契一，

唯忧雨雪之将至。

杰奎斯　再来一个，再来一个，请你再唱下去。

阿米恩斯　那会叫您发起愁来的，杰奎斯先生。

杰奎斯　再好没有。请你再唱下去！我可以从一曲歌中抽出愁绪来，就像黄鼠狼吮啜鸡蛋一样。请你再唱下去吧！

阿米恩斯　我的喉咙很粗，我知道一定不能讨您的欢喜。

杰奎斯　我不要你讨我的欢喜；我只要你唱。来，再唱一阕；

你是不是把它们叫作一阕一阕的？

阿米恩斯　随您高兴怎样叫吧，杰奎斯先生。

杰奎斯　不，我倒不去管它们叫什么名字；它们又不借我的
　　　　钱。你唱起来吧！

阿米恩斯　既蒙敦促，我就勉为其难了。

杰奎斯　那么好，要是我会感谢什么人的，我一定会感谢你；
　　　　可是人家所说的恭维就像是两只狗猿碰了头。倘使
　　　　有人诚心感谢我，我就觉得好像我给了他一个铜子，
　　　　所以他像一个叫花子似的向我道谢。来，唱起来吧；
　　　　你们不唱的都不要作声。

阿米恩斯　好，我就唱完这支歌。列位，铺起食桌来吧；公爵
　　　　就要到这株树下来喝酒了。他已经找了您整整一天
　　　　啦。

杰奎斯　我已经躲避了他整整一天啦。他太喜欢辩论了，我
　　　　不高兴跟他在一起；我想到的事情像他一样多，可
　　　　是谢天谢地，我却不像他那样会说嘴。来，唱吧。

阿米恩斯　（唱，众和）

　　　　孰能敝屣尊荣，
　　　　来沐丽日光风，
　　　　觅食自求果腹，
　　　　一饱欣然意足：
　　　　盍来此？盍来此？盍来此？
　　　　目之所接，
　　　　精神契一，

唯忧雨雪之将至。

杰奎斯　　昨天我曾经按着这调子诌了一节，倒要献丑献丑。

阿米恩斯　我可以把它唱出来。

杰奎斯　　是这样的：

倘有痴愚之徒，

忽然变成蠢驴，

趁着心性癫狂，

撒却财富安康，

特达米，特达米，特达米，

何为来此？

举目一视，

唯见傻瓜之遍地。

阿米恩斯　"特达米"是什么意思？

杰奎斯　　这是希腊文里召唤傻子们排起圆圈来的一种咒
语。——假如睡得成觉的话，我要睡觉去；假如睡
不成，我就要把埃及一切头胎生的痛骂一顿[1]。

阿米恩斯　我可要找公爵去；他的点心已经预备好了。（各下）

---

1 《旧约·出埃及记》载上帝降罚埃及，凡埃及一切头胎生的皆遭瘟死；此处杰奎斯
暗讽长公爵。

第六场

林中的另一部分

奥兰多及亚当上。

亚当 好少爷，我再也走不动了；唉！我要饿死了。让我在这儿躺下挺尸吧。再会了，好心的少爷！

奥兰多 啊，怎么啦，亚当！你再没有勇气了吗？再活一些时候；提起一点精神来，高兴点儿。要是这座古怪的林中有什么野东西，那么我倘不是给它吃了，一定会把它杀了来给你吃的。你并不是真就要死了，不过是在胡思乱想而已。为了我的缘故，提起精神来吧；把死神拖一拖住，我去一去就回来看你，要是我找不到什么可以给你吃的东西，我一定答应你死去；可是假如你在我回来之前便死去，那你就是看不起我的辛苦了。说得好！你瞧上去振作一些了。我立刻就来。可是你正躺在寒风里呢；来，我把你背到有遮挡的地方去。只要这块荒地里有活东西，你一定不会因为没有饭吃而饿死。振作起来吧，好亚当。（同下）

第七场

林中的另一部分

食桌铺就。长公爵、阿米恩斯及流亡诸臣上。

公爵　　我想他一定已经变成一头畜生了，因为我到处找不到他的人影。

臣甲　　殿下，他刚刚走开去；方才他还在这儿很高兴地听人家唱歌。

公爵　　要是浑身都不和谐的他，居然也会变得爱好起音乐来，那么天上的星宿不久就要大起骚乱了。去找他来，对他说我要跟他谈谈。

臣甲　　他自己来了，省了我一番跋涉。

杰奎斯上。

公爵　　啊，怎么啦，先生！这算什么，您可怜的朋友们一定要千求万唤才把您请来吗？啊，您的神气很高兴哩！

杰奎斯　一个傻子，一个傻子！我在林中遇见一个傻子，一个身穿彩衣的傻子；唉，苦恼的世界！我确实遇见了一个傻子，正如我是靠着食物而活命的；他躺着晒太阳，用头头是道的话辱骂着命运女神，然而他仍然不过是个身穿彩衣的傻子。"早安，傻子。"我说。"不，先生，"他说，"等到老天保佑我发了财，您再叫我傻子吧。"[1] 于是他从袋里掏出一只表来，用没有光彩的眼睛瞧着它，很聪明地说，"现在是十点钟了；我们可以从这里看出世界是怎样在变迁着：一小时之前还不过是九点钟，而再过一小时便是十一点钟了；照这样一小时一小时过去，我们越长越老，越老越不中用，这上面真是大有感慨可发。"我听了这个穿彩衣的傻子对着时间发挥了这一段玄理，我的胸头就像公鸡一样叫起来了，奇怪着傻子居然会有这样深刻的思想；我笑了个不停，在他的表上整整笑去了一个小时。啊，高贵的傻子！可敬的傻子！彩衣是最好的装束。

公爵　　这是个怎么样的傻子？

杰奎斯　　啊，可敬的傻子！他曾经出入宫廷；他说凡是年轻貌美的小姐们，都是有自知之明的。他的头脑就像航海回来剩下的饼干那样干燥，其中的每一个角落却塞满了人生的经验，他都用杂乱的话儿随口说了出来。啊，我但愿我也是个傻子！我想要穿一件花花的外套。

---

1 成语有"愚人多福"（Fortune favours fools），故云。

公爵　　你可以有一件。

杰奎斯　这是我唯一要求的一身服装；只要您愿意把一切以
　　　　　为我是个聪明人这种观念除掉，别让它蒙蔽了您的
　　　　　明鉴；同时要准许我有像风那样广大的自由，高兴
　　　　　吹着谁便吹着谁：傻子们是有这种权利的，那些最
　　　　　被我的傻话所挖苦的，最应该笑。殿下，为什么他
　　　　　们必须这样呢？这理由正和到教区礼拜堂去的路一
　　　　　样明白：被一个傻子用俏皮话讥刺了的，即使刺痛
　　　　　了，假如不装出一副若无其事的态度来，那么就显
　　　　　出聪明人的傻气，可以被傻子不经意一箭就刺穿，
　　　　　未免太傻了。给我穿一件彩衣，准许我说我心里的
　　　　　话；我一定会痛痛快快地把这染病的世界的丑恶身
　　　　　体清洗个干净，假如他们肯耐心接受我的药方。

公爵　　算了吧！我知道你会做出些什么来。

杰奎斯　我可以拿一根筹码打赌，我做的事会不好吗？

公爵　　最坏不过的罪恶，就是指斥他人的罪恶：因为你自
　　　　　己也曾经是一个放纵你的兽欲的浪子；你要把你那
　　　　　身因为你的荒淫而长起来的臃肿的脓疮、溃烂的恶
　　　　　病，向全世界播散。

杰奎斯　什么，呼斥人间的奢靡，难道便是对于个人的攻击
　　　　　吗？人们的奢靡不是像海潮一样浩瀚地流着，直到
　　　　　它力竭而消退？假如我说城里的那些小户人家的妇
　　　　　女穿扮得像王公大人的女眷一样，我指明是哪一个
　　　　　女人吗？谁能挺身出来说我说的是她，假如她的邻

居也是和她一个样子？一个操着最微贱行业的人，假如心想我讥讽了他，说他的好衣服不是我出的钱，那不是恰恰把他的愚蠢符合了我说的话吗？照此看来，又有什么关系呢？给我看我说的话伤害了他什么地方：要是说得对，那是他自取其咎；假如他问心无愧，那么我的责骂就像是一只野鸭飞过，不干谁的事。——这是谁来了？

奥兰多拔剑上。

奥兰多 停住，不准吃！

杰奎斯 嘿，我还不曾吃过呢。

奥兰多 而且也不会再给你吃，除非让饿肚子的人先吃过了。

杰奎斯 这头公鸡是哪儿来的？

公爵 朋友，你是因为落难而变得这样强横吗？还是因为生来就是瞧不起礼貌的粗汉子，一点儿不懂得规矩？

奥兰多 你第一下就猜中我了，困苦逼迫着我，使我不得不把温文的礼貌抛开一旁；可是我却是在都市生长，受过一点儿教养的。但是我吩咐你们停住；在我的事情没有办完之前，谁碰一碰这些果子的，就得死。

杰奎斯 你要是无理可喻，那么我准得死。

公爵 你要什么？假如你不用暴力，客客气气地向我们说，我们一定会更客客气气地对待你的。

奥兰多　我快饿死了；给我吃。

公爵　请坐请坐，随意吃吧。

奥兰多　你说得这样客气吗？请你原谅我，我以为这儿的一切都是野蛮的，因此才装出这副暴横的威胁神气来。可是不论你们是些什么人，在这人踪不到的荒野里，躺在凄凉的树荫下，不理会时间的消逝；假如你们曾经见过较好的日子，假如你们曾经到过鸣钟召集礼拜的地方，假如你们曾经参加过上流人的宴会，假如你们曾经揩过你们眼皮上的泪水，懂得怜悯和被怜悯的，那么让我的温文的态度格外感动你们：我抱着这样的希望，惭愧地藏好我的剑。

公爵　我们确曾见过好日子，曾经被神圣的钟声召集到教堂里去，参加过上流人的宴会，从我们的眼上揩去过被神圣的怜悯所感动而流下的眼泪；所以你不妨和和气气地坐下来，凡是我们可以帮忙满足你需要的地方，一定愿意效劳。

奥兰多　那么请你们暂时不要把东西吃掉，我就去像一只母鹿一样找寻我的小鹿，把食物喂给它吃。有一位可怜的老人家，全然出于好心，跟着我一跷一拐地走了许多疲乏的路，双重的劳瘁——他的高龄和饥饿累倒了他；除非等他饱餐了之后，我决不接触一口食物。

公爵　快去找他，我们绝对不把东西吃掉，等着你回来。

奥兰多　谢谢；愿您好心有好报！　（下）

公爵	你们可以看到不幸的不只是我们；这个广大的宇宙的舞台上，还有比我们所演出的更悲惨的场面呢。
杰奎斯	全世界是一个舞台，所有的男男女女不过是一些演员；他们都有下场的时候，也都有上场的时候。一个人的一生中扮演着好几个角色，他的表演可以分为七个时期。最初是婴孩，在保姆的怀中啼哭呕吐。然后是背着书包、满脸红光的学童，像蜗牛一样慢吞吞地拖着脚步，不情愿地呜咽着上学堂。然后是情人，像炉灶一样叹着气，写了一首悲哀的诗歌咏着他恋人的眉毛。然后是一个军人，满口发着古怪的誓，胡须长得像豹子一样，爱惜着名誉，动不动就要打架，在炮口上寻求着泡沫一样的荣名。然后是法官，胖胖圆圆的肚子塞满了阉鸡，凛然的眼光，整洁的胡须，满嘴都是格言和老生常谈；他这样扮了他的一个角色。第六个时期变成了精瘦的趿着拖鞋的龙钟老叟，鼻子上架着眼镜，腰边悬着钱袋；他那年轻时候小心翼翼省下来的长袜子套在他皱瘪的小腿上宽大异常；他那朗朗的男子的口音又变成了孩子似的尖声，像是吹着风笛和哨子。终结着这段古怪的多事的历史的最后一场，是孩提时代的再现，全然的遗忘，没有牙齿，没有眼睛，没有口味，没有一切。

奥兰多背亚当重上。

公爵	欢迎！放下你背上那位可敬的老人家，让他吃东西吧。
奥兰多	我代他向您竭诚道谢。
亚当	您真该代我道谢；我简直不能为自己向您开口道谢呢。
公爵	欢迎，请用吧；我还不会马上就来打扰你，问你的遭遇。给我们奏些音乐；贤卿，你唱吧。
阿米恩斯	（唱）

不惧冬风凛冽，

风威远难遽及

人世之寡情；

其为气也虽厉，

其牙尚非甚锐，

风体本无形。

噫嘻乎！且向冬青歌一曲：

友交皆虚妄，恩爱痴人逐。

噫嘻乎冬青！

可乐唯此生。

不愁冱天冰雪，

其寒尚难遽及，

受施而忘恩；

风皱满池碧水，

利刺尚难遽比

捐旧之友人。

噫嘻乎！且向冬青歌一曲：

Orlando.   I thank you most for him.
  Adam.   So had you need :—
I scarce can speak to thank you for myself.

Act II. Scene VII.

友交皆虚妄，恩爱痴人逐。

噫嘻乎冬青！

可乐唯此生。

公爵　照你刚才悄声儿老老实实告诉我的，你说你是好罗兰爵士的儿子，我看你的相貌也真的十分像他；如果不是假的，那么我真心欢迎你到这儿来。我便是敬爱你父亲的那个公爵。关于你其他的遭遇，到我的洞里来告诉我吧。好老人家，我们欢迎你像欢迎你的主人一样。搀扶着他。把你的手给我，让我明白你们一切的经过。（众下）

第一场

宫中一室

弗莱德里克公爵、奥列佛、众臣及侍从等上。

弗莱德里克 以后没有见过他！哼，哼，不见得吧。倘不是因为仁慈在我的心里占了上风，有着你在眼前，我尽可以不必找一个不在的人出气的。可是你留心着吧，不论你的兄弟在什么地方，都得去给我找来；点起灯笼去寻访吧；在一年之内，不论死活都要把他找到，否则你不用再在我们的领土上过活了。你的土地和一切你自命为属于你的东西，值得没收的我们都要没收，除非等你能够凭着你兄弟的招供洗刷去我们对你的怀疑。

奥列佛 求殿下明鉴！我从来就不曾喜欢过我的兄弟。

弗莱德里克 这可见你更是个坏人了。好，把他赶出去；吩咐该管官吏把他的房屋土地没收。赶快把这事办好，叫他滚蛋。（众下）

第二场

亚登森林

奥兰多携纸上。

奥兰多　　悬在这里吧，我的诗，证明我的爱情；

你三重王冠的夜间的女王[1]，请临视，

从苍白的昊天，用你那贞洁的眼睛，

那支配我生命的，你那猎伴的名字[2]。

啊，罗瑟琳！这些树林将是我的书册，

我要在一片片树皮上镂刻下相思，

好让每一个来到此间的林中游客，

任何处见得到颂赞她美德的言辞。

走，走，奥兰多；去在每株树上刻着伊，

那美好的、幽娴的、无可比拟的人儿。（下）

柯林及试金石上。

1　三重王冠的女王指狄安娜（Diana）女神，因为她在天上为琉娜（Luna），在地上为
狄安娜（Diana），在幽冥为普洛塞庇娜（Proserpina）。
2　狄安娜又为司狩猎的女神，又为处女的保护神，故奥兰多以罗瑟琳为她的猎伴。

柯林	您喜欢不喜欢这种牧人的生活，试金石先生？
试金石	说老实话，牧人，按着这种生活的本身说起来，倒是一种很好的生活；可是按着这是一种牧人的生活说起来，那就毫不足取了。照它的清静而论，我很喜欢这种生活；可是照它的寂寞而论，实在是一种很坏的生活。看到这种生活是在田间，很使我满意；可是看到它不是在宫廷里，那简直很无聊。你瞧，这是一种很经济的生活，因此倒怪合我的脾胃；可是它未免太寒伧了，因此我过不来。你懂不懂得一点哲学，牧人？
柯林	我只知道这一点儿：一个人越是害病，他越是不舒服；钱财、资本和知足，是人们缺少不来的三位好朋友；雨淋会湿衣，火旺能烧柴；好牧场产肥羊，天黑是因为没有了太阳；生来愚笨怪祖父，学而不慧师之惰。
试金石	这样一个人是天生的哲学家了。有没有到过宫廷里，牧人？
柯林	没有，不瞒您说。
试金石	那么你这人就该死了。
柯林	我希望不至于吧？
试金石	真的，你这人该死，就像一个煎得不好一面焦的鸡蛋。
柯林	因为没有到过宫廷里吗？请问您的理由。
试金石	喏，要是你从来没有到过宫廷里，你就不曾见过好礼貌；要是你从来没有见过好礼貌，你的举止一定

很坏；坏人就是有罪的人，有罪的人就该死。你的
情形很危险呢，牧人。

柯林　　　才不是呢，试金石。在宫廷里算作好礼貌的，在乡
野里就会变成可笑，正像乡下人的行为一到了宫廷
里就显得寒伧一样。您对我说过你们在宫廷里只要
见人打招呼就要吻手；要是宫廷里的老爷们都是牧
人，那么这种礼貌就要嫌太龌龊了。

试金石　　有什么证据？简单地说；来，说出理由来。

柯林　　　喏，我们的手常常要去碰着母羊；它们的毛，您知
道，是很油腻的。

试金石　　嘿，廷臣们的手上不是也要出汗的吗？羊身上的
脂肪比起人身上的汗腻来，不是一样干净的吗？浅
薄！浅薄！说出一个好一点的理由来，说吧。

柯林　　　而且，我们的手很粗糙。

试金石　　那么你们的嘴唇格外容易感到它们。还是浅薄！再
说一个充分一点的理由，说吧。

柯林　　　我们的手在给羊儿们包扎伤处的时候总是涂满了焦
油；您要我们跟焦油接吻吗？宫廷里的老爷们手上
都是涂着麝香的。

试金石　　浅薄不堪的家伙！把你跟一块好肉比起来，你简直
是一块给蛆虫吃的臭肉！用心听聪明人的教训吧：
麝香是一只猫身上流出来的龌龊东西，它的来源比
焦油脏得多呢。把你的理由修正修正吧，牧人。

柯林　　　您太会讲话了，我说不过您；我不说了。

试金石	你就甘心该死吗？上帝保佑你，浅薄的人！上帝把你好好针砭一下！你太不懂世事了。
柯林	先生，我是一个道地的做活人；我用自己的力量换饭吃换衣服穿；不跟别人结怨，也不妒羡别人的福气；瞧着人家得意我也高兴，自己倒了霉就自宽自解；我的最大的骄傲就是瞧我的母羊吃草，我的羔羊啜奶。
试金石	这又是你的一桩因为傻气而造下的孽：你把母羊和公羊拉拢在一起，靠着它们的配对来维持你的生活；给挂铃的羊当龟奴，替一头歪脖子的老王八公羊把才一岁的雌儿骗诱失身，也不想到般配不般配；要是你不会因此而下地狱，那么魔鬼也没有人给他牧羊了。我想不出你有什么豁免的希望。
柯林	盖尼米德大官人来了，他是我的新主妇的哥哥。

罗瑟琳读一张字纸上。

罗瑟琳	从东印度到西印度找遍奇珍， 没有一颗珠玉比得上罗瑟琳。 她的名声随着好风播满诸城， 整个世界都在仰慕着罗瑟琳。 画工描摹下一幅幅情影真真， 都要黯然无色一见了罗瑟琳。 任何的脸貌都不用铭记在心，

　　　　　　　单单牢记住了美丽的罗瑟琳。

试金石　　我可以给您这样凑韵下去凑它整整的八年，吃饭和睡觉的时间除外。这好像是一连串上市去卖奶油的好大娘。

罗瑟琳　　啐，傻子！

试金石　　试一下看：

　　　　　　　要是公鹿找不到母鹿很伤心，

　　　　　　　不妨叫它前去寻找那罗瑟琳。

　　　　　　　倘说是没有一只猫儿不叫春，

　　　　　　　心同此情有谁能责怪罗瑟琳？

　　　　　　　冬天的衣裳棉花应该衬得温，

　　　　　　　免得冻坏了娇怯怯的罗瑟琳。

　　　　　　　割下的田禾必须捆得端端整，

　　　　　　　一车的禾捆上装着个罗瑟琳。

　　　　　　　最甜蜜的果子皮儿酸痛了唇，

　　　　　　　这种果子的名字便是罗瑟琳。

　　　　　　　有谁想找到玫瑰花开香喷喷，

　　　　　　　就会找到爱的棘刺和罗瑟琳。

　　　　　　　这简直是胡扯的歪诗；您怎么也会给这种东西沾上了呢？

罗瑟琳　　别多嘴，你这蠢傻瓜！我在一株树上找到它们的。

试金石　　真的，这株树生的果子太坏。

罗瑟琳　　我要把它跟你嫁接起来，再把它跟欧楂嫁接起来。这样它就会是地里最早结果的树，因为还没等半熟就烂掉了，这就是欧楂的本性。

试金石　　您尽管这样说，但是这话聪明不聪明，得让树林评

　　　　　判。

西莉娅读一张字纸上。

罗瑟琳　　静些！我的妹妹读着些什么来了；站旁边去。

西莉娅　　为什么这里是一片荒碛？

　　　　　因为没有人居住吗？不然，

　　　　　我要叫每株树长起喉舌，

　　　　　吐露出温文典雅的语言：

　　　　　或是慨叹着生命一何短，

　　　　　匆匆跑完了游子的行程，

　　　　　只须把手掌轻轻翻个转，

　　　　　便早已终结人们的一生；

　　　　　或是感怀着旧盟今已冷，

　　　　　同心的契友忘却了故交；

　　　　　但我要把最好树枝选定，

　　　　　缀附在每行诗句的终梢，

　　　　　罗瑟琳三个字小名美妙，

　　　　　向普世的读者遍告周知。

　　　　　莫看她苗条的一身娇小，

　　　　　宇宙间的精华尽萃于兹；

　　　　　造物当时曾向自然诏示，

吩咐把所有的绝世姿才，

向纤纤一躯中合炉熔制，

累天工费去不少的安排：

负心的海伦[1]醉人的脸蛋，

克莉奥佩特拉[2]威仪丰容。

阿塔兰忒[3]的柳腰儿款摆，

鲁克丽西娅[4]的节操贞松：

劳动起玉殿上诸天仙众，

造成这十全十美罗瑟琳；

荟萃了各式的妍媚万种，

选出一副俊脸目秀精神。

上天给她这般恩赐优渥，

我命该终身做她的臣仆。

罗瑟琳　啊，最温柔的宣教师！您的恋爱的说教是多么啰唆，得叫您的教民听了厌烦，可是您却也不喊一声，"请耐心一点，好人们。"

西莉娅　啊！朋友们，退后去！牧人，稍为走开一点；跟他去，小子。

试金石　来，牧人，让我们堂堂退却：大小箱笼都不带，只带一个头陀袋。（柯林、试金石下）

---

1 即特洛亚战争中的海伦，因不贞于其夫墨涅拉奥斯（Menelaus），故云"负心"。
2 克莉奥佩特拉（Cleopatra），埃及女王，参看莎翁悲剧《安东尼与克莉奥佩特拉》。
3 阿塔兰忒（Atalanta），希腊传说中善疾走的美女。
4 鲁克丽西娅（Lucretia），莎翁叙事诗《鲁克丽丝受辱记》中的主角。

西莉娅	你有没有听见这些诗句？
罗瑟琳	啊，是的，我都听见了，还听见了多出来的部分，因为一些地方多出了音步，诗句扛不住。
西莉娅	那没关系，音步可以扛着诗句走。
罗瑟琳	是的，但那些音步一瘸一拐的，离开了诗句的扶持自己都站不稳，所以只好怯生生地杵在诗句里。
西莉娅	但是你听见你的名字被人家悬挂起来，还刻在这种树上，不觉得奇怪吗？
罗瑟琳	人家说一件奇事过了九天便不足为奇；在你没有来之前，我已经过了第七天了。瞧，这是我在一株棕榈树上找到的。自从毕达哥拉斯的时候以来，我从不曾被人这样用诗句咒过；那时我是一只爱尔兰的老鼠，现在简直记也记不起来了。[1]
西莉娅	你想这是谁干的？
罗瑟琳	是个男人吗？
西莉娅	而且有一根链条，是你从前戴过的，套在他的颈上。你脸红了吗？
罗瑟琳	请你告诉我是谁？
西莉娅	主啊！主啊！朋友们见面真不容易；可是两座高山也许会给地震搬了家而碰起头来。
罗瑟琳	哎，但是究竟是谁呀？

---

1 毕达哥拉斯（Pythagoras）为主张灵魂轮回说的古希腊哲学家。念咒驱除老鼠为爱尔兰人一种迷信习俗。

西莉娅	真的猜不出来吗？
罗瑟琳	哎，我使劲地央求你告诉我他是谁。
西莉娅	奇怪啊！奇怪啊！奇怪到无可再奇怪的奇怪！奇怪而又奇怪！说不出来的奇怪！
罗瑟琳	我要脸红起来了！你以为我打扮得像个男人，就会在精神上也穿起男装来了吗？你再耽延一刻下去不肯说出来，就要累我在汪洋大海里作茫茫的探索了。请你快快告诉我他是谁，不要吞吞吐吐。我倒希望你是个口吃的，那么你也许会把这个保守着秘密的名字不期然而然地打你嘴里吐了出来，就像酒从狭口的瓶里倒出来一样，不是一点都倒不出，就是一下子出来了许多。求求你拔去你嘴里的塞子，让我饮着你的消息吧。
西莉娅	那么你要把那人儿一口气吞下肚子里去是不是？
罗瑟琳	他是上帝造下来的吗？是个什么样子的人？他的头戴上一顶帽子显不显得寒伧？他的下巴留着一把胡须像不像个样儿？
西莉娅	不，他只有一点点儿胡须。
罗瑟琳	哦，要是这家伙知道好歹，上帝会再给他一些的。要是你立刻就告诉我他的下巴是怎么一个样子，我愿意等候他长起须来。
西莉娅	他就是年轻的奥兰多，一下子把那拳师的脚跟和你的心一起绊跌了个筋斗的。
罗瑟琳	哎，取笑人的让魔鬼抓了去；像一个老老实实的好

姑娘似的，规规矩矩说吧。

西莉娅　　真的，姊姊，是他。

罗瑟琳　　奥兰多？

西莉娅　　奥兰多。

罗瑟琳　　哎哟！我这一身大衫短裤该怎么办呢？你看见他的时候他在做些什么？他说些什么？他瞧上去怎样？他穿着些什么？他为什么到这儿来？他问起我吗？他住在哪儿？他怎样跟你分别的？你什么时候再去看他？用一个字回答我。

西莉娅　　你一定先要给我向卡冈都亚[1]借一张嘴来才行；像我们这时代的人，一张嘴里是装不下这么大的一个字的。要是一句句都用“是”和“不”回答起来，也比考问教理还麻烦呢。

罗瑟琳　　可是他知道我在这林子里，打扮作男人的样子吗？他是不是跟摔角的那天一样有精神？

西莉娅　　回答情人的问题，就像数微尘的粒数一般为难。你好好听我讲我怎样找到他的情形，静静地体味着吧。我看见他在一株树底下，像一颗落下来的橡果。

罗瑟琳　　树上会落下这样果子来，那真可以说是神树了。

西莉娅　　好小姐，听我说。

罗瑟琳　　讲下去。

---

1 卡冈都亚（Gargantua），法国诙谐文学家拉伯雷《巨人传》中的饕餮巨人，能一口吞下五个香客。

西莉娅	他直挺挺地躺在那儿，像一个受伤的骑士。
罗瑟琳	虽然这种样子有点可怜相，可是地上躺着这样一个人，倒也是很合适的。
西莉娅	喊你的舌头停步吧；它简直随处乱跳。——他打扮得像个猎人。
罗瑟琳	哎哟，糟了！他要来猎取我的心了。
西莉娅	我唱歌的时候不要别人和着唱；你缠得我弄错拍子了。
罗瑟琳	你不知道我是个女人吗？我心里想到什么，便要说出口来。好人儿，说下去吧。
西莉娅	你已经打断了我的话头。且慢！他不是来了吗？
罗瑟琳	是他；我们躲在一旁瞧着他吧。

奥兰多及杰奎斯上。

杰奎斯	多谢相陪；可是说老实话，我倒是喜欢一个人清静些。
奥兰多	我也是这样；可是为了礼貌的关系，我多谢您的做伴。
杰奎斯	上帝和您同在！让我们越少见面越好。
奥兰多	我希望我们还是不要相识的好。
杰奎斯	请您别再在树皮上写情诗糟蹋树木了。
奥兰多	请您别再用难听的声调念我的诗，把它们糟蹋了。
杰奎斯	您的情人的名字是罗瑟琳吗？

奥兰多　　　正是。

杰奎斯　　　我不喜欢她的名字。

奥兰多　　　她取名的时候，并没有打算要您喜欢。

杰奎斯　　　她的身材怎样？

奥兰多　　　恰恰够得到我的心头那样高。

杰奎斯　　　您怪会说俏皮的回答；您是不是跟金匠们的妻子有点儿交情，因此把戒指上的警句都默记了下来？

奥兰多　　　不，我都是用彩画的挂帷[1]上的话儿来回答您；您的问题也是从那儿学来的。

杰奎斯　　　您的口才很敏捷，我想是用阿塔兰忒的脚跟做成的。我们一块儿坐下来好不好？我们两人要把世界痛骂一顿，大发一下牢骚。

奥兰多　　　我不愿责骂世上的有生之伦，除了我自己；因为我对自己的错处知道得最明白。

杰奎斯　　　您的最坏的错处就是要恋爱。

奥兰多　　　我不愿把这个错处来换取您的最好的美德。您真叫我腻烦。

杰奎斯　　　说老实话，我遇见您的时候，本来是在找一个傻子。

奥兰多　　　他掉在溪水里淹死了，您向水里一望，就可以瞧见他。

杰奎斯　　　我只瞧见我自己的影子。

奥兰多　　　那我以为倘不是个傻子，定然是个废物。

---

1 穷人家墙上常挂廉价的彩画布，上面有出自圣经和神话故事的名言警句。

杰奎斯	我不想再跟您在一起了。再见，多情的公子。
奥兰多	我巴不得您走。再会，忧愁的先生。（杰奎斯下）
罗瑟琳	我要像一个无礼的小厮一样去向他说话，跟他捣捣乱。——听见我的话吗，树林里的人？
奥兰多	很好，你有什么话说？
罗瑟琳	请问现在是几点钟？
奥兰多	你应该问我现在是什么时辰；树林里哪来的钟？
罗瑟琳	那么树林里也不会有真心的情人了；否则每分钟的叹气，每点钟的呻吟，该会像时钟一样计算出时间的懒懒的脚步来的。
奥兰多	为什么不说时间的快步呢？那样说不对吗？
罗瑟琳	不对，先生。时间对于各种人有各种的步法。我可以告诉你时间对于谁是走慢步的，对于谁是跨着细步走的，对于谁是奔着走的，对于谁是立定不动的。
奥兰多	请问他对于谁是跨着细步走的？
罗瑟琳	呃，对于一个订了婚还没有成礼的姑娘，时间是跨着细步有气无力地走着的；即使这中间只有一星期，也似乎有七年那样难过。
奥兰多	对于谁时间是走着慢步的？
罗瑟琳	对于一个不懂拉丁文的牧师，或是一个不害痛风的富翁：一个因为不能读书而睡得很酣畅，一个因为没有痛苦而活得很高兴；一个可以不必辛辛苦苦地钻研，一个不知道有贫穷的艰困。对于这种人，时间是走着慢步的。

奥兰多	对于谁他是奔着走的？
罗瑟琳	对于一个上绞架的贼子；因为虽然他尽力放慢脚步，他还是觉得到得太快了。
奥兰多	对于谁他是静止不动的？
罗瑟琳	对于在休假中的律师，因为他们在前后开庭的时期之间，完全昏睡过去，不觉时间的移动。
奥兰多	可爱的少年，你住在哪儿？
罗瑟琳	跟这位牧羊姑娘，我的妹妹，住在这儿的树林边，就像衬裙上的花边。
奥兰多	你是本地人吗？
罗瑟琳	跟那只你看见的兔子一样，它的住处就是它的生长的地方。
奥兰多	住在这种穷乡僻壤，你的谈吐却很高雅。
罗瑟琳	好多人都曾经这样说我；其实是因为我有一个修行的老伯父，他本来是在城市里生长的，是他教导我讲话；他曾经在宫廷里闹过恋爱，因此很懂得交际的门槛。我曾经听他发过许多反对恋爱的议论；多谢上帝我不是个女人，不会犯到他所归咎于一般女性的那许多心性轻浮的罪恶。
奥兰多	你记不记得他所说的女人的罪恶当中主要的几桩？
罗瑟琳	没有什么主要不主要的，跟两个铜子相比一样，全差不多；每一件过失似乎都十分严重，可是立刻又有一件出来可以赛过它。
奥兰多	请你说几件看。

罗瑟琳　　不，我的药是只给病人吃的。这座树林里常常有一个人来往，在我们的嫩树皮上刻满了"罗瑟琳"的名字，把树木糟蹋得不成样子；山楂树上挂起了诗篇，荆棘枝上吊悬着哀歌，说来说去都是把罗瑟琳的名字捧作神明。要是我碰见了那个卖弄风情的家伙，我一定要好好给他一番教训，因为他似乎害着相思病。

奥兰多　　我就是那个给爱情折磨的他。请你告诉我你有什么医治的方法。

罗瑟琳　　我伯父所说的那种记号在你身上全找不出来，他曾经告诉我怎样可以看出来一个人是在恋爱着；我可以断定你一定不是那个草扎的笼中的囚人。

奥兰多　　什么是他所说的那种记号呢？

罗瑟琳　　一张瘦瘦的脸庞，你没有；一双眼圈发黑的凹陷的眼睛，你没有；一副懒得跟人家交谈的神气，你没有；一脸忘记了修剃的胡子，你没有；——可是那我可以原谅你，因为你的胡子本来就像小兄弟的产业一样少得可怜。而且你的袜子上应当是不套袜带的，你的帽子上应当是不结帽纽的，你的袖口的纽扣应当是脱开的，你的鞋子上的带子应当是松散的，你身上的每一处都要表示出一种不经心的疏懒。可是你却不是这样一个人；你把自己打扮得这么齐整，瞧你倒有点顾影自怜，全不像在爱着什么人。

奥兰多　　美貌的少年，我希望我能使你相信我是在恋爱。

Orlando.   What were his marks?
Rosalind.   A lean cheek,—which you have not; a blue eye
and sunke.,—which you have not.

Act III. Scene II.

罗瑟琳	我相信！你还是叫你的爱人相信吧。我可以断定，她即使容易相信你，她嘴里也是不肯承认的；这也是女人们不老实的一点。可是说老实话，你真的便是把恭维着罗瑟琳的诗句悬挂在树上的那家伙吗？
奥兰多	少年，我凭着罗瑟琳的玉手向你起誓，我就是他，那个不幸的他。
罗瑟琳	可是你真的像你诗上所说的那样热恋着吗？
奥兰多	什么也不能表达我的爱情的深切。
罗瑟琳	爱情不过是一种疯狂；我对你说，对待有了爱情的人，是应该像对待一个疯子一样，把他关在黑屋子里用鞭子抽一顿的。那么为什么他们不用这种处罚的方法来医治爱情呢？因为那种疯病是极其平常的，就是拿鞭子的人也在恋爱哩。可是我有医治它的法子。
奥兰多	你曾经医治过什么人吗？
罗瑟琳	是的，医治过一个；法子是这样的：他假想我是他的爱人，他的情妇，我叫他每天都来向我求爱；那时我是一个善变的少年，便一会儿伤心，一会儿温存，一会儿翻脸，一会儿思慕，一会儿欢喜；骄傲、古怪、刁钻、浅薄、轻浮，有时满眼的泪，有时满脸的笑。什么情感都来一点儿，但没有一种是真切的，就像大多数的孩子们和女人们一样；有时欢喜他，有时讨厌他，有时讨好他，有时冷淡他，有时为他哭泣，有时把他唾弃：我这样把我这位求爱者

从疯狂的爱逼到真个疯狂起来，以至于抛弃人世，做起隐士来了。我用这种方法治好了他，我也可以用这种方法把你的心肝洗得干干净净，像一颗没有毛病的羊心一样，再没有一点爱情的痕迹。

奥兰多　我不愿意治好，少年。

罗瑟琳　我可以把你治好，假如你把我叫作罗瑟琳，每天到我的草屋里来向我求爱。

奥兰多　凭着我的恋爱的真诚，我愿意。告诉我你住在什么地方。

罗瑟琳　跟我去，我可以指点给你看；一路上你也要告诉我你住在林中的什么地方。去吗？

奥兰多　很好，好孩子。

罗瑟琳　不，你一定要叫我罗瑟琳。来，妹妹，我们去吧。

（同下）

第三场

林中的另一部分

试金石及奥德蕾上；杰奎斯随后。

试金石	快来，好奥德蕾；我去把你的山羊赶来。怎样，奥德蕾？我还不曾是你的好人儿吗？我这副粗鲁的神气你中意吗？
奥德蕾	您的神气！天老爷保佑我们！什么神气？
试金石	我陪着你和你的山羊在这里，就像那最会梦想的诗人奥维德在一群哥特人中间一样[1]。
杰奎斯	（旁白）唉，学问装在这么一副躯壳里，比乔武住在草棚里更坏！
试金石	要是一个人写的诗不能叫人懂，他的才情不能叫人理解，那比之小客栈里开出一张大账单来还要命。真的，我希望神们把你变得诗意一点。
奥德蕾	我不懂得什么叫作"诗意一点"。那是一句好话，一件好事情吗？那是诚实的吗？
试金石	老实说，不，因为最真实的诗是最虚妄的；情人们

1　奥维德（Ovid），罗马诗人；歌特人（the Goths），蹂躏罗马帝国的蛮族。

都富于诗意，他们在诗里发的誓，可以说都是情人们的假话。

奥德蕾 那么您愿意老天爷把我变得诗意一点吗？

试金石 是的，不错；因为你发誓说你是贞洁的，假如你是个诗人，我就可以希望你说的是假话了。

奥德蕾 您不愿意我贞洁吗？

试金石 对了，除非你生得难看；因为贞洁跟美貌碰在一起，就像在糖里再加蜜。

杰奎斯 （旁白）好一个有见识的傻瓜！

奥德蕾 好，我生得不好看，因此我求求老天爷让我贞洁吧。

试金石 真的，把贞洁丢给一个丑陋的懒女人，就像把一块好肉盛在龌龊的盆子里。

奥德蕾 我不是个懒女人，虽然我谢谢老天爷我是丑陋的。

试金石 好吧，感谢老天爷把丑陋赏给了你！懒惰也许会跟着来的。可是不管这些，我一定要跟你结婚；为了这事我已经去见过邻村的牧师奥列佛·马坦克斯特师傅，他已经答应在这儿树林里会我，给我们配对。

杰奎斯 （旁白）我倒要瞧瞧这场热闹。

奥德蕾 好，老天爷保佑我们快活吧！

试金石 阿门！倘使是一个胆小的人，也许不敢贸然从事；因为这儿没有庙宇，只有树林，没有宾众，只有一些头上长角[1]的畜生；但这有什么要紧呢？放出勇

---

1 "头上长角"喻指妻子不贞洁。

气来！角虽然讨厌，却也是少不来的。人家说，"许
多人有数不清的家私"；对了，许多人也有数不清
的好角儿。好在那是他老婆陪嫁来的妆奁，不是他
自己弄到手的。头上长角吗？有什么要紧？只有苦
人儿才头上长角吗？不，不，最高贵的鹿和最寒伧
的鹿长的角儿一样大呢。那么单身汉便算是好福气
吗？不，城市总比乡村好些，已婚者隆起的额角，
也要比未婚者平坦的额角体面得多；懂得几手击剑
法的，总比一点不会的好些，因此有角也总比没角
强。奥列佛师傅来啦。

奥列佛·马坦克斯特师傅上。

试金石　　　奥列佛·马坦克斯特师傅，您来得巧极了。您是就
　　　　　　在这树下替我们把事情办了呢，还是让我们跟您到
　　　　　　您的教堂里去？

马坦克斯特　这儿没有人可以把这女人做主嫁出去吗？

试金石　　　我不要别人把她布施给我。

马坦克斯特　真的，她一定要有人做主许嫁，否则这种婚姻便不
　　　　　　合法。

杰奎斯　　　（上前）进行下去，进行下去；我可以把她许嫁。

试金石　　　晚安，某某先生；您好，先生？欢迎欢迎！上次多
　　　　　　蒙照顾，不胜感激。我很高兴看见您。我现在有一
　　　　　　点点儿小事，先生。哎，请戴上帽子。

杰奎斯	你要结婚了吗，傻瓜？
试金石	先生，牛有轭，马有勒，猎鹰腿上挂金铃，人非木石岂无情？鸽子也要亲个嘴儿；女大当嫁，男大当婚。
杰奎斯	像你这样有教养的人，却愿意在一棵树底下像叫花子那样成亲吗？到教堂里去，找一位可以告诉你们婚姻的意义的好牧师。要是让这个家伙把你们像钉墙板似的钉在一起，你们中间总有一个人会像没有晒干的木板一样干缩起来，越变越弯的。
试金石	（旁白）我倒以为让他给我主婚比别人好一点，因为瞧他的样子是不会像像样样地主持婚礼的；假如结婚结得草率一些，以后我可以借口离弃我的妻子。
杰奎斯	你跟我来，让我指教指教你。
试金石	来，好奥德蕾。我们一定得结婚，否则我们只好通奸。再见，好奥列佛师傅，不是 亲爱的奥列佛！ 勇敢的奥列佛！ 请你不要把我丢弃；[1] 而是 走开去，奥列佛！ 滚开去，奥列佛！ 我们不要你行婚礼。（杰奎斯、试金石、奥德蕾同下）

---

1 "亲爱的奥列佛"以下三句为当时流行歌曲中的歌词。

马坦克斯特 不要紧，这一批荒唐的混蛋谁也不能讥笑掉我的饭碗。（下）

第四场

林中的另一部分

　　　　　　　罗瑟琳及西莉娅上。

罗瑟琳　　　别跟我讲话；我要哭了。

西莉娅　　　你就哭吧；可是你还得想一想男人是不该流眼泪的。

罗瑟琳　　　但我岂不是有应该哭的理由吗？

西莉娅　　　理由是再充分也没有的了；所以你哭吧。

罗瑟琳　　　瞧他的头发的颜色，就可以看出来他是个坏东西。

西莉娅　　　比犹大的头发颜色略为深些；他的接吻就是犹大一脉相传下来的[1]。

罗瑟琳　　　凭良心说一句，他的头发颜色很好。

西莉娅　　　那颜色好极了；栗色是最好的颜色。

罗瑟琳　　　他的接吻神圣得就像圣餐面包触到唇边一样。

西莉娅　　　他买来了一对狄安娜用过的嘴唇；一个凛若冰霜的修女也不会吻得像他那样虔诚；他的嘴唇里就有着冷冰冰的贞洁。

罗瑟琳　　　可是他为什么发誓说今天早上要来，却偏偏不来呢？

---

1 犹大（Judas），出卖耶稣之门徒，传统上认为他是浅红发色；他以亲吻耶稣为暗号将其出卖。

西莉娅　　　不用说，他这人没有半分真心。

罗瑟琳　　　你是这样想吗？

西莉娅　　　是的。我想他不是个扒手，也不是个盗马贼；可是要说起他的爱情的真不真来，那么我想他就像一只盖好了的空杯子，或是一枚蛀空了的硬壳果一样空心。

罗瑟琳　　　他的恋爱不是真心吗？

西莉娅　　　他在恋爱的时候，他是真心的；可是我以为他并不在恋爱。

罗瑟琳　　　你不是听见他发誓说他的的确确在恋爱吗？

西莉娅　　　从前说是，现在却不一定是；而且情人们发的誓，是和堂倌嘴里的话一样靠不住的，他们都是惯报虚账的家伙。他在这儿树林子里跟公爵你的父亲在一块儿呢。

罗瑟琳　　　昨天我碰见公爵，跟他谈了好久。他问我的父母是怎样的人；我对他说，我的父母跟他一样高贵；他大笑着让我走了。可是我们现在有像奥兰多这么一个人，还要谈父亲做什么呢？

西莉娅　　　啊，好一个出色的人！他写得一手好诗，讲得一口漂亮话，发着动听的誓，再堂而皇之地毁了誓，同时碎了他情人的心；正如一个拙劣的枪手，骑在马上一面歪，像一头好鹅一样把他的枪杆折断了。但是年轻人凭着血气和痴劲做出来的事，总是很出色的。——谁来了？

柯林上。

柯林　　　　姑娘和大官人，你们不是常常问起那个害相思病的牧人，那天你们不是看见他和我坐在草地上，称赞着他的情人，那个盛气凌人的牧羊女吗？

西莉娅　　　嗯，他怎样啦？

柯林　　　　要是你们想看一本认真扮演的好戏，一面是因为情痴而容颜惨白，一面是因为傲慢而满脸绯红；只要稍走几步路，我可以领你们去，看一个痛快。

罗瑟琳　　　啊！来，让我们去吧。在恋爱中的人，喜欢看人家相恋。带我们去看；我将要在他们的戏文里当一名重要的角色。（同下）

第五场

林中的另一部分

西尔维斯及菲苾上。

西尔维斯 亲爱的菲苾，不要讥笑我；请不要，菲苾！您可以说您不爱我，但不要说得那样狠。习惯于杀人的硬心肠的刽子手，在把斧头向低俯的颈项上劈下的时候也要先说一声对不起；难道您会比这种靠着流血为生的人心肠更硬吗？

罗瑟琳、西莉娅及柯林自后上。

菲苾 我不愿做你的刽子手；我逃避你，因为我不愿伤害你。你对我说我的眼睛会杀人；这种话当然说得很好听，很动人；眼睛本来是最柔弱的东西，一见了些微尘就会胆小得关起门来，居然也会给人叫作暴君、屠夫和凶手！现在我使劲地抡起白眼瞧着你；假如我的眼睛能够伤人，那么让它们把你杀死了吧：现在你可以假装晕过去了啊；嘿，现在你可以倒下去了呀；假如你并不倒下去，哼！羞啊，羞啊，你可别再胡说，说我的眼睛是凶手了。现在你且把我的眼睛加在你身上的伤痕拿出来看。单单用一枚针儿划了一下，也会有一点疤痕；握着一根灯心草，你的手掌上也会有一刻儿留着痕迹；可是我的眼光现在向你投射，却不曾伤了你：我相信眼睛里是决没有可以伤人的力量的。

西尔维斯　啊，亲爱的菲苾，要是有一天——也许那一天就近在眼前——您在谁个清秀的脸庞上看出了爱情的力量，那时您就会感觉到爱情的利箭所加在您心上的无形的创伤了。

菲苾　可是在那一天没有到来之前，你不要走近我吧。如其有那一天，那么你可以用你的讥笑来凌虐我，却不用可怜我；因为不到那时候，我总不会可怜你的。

罗瑟琳　（上前）为什么呢，请问？谁是你的母亲，生下了你来，把这个不幸的人这般侮辱，如此欺凌？你生得不漂亮——老实说，我看你还是晚上不用点蜡烛就钻到被窝里去的好——难道就该这样骄傲而无情吗？——怎么，这是什么意思？你望着我做什么？我瞧你不过是一件天生的粗货罢了。他妈的！我想她要打算迷住我哩。不，老实说，骄傲的姑娘，你别做梦吧！凭着你的墨水一样的眉毛，你的乌丝一样的头发，你的黑玻璃球一样的眼睛，或是你的乳脂一样的脸庞，可不能叫我为你倾倒呀。——你这蠢牧人儿，干吗你要追随着她，像是挟着雾雨而俱来的南风？你是比她漂亮一千倍的男人；都是因为有了你们这种傻瓜，世上才有那许多难看的孩子。叫她得意的是你的恭维，不是她的镜子；听了你的话，她便觉得她自己比她本来的容貌美得多了。——可是，姑娘，你自己得放明白些；跪下来，斋戒谢天，赐给你这么好的一个爱人。我得向你耳边讲句体己的话，有买主的时候赶快卖去了吧；你不是到处都有销路的。求求这位大哥恕了你；爱他；接受他的好意。生得丑再要瞧人不起，那才是其丑无比了。——好，牧人，你拿了她去。再见吧。

菲苾　　可爱的青年，请您把我骂一整年吧。我宁愿听您的骂，不要听这人的恭维。

罗瑟琳　　他爱上了她的丑样子，她爱上了我的怒气。倘使真有这种事，那么她一扮起了怒容来答复你，我便会把刻薄的话儿去治她。——你为什么这样瞧着我？

菲苾　　我对您没有怀着恶意呀。

罗瑟琳　　请你不要爱我吧，我这人是比醉后发的誓更靠不住的；而且我又不喜欢你。要是你要知道我家在何处，请到这儿附近的那簇长橄榄树的地方来寻访好了。——我们去吧，妹妹。——牧人，着力追求她。——来，妹妹。——牧女，待他好一点儿，别那么骄傲；整个世界上生眼睛的人，都不会像他那样把你当作天仙的。——来，瞧我们的羊群去。（罗瑟琳、西莉娅、柯林同下）

菲苾	过去的诗人，现在我明白了你的话果然是真："谁个情人不是一见就钟情？"[1]
西尔维斯	亲爱的菲苾——
菲苾	啊！你怎么说，西尔维斯？
西尔维斯	亲爱的菲苾，可怜我吧！
菲苾	唉，我为你伤心呢，温柔的西尔维斯。
西尔维斯	同情之后，必有安慰；要是您见我因为爱情而伤心而同情我，那么只要把您的爱给我，您就可以不用再同情，我也无须再伤心了。
菲苾	你已经得到我的爱了；咱们不是像邻居那么要好着吗？
西尔维斯	我要的是您。
菲苾	啊，那就是贪心了。西尔维斯，从前我讨厌你；可是现在我也不是对你有什么爱情；不过你既然讲爱情讲得么好，我本来是讨厌跟你在一起的，现在我可以忍受你了。我还有事儿要差遣你呢；可是除了你自己因为供我差遣而感到的欣喜以外，可不用希望我还会用什么来答谢你。
西尔维斯	我的爱情是这样圣洁而完整，我又是这样不蒙眷顾，因此只要能够拾些人家收获过后留下来的残穗，我也以为是一次最丰富的收成了；随时略为给我一个不经意的微笑，我就可以靠着它而活命。

---

1 过去的诗人指马洛（Christopher Marlowe）；"谁个情人不是一见就钟情？"一句系马洛所作叙事诗《希罗与里昂德》中之语。

菲苾　　　　你认识刚才对我讲话的那个少年吗？

西尔维斯　　不大熟悉，但我常常遇见他；他已经把本来属于那个老头儿的草屋和地产都买下来了。

菲苾　　　　不要以为我爱他，虽然我问起他。他只是个淘气的孩子；可是倒很会讲话；但是空话我理它作甚？然而说话的人要是能够讨听话的人欢喜，那么空话也是很好的。他是个标致的青年；不算顶标致。当然他是太骄傲了；然而他的骄傲很配他。他长起来倒是一个漂亮的汉子，顶好的地方就是他的脸色；他的舌头刚刚得罪了人，用眼睛一瞟就补偿过来了。他的个儿不很高；然而照他的年纪说起来也就够高。他的腿不过如此；但也还好。他的嘴唇红得很美，比他那张白脸上掺和着的红色更烂熟更浓艳；一个是大红，一个是粉红。西尔维斯，有些女人假如也像我一样向他这么评头品足起来，一定会马上爱上他的；可是我呢，我不爱他，也不恨他；然而我有应该格外恨他的理由。凭什么他要骂我呢？他说我的眼珠黑，我的头发黑；现在我记起来了，他嘲笑着我呢。我不懂怎么我不还骂他；但那没有关系，不声不响并不就是善罢甘休。我要写一封辱骂的信给他，你可以给我带去；你肯不肯，西尔维斯？

西尔维斯　　菲苾，那是我再愿意不过的了。

菲苾　　　　我就写去；这件事情盘绕在我的心头，我要简简单单地把他挖苦一下。跟我去，西尔维斯。（同下）

第一场

亚登森林

罗瑟琳、西莉娅及杰奎斯上。

杰奎斯 可爱的少年，请你许我跟你结识结识。

罗瑟琳 他们说你是个多愁的人。

杰奎斯 是的，我喜欢发愁不喜欢笑。

罗瑟琳 这两件事各趋极端，都会叫人讨厌，比之醉汉更容易招一般人的指摘。

杰奎斯 发发愁不说话，有什么不好？

罗瑟琳 那么何不做一根木头呢？

杰奎斯 我没有读书人的那种争强斗胜的烦恼，也没有音乐家的那种胡思乱想的烦恼，也没有官员们的那种装威作福的烦恼，也没有军人们的那种野心勃勃的烦恼，也没有律师们的那种卖狡弄狯的烦恼，也没有姑娘家的那种吹毛求疵的烦恼，也没有情人们的这

一切种种合拢来的烦恼，我的烦恼全然是我自己的，它是由各种成分组合而成，从许多事物中提炼出来，那是我们旅行中所得到的各种观感，因为不断的沉思而使我充满了十分古怪的忧愁。

罗瑟琳 是一个旅行家吗？噢，那你就有应该悲哀的理由了。我想你多半是卖去了自己的田地去看别人的田地；看见的这么多，自己却一无所有；眼睛是看饱了，两手却是空空的。

杰奎斯 是的，我已经得到了我的经验。

罗瑟琳 而你的经验使你悲哀。我宁愿叫一个傻瓜来逗我发笑，不愿叫经验来使我悲哀；而且还要到各处旅行去找它！

奥兰多上。

奥兰多 早安，亲爱的罗瑟琳！

杰奎斯 要是你要念起诗来，那么我可要少陪了。（下）

罗瑟琳 再会，旅行家先生。你该打起些南腔北调，穿上些奇装异服，瞧不起本国的一切好处，厌恶你的故乡，简直要怨恨上帝干吗不给你生一副外国人的相貌；否则我可不能相信你曾经在威尼斯荡过艇子。——啊，怎么，奥兰多！你这些时都在哪儿？你还算是一个情人吗？要是你再对我来这么一套，你可再不用来见我了。

奥兰多	我的好罗瑟琳，我来得不过迟了一小时还不满。
罗瑟琳	误了一小时的情人的约会！谁要是把一分钟分作了一千分，而在恋爱上误了一千分之一分钟的几分之一的约会，这种人人家也许会说丘匹德曾经拍过他的肩膀，可是我敢说他的心是不曾中过爱神之箭的。
奥兰多	原谅我吧，亲爱的罗瑟琳！
罗瑟琳	哼，要是你再这样慢吞吞的，以后就不用再来见我了；我宁愿让一只蜗牛向我献殷勤。
奥兰多	一只蜗牛！
罗瑟琳	对了，一只蜗牛；因为他虽然走得慢，可是却把他的屋子顶在头上，我想这是一份比你所能给予一个女人的更好的家产；而且他还随身带着他的命运哩。
奥兰多	那是什么？
罗瑟琳	嘿，角儿哪；那正是你所要谢谢你的妻子的，可是他却自己随身带了它做武器，免得人家说他妻子的坏话。
奥兰多	贤德的女子不会叫她丈夫当王八；我的罗瑟琳是贤德的。
罗瑟琳	而我是你的罗瑟琳吗？
西莉娅	他欢喜这样叫你；可是他有一个长得比你漂亮的罗瑟琳哩。
罗瑟琳	来，向我求婚，向我求婚；我现在很高兴；多半会答应你。假如我真是你的罗瑟琳，你现在要向我说些什么话？

奥兰多	我要在说话之前先接个吻。
罗瑟琳	不，你最好先说话，等到所有的话都说完了，想不出什么来的时候，你就可以趁此接吻。善于演说的人，当他们一时无话可说之际，他们会吐一口痰；情人们呢，上帝保佑我们！倘使缺少了说话的资料，接吻是最便当的补救办法。
奥兰多	假如她不肯让我吻她呢？
罗瑟琳	那么她就是要让你向她乞求，这样又有了新的话题了。
奥兰多	谁见了他的心爱的情人而会说不出话来呢？
罗瑟琳	哼，假如我是你的情人，你就会说不出话来。否则我就会认为自己的贞洁比不上自己的智慧了。
奥兰多	不说话怎样袒露我的心胸呢？
罗瑟琳	用你的心，不要袒露你的胸。我不是你的罗瑟琳吗？
奥兰多	我很愿意把你当作罗瑟琳，因为这样我就可以讲着她了。
罗瑟琳	好，我代表她说我不愿接受你。
奥兰多	那么我代表我自己说我要死去。
罗瑟琳	不，真的，还是请个人代死吧。这个可怜的世界差不多有六千年的岁数了，可是从来不曾有过一个人亲自殉情而死。特洛伊罗斯是被一个希腊人的棍棒砸出了脑浆的；可是在这以前他就已经寻过死，而他是一个模范的情人。即使希罗当了修女，里昂德也会活下去活好多年的，倘不是因为一个酷热的仲

　　　　　夏之夜；因为，好孩子，他本来只是要到赫勒斯滂
　　　　　海峡里去洗个澡的，可是在水中害起抽筋来，因而
　　　　　淹死了；那时代的愚蠢的史家却说他是为了塞斯托
　　　　　斯的希罗而死[1]。这些全都是谎；人们一代一代地
　　　　　死去，他们的尸体都给蛆虫吃了，可是决不会为爱
　　　　　情而死的。

奥兰多　　我不愿我的真正的罗瑟琳也作这样想法；因为我可
　　　　　以发誓说她只要皱一皱眉头就会把我杀死。

罗瑟琳　　我凭着此手发誓，那是连一只苍蝇也杀不死的。但
　　　　　是来吧，现在我要做你的一个乖乖的罗瑟琳；你向
　　　　　我要求什么，我一定允许你。

奥兰多　　那么爱我吧，罗瑟琳!

罗瑟琳　　好，我就爱你，星期五、星期六[2]以及一切的日子。

奥兰多　　你肯接受我吗?

罗瑟琳　　肯的，我肯接受像你这样二十个男人。

奥兰多　　你怎么说?

罗瑟琳　　你不是个好人吗?

奥兰多　　我希望是的。

罗瑟琳　　那么好的东西会嫌太多吗? ——来，妹妹，你要扮
　　　　　作牧师，给我们主婚。——把你的手给我，奥兰多。
　　　　　你怎么说，妹妹?

---

1 里昂德（Leander）与希罗（Hero）为希腊传说中的一对恋人名；里昂德每晚泅水过
赫勒斯滂（Hellespont）以会其恋人，一夕大风浪没顶。
2 星期五和星期六是基督徒的斋戒日。

奥兰多	请你给我们主婚。
西莉娅	我不会说。
罗瑟琳	你应当这样开始："奥兰多，你愿不愿——"
西莉娅	好吧。——奥兰多，你愿不愿娶这个罗瑟琳为妻？
奥兰多	我愿意。
罗瑟琳	嗯，但是什么时候才娶呢？
奥兰多	当然就在现在哪；只要她能替我们完成婚礼。
罗瑟琳	那么你必须说，"罗瑟琳，我娶你为妻。"
奥兰多	罗瑟琳，我娶你为妻。
罗瑟琳	我本来可以问你凭着什么来娶我的；可是奥兰多，我愿意接受你做我的丈夫。——这丫头等不到牧师问起，就冲口说了出来了；真的，女人的思想总是比行动跑得更快。
奥兰多	一切的思想都是这样；它们是生着翅膀的。
罗瑟琳	现在你告诉我你占有了她之后，打算跟她厮守多久？
奥兰多	永久再加上一天。
罗瑟琳	说一天，不用说永久。不，不，奥兰多，男人们在未婚的时候是四月天，结婚的时候是十二月天；姑娘们做姑娘的时候是五月天，一做了妻子，季候便改变了。我要比一只巴巴里雄鸽对待它的雌鸽格外多疑地对待你；我要比下雨前的鹦鹉格外吵闹，比猵狚格外弃旧怜新，比猴子格外反复无常；我要在你高兴的时候像喷泉上的狄安娜女神雕像一样无端哭泣；我要在你想睡的时候像土狼一样纵声大笑。

奥兰多	但是我的罗瑟琳会做出这种事来吗？
罗瑟琳	我可以发誓她会像我一样做出来的。
奥兰多	啊！但是她是个聪明人哩。
罗瑟琳	她倘不聪明，怎么有本领做这等事？越是聪明，越是淘气。假如用一扇门把一个女人的才情关起来，它会从窗子里钻出来的；关了窗，它会从钥匙孔里钻出来的；塞住了钥匙孔，它会跟着一道烟从烟囱里飞出来的。
奥兰多	男人娶到了这种有才情的老婆，就难免要感慨"才情才情，看你横行到什么地方"了。
罗瑟琳	不，你可以把那句骂人的话留起来，等你瞧见你妻子的才情爬上了你邻人的床上去的时候再说。
奥兰多	那时这位多才的妻子又将用怎样的才情来辩解呢？
罗瑟琳	呃，她会说她是到那儿找你去的。你捉住她，她总有话好说，除非你把她的舌头割掉。唉！要是一个女人不会把她的错处推到她男人的身上去，那种女人千万不要让她抚养她自己的孩子，因为她会把他抚养得成为一个傻子的。
奥兰多	罗瑟琳，这两小时我要离开你。
罗瑟琳	唉！爱人，我两小时都缺不了你哪。
奥兰多	我一定要陪公爵吃饭去；到两点钟我就会回来。
罗瑟琳	好，你去吧，你去吧！我知道你会变成怎样的人。我的朋友们这样对我说过，我也这样相信着，你是用你那种花言巧语来把我骗上手的。不过又是一个

	给人丢弃的罢了；好，死就死吧！你说是两点钟吗？
奥兰多	是的，亲爱的罗瑟琳。
罗瑟琳	凭着良心，一本正经，上帝保佑我，我可以向你起一切无关紧要的誓，要是你失了一点点儿的约，或是比约定的时间来迟了一分钟，我就要把你当作在一大堆无义的人们中间一个最可怜的背信者、最空心的情人，最不配被你叫作罗瑟琳的那人所爱的。所以，留心我的责骂，守你的约吧。
奥兰多	我一定恪遵，就像你真是我的罗瑟琳一样。好，再见。
罗瑟琳	好，时间是审判一切这一类罪人的老法官，让他来审判吧。再见。（奥兰多下）
西莉娅	你在你那种情话中间简直是侮辱我们女性。我们一定要把你的衫裤揭到你的头上，让全世界的人看看鸟儿怎样作践了她自己的窠。
罗瑟琳	啊，小妹妹，小妹妹，我的可爱的小妹妹，你要是知道我是爱得多么深！可是我的爱是无从测计深度的，因为它有一个渊深莫测的底，像葡萄牙海湾一样。
西莉娅	或者不如说是没有底的吧；你刚把你的爱倒进去，它就漏了出来。
罗瑟琳	不，维纳斯的那个坏蛋私生子[1]，那个因为忧郁而感孕，因为冲动而受胎，因为疯狂而诞生的；那个

---

1 即丘匹德。

瞎眼的坏孩子，因为自己没有眼睛而把每个人的眼
睛都欺蒙了的；让他来判断我是爱得多么深吧。我
告诉你，爱莲娜，我看不见奥兰多便活不下去。我
要找一处树荫，去到那儿长吁短叹地等着他回来。

西莉娅　　我要去睡一个觉儿。（同下）

第二场

林中的另一部分

杰奎斯、众臣及林居人等上。

杰奎斯　　是谁把鹿杀死的?

臣甲　　先生，是我。

杰奎斯　　让我们引他去见公爵,像一个罗马的凯旋将军一样;
顶好把鹿角插在他头上,表示胜利的光荣。林居人,
你们没有个应景的歌儿吗?

林居人　　有的,先生。

杰奎斯　　那么唱起来吧;不要管它调子怎样,只要可以热闹
热闹就是了。

林居人　　（唱）

杀鹿的人好幸福,

穿它的皮顶它角。

唱个歌儿送送他。（众和）

顶了鹿角莫讥笑,

古时便已当冠帽;

你的祖父戴过它,

你的阿爹顶过它:

Second Lord. What shall he have that kill'd the deer?
His leather skin, and horns to wear.

Act IV. Scene II.

鹿角鹿角壮而美，

你们取笑真不对。（众下）

第三场

林中的另一部分

罗瑟琳及西莉娅上。

罗瑟琳　　你现在怎么说？不是过了两点钟了吗？这儿哪见有什么奥兰多！

西莉娅　　我对你说，他怀着纯洁的爱情和忧虑的头脑，带了弓箭出去睡觉去了。瞧，谁来了。

西尔维斯上。

西尔维斯　我奉命来见您，美貌的少年；我的温柔的菲苾要我把这信送给您。（将信交罗瑟琳）里面说的什么话我不知道；但是照她写这封信的时候那发怒的神气看来，多半是一些气恼的话。原谅我，我只是个不知情的送信人。

罗瑟琳　　（阅信）最有耐性的人见了这封信也要暴跳如雷；是可忍，孰不可忍？她说我不漂亮；说我没有礼貌；说我骄傲；说即使男人像凤凰那样稀罕，她也不会爱我。天哪！我并不曾要追求她的爱，她为什么写

	这种话给我呢？好，牧人，好，这封信是你捣的鬼。
西尔维斯	不，我发誓我不知道里面写些什么；这封信是菲苾写的。
罗瑟琳	算了吧，算了吧，你是个傻瓜，为了爱情颠倒到这等地步。我看见过她的手，她的手就像一块牛皮那样粗糙，颜色像一块沙石那样；我以为她戴着一副旧手套，哪知道原来就是她的手；她有一双做粗工的手；但这可不用管它。我说她从来不曾想到过写这封信；这是男人出的花样，是一个男人的笔迹。
西尔维斯	真的，那是她的笔迹。
罗瑟琳	嘿，这是粗暴的凶狠的口气，全然是挑战的口气；嘿，她就像土耳其人向基督徒那样向我挑战呢。女人家的温柔的头脑里，决不会想出这种恣睢暴戾的念头来；这种狠恶的字句，含着比字面更狠恶的用意。你要不要听听这封信？
西尔维斯	假如您愿意，请您念给我听听吧。因为我还不曾听到过它呢；虽然菲苾说的凶狠的话，倒已经听了不少了。
罗瑟琳	她要向我撒野呢。听那只雌老虎是怎样写的：（读） 你是不是天神的化身， 来燃烧一个少女的心？ 女人会这样骂人吗？
西尔维斯	您把这种话叫作骂人吗？
罗瑟琳	（读）

撒下了你神圣的殿堂，

虐弄一个痴心的姑娘？

你听见过这种骂人的话吗？

人们的眼睛向我求爱，

从不曾给我丝毫损害。

意思说我是个畜生。

你一双美目中的轻蔑，

尚能勾起我这般情热；

唉！假如你能青眼相加，

我更将怎样意乱如麻！

你一边骂，我一边爱你；

你倘求我，我何事不依？

代我传达情意的来使，

并不知道我这段心事；

让他带下了你的回报，

告诉我你的青春年少，

肯不肯接受我的奉献，

把我的一切听你调遣；

否则就请把拒绝明言，

我准备一死了却情缘。

西尔维斯 您把这叫作骂吗？

西莉娅 唉，可怜的牧人！

罗瑟琳 你可怜他吗？不，他是不值得怜悯的。你会爱这种女人吗？嘿，利用你作工具，那样玩弄你！怎么受得住！好，你到她那儿去吧，因为我知道爱情已经把你变成一条驯服的蛇了；你去对她说：要是她爱我，我吩咐她爱你；要是她不肯爱你，那么我决不要她，除非你代她恳求。假如你是个真心的恋人，去吧，别说一句话；瞧，又有人来了。（西尔维斯下）

奥列佛上。

奥列佛	早安，两位。请问你们知不知道在这座树林的边界有一所用橄榄树围绕着的羊栏？
西莉娅	在这儿的西面，附近的山谷之下，从那微语喃喃的泉水旁边那一列柳树的地方向右出发，便可以到那边去。但现在那边只有一所空屋，没有人在里面。
奥列佛	假如听了人家嘴里的叙述便可以用眼睛认识出来，那么你们的模样正是我所听到说起的，穿着这样的衣服，这样的年纪："那少年生得很俊，脸孔像个女人，行为举动像是老大姊似的；那女人是矮矮的，比她的哥哥黝黑些。"你们正好就是我所要寻访的那屋子的主人吗？
西莉娅	既蒙下问，那么我们说我们正是那屋子的主人，也不算是自己的夸口了。
奥列佛	奥兰多要我向你们两位致意；这一方染着血迹的手帕，他叫我送给他称为他的罗瑟琳的那位少年。您就是他吗？

罗瑟琳　　　正是；这是什么意思呢？

奥列佛　　　说起来徒增我的惭愧，假如你们要知道我是谁，这一方手帕怎样、为什么、在哪里沾上这些血迹。

西莉娅　　　请您说吧。

奥列佛　　　年轻的奥兰多上次跟你们分别的时候，曾经答应过在一小时之内回来；他正在林中走过，品味着爱情的甜蜜和苦涩，瞧，什么事发生了！他把眼睛向旁边一望，听好他看见了些什么东西：在一株满覆着苍苔的秃顶的老橡树之下，有一个不幸的衣衫褴褛须发蓬松的人仰面睡着；一条金绿的蛇缠在他的头上，正预备把它的头敏捷地伸进他的张开的嘴里去，可是突然看见了奥兰多，它便松了开来，蜿蜒地溜进林莽中去了；在那林荫下有一头乳房干瘪的母狮，头贴着地蹲伏着，像猫一样注视这睡着的人的动静，因为那畜生有一种高贵的素性，不会去侵犯瞧上去似乎已经死了的东西。奥兰多一见了这情形，便走到那人的面前，一看却是他的兄长，他的大哥。

西莉娅　　　啊！我听见他说起过那个哥哥；他说他是一个再忍心害理不过的。

奥列佛　　　他很可以那样说，因为我知道他确是忍心害理的。

罗瑟琳　　　但是我们说奥兰多吧；他把他丢下在那儿，让他给那饿狮吃了吗？

奥列佛　　　他两次转身想去；可是善心比复仇更高贵，天性克服了他的私怨，使他去和那母狮格斗，很快便制服了它。我听见了搏击的声音，就从苦恼的瞌睡中醒过来了。

西莉娅　　你就是他的哥哥吗？

罗瑟琳　　他救的便是你吗？

西莉娅　　老是设计谋害他的便是你吗？

奥列佛　　那是从前的我，不是现在的我。我现在已经变了个新的人了——这滋味真美好，因此我可以不惭愧地告诉你们我从前的为人。

罗瑟琳　　可是那块血渍的手帕是怎样来的？

奥列佛　　别性急。那时我们两人叙述着彼此的经历，以及我到这荒野里来的原委；一面说一面自然流露的眼泪流个不住。简单地说，他把我领去见那善良的公爵，公爵赏给我新衣服穿，款待着我，吩咐我的弟弟照应我；于是他立刻带我到他的洞里去，脱下衣服来，一看臂上给母狮抓去了一块肉，血不停地流着，那时他便晕了过去，嘴里还念着罗瑟琳的名字。简单地说，我把他救醒转来，裹好了他的伤口；略过些时，他精神恢复了，便叫我这个陌生人到这儿来把这件事通知你们，请你们原谅他的失约。这一方手帕在他的血里浸过，他要我交给他戏称为罗瑟琳的那位青年牧人。（罗瑟琳晕去）

西莉娅　　呀，怎么啦，盖尼米德！亲爱的盖尼米德！

奥列佛　　有好多人一见了血便要发晕。

西莉娅　　还有其他的缘故哩。哥哥！盖尼米德！

奥列佛	瞧，他醒过来了。
罗瑟琳	我要回家去。
西莉娅	我们可以陪着你去。——请您扶着他的臂膀好不好？
奥列佛	提起精神来，孩子。你算是个男人吗？你太没有男人气了。
罗瑟琳	一点不错，我承认。啊，好小子！人家会觉得我假装得很像哩。请您告诉令弟我假装得多么像。哎哟！
奥列佛	这不是假装；你的脸色已经有了太清楚的证明，这是出于真情的。
罗瑟琳	告诉您吧，真的是假装的。
奥列佛	好吧，那么振作起来，假装个男人样子吧。
罗瑟琳	我正在假装着呢；可是凭良心说，我理该是个女人。
西莉娅	来，你瞧上去脸色越变越白了，回家去吧。好先生，陪我们去吧。
奥列佛	好的，因为我必须把你怎样原谅舍弟的回音带回去呢，罗瑟琳。
罗瑟琳	我会想出些什么来的。但是我请您就把我的假装的样子告诉他吧。我们走吧。（同下）

第一场

亚登森林

试金石及奥德蕾上。

试金石　　咱们总会找到一个时间的,奥德蕾;耐心点儿吧,
　　　　　　温柔的奥德蕾。

奥德蕾　　那位老先生虽然这么说,其实这个牧师也很好呀。

试金石　　顶坏不过的奥列佛师傅,奥德蕾;顶不好的马坦克
　　　　　　斯特。但是,奥德蕾,林子里有一个年轻人要向你
　　　　　　求婚呢。

奥德蕾　　嗯,我知道他是谁;他跟我全没有关涉。你说起的
　　　　　　那个人来了。

威廉上。

试金石　　看见一个村汉在我是家常便饭。凭良心说话,我们

这辈聪明人真是作孽不浅；我们总是忍不住要寻寻人家的开心。

威廉 晚上好，奥德蕾。

奥德蕾 你晚上好哪，威廉。

威廉 晚上好，先生。

试金石 晚上好，好朋友。把帽子戴上了，把帽子戴上了；请不用客气，把帽子戴上了。你多大年纪了，朋友？

威廉 二十五了，先生。

试金石 正是妙龄。你名叫威廉吗？

威廉 威廉，先生。

试金石 一个好名字。是生在这林子里的吗？

威廉 是的，先生，我感谢上帝。

试金石 "感谢上帝"；很好的回答。很有钱吗？

威廉 呃，先生，不过如此。

试金石 "不过如此"，很好很好，好得很；可是也不算怎么好，不过如此而已。你聪明吗？

威廉 呃，先生，我还算聪明。

试金石 啊，你说得很好。我现在记起一句话来了，"傻子自以为聪明，但聪明人知道他自己是个傻子。"异教的哲学家想要吃一颗葡萄的时候，便张开嘴唇来，把它放进嘴里去；那意思是表示葡萄是生下来给人吃，嘴唇是生下来要张开的。你爱这姑娘吗？

威廉 是的，先生。

试金石 把你的手给我。你有学问吗？

Touchstone. I will kill thee a hundred and fifty ways: therefore tremble and depart.

Audrey. Do, good William.

William. Rest you merry, sir.   *Act V. Scene I*

威廉	没有，先生。
试金石	那么让我教训你：有者有也；修辞学上有这么一个譬喻，把酒从杯子里倒在碗里，一只满了，另一只便要落空。写文章的人大家都承认"彼"即是他；好，你不是彼，因为我是他。
威廉	哪一个他，先生？
试金石	先生，就是要跟这个女人结婚的他。所以，你这村夫，莫——那在俗话里就是不要——与此妇——那在土话里就是和这个女人——交游——那在普通话里就是来往；合拢来说，莫与此妇交游，否则，村夫，你就要毁灭；或者让你容易明白些，你就要死；那就是说，我要杀死你，把你干掉，叫你活不成，让你当奴才。我要用毒药毒死你，一顿棒儿打死你，或者用钢刀搠死你；我要跟你打架；我要想出计策来打倒你；我要用一百五十种法子杀死你；所以赶快发着抖滚吧。
奥德蕾	你快去吧，好威廉。
威廉	上帝保佑您快活，先生。（下）

柯林上。

柯林	我们的大官人和小娘子找着你哪；来，走啊！走啊！
试金石	走，奥德蕾！走，奥德蕾！我就来，我就来。（同下）

第二场

林中的另一部分

奥兰多及奥列佛上。

奥兰多　你跟她相识得这么浅便会喜欢起她来了吗？一看见了她，便会爱起她来了吗？一爱了她，便会求起婚来了吗？一求了婚，她便会答应了你吗？你一定要得到她吗？

奥列佛　这件事进行的匆促，她的贫穷，相识的不久，我的突然的求婚和她的突然的允许，这些你都不用怀疑；只要你承认我是爱着爱莲娜的，承认她是爱着我的，允许我们两人的结合，这样你也会有好处；因为我愿意把我父亲老罗兰爵士的房屋和一切收入都让给你，我自己在这里终生做一个牧人。

奥兰多　你可以得到我的允许。你们的婚礼就在明天举行吧；我可以去把公爵和他的一切乐天的从者都请了来。你去吩咐爱莲娜预备一切。瞧，我的罗瑟琳来了。

罗瑟琳上。

罗瑟琳	上帝保佑你，哥哥。
奥列佛	也保佑你，好妹妹。（下）
罗瑟琳	啊！我的亲爱的奥兰多，我瞧见你把你的心裹在绷带里，我是多么难过呀。
奥兰多	那是我的臂膀。
罗瑟琳	我以为是你的心给狮子抓伤了。
奥兰多	它的确是受了伤了，却是给一位姑娘的眼睛伤害了的。
罗瑟琳	你的哥哥有没有告诉你，当他把你的手帕给我看的时候，我假装晕去了的情形？
奥兰多	是的，而且还有更奇怪的事情呢。
罗瑟琳	噢！我知道你说的是什么。啊，那倒是真的；从来不曾有过这么快的事情，除了两头公羊的打架和恺撒那句"我来，我看见，我征服"的傲语。令兄和舍妹刚见了面，便大家瞧起来了；一瞧便相爱了；一相爱便叹气了；一叹气便彼此问为的是什么；一知道了为的是什么，便要想补救的办法：这样一步一步地踏到了结婚的阶段，不久他们便要成其好事了，否则他们等不到结婚便要放肆起来的。他们简直爱得慌了，一定要在一块儿；用棒儿也打不散他们。
奥兰多	他们明天便要成婚，我就要去请公爵参加婚礼。但是，唉！从别人的眼中看见幸福，多么令人烦闷。明天我越是想到我的哥哥满足了心愿多么快活，我

便将越是伤心。

罗瑟琳　　难道我明天不能仍旧充作你的罗瑟琳了吗?

奥兰多　　我不能老是靠着幻想而生存了。

罗瑟琳　　那么我不再用空话来叫你心烦了。告诉了你吧，现
　　　　　　在我不是说着玩儿，我知道你是一个有见识的上等
　　　　　　人;我并不是因为希望你赞美我的本领而恭维你，
　　　　　　也不是图自己的名气，只是想要使你相信我的话，
　　　　　　那是为着你的好处。假如你肯相信，那么我告诉你，
　　　　　　我会行奇迹。从三岁时候起我就和一个术士结识，
　　　　　　他的法术非常高深，可是并不作恶害人。要是你爱
　　　　　　罗瑟琳真是爱得那么深，就像你瞧上去的那样，那
　　　　　　么你哥哥和爱莲娜结婚的时候,你就可以和她结婚。
　　　　　　我知道她现在的处境是多么不幸;只要你没有什么
　　　　　　不方便，我一定能够明天叫她亲身出现在你的面前，
　　　　　　一点没有危险。

奥兰多　　你说的是真话吗?

罗瑟琳　　我以生命为誓，我说的是真话;虽然我说我是个术
　　　　　　士，可是我很重视我的生命呢。所以你得穿上你最
　　　　　　好的衣服，邀请你的朋友们来;只要你愿意在明天
　　　　　　结婚，你一定可以结婚;和罗瑟琳结婚，要是你愿
　　　　　　意。瞧，我的一个爱人和她的一个爱人来了。

　　　　　　西尔维斯及菲苾上。

菲苾	少年人，你很对我不起，把我写给你的信宣布了出来。
罗瑟琳	要是我把它宣布了，我也不管；我存心要对你傲慢不客气。你背后跟着一个忠心的牧人；瞧着他吧，爱他吧，他崇拜着你哩。
菲苾	好牧人，告诉这个少年人恋爱是怎样的。
西尔维斯	它是充满了叹息和眼泪的；我正是这样爱着菲苾。
菲苾	我也是这样爱着盖尼米德。
奥兰多	我也是这样爱着罗瑟琳。
罗瑟琳	我可是一个女人也不爱。
西尔维斯	它是全然的忠心和服务；我正是这样爱着菲苾。
菲苾	我也是这样爱着盖尼米德。
奥兰多	我也是这样爱着罗瑟琳。
罗瑟琳	我可是一个女人也不爱。
西尔维斯	它是全然的空想，全然的热情，全然的愿望，全然的崇拜、恭顺和尊敬；全然的谦卑，全然的忍耐和焦心；全然的纯洁，全然的磨炼，全然的遵从。我正是这样爱着菲苾。
菲苾	我也是这样爱着盖尼米德。
奥兰多	我也是这样爱着罗瑟琳。
罗瑟琳	我可是一个女人也不爱。
菲苾	（向罗瑟琳）假如真是这样，那么你为什么责备我爱你呢？
西尔维斯	（向菲苾）假如真是这样，那么你为什么责备我爱

你呢？

奥兰多　假如真是这样，那么你为什么责备我爱你呢？

罗瑟琳　你在向谁说话，"你为什么责备我爱你呢？"

奥兰多　向那不在这里、也听不见我的说话的她。

罗瑟琳　请你们别再说下去了吧；这简直像是一群爱尔兰的狼向着月亮嗥叫。（向西尔维斯）要是我能够，我一定帮助你。（向菲苾）要是我有可能，我一定会爱你。明天大家来和我相会。（向菲苾）假如我会跟女人结婚，我一定跟你结婚；我要在明天结婚了。（向奥兰多）假如我会使男人满足，我一定使你满足；你要在明天结婚了。（向西尔维斯）假如使你喜欢的东西能使你满意，我一定使你满意；你要在明天结婚了。（向奥兰多）你既然爱罗瑟琳，请你赴约。（向西尔维斯）你既然爱菲苾，请你赴约。我既然不爱什么女人，我也赴约。现在再见吧；我已经吩咐过你们了。

西尔维斯　只要我活着，我一定不失约。

菲苾　我也不失约。

奥兰多　我也不失约。（各下）

第三场

林中的另一部分

试金石及奥德蕾上。

试金石　明天是快乐的好日子，奥德蕾；明天我们要结婚了。

奥德蕾　我满心盼望着呢；我希望盼望出嫁并不是一个不正
当的愿望。那个被放逐的公爵的两个童儿来了。

二童上。

童甲　遇见得巧啊，好先生。

试金石　巧得很，巧得很。来，请坐，请坐，唱个歌儿。

童乙　遵命遵命。居中坐下吧。

童甲　一副坏喉咙未唱之前，总少不了来些老套子，例如
咳嗽吐痰或是说嗓子有点儿嗄了之类；我们还是免
了这些，马上唱起来怎样？

童乙　好的，好的；两人齐声同唱，就像两个吉卜赛人骑
在一匹马上。

歌

一对情人并着肩，

哎哟哎哟哎哎哟，
走过了青青稻麦田，
春天是最好的结婚天，
听嘤嘤歌唱枝头鸟，
姐郎们最爱春光好。

小麦青青大麦鲜，
哎哟哎哟哎哎哟，
乡女村男交颈儿眠，
春天是最好的结婚天，
听嘤嘤歌唱枝头鸟，
姐郎们最爱春光好。

新歌一曲意缠绵，
哎哟哎哟哎哎哟，
人生美满像好花妍，
春天是最好的结婚天，
听嘤嘤歌唱枝头鸟，
姐郎们最爱春光好。

劝君莫负艳阳天，
哎哟哎哟哎哎哟，
恩爱欢娱要趁少年，
春天是最好的结婚天，

听嘤嘤歌唱枝头鸟，

姐郎们最爱春光好。

试金石　　老实说，年轻的先生们，这首歌词固然没有多大意思，那调子却也很不入调。

童甲　　您弄错了，先生；我们是照着板眼唱的，一拍也没有漏过。

试金石　　凭良心说，我来听这么一首傻气的歌儿，真算是白糟蹋了时间。上帝和你们同在；上帝把你们的喉咙补补好吧！来，奥德蕾。（各下）

第四场

林中的另一部分

长公爵、阿米恩斯、杰奎斯、奥兰多、奥列佛
及西莉娅同上。

公爵　　奥兰多，你相信那孩子果真有他所说的那种本领
　　　　吗？

奥兰多　我有时相信，有时不相信；就像那些因恐结果无望
　　　　而心中惴惴的人，一面希望一面担着心事。

罗瑟琳、西尔维斯及菲苾上。

罗瑟琳　再请耐心听我说一遍我们所约定的条件。（向公爵）
　　　　您不是说，假如我把您的罗瑟琳带了来，您愿意把
　　　　她赏给这位奥兰多做妻子吗？

公爵　　即使再要我把几个王国作为陪嫁，我也愿意。

罗瑟琳　（向奥兰多）您不是说，假如我带了她来，您愿意
　　　　娶她吗？

奥兰多　即使我是统治万国的君王，我也愿意。

罗瑟琳　（向菲苾）您不是说，假如我愿意，您便愿意嫁我吗？

菲苾	即使我在一小时后就要一命丧亡，我也愿意。
罗瑟琳	但是假如您不愿意嫁我，您不是要嫁给这位忠心无比的牧人吗？
菲苾	是这样约定着。
罗瑟琳	（向西尔维斯）您不是说，假如菲苾愿意，您便愿意娶她吗？
西尔维斯	即使娶了她等于送死，我也愿意。
罗瑟琳	我答应要把这一切事情安排得好好的。公爵，请您守约许嫁您的女儿；奥兰多，请您守约娶他的女儿；菲苾，请您守约嫁我，假如不肯嫁我，便得嫁给这位牧人；西尔维斯，请您守约娶她，假如她不肯嫁我：现在我就去给你们解释这些疑惑。（罗瑟琳、西莉娅下）
公爵	这个牧童使我记起了我女儿的相貌，有几分活像是她。
奥兰多	殿下，我初次见他的时候，也以为他是郡主的兄弟呢；但是，殿下，这孩子是在林中生长的，他的伯父曾经教过他一些魔术的原理，据说他那伯父是一个隐居在这林中的大术士。

试金石及奥德蕾上。

杰奎斯	一定又有一次洪水来啦，这一对一对都要准备躲到

	方舟里去 [1]。又来了一对奇怪的畜生，傻瓜是他们公认的名字。
试金石	列位，这厢有礼了！
杰奎斯	殿下，请您欢迎他。这就是我在林中常常遇见的那位傻头傻脑的先生；据他说他还出入过宫廷呢。
试金石	要是有人不相信，尽管把我质问好了。我曾经跳过高雅的舞；我曾经恭维过一位贵妇；我曾经向我的朋友玩弄过手腕，跟我的仇家们装亲热；我曾经毁了三个裁缝，闹过四回口角，有一次几乎大打出手。
杰奎斯	那是怎样闹起来的呢？
试金石	呃，我们碰见了，一查这场争吵是根据着第七个原因。
杰奎斯	怎么叫第七个原因？——殿下，请您喜欢这个家伙。
公爵	我很喜欢他。
试金石	上帝保佑您，殿下；我希望您喜欢我。殿下，我挤在这一对对乡村的姐儿郎儿中间到这里来，也是想来宣了誓然后毁誓，让婚姻把我们结合，再让血气把我们拆开。她是个寒伧的姑娘，殿下，样子又难看；可是，殿下，她是我自个儿的：我有一个坏脾气，殿下，人家不要的我偏要。宝贵的贞洁，殿下，就像是住在破屋子里的守财奴，又像是丑蚌壳里的明珠。

---

1 指《旧约·创世记》中洪水时诺亚造方舟之事。

公爵	我说，他倒很伶俐机警呢。
试金石	傻子信口开河，殿下，听者却挺受用呢。
杰奎斯	但是且说那第七个原因；你怎么知道这场争吵是根据着第七个原因呢？
试金石	因为那是根据着一句经过七次演变后的谎话。——把你的身体站端正些，奥德蕾。——是这样的，先生：我不喜欢某位廷臣的胡须的式样；他回我说假如我说他胡须的式样不好，他却自以为很好：这叫作"有礼的驳斥"。假如我再去对他说那式样不好，他就回我说他自己喜欢要这样：这叫作"谦恭的讥刺"。要是再说那式样不好，他便蔑视我的意见：这叫作"粗暴的答复"。要是再说那式样不好，他就回答说我讲的不对：这叫作"大胆的谴责"。要是再说那式样不好，他就要说我说谎：这叫作"挑衅的反攻"。于是就到了"委婉的说谎"和"公然的说谎"。
杰奎斯	你说了几次他的胡须式样不好呢？
试金石	我只敢说到"委婉的说谎"为止，他也不敢给我"公然的说谎"；因此我们较了较剑[1]，便走开了。
杰奎斯	你能不能把一句谎话的各种程度按着次序说出来？
试金石	先生啊，我们争吵都是根据着书本的，就像你们有讲礼貌的书一样。我可以把各种程度列举出来。第

---

1 决斗之前量双方剑刃长短，以求公平。

一，有礼的驳斥；第二，谦恭的讥刺；第三，粗暴的答复；第四，大胆的谴责；第五，挑衅的反攻；第六，委婉的说谎；第七，公然的说谎。除了"公然的说谎"之外，其余的都可以避免；但是"公然的说谎"只要用了"假如"两个字，也就可以一天云散。我知道有一场七个法官都处断不了的争吵；当两造相遇时，其中的一个单单想起了"假如"两字，例如"假如你这样说，那么我便要这样说"，于是两人便彼此握手，结为兄弟了。"假如"是唯一的和事佬；"假如"之时用大矣哉！

杰奎斯 殿下，这不是一个很难得的人吗？他什么都懂，然而仍然是一个傻瓜。

公爵 他把他的傻气当作了藏身的烟幕，在它的荫蔽之下放出他的机智来。

许门[1]领罗瑟琳穿女装及西莉娅上。柔和的音乐。

许门 天上有喜气融融，
人间万事尽亨通，
和合无嫌猜。
公爵，接受你女儿，
许门一路带着伊，

---

1 许门（Hymen），婚姻之神，此处可能由阿米恩斯或其他臣僚扮演。

　　　　　　　　远从天上来；

　　　　　　　　请你为她做主张，

　　　　　　　　嫁给她心上情郎。

罗瑟琳　　（向公爵）我把我自己交给您，因为我是您的。（向奥兰多）我把我自己交给您，因为我是您的。

公爵　　　要是眼前所见的并不是虚假，那么你是我的女儿了。

奥兰多　　要是眼前所见的并不是虚假，那么你是我的罗瑟琳了。

菲苾　　　要是眼前的情形是真，那么永别了，我的爱人！

罗瑟琳　　（向公爵）要是您不是我的父亲，那么我不要有什么父亲。（向奥兰多）要是您不是我的丈夫，那么我不要有什么丈夫。（向菲苾）要是我不跟你结婚，那么我再不跟别的女人结婚。

许门　　　请不要喧闹纷纷！

　　　　　　　　这种种古怪事情，

　　　　　　　　都得让许门断清。

　　　　　　　　这里有四对恋人，

　　　　　　　　说的话儿倘应心，

　　　　　　　　该携手共缔鸳盟。

　　　　　　　　你俩患难不相弃，（向奥兰多、罗瑟琳）

　　　　　　　　你们俩同心永系；（向奥列佛、西莉娅）

　　　　　　　　你和他宜室宜家，（向菲苾）

　　　　　　　　再莫恋镜里空花；

　　　　　　　　你两人形影相从，（向试金石、奥德蕾）

像风雪跟着严冬。

等一曲婚歌奏起，

尽你们寻根觅柢，

莫惊讶咄咄怪事，

细想想原来如此。

    歌

人间添美眷，

天后爱团圆；

席上同心侣，

枕边并蒂莲。

不有许门力，

何缘众庶生？

同声齐赞颂，

月老最堪称！

公爵　啊，我的亲爱的侄女！我欢迎你，就像你是我自己的女儿。

菲苾　（向西尔维斯）我不愿食言，现在你已经是我的；你的忠心使我爱上了你。

贾奎斯上。

贾奎斯　请听我说一两句话；我是老罗兰爵士的第二个儿子，特意带了消息到这群贤毕集的地方来。弗莱德里克公爵因为听见每天有才智之士投奔到这林中，故此兴

Jaques de Bois. Let me have audience for a word or two:
I am the second son of old Sir Roland,
That bring these tidings to this fair assembly.

Act V. Scene IV.

起大军，亲自统率，预备前来捉拿他的兄长，把他杀死除害。他到了这座树林的边界，遇见了一位年高的修道士，交谈之下，悔悟前非，便即停止进兵；同时看破红尘，把他的权位归还给他的被放逐的兄长，一同流亡在外的诸人的土地，也都各还原主。这不是假话，我可以用生命作担保。

公爵　　欢迎，年轻人！你给你的兄弟们送了很好的新婚贺礼来了：一个是他的被扣押的土地；一个是一座绝大的公国，享有着绝对的主权。先让我们在这林中把我们已经在进行得好好的事情办了；然后，在这幸运的一群中，每一个曾经跟着我忍受过艰辛日子的人，都要按着各人的地位，分享我的恢复了的荣华。现在我们且把这种新近得来的尊荣暂时搁在脑后，举行起我们乡村的狂欢来吧。奏起来，音乐！你们各位新娘新郎，大家欢天喜地的，跳起舞来呀！

杰奎斯　　先生，恕我冒昧。要是我没有听错，好像您说的是那公爵已经潜心修道，抛弃富贵的宫廷了？

贾奎斯　　是的。

杰奎斯　　我这就找他去；从这种悟道者的地方，很可以得到一些绝妙的教训。（向公爵）我让你去享受你那从前的光荣吧；那是你的忍耐和德行的酬报。（向奥兰多）你去享受你那用忠心赢得的爱情吧。（向奥列佛）你去享有你的土地、爱人和权势吧。（向西尔维斯）你去享用你那用千辛万苦换来的老婆吧。

（向试金石）至于你呢，我让你去口角吧；因为在你的爱情的旅程上，你只带了两个月的粮草。好，大家各人去找各人的快乐；跳舞可不是我的份。

公爵 别走，杰奎斯，别走！

杰奎斯 我不想看你们的作乐；您有什么见教，我就在被你们遗弃了的山窟中恭候。（下）

公爵 进行下去吧，开始我们的嘉礼；相信结束时人人都是满心欢喜。（跳舞。众下）

收场白

罗瑟琳 叫娘儿们来念收场白，似乎不大合适；可是那也不见得比叫老爷子来念开场白更不成样子些。要是好酒无需招牌，那么好戏也不必有收场白；可是好酒要用好招牌，好戏倘再加上一段好收场白，岂不更好？那么我现在的情形是怎样的呢？既然不会念一段好收场白，又不能用一出好戏来讨好你们！我并不穿得像个叫花子一样，因此我不能向你们求乞；我的唯一的法子是恳请。我要先从女人们开始。女人们啊！为着你们对于男子的爱情，请你们尽量地喜欢这本戏。男人们啊！为着你们对于女子的爱情——瞧你们那副痴笑的神气，我就知道你们没有一个讨厌她们的——请你们学着女人们的样子，也来喜欢这本戏。假如我是一个女人[1]，你们中间只要谁的胡子生得叫我满意，脸蛋长得讨我欢喜，而且气息也不叫我恶心的，我都愿意给他一吻。为了我这种慷慨的奉献，我相信凡是生得一副好胡子、长得一张好脸蛋或是有一口好气息的诸君，当我屈膝致敬的时候，都会向我道别。（下）

---

1 伊丽莎白时代舞台上女角皆用男童扮演。

第十二夜

TWELFTH-NIGHT.
OR
WHAT YOU WILL.

剧中人物

奥西诺 / 伊利里亚公爵

西巴斯辛 / 薇奥拉之兄

安东尼奥 / 船长，西巴斯辛之友

另一船长 / 薇奥拉之友

凡伦丁
丘里奥 } 公爵侍臣

托比·培尔契爵士 / 奥丽维娅的叔父

安德鲁·艾古契克爵士

马伏里奥 / 奥丽维娅的管家

费边
费斯特（小丑） } 奥丽维娅之仆

奥丽维娅 / 富有的伯爵小姐

薇奥拉 / 热恋公爵者

玛利娅 / 奥丽维娅的侍女

群臣、牧师、水手、警吏、乐工及其他侍从等

地点

伊利里亚[1]某城及其附近海滨

本剧解题

一月六日，即耶稣圣诞后之第十二日，为旧俗宴乐之佳节，曩时宫廷中例于是晚搬演杂剧为乐。本剧系供当时上演之用，故即以"第十二夜"命名。

---

1 位于亚德里亚海东部，今克罗地亚。

第一场

公爵府中一室

公爵、丘里奥[1]、众臣同上；乐工随侍。

公爵 假如音乐是爱情的食粮，那么奏下去吧；尽量地奏下去，好让爱情因过饱而噎塞而死。又奏起这个调子来了！它有一种渐渐消沉下去的节奏。啊！它经过我的耳畔，就像吹在一片紫罗兰上的微风的轻柔之声，一面把花香偷走，一面又把花香分送。够了！别再奏下去了！现在已经不像原来那样甜蜜了。爱情的精灵呀！你是多么敏感而活泼；虽然你有海一样的容量，可是无论怎样高贵超越的事物，一进了你的范围，便会在顷刻间失去了它的价值。爱情是这样充满了意象，在一切事物中最富于幻想。

---

1 丘里奥（Curio）源自意大利语的"宫廷"（court）一词，暗指好奇的、古怪的（curious）或恭敬的（courtly）。

丘里奥	殿下，您要不要去打猎？
公爵	什么，丘里奥？
丘里奥	去打鹿。
公爵	啊，一点不错，我的心就像是一头鹿[1]呢。唉！当我第一眼瞧见奥丽维娅的时候，我觉得好像空气给她澄清了。那时我就变成了一头鹿；而我的情欲，就像凶暴残酷的猎犬一样，永远追逐着我。

凡伦丁上。

公爵	怎样！她那边有什么消息带来？
凡伦丁	禀殿下，他们不让我进去，只从她的侍女嘴里传来了这一个答复：在七个寒暑不曾过去之前，就是青天也不能窥见她的全貌；她要像一个修女一样，蒙着面纱而行，每天用辛酸的眼泪浇洒她的卧室：这一切都是为着纪念对于一个死去的兄长的爱，她要把这份爱永远活生生地保留在她悲伤的记忆里。
公爵	唉！她有这么一颗优美的心，对于她的哥哥也会挚爱到这等地步。假如爱神那支富丽的金箭把她心里一切其他的感情一齐射死；假如只有一个唯一的君王占据着她的心肝头脑，这些尊严的御座，只有他充满在她的一切可爱的品性之中，那时她将要怎样

---

1 鹿（hart）与心（heart）在英文中为同音词。

恋爱着啊！

给我引道到芬芳的花丛；

相思在花荫下格外情浓。（同下）

第二场

海滨

薇奥拉[1]、船长及水手等上。

薇奥拉　　朋友们，这儿是什么国土？

船长　　这儿是伊利里亚，姑娘。

薇奥拉　　我在伊利里亚干什么呢？我的哥哥已经到极乐世界里去了。也许他侥幸没有淹死。水手们，你们以为怎样？

船长　　您也是侥幸才保全了性命的。

薇奥拉　　唉，我的可怜的哥哥！但愿他也侥幸无恙！

船长　　不错，姑娘，您可以用侥幸的希望来宽慰您自己。我告诉您，当我们的船撞破了之后，您和那几个跟您一同脱险的人攀在我们那只给风涛所颠摇的小船上，那时我瞧见您的哥哥很有急智地把他自己捆在一根浮在海面的桅樯上，胆勇和希望教给了他这个

---

1 薇奥拉（Viola），在意大利语中意为"紫罗兰"（violet）。

	计策；我见他像阿里翁[1]骑在海豚背上似的，浮沉在波浪之间，直到我的眼睛望不见他。
薇奥拉	多谢告知，这些金币聊表谢意。我自己的脱险使我抱着他也能够同样脱险的希望；你的话更把我的希望证实了几分。你知道这国土吗？
船长	是的，姑娘，很熟悉；因为我就是在离这儿不到三小时旅程的地方生长的。
薇奥拉	谁统治着这地方？
船长	一位名实相符的高贵的公爵。
薇奥拉	他叫什么名字？
船长	奥西诺[2]。
薇奥拉	奥西诺！我曾经听见我父亲说起过他；那时他还没有娶亲。
船长	现在他还是这样，至少在最近我还不曾听见他娶亲的消息；因为只一个月之前我从这儿出发，那时刚刚有一种新鲜的风传——您知道大人物的一举一动，都会被一般人纷纷议论着的——说他在向美貌的奥丽维娅求爱。
薇奥拉	她是谁呀？
船长	她是一位品德高尚的姑娘；她的父亲是位伯爵，约莫在一年前死去，把她交给他的儿子，她的哥哥照

---

1 阿里翁（Arion），希腊诗人和音乐家，传说他在某次乘船自西西里至科林多途中为水手所迫害，因跃入海中，为海豚负至岸上，盖深感其音乐之力云。
2 奥西诺（Orsino），在意大利语中意为"熊崽"。

顾，可是他不久也死了。他们说为了对于她哥哥的深切的友爱，她已经发誓不再跟男人们在一起或是见他们的面。

薇奥拉　　唉！要是我能够待候这位小姐，就可以不用在时机没有成熟之前显露我的身份了。

船长　　那很难办到，因为她不肯接纳无论哪一种请求，就是公爵的请求她也是拒绝的。

薇奥拉　　船长，你瞧上去是个好人；虽然造物常常用一层美丽的墙来围蔽住内中的污秽，但是我可以相信你的心地跟你的外表一样好。请你将我的身份保密，我以后会重重答谢你的；你得帮助我假扮起来，好让我达到我的目的。我要去待候这位公爵，你要把我送给他做阉伶；也许你会得到些好处的，因为我会唱歌，用各种的音乐向他说话，使他重用我。

以后有什么事以后再说；

我会使计谋，你只须静默。

船长　　我便当哑巴，你去做阉伶；

倘多话挖去我的眼珠子。

薇奥拉　　谢谢你；领着我去吧。（同下）

第三场

奥丽维娅宅中一室

托比·培尔契爵士及玛利娅上。

托比	我的侄女见了什么鬼，把她哥哥的死看得那么重？悲哀是要损寿的呢。
玛利娅	真的，托比老爷，您晚上得早点儿回来；您那侄小姐很反对您的深夜不归呢。
托比	哼，让她去今天反对、明天反对，尽管反对下去吧。
玛利娅	哎，但是您总得讲个分寸，不要太失了身份才是。
托比	身份！我这身衣服难道不合身份吗？穿了这种衣服去喝酒，也很有身份的了；还有这双靴子，要是它们不合身份，就叫它们在靴带上吊死了吧。
玛利娅	您这样酗酒会作践了您自己的，我昨天听见小姐说起过；她还说起您有一晚带到这儿来向她求婚的那个傻骑士。
托比	谁？安德鲁·艾古契克爵士吗？
玛利娅	哎，就是他。
托比	他在伊利里亚也算是一表人才了。
玛利娅	那又有什么相干？

托比	哼，他有三千块钱一年的收入呢。
玛利娅	哎，可是一年之内就把这些钱全花光了。他是个大傻瓜，而且是个浪子。
托比	呸！你说出这种话来！他会拉低音提琴；他不看书本就能讲三四国语言，一个字都不模糊；他有一切的好天分。
玛利娅	是的，傻子都是得天独厚的；因为他除了是个傻瓜之外，又是一个惯会惹是招非的家伙；要是他没有懦夫的天分来缓和一下他那喜欢吵架的脾气，有见识的人都以为他就会有棺材睡的。
托比	我举手发誓，这样说他的人，都是些坏蛋，信口雌黄的东西。他们是谁啊？
玛利娅	他们又说您每夜跟他在一块儿喝酒。
托比	我们都喝酒祝我的侄女健康呢。只要我的喉咙里有食道，伊利里亚有酒，我便要为她举杯祝饮。谁要是不愿为我的侄女举杯祝饮，喝到像抽陀螺似的天旋地转的，他就是个不中用的汉子，是个卑鄙小人。嘿，丫头！瞧！安德鲁·艾古契克爵士来啦。

安德鲁·艾古契克爵士上。

安德鲁	托比·培尔契爵士！您好，托比·培尔契爵士！
托比	亲爱的安德鲁爵士！
安德鲁	您好，美貌的小泼妇！

玛利娅	您好，大人。
托比	寒暄几句，安德鲁爵士，寒暄几句。
安德鲁	您说什么？
托比	这是舍侄女的丫鬟。
安德鲁	好寒萱姊姊，我希望咱们多多结识。
玛利娅	我的名字是玛丽，大人。
安德鲁	好玛丽·寒萱姊姊——
托比	你弄错了，骑士；"寒暄几句"就是跑上去向她挑逗一下，招惹一下，搞一下的意思。
安德鲁	哎哟，我可不要跟她打交道。"寒暄"就是这个意思吗？
玛利娅	再见，先生们。
托比	要是你让她这样走了，安德鲁爵士，你以后再不用充汉子了。
安德鲁	要是你这样走了，姑娘，我以后再不用充汉子了。好小姐，你以为你在跟傻瓜们交手吗？
玛利娅	大人，可是我还不曾跟您握手呢。
安德鲁	圣母在上，让我们握手。
玛利娅	现在，大人，随您怎么想吧。请您把手带到酒柜上，让它也喝上点儿吧。
安德鲁	此话怎讲，宝贝儿？你在打什么比喻？
玛利娅	它是干的，大人。
安德鲁	是啊，没错。我又不是蠢蛋，当然能让手保持干

燥[1]。可你讲的究竟是什么笑话？

玛利娅　　干巴巴的笑话，大人。

安德鲁　　你满肚子都是这种笑话吗？

玛利娅　　是的，大人，我手里就握着一个笑话。好了，现在
我放开您的手了，我的笑话也枯竭了。（下）

托比　　骑士啊！你应该喝杯酒。几时我见你这样给人愚弄
过？

安德鲁　　我想你从来没有见过；除非你见我给酒弄昏了头。
有时我觉得我跟那些基督徒或平常人一样笨；可是
我是个吃牛肉的老饕，我相信那对于我的聪明很有
妨害。

托比　　毫无疑问。

安德鲁　　要是早知如此，我就把肉戒了。托比爵士，明天我
要骑马回家去了。

托比　　Pourquoi[2]，我亲爱的骑士？

安德鲁　　什么叫 Pourquoi？好还是不好？我理该把我花在击
剑、跳舞和耍熊上面的工夫学几种外国话的。唉！
要是我读了文学多么好！

托比　　要是你花些工夫在你的鬈发钳[3]上头，你就可以有
一头很好的头发了。

安德鲁　　怎么，那跟我的头发有什么关系？

---

1 此处引用谚语"连傻瓜都懂得下雨天回屋子"。
2 Pourquoi 为法文"为什么"之意。
3 钳子（tongs）与外国话（tongues）谐音。

托比	很明白，因为你瞧你的头发不用些工夫上去是不会鬈曲起来的。
安德鲁	可是我的头发不也已经够好看了吗？
托比	好得很，它披下得就像纺杆上的麻线一样，我希望有哪位奶奶把你夹在大腿里纺它一纺。
安德鲁	真的，我明天要回家去了，托比爵士。你侄女不肯接见我；即使接见我，多半她也不会要我。这儿的公爵也向她求婚呢。
托比	她不要什么公爵不公爵；她不愿嫁给比她身份高、地位高、年龄高、智慧高的人，我听见她这样发过誓。嗬，老兄，还有希望呢。
安德鲁	我再多待一个月。我是世上心思最古怪的人；我有时老是喜欢喝酒跳舞。
托比	这种玩意儿你很擅胜场的吗，骑士？
安德鲁	可以比得过伊利里亚无论哪个不比我高明的人；可是我不愿跟老手比。
托比	你跳舞的本领怎样？
安德鲁	不骗你，我能步步开花。
托比	我能刀刀入肉。
安德鲁	讲到我的后位功夫，可不比伊利里亚的任何一个男人弱。
托比	为什么你要把这种本领藏匿起来呢？为什么这种天才要覆上一块幕布？难道它们也会沾上灰尘，像大小姐的画像一样？为什么不跳着"加里阿"到教堂

里去，跳着"科兰多"一路回家？假如是我的话，我要走步路也是"捷格"舞，撒泡尿也是五步舞呢。你是什么意思？这世界上是应该把才能隐藏起来的吗？照你那双出色的好腿看来，我想它们是在一个跳舞的星光底下生下来的。

安德鲁　啊，我这双腿很有气力，穿了火黄色的袜子倒也十分漂亮。我们喝酒去吧？

托比　除了喝酒，咱们还有什么事好做？咱们的命宫不是金牛星吗？

安德鲁　金牛星！金牛星管的是腰和心。

托比　不，老兄，是腿和股。跳个舞儿给我看。哈哈！跳得高些！哈哈！好极了！（同下）

第四场

公爵府中一室

凡伦丁及薇奥拉男装上。

凡伦丁	要是公爵继续这样宠幸你，西萨里奥，你多半就要高升起来了；他认识你还只有三天，你就跟他这样熟了。
薇奥拉	你说"继续这样宠幸我"，你的意思是不是说他的心性有点捉摸不定，或是担心我的疏忽？先生，他待人是不是有始无终的？
凡伦丁	不，相信我。
薇奥拉	谢谢你。公爵来了。

公爵、丘里奥及侍从等上。

公爵	喂！有谁看见西萨里奥吗？
薇奥拉	在这儿，殿下，听候您的吩咐。
公爵	你们暂时走开些。西萨里奥，你已经知道了一切，我已经把我秘密的内心中的书册向你展示过了；因

	此，好孩子，到她那边去，别让他们把你摈之门外，站在她的门口，对他们说，你要站到脚底下生了根，直等她把你延见为止。
薇奥拉	殿下，要是她真像人家所说的那样沉浸在悲哀里，她一定不会允许我进去的。
公爵	你可以跟他们吵闹，不用顾虑一切礼貌的界限，但一定不要毫无结果而归。
薇奥拉	假定我能够和她见面谈话了，殿下，那么又怎样呢？
公爵	噢！那么就向她宣布我的恋爱的热情，把我的一片挚诚说给她听，让她吃惊。你表演起我的伤心来一定很出色；你这样的青年一定比那些脸孔板板的使者们更能引起她的注意。
薇奥拉	我想不见得吧，殿下。
公爵	好孩子，相信我的话；因为像你这样的妙龄，还不能算是个成人；狄安娜的嘴唇也不比你的更柔滑而红润；你的娇细的喉咙像处女一样尖锐而清朗；在各方面你都像个女人。我知道你的性格很容易对付这件事情。四五个人陪着他去；要是你愿意，就把他们全带去也好；因为我欢喜孤寂。你倘能成功，那么你主人的财产你也可以有份。
薇奥拉	我愿意尽力去向您的爱人求婚。
	（旁白）唉，怨只怨多阻碍的前程！
	但我一定要做他的夫人。（各下）

第五场

奥丽维娅宅中一室

玛利娅及小丑上。

玛利娅　　不，你要是不告诉我你到哪里去了，我便把我的嘴唇抿得紧紧的，连一根毛发也钻不进去，不替你说半句好话。小姐因为你不在，要吊死你呢。

小丑　　让她吊死我吧；好好地吊死的人，在这世上可以不怕敌人。

玛利娅　　把你的话解释解释。

小丑　　因为他看不见敌人了。

玛利娅　　好一句无聊的回答。我知道你的那句"不怕敌人"出自哪里。

小丑　　出自哪里，玛利娅姑娘？

玛利娅　　出自战场上，你装疯卖傻的时候，就可以大胆地这样说。

小丑　　好吧，上帝给聪明予聪明人；至于傻子们呢，那只好靠他们的本事了。

玛利娅　　可是你这么久在外边鬼混，小姐一定要把你吊死呢，

	否则把你赶出去，那不是跟把你吊死一样好吗？
小丑	好好地吊死常常可以防止坏的婚姻；至于赶出去，那在夏天倒还没甚要紧。
玛利娅	那么你已经下了决心了吗？
小丑	不，没有；可是我决定了两端。
玛利娅	假如一端断了，一端还连着；假如两端都断了，你的裤子也落下来了。
小丑	妙，真的很妙。好，去你的吧；要是托比老爷戒了酒，你在伊利里亚的雌儿中间也好算是个不输别人的调皮角色了。
玛利娅	闭嘴，你这坏蛋，别胡说了。小姐来啦；你还是好好地想出个托辞来。（下）
小丑	才情呀，请你帮我好好儿装一下傻瓜！那些自负才情的人，实际上往往是些傻瓜；我知道我自己没有才情，因此也许可以算作聪明人。昆那拍勒斯[1]怎么说的？"与其做愚蠢的智人，不如做聪明的愚人。"

奥丽维娅偕马伏里奥上。

小丑	上帝祝福你，小姐！
奥丽维娅	把这傻子撵出去！
小丑	喂，你们没听见吗？把这位小姐撵出去。

---

1 小丑杜撰的人物。

| 奥丽维娅 | 算了吧！你是个干燥无味的傻子，我不要再看见你了；而且你已经变得不老实起来。 |

| 小丑 | 我的小姐，这两个毛病用酒和忠告都可以治好。只要给干燥无味的傻子一点酒喝，他就不干燥了。只要劝不老实的人洗心革面，弥补他从前的过失：假如他能够弥补的话，他就不再不老实了；假如他不能弥补，那么叫裁缝把他补一补也就得了。弥补者，弥而补之也：道德的失足无非补上了一块罪恶；罪恶悔改之后，也无非补上了一块道德。假如这种简单的论理可以通得过去，很好；假如通不过去，还有什么办法？当王八是一件倒霉的事，美人好比鲜花，这都是无可怀疑的。小姐吩咐把傻子撵出去；因此我再说一句，把她撵出去吧。 |

| 奥丽维娅 | 尊驾，我吩咐他们把你撵出去呢。 |

| 小丑 | 这就是大错而特错了！小姐，"戴了和尚帽，不定是和尚"；那就好比是说，我身上虽然穿着愚人的彩衣，可是我并不一定连头脑里也穿着它呀。我的好小姐，准许我证明您是个傻子。 |

| 奥丽维娅 | 你能吗？ |

| 小丑 | 易如反掌，我的好小姐。 |

| 奥丽维娅 | 那么证明一下看。 |

| 小丑 | 小姐，我必须要把您盘问；我的贤淑的小乖乖，回答我。 |

| 奥丽维娅 | 好吧，先生，既然没别的消遣，我就等候着你的 |

证明吧。

小丑	我的好小姐，你为什么悲伤？
奥丽维娅	好傻子，为了我哥哥的死。
小丑	小姐，我想他的灵魂是在地狱里。
奥丽维娅	傻子，我知道他的灵魂是在天上。
小丑	这就越显得你的傻了，我的小姐；你哥哥的灵魂既然在天上，为什么要悲伤呢？列位，把这傻子攥出去。
奥丽维娅	马伏里奥，你以为这傻子怎样？他是不是有进步？
马伏里奥	是的，他会一直进步，直到死去。老弱可以损害一个聪明人，可是对于傻子却能使他变得格外傻起来。
小丑	老爷，上帝保佑您快快老弱起来，好让您格外傻得厉害！托比老爷可以发誓说我不是狐狸，可是他不愿跟人家打赌两便士说您不是个傻子。
奥丽维娅	你怎么说，马伏里奥？
马伏里奥	我不懂小姐您怎么会喜欢这种没有头脑的混账东西。前天我看见他给一个像石头一样冥顽不灵的下等的傻子算计了去。您瞧，他已经毫无招架之功了；要是您不笑笑给他一点题目，他便要无话可说。我说，听见这种傻子的话也会那么高兴的聪明人们，都不过是些傻子们的应声虫罢了。
奥丽维娅	啊！你是太自命不凡了，马伏里奥；你缺少一副健全的胃口。宽容慷慨、气度汪洋的人把炮弹也不过看成了鸟箭。傻子有特许放肆的权利，虽然他满口骂人，人家不会见怪于他；君子出言必有分量，虽

然他老是指摘人家的错处，也不能算为谩骂。

小丑   麦鸠利[1]赏给你说谎的本领吧，因为你给傻子说了好话！

玛利娅重上。

玛利娅   小姐，门口有一位年轻的先生很想见您说话。

奥丽维娅   从奥西诺公爵那儿来的吧？

玛利娅   我不知道，小姐；他是一位漂亮的青年，随从很盛。

奥丽维娅   我家里有谁在跟他周旋呢？

玛利娅   是令亲托比老爷，小姐。

奥丽维娅   你去叫他走开；他满口都是些疯话。不害羞的！（玛利娅下）马伏里奥，你给我去；假若是公爵差来的，说我病了，或是不在家，随你怎样说，把他打发走。（马伏里奥下）你瞧，先生，你的打诨已经陈腐起来，人家不喜欢了。

小丑   我的小姐，你帮我说话就像你的大儿子也会是个傻子一般；愿乔武把他的头颅里塞满了脑子吧！瞧你的那位有一副最不中用的头脑的令亲来了。

托比·培尔契爵士上。

---

1 麦鸠利（Mercury），商神，又为盗贼等的保护神。

奥丽维娅	哎哟，又已经半醉了。叔叔，门口是谁？
托比	一个绅士。
奥丽维娅	一个绅士！什么绅士？
托比	有一个绅士在这儿——这种该死的咸鱼！怎样，蠢货！
小丑	好托比爷爷！
奥丽维娅	叔叔，叔叔，你怎么这么早就昏天黑地了？
托比	声天色地！我打倒声天色地！有一个人在门口。
小丑	是呀，他是谁呢？
托比	随他是魔鬼也好，我不管；我说，我心里耿耿三尺有神明。好，都是一样。（下）
奥丽维娅	傻子，醉汉像个什么东西？
小丑	像个溺死鬼，像个傻瓜，又像个疯子。一口暖身子，多喝一口就会把他变成个傻瓜；再喝一口就发了疯；喝了第三口就把他溺死了。
奥丽维娅	你去找个验尸的来吧，让他来验验我的叔叔；因为他已经喝酒喝到了第三个阶段，他已经溺死了。瞧瞧他去。
小丑	他还不过是发疯呢，我的小姐；傻子该去照顾疯子。（下）

马伏里奥重上。

马伏里奥	小姐，那个少年发誓说要见您说话。我对他说您有病；他说他知道，因此要来见您说话。我对他说您睡了；他

似乎也早已知道了，因此要来见您说话。还有什么话好对他说呢，小姐？什么拒绝都挡他不了。

奥丽维娅　对他说我不要见他说话。

马伏里奥　这也已经对他说过了；他说，他要像州官衙门前竖着的旗杆那样立在您的门前不去，像凳子脚一样直挺挺地站着，非得见您说话不可。

奥丽维娅　他是怎样一个人？

马伏里奥　呃，就像一个人的样子。

奥丽维娅　可是是什么样子的呢？

马伏里奥　很无礼的样子；不管您愿不愿意，他一定要见您说话。

奥丽维娅　他的相貌怎样？多大年纪？

马伏里奥　说是个大人吧，年纪还太轻；说是个孩子吧，又嫌大些：就像是一颗没有成熟的豆荚，或是一只半生的苹果，所谓介乎两可之间。他长得很漂亮，说话也很刁钻；看他的样子，似乎有些未脱乳臭。

奥丽维娅　叫他进来。把我的侍女唤来。

马伏里奥　姑娘，小姐叫着你呢。（下）

玛利娅重上。

奥丽维娅　把我的面纱拿来；来，罩住我的脸。我们要再听一次奥西诺来使的说话。

薇奥拉及侍从等上。

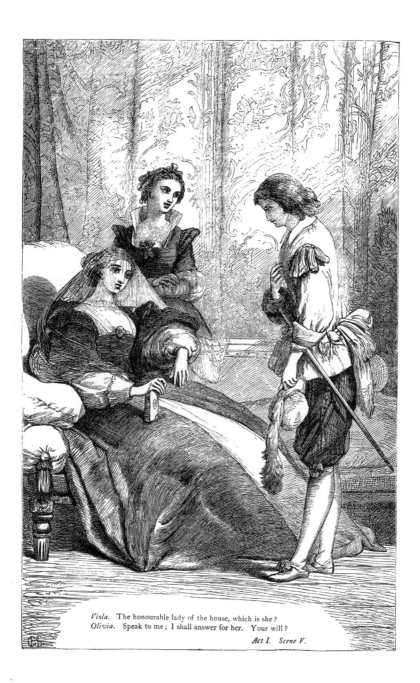

Viola. The honourable lady of the house, which is she?
Olivia. Speak to me; I shall answer for her. Your will?

Act I. Scene V.

薇奥拉　　　　哪一位是这里府中的贵小姐？

奥丽维娅　　　有什么话对我说吧；我可以代她答话。你来有什么
　　　　　　　见教？

薇奥拉　　　　最辉煌的、卓越的、无双的美人！请您指示我这位
　　　　　　　是不是就是这里府中的小姐，因为我没有见过她。
　　　　　　　我不大甘心浪掷我的言辞；因为它不但写得非常出
　　　　　　　色，而且我费了好大的辛苦才把它背熟。两位美人，
　　　　　　　不要把我取笑；我是个非常敏感的人，一点点轻侮
　　　　　　　都受不了的。

奥丽维娅　　　你是从什么地方来的，先生？

薇奥拉　　　　除了我所温练过的以外，我不能说别的话；您那问题
　　　　　　　是我所不曾预备作答的。温柔的好人儿，好好儿地告
　　　　　　　诉我您是不是府里的小姐，好让我陈说我的来意。

奥丽维娅　　　你是个戏子吗？

薇奥拉　　　　不，我的深心的人儿；以怨恨的毒牙起誓，我发誓
　　　　　　　我并不是我所扮演的角色。您是这府中的小姐吗？

奥丽维娅　　　是的，要是我没有篡夺了我自己。

薇奥拉　　　　假如您就是她，那么您的确是篡夺了您自己了；因
　　　　　　　为您有权力给予别人的，您却没有权力把它藏匿起
　　　　　　　来。但是这种话跟我来此的使命无关；我要继续着
　　　　　　　恭维您的言辞，然后告知您我的来意。

奥丽维娅　　　把重要的话说出来；恭维免了吧。

薇奥拉　　　　唉！我好容易才把它读熟，而且它又是很有诗意的。

奥丽维娅	那么多半是些鬼话，请你留着不用说了吧。我听说你在我门口一味顶撞；让你进来只是为要看看你究竟是个什么人，并不是要听你说话。要是你没有发疯，那么去吧；要是你明白事理，那么说得简单一些：我现在没有那样心思去理会一段没有意思的谈话。
玛利娅	请你动身吧，先生；这儿便是你的路。
薇奥拉	不，好清道夫，我还要在这儿闲荡一会儿呢。亲爱的小姐，请您劝劝您这位"彪形大汉"别那么神气活现。
奥丽维娅	把尊意告诉我。
薇奥拉	我是一个使者。
奥丽维娅	你那种礼貌那么可怕，你带来的信息一定是些坏事情。有什么话说出来。
薇奥拉	除了您之外不能让别人听见。我不是来向您宣战，也不是来要求您臣服；我手里握着橄榄枝，我的话里充满了和平，也充满了意义。
奥丽维娅	可是你一开始就不讲礼。你是谁？你要的是什么？
薇奥拉	我的不讲礼是我从你们对我的接待上学来的。我是谁，我要些什么，是童贞一般需要严守的秘密；在您的耳中是神圣，别人听起来就是亵渎。
奥丽维娅	你们都走开吧；我们要听一听这神圣的话。（玛利娅及侍从等下）现在，先生，请教你的经文？
薇奥拉	最可爱的小姐——
奥丽维娅	倒是一种叫人听了怪舒服的教理，可以大发议论呢。

你的经文呢？

薇奥拉　在奥西诺的心头。

奥丽维娅　在他的心头！在他的心头的哪一章？

薇奥拉　照目录上排起来，是他心头的第一章。

奥丽维娅　噢！那我已经读过了，无非是些旁门左道。你没有别的话要说了吗？

薇奥拉　好小姐，让我瞧瞧您的脸孔。

奥丽维娅　贵主人有什么事要差你来跟我的脸孔接洽的吗？你现在岔开你的正文了；可是我们不妨拉开幕儿，让你看看这幅图画。（解除面幕）你瞧，先生，我就是这个样子；它不是画得很好吗？

薇奥拉　要是一切都出于上帝的手，那真是绝妙之笔。

奥丽维娅　它的色彩很耐久，先生，受得起风霜的侵蚀。

薇奥拉　那真是各种色彩精妙地调和而成的美貌；那红红的白白的都是造化亲自用他的可爱的巧手敷上去的。小姐，您是世上最狠心的女人，要是您甘心让这种美埋没在坟墓里，不给世间留下一份粉本。

奥丽维娅　啊！先生，我不会那样狠心；我可以列下一张我的美貌的清单，——开陈清楚，把每一件细目都载在我的遗嘱上，例如：一款，浓淡适中的朱唇两片；一款，灰色的倩眼一双，附眼睑；一款，玉颈一围，柔颐一个，等等。你是奉命到这儿来恭维我的吗？

薇奥拉　我明白您是个什么样的人了。您太骄傲了；可是即使您是个魔鬼，您也是美貌的。我的主人爱着您；

啊！这么一种爱情，即使您是人间的绝色，也应该酬答他的。

奥丽维娅　　他怎样爱着我呢？

薇奥拉　　　用崇拜，大量的眼泪，震响着爱情的呻吟，吞吐着烈火的叹息。

奥丽维娅　　你的主人知道我的意思，我不能爱他；虽然我想他品格很高，知道他很尊贵，很有身份，年轻而纯洁，有很好的名声，慷慨，博学，勇敢，长得又体面；可是我总不能爱他，他老早就已经得到我的回音了。

薇奥拉　　　要是我也像我主人一样热情地爱着您，也是这样的受苦，这样了无生趣地把生命拖延，我不会懂得您的拒绝是什么意思。

奥丽维娅　　啊，你预备怎样呢？

薇奥拉　　　我要在您的门前用柳枝筑成一所小屋，在府中访谒我的灵魂；我要吟咏着被冷落的忠诚的爱情篇什，不顾夜多么深我要把它们高声歌唱，我要向着回声的山崖呼喊您的名字，使饶舌的风都叫着"奥丽维娅"。啊！您在天地之间将要得不到安静，除非您怜悯了我！

奥丽维娅　　你可以这样做的。你的家世怎样？

薇奥拉　　　超过我目前的境遇，但我是个有身份的士人。

奥丽维娅　　回到你主人那里去；我不能爱他，叫他不要再差人来了；除非你再来见我，告诉我他对于我的答复觉得怎样。再会！多谢你的辛苦；这几个钱赏给你。

薇奥拉　　　我不是个要钱的信差，小姐，留着您的钱吧；不曾
　　　　　　得到报酬的，是我的主人，不是我。但愿爱神使您
　　　　　　所爱的人也是心如铁石，好让您的热情也跟我主人
　　　　　　的一样遭到轻蔑！再会，狠心的美人！（下）

奥丽维娅　　"你的家世怎样？""超过我目前的境遇，但我是
　　　　　　个有身份的士人。"我可以发誓你一定是的；你的
　　　　　　语调，你的脸孔，你的肢体、动作、精神，各方面
　　　　　　都可以证明你的高贵。——别这么性急。且慢！且
　　　　　　慢！除非颠倒了主仆的名分。——什么！这么快便
　　　　　　染上那种病了？我觉得好像这个少年的美处在悄悄
　　　　　　地蹑步进入我的眼中。好，让它去吧。喂！马伏里
　　　　　　奥！

　　　　　　马伏里奥重上。

马伏里奥　　有，小姐，听候您的吩咐。

奥丽维娅　　去追上那个无礼的使者，公爵差来的人，他不管我
　　　　　　要不要，硬把这戒指留下；对他说我不要，请他不
　　　　　　要向他的主人献功，让他死不了心，我跟他没有缘
　　　　　　分。要是那少年明天还打这儿走过，我可以告诉他
　　　　　　为什么。去吧，马伏里奥。

马伏里奥　　是，小姐。（下）

奥丽维娅　　我的行事我自己全不懂，
　　　　　　怎一下子便会把人看中？

一切但凭着命运的吩咐，

谁能够做得了自己的主！（下）

第一场

海滨

安东尼奥及西巴斯辛上。

安东尼奥　您不愿住下去了吗？您也不愿让我陪着您去吗？

西巴斯辛　请您原谅，我不愿。我是个倒霉的人，我的晦气也许要连累了您，所以我要请您离开我，好让我独自担承我的厄运；假如连累到您身上，那是太辜负了您的好意了。

安东尼奥　可是让我知道您的去向吧。

西巴斯辛　不瞒您说，先生，我不能告诉您；因为我所决定的航行不过是无目的的漫游。可是我看您这样有礼，您一定不会强迫我说出我所保守秘密的事情来；因此按礼该我来向您表白我自己。安东尼奥，您要知道我的名字是西巴斯辛，罗德利哥是我的化名。我的父亲便是梅萨林的西巴斯辛，我知道您一定听见过他的名字。他死后丢下我和一个妹妹，我们两人是在同一个时辰里出世的；我多么希望上天也让我们两人在同一个时辰里死去！可是您，先生，却来改变了我的命运，因为就在您把我从海浪里搭救起来的那一点钟前，我的妹妹已经淹死了。

安东尼奥　　唉，可惜！

西巴斯辛　　先生，虽然人家说她非常像我，许多人都说她是个美貌的姑娘；我虽然不好意思相信这句话，但是至少可以大胆说一句，即使妒忌她的人也不能不承认她有一颗美好的心。她是已经给海水淹死的了，先生，虽然似乎我要用更多的泪水来淹没对她的记忆。

安东尼奥　　先生，请您恕我招待不周。

西巴斯辛　　啊，好安东尼奥！我才是多多打扰了您哪！

安东尼奥　　要是您看在我的交情分上，不愿叫我伤心的话，请您允许我做您的仆人吧。

西巴斯辛　　您已经搭救了我的生命，要是您不愿让我负愧而死，那么请不要提出那样的请求，免得您白白救了我一场。我立刻告辞了；我的心是怪软的，还不曾脱去我母亲的性质，为了一点点理由，我的眼睛里就会露出我的弱点来。我要到奥西诺公爵的宫廷里去；再会了。〔下〕

安东尼奥　　一切神明护佑着你！我在奥西诺的宫廷里有许多敌

人，否则我就会马上到那边去会你——

但无论如何我爱你太深，

履险如夷我定要把你寻。（下）

第二场

街道

薇奥拉上，马伏里奥随上。

马伏里奥　您不是刚从奥丽维娅伯爵小姐那儿来的吗？

薇奥拉　　是的，先生；因为我走得慢，所以现在还不过在这儿。

马伏里奥　先生，这戒指她还给您；您原本可以自己拿了，免得我麻烦。她又说您必须叫您家主人死心塌地地明白她不要跟他来往。还有，您不用再为他的事那么莽撞地上我家来了，除非来回报一声您家主人知道这件事的反应。好，拿去吧。

薇奥拉　　她自己拿了我这戒指去的；我不要。

马伏里奥　算了吧，先生，您使性子把它丢给她；她的意思也要我把它照样丢还给您。假如它是值得弯下身子拾起来的话，它就在您的眼前；不然的话，让什么人看见就给什么人拿去吧。（下）

薇奥拉　　我没有留下戒指呀；这位小姐是什么意思？但愿她不要迷恋了我的外貌才好！她把我打量得那么仔细；真的，我觉得她看得我那么出神，连自己讲的什么话儿也顾不到了，那么没头没脑，颠颠倒倒的。

一定的，她爱上我啦；情急智生，才差这个无礼的使者来邀请我。不要我主人的戒指！嘿，他并没有把什么戒指送给她呀！我才是她意中的人；真是这样的话——事实上确是这样——那么，可怜的小姐，她真是做梦了！我现在才明白假扮的确不是一回好事情，魔鬼会乘机大显他的身手。一个又漂亮又靠不住的男人，多么容易占据了女人家柔弱的心！唉！这都是我们生性脆弱的缘故，不是我们自身的错处；因为上天造下我们是哪样的人，我们就是哪样的人。这种事情怎么了结呢？我的主人深深地爱着她；我呢，可怜的小鬼，也是那样恋着他；她呢，认错了人，似乎在思念我。这怎么了呢？因为我是个男人，我无望获得主人的爱；因为我是个女人，唉！可怜的奥丽维娅也要白费无数的叹息了！

这纠纷要让时间来理清；

叫我打开这结儿怎么成！（下）

第三场

奥丽维娅宅中一室

托比·培尔契爵士及安德鲁·艾古契克爵士上。

托比　　　过来，安德鲁爵士。深夜不睡即是起身得早；"起
　　　　　身早，身体好"，你知道的——

安德鲁　　不，老实说，我不知道；我知道的是深夜不睡便是
　　　　　深夜不睡。

托比　　　一个错误的结论；我听见这种话就像看见一个空酒
　　　　　瓶那么头痛。深夜不睡，过了半夜才睡，那就是到
　　　　　大清早晨才睡，岂不是睡得很早？我们的生命不是
　　　　　由四大原素组成的吗？

安德鲁　　不错，他们是这样说；可是我以为我们的生命不过
　　　　　是吃吃喝喝而已。

托比　　　你真有学问；那么让我们吃吃喝喝吧。玛利娅，喂！
　　　　　开一瓶酒来！

小丑上。

安德鲁　　那个傻子来啦。

小丑	啊，我的心肝们！咱们刚好凑成一幅《三驴图》。
托比	欢迎，驴子！现在我们来一个轮唱歌吧。
安德鲁	说老实话，这傻子有一副很好的喉咙。我宁愿拿四十个先令去换他这么一条腿和这么一副可爱的声音。真的，你昨夜打得很好的诨，说什么匹格罗格罗密忒斯哪，维比亚人越过了丘勃斯的赤道线哪，真是好得很。我送了六便士给你的娇头，收到了吗？
小丑	你的恩典我已经放进了我的口袋；因为马伏里奥的鼻子不是鞭柄，我的小姐有一双玉手，她的跟班们不是开酒馆的。
安德鲁	好极了！嗯，无论如何这要算是最好的打诨了。现在唱个歌吧。
托比	来，给你六便士，唱个歌吧。
安德鲁	我也有六便士给你呢；要是一位骑士给你一个——
小丑	你们要我唱支爱情的歌呢，还是唱支劝人为善的歌？
托比	唱个情歌，唱个情歌。
安德鲁	是的，是的，劝人为善有什么意思？
小丑	（唱） 你到哪儿去，啊我的姑娘？ 听呀，那边来了你的情郎， 嘴里吟着抑扬的曲调。 不要再走了，美貌的亲亲； 恋人的相遇终结了行程，

每个聪明人全都知晓。

安德鲁　　　　真好极了!

托比　　　　　好，好!

小丑　　　　　（唱）

将来的事有谁能猜料?

什么是爱情? 它不在明天;

欢笑嬉游莫放过了眼前，

将来的事有谁能猜料?

不要蹉跎了大好的年华;

来吻着我吧，你双十娇娃，

转眼青春早化成衰老。

安德鲁　　　　凭良心说话，好一副流利的歌喉!

托比　　　　　好一股恶臭的气息!

安德鲁　　　　真的，很甜蜜又很恶臭。

托比　　　　　用鼻子听起来，那么恶臭也很动听。可是我们要不
　　　　　　　　　要让天空跳起舞来呢? 我们要不要唱一支轮唱歌，
　　　　　　　　　把夜枭吵醒? 那曲调会叫一个织工听了三魂出窍?

安德鲁　　　　要是你爱我，让我们来一下吧; 唱轮唱歌我挺拿手啦。

小丑　　　　　对啦，大人，有许多狗也会唱得很好。

安德鲁　　　　不错不错。让我们唱《你这坏蛋》吧。

小丑　　　　　《闭住你的嘴，你这坏蛋》，是不是这一首，骑士?
　　　　　　　　　那么我可要不得不叫你作坏蛋啦，骑士。

安德鲁　　　　人家不得不叫我作坏蛋，这也不是第一次。你开头，
　　　　　　　　　傻子; 第一句是，"闭住你的嘴。"

小丑　　　　　要是我闭住我的嘴，我就再也开不了头啦。

安德鲁　　　说得好，真的。来，唱起来吧。（三人唱轮唱歌）

　　　　　　玛利娅上。

玛利娅　　　你们在这里猫儿叫春似的闹些什么呀！要是小姐没有叫起她的管家马伏里奥来把你们赶出门外去，再不用相信我的话好了。

托比　　　　小姐是个清教徒；我们都是阴谋家；马伏里奥是拉姆西的佩格姑娘 [1]；"我们是三个快活的人"。我不是同宗吗？我不是她的一家人吗？胡说八道，姑娘！

　　　　　　巴比伦有一个人，姑娘，姑娘！

小丑　　　　要命，这位老爷真会开玩笑。

安德鲁　　　啊，他高兴开起玩笑来，真会开得很好，我也是这样；不过他的玩笑开得富于风趣，而我比较自然一点。

托比　　　　啊！十二月的第十二天——

玛利娅　　　看在上帝的面上，别闹了吧！

　　　　　　马伏里奥上。

马伏里奥　　我的爷爷们，你们疯了吗，还是怎么啦？难道你们没有脑子，不懂规矩，全无礼貌，在这种夜深时候

---

1 拉姆西的佩格姑娘（Peg-a-Ramsey），当时一首流行歌谣中的一位监视丈夫的妒妇。

还要像一群发酒疯的补锅匠似的吵？你们把小姐的
屋子当作一间酒馆，好让你们直着喉咙，嘶那种鞋
匠司务的歌儿吗？难道你们全不想想这是什么地
方，这儿住的是什么人，或者现在是什么时间了吗？

托比　　　我们轮唱的时间把握得很好，先生。闭嘴吧！

马伏里奥　托比老爷，莫怪我说句不怕忌讳的话。小姐吩咐我
告诉您说，她虽然把您当个亲戚留您住在这儿，可
是她不能容忍您那种胡闹。要是您能够循规蹈矩，
我们这儿是十分欢迎您的；否则的话，要是您愿意
向她告别，她一定肯让您走。

托比　　　既然我非去不可，那么再会吧，亲亲！

玛利娅　　别这样，好托比老爷。

小丑　　　他的眼睛显示出他的末日将要来临。

马伏里奥　岂有此理！

托比　　　可是我决不会死亡。

小丑　　　托比老爷，您在说谎。

马伏里奥　真有体统！

托比　　　我要不要叫他滚蛋？

小丑　　　叫他滚蛋又怎样？

托比　　　要不要叫他滚蛋，毫无留贷？

小丑　　　啊！不，不，不，你没有这个胆量。

托比　　　唱得不入调吗？先生，你说谎！你只不过是一个管
家而已，有什么好神气的呢？你以为你自己道德高
尚，人家便不能喝酒取乐了吗？

小丑	是啊，凭圣安娜[1]起誓，酒里的姜吃在嘴里还怪辣的。
托比	你说得对。去，朋友，用面包屑去擦你的项链吧。开一瓶酒来，玛利娅！
马伏里奥	玛利娅姑娘，要是你不愿小姐对你生气，你可不要帮助他们作这种胡闹；我一定会去告诉她的。（下）
玛利娅	滚你的吧！
安德鲁	向他挑战，然后失他的约，愚弄他一下子，倒是个很好的办法，就像人肚子饿了喝酒一样。
托比	好，骑士，我给你写挑战书，或者替你口头去向他通知你的愤怒。
玛利娅	亲爱的托比老爷，今夜可忍耐一下子吧；今天公爵那边来的少年会见了小姐之后，她心里很烦。至于马伏里奥先生，我去对付他好了；要是我不把他愚弄得给人当作笑柄，让大家乐儿，我便是个连直挺挺躺在床上都不会的蠢东西。我知道我一定能够。
托比	告诉我们，告诉我们；告诉我们一些关于他的事情。
玛利娅	好，老爷，有时候他有点儿像是个清教徒。
安德鲁	啊！要是我早想到了这一点，我要把他像狗一样打一顿呢。
托比	什么，因为像个清教徒吗？你有什么绝妙的理由，亲爱的骑士？
安德鲁	我没有什么绝妙的理由，可是我有相当的理由。

---

1 圣安娜（Saint Anne）是圣母玛利亚（the Virgin Mary）的母亲，此为讽刺清教徒之语。

玛利娅	他是个鬼清教徒，反复无常、逢迎取巧是他的本领；一头装腔作势的驴子，背熟了几句官话，便倒也似的倒了出来；自信非凡，以为自己真了不得，谁看见他都会爱他：我可以凭着那个弱点堂堂正正地给他一顿教训。
托比	你预备怎样？
玛利娅	我要在他的路上丢下一封暧昧的情书，里面活生生地描写着他的胡须的颜色、他的腿的形状、他走路的姿势、他的眼睛、额角和脸上的表情；他一见就会觉得是写给他自己的。我会学您侄小姐的笔迹写字；在已经忘记了的信件上，简直辨不出来是谁的一手字。
托比	好极了！我嗅到了一个计策了。
安德鲁	我鼻子里也闻到了。
托比	他见了你丢下的这封信，便会以为是我的侄女写的，以为她爱上了他。
玛利娅	我的意思正是这样。
安德鲁	你的意思是要叫他变成一头驴子。
玛利娅	驴子，那是毫无疑问的。
安德鲁	啊！那好极了！
玛利娅	出色的把戏，你们瞧着好了；我知道我的药对他一定生效。我可以把你们两人连那傻子安顿在他拾着那信的地方，瞧他怎样把它解释。今夜呢，大家上床睡去，梦着那回事吧。再见。（下）

托比	晚安，好姑娘！
安德鲁	我说，她是个好丫头。
托比	她是条纯种的小猎犬，很爱我；怎样？
安德鲁	我也曾经给人爱过呢。
托比	让我们去睡吧，骑士。你应该叫家里再寄些钱来。
安德鲁	要是我不能得到你的侄女，我就大上其当了。
托比	去要钱吧，骑士；要是你结果终不能得到她，你叫我傻子。
安德鲁	要是我不去，就再不要相信我，随你处置吧。
托比	来，来，我去烫些酒来；现在去睡太晚了。来，骑士；来，骑士。（同下）

第四场

公爵府中一室

公爵、薇奥拉、丘里奥及余人等上。

公爵　　　给我奏些音乐。早安，朋友们。好西萨里奥，我只要听我们昨晚听的那支古曲；我觉得它比讲究轻快急速的近代的那种轻倩的乐调和警炼的字句更能慰解我的痴情。来，只唱一节吧。

丘里奥　　禀殿下，会唱这歌儿的人不在这儿。

公爵　　　他是谁？

丘里奥　　是那个弄人费斯特，殿下；他是奥丽维娅小姐的尊翁所宠幸的傻子。他就在这儿左近。

公爵　　　去找他来，现在先把那曲调奏起来吧。（丘里奥下。奏乐）过来，孩子。要是你有一天恋爱了，在那种甜蜜的痛苦中请记着我；因为真心的恋人都像我一样，在其他一切情感上都是轻浮易变，但他所爱的人儿的影像，是永远铭刻在他心头的。你喜不喜欢这个曲调？

薇奥拉　　它传出了爱情的宝座上的回声。

公爵　　　你说得很好。我相信你虽然这样年轻，你的眼睛一定曾经看中过什么人；是不是，孩子？

薇奥拉　　略为有点，请您恕我。

公爵　　　是个什么样子的女人呢？

薇奥拉　　相貌跟您差不多。

公爵　　　那么她是不配被你爱的。什么年纪呢？

薇奥拉　　年纪也跟您差不多，殿下。

公爵　　　啊，那太老了！女人应当拣一个比她年纪大些的男
　　　　　人，这样她才跟他合得拢来，不会失去她丈夫的欢
　　　　　心；因为，孩子，不论我们怎样自称自赞，我们的
　　　　　爱情总比女人们流动不定些，富于希求，易于反复，
　　　　　更容易消失而生厌。

薇奥拉　　这一层我也想到，殿下。

公爵　　　那么选一个比你年轻一点的姑娘做你的爱人吧，否
　　　　　则你的爱情便不能维持常态——
　　　　　女人正像是娇艳的蔷薇，
　　　　　花开才不久便转眼枯萎。

薇奥拉　　是啊，可叹她刹那的光荣，
　　　　　早枝头零落留不住东风！

丘里奥偕小丑重上。

公爵　　　啊，朋友！来，把我们昨夜听的那支歌儿再唱一遍。
　　　　　好好听着，西萨里奥。那是支古老而平凡的歌儿，
　　　　　晒着太阳的织布工人，以及无忧无虑的纺纱女郎们

Clown. Are you ready, sir?
Duke. Ay; pr'ythee, sing.

Act II. Scene IV.

常常唱着它；歌里的话儿都是些平常不过的真理，搬弄着纯朴的古代的那种爱情的纯洁。

小丑　您预备好了吗，殿下？

公爵　好，请你唱吧。（奏乐）

小丑　（唱）

过来吧，过来吧，死神！

让我横陈在凄凉的柏棺[1]的中央；

飞去吧，飞去吧，浮生！

我受害于一个狠心的美貌姑娘。

为我罩上白色的殓衾铺满紫杉；

没有一个真心的人为我而悲哀。

莫让一朵花儿甜柔，

撒上了我那黑色的、黑色的棺材；

没有一个朋友迓候

我尸身，不久我的骨骼将会散开。

免得多情的人们千万次的感伤，

请把我埋葬在无从凭吊的荒场。

公爵　这是赏给你的辛苦钱。

小丑　一点不辛苦，殿下；我很以唱歌为快乐呢。

公爵　那么就算赏给你的快乐钱吧。

---

1 此处"柏棺"原文为 Cypress，自来注家均肯定应作 Crape（丧礼用之黑色绉纱）解释；依字面解 Cypress 为一种杉柏之属，径译"柏棺"，在语调上似乎更为适当，故仍将错就错，据字臆译。

小丑	不错，殿下，快乐总是要付出代价的。
公爵	现在请允许我不留你了。
小丑	好，忧愁之神保佑着你！但愿裁缝用闪缎给你裁一身衫子，因为你的心就像猫眼石那样闪烁不定。我希望像这种没有恒心的人都航海去，好让他们过着五湖四海，千变万化的生活；因为这种人的航程总是换来一场空。再会。（下）
公爵	大家都退开去。（丘里奥及侍从等下）西萨里奥，你再给我到那位狠心的女王那边去；对她说，我的爱情是超越世间的，泥污的土地不是我所看重的事物；命运所赐给她的尊荣财富，你对她说，在我的眼中都像命运一样无常，吸引我的灵魂的是她的天赋的灵奇，绝世的仙姿。
薇奥拉	可是假如她不能爱您呢，殿下？
公爵	我不能得到这样的回音。
薇奥拉	可是您不能不得到这样的回音。假如有一位姑娘，也许真有那么一个人，也像您爱着奥丽维娅一样痛苦地爱着您；您不能爱她，您这样告诉她；那么她就不得不以这样的答复为满足了吗？
公爵	女人的小小的身体一定受不住像爱情给予我心的那种激烈的搏跳；女人的心没有这样广大，可以藏得下这许多；她们缺少含忍的能力。唉，她们的爱就像一个人的口味一样，不是从脏腑里，而是从舌尖上感觉到的，过饱了便会食伤呕吐；可是我的爱就

	像饥饿的大海，能够消化一切。不要把一个女人所
	能对我产生的爱情跟我对于奥丽维娅的爱情相提并
	论吧。

薇奥拉　　　啊，可是我知道——

公爵　　　　你知道什么?

薇奥拉　　　我知道得很明白女人对于男人会怀着怎样的爱情；
真的，她们是跟我们一样真心的。我的父亲有一个
女儿，她爱上了一个男人，正像假如我是个女人，
也许会爱上了殿下您一样。

公爵　　　　她的情史怎样?

薇奥拉　　　一片空白而已，殿下。她从来不向人诉说她的爱情，
让隐藏在内心中的抑郁，像蓓蕾中的蛀虫一样，侵
蚀着她的绯红的脸颊；她因相思而憔悴，疾病和忧
愁折磨着她，像是墓碑上刻着的"忍耐"的化身，
默坐着向悲哀微笑。这不是真的爱情吗? 我们男人
也许更多话，更会发誓，可是我们所表示的，总过
于我们所决心实行的；不论我们怎样山盟海誓，我
们的爱情总不过如此。

公爵　　　　但是你的姊姊有没有殉情而死，我的孩子?

薇奥拉　　　我父亲的女儿只有我一个，儿子也只有我一个；可
是我不知道。殿下，我要不要就去见这位小姐?

公爵　　　　对了，这是正事——
快前去，送给她这颗珍珠；
说我的爱情永不会认输。　（各下）

第五场

奥丽维娅的花园

托比·培尔契爵士、安德鲁·艾古契克爵士及费边上。

托比 　来吧，费边先生。

费边 　噢，我就来；要是我把这场好戏略为错过了一点点儿，就让我在懊恼里煎死了吧。

托比 　让这个卑鄙龌龊的丑东西出一场丑，你高兴不高兴？

费边 　我才要快活死哩！您知道那次我因为耍熊，被他在小姐跟前说我坏话。

托比 　我们再把那头熊牵来激他发怒；我们要把他作弄得体无完肤。你说怎样，安德鲁爵士？

安德鲁 　要是我们不那么做，那才是终身的憾事呢。

托比 　小坏东西来了。

玛利娅上。

托比 　啊，我的小宝贝！

玛利娅 　你们三人都躲到黄杨树后面去。马伏里奥要从这条走道上跑过来了；他已经在那边太阳光底下对他自己的影子练习了半个钟头仪法。谁要是喜欢笑话儿的，留心瞧着他吧；我知道这封信一定会叫他变成一个发痴的呆子的。凭着玩笑的名义，躲起来吧！你躺在那边；（丢下一信）这条鲟鱼已经来了，你不去撩撩他的痒处是捉不上手的。（下）

马伏里奥上。

马伏里奥	不过是运气；一切都是运气。玛利娅曾经对我说小姐喜欢我；我也曾经听见她亲口说过差不多的话，说要是她爱上了人的话，一定要选像我这种相貌的人。而且，她待我比待其他的下人好得异乎寻常。我该怎么看待这一点呢？
托比	瞧这个自命不凡的混蛋！
费边	静些！他已经痴心妄想得变成一只出色的火鸡了；瞧他那种蓬起了羽毛高视阔步的样子！
安德鲁	他妈的，我可以把这混蛋痛打一顿！
托比	别闹啦！
马伏里奥	做了马伏里奥伯爵！
托比	啊，混蛋！
安德鲁	给他吃枪子儿！给他吃枪子儿！
托比	别闹！别闹！
马伏里奥	这种事情是有前例可援的；斯特拉契夫人也下嫁给家臣。

安德鲁	该死，这畜生！
费边	静些！现在他着了魔啦；瞧他越想越得意。
马伏里奥	跟她结婚过了三个月，我坐在我的宝座上——
托比	啊！我要弹一颗石子到他的眼睛里去！
马伏里奥	身上披着绣花的丝绒袍子，召唤我的臣僚过来；那时我刚睡罢午觉，撇下奥丽维娅酣睡未醒——
托比	大火硫磺烧死他！
费边	静些！静些！
马伏里奥	那时我装出一副威严的神气，先目光凛凛地向众人瞟视一周，然后对他们说我知道我的地位，他们也须要明白自己的身份；接着吩咐他们去请我的托比老叔过来——
托比	把他铐起来！
费边	别闹！别闹！别闹！好啦！好啦！
马伏里奥	我的七个仆人恭恭敬敬地前去找他。我皱了皱眉头，或者开了开表，或者抚弄着我的——什么珠宝之类。托比来了，向我行了个礼——
托比	这家伙可以让他活命吗？
费边	就算有几辆马车要把我们的静默拉走，也还是不要吭声！
马伏里奥	我这样向他伸出手去，用一副庄严的威势来抑住我的亲昵的笑容——
托比	那时托比不就给了你一个嘴巴子吗？
马伏里奥	说，"托比叔父，我已蒙令侄女不弃下嫁，请您准

　　　　　　　许我这样说话——"

托比　　　什么？什么？

马伏里奥　"你必须把喝酒的习惯戒掉。"

托比　　　他妈的，这狗东西！

费边　　　哎，别生气，否则我们的计策就要失败了。

马伏里奥　"而且，您还把您的宝贵的光阴跟一个傻瓜骑士在一块儿浪费——"

安德鲁　　说的是我，一定的啦。

马伏里奥　"那个安德鲁爵士——"

安德鲁　　我知道是我；因为许多人都叫我作傻瓜。

马伏里奥　（见信）这儿有些什么东西呢？

费边　　　现在那蠢鸟走近陷阱旁边来了。

托比　　　啊，静些！但愿他福至心灵，高声朗读出来。

马伏里奥　（拾信）哎哟，这是小姐的手笔！瞧这一钩一弯一横一直，那不正是她的笔锋吗？没有问题，一定是她写的。

安德鲁　　她的一钩一弯一横一直，那是什么意思？

马伏里奥　（读）"给不知名的恋人，至诚的祝福。"完全是她的口气！对不住，封蜡。且慢！这封口上的钤记不就是她一直用作封印的鲁克丽丝的肖像吗？一定是我的小姐。可是那是写给谁的呢？

费边　　　这叫他心窝儿里都痒起来了。

马伏里奥　知我者天，

　　　　　我爱为谁？

慎莫多言，

莫令人知。

"莫令人知。"下面还写些什么？又换了句调了！"莫
令人知"：说的也许是你哩，马伏里奥！

托比　　　嘿，该死，这獾子！

马伏里奥　我可以向我所爱的人发号施令；

但隐秘的衷情如鲁克丽丝之刀，

杀人不见血地把我的深心剌刃：

我的命在 M，O，A，I 的手里飘摇。

费边　　　无聊的谜语！

托比　　　我说是个好丫头。

马伏里奥　"我的命在 M，O，A，I 的手里飘摇。"不，让我
先想一想，让我想一想，让我想一想。

费边　　　她给他吃了一服多好的毒药！

托比　　　瞧那只鹰儿多么饿急似的想一口吞下去！

马伏里奥　"我可以向我所爱的人发号施令。"噢，她可以命
令我；我侍候着她，她是我的小姐。这是无论哪个
有一点点脑子的人都看得出来的；全然合得拢。可
是那结尾一句，那几个字母又是什么意思呢？能不
能牵附到我的身上？——慢慢！M，O，A，I——

托比　　　哎，这应该想个法儿；他弄糊涂了。

费边　　　即使像一只狐狸那样臊气冲天，这狗子也会大惊小
怪地叫起来的。

马伏里奥　M，马伏里奥；M，嘿，那正是我的名字的第一个

字母哩。

费边　　　我不是说他会想出来的吗？这狗的鼻子什么有的没
　　　　　　的都嗅得出来。

马伏里奥　M——可是这次序不大对；倒要想一想看。跟着来
　　　　　　的应该是个 A 字，可这却是个 O 字。

费边　　　我希望 O 字应该放在结尾的吧？

托比　　　对了，否则我要揍他一顿，让他喊出个"O！"来。

马伏里奥　A 的背后又跟着个 I。

费边　　　哼，要是你背后生眼睛[1]的话，你就知道你眼前并
　　　　　　没有什么幸运，你的背后却有倒霉的事跟着呢。

马伏里奥　M，O，A，I；这隐语可跟前面所说的不很合辙；
　　　　　　可是稍为把它颠倒一下，也就没有什么可疑的地方
　　　　　　了，因为这几个字母都在我的名字里。且慢！这儿
　　　　　　还有散文呢。

　　　　　　　　"要是这封信落到你手里，请你想一想。照我的命
　　　　　　运而论，我是在你之上，可是你不用惧怕富贵：有
　　　　　　的人是生来的富贵，有的人是挣来的富贵，有的人
　　　　　　是送上来的富贵。你的好运已经向你伸出手来，赶
　　　　　　快用你的全副精神抱住它。你应该练习一下怎样才
　　　　　　合乎你所将要做的那种人的身份，脱去你卑恭的旧
　　　　　　习，放出一些活泼的神气来。对亲戚不妨分庭抗礼，
　　　　　　对仆人不妨摆摆架子；你嘴里要鼓唇弄舌地谈些国

---

1 眼睛（eye）与此处的字母 I 形成谐音。

家大事，装出一副矜持的样子。为你叹息的人儿这样吩咐着你。记着谁曾经赞美过你的黄袜子，愿意看见你永远扎着十字交叉的袜带；我对你说，你记着吧。好，只要你自己愿意，你就可以出头了；否则让我见你一生一世做个管家，与众仆为伍，不值得抬举。再会！我是愿意跟你交换地位的，幸运的不幸者。"

青天白日也没有这么明白，平原旷野也没有这么显豁。我要摆起架子来，说起政论来；我要叫托比丧气，我要断绝那些鄙贱之交，我要一点不含糊地做起这么一个人来。我没有自己哄骗自己，让想象把我愚弄；因为每一个理由都指点着说，我的小姐爱上了我了。她最近称赞过我的黄袜子和我的十字交叉的袜带；这里面她就表示着她的爱我，用一种命令的方法叫我打扮成她所喜欢的样式。谢谢我的命星，我好幸福！我要放出高傲的神气来，穿了黄袜子，扎着十字交叉的袜带，立刻就去装束起来。赞美上帝和我的命星！这儿还有附启。

"你一定想得到我是谁。要是你接受我的爱情，请你用微笑表示你的意思；你的微笑是很好看的。我的好人儿，请你当着我的面前永远微笑着吧。"

上帝，我谢谢你！我要微笑；我要做每一件你吩咐我做的事。（下）

费边　　　　即使波斯王给我一笔几千块钱的恩俸，我也不愿错过这场好戏。

托比　这丫头想得出这种主意，我简直可以娶了她。

安德鲁　我也可以娶了她呢。

托比　我不要她什么妆奁，只要再给我想出这么一出笑话来就行了。

安德鲁　我也不要她什么妆奁。

费边　我那位捉蠢鹅的好手来了。

玛利娅重上。

托比　你愿意把你的脚搁在我的头颈上吗？

安德鲁　或者搁在我的头颈上？

托比　我要不要把我的自由作孤注之一掷，而做你的奴隶呢？

安德鲁　是的，要不要我也做你的奴隶？

托比　你已经叫他大做其梦，要是那种幻象一离开了他，他一定会发疯的。

玛利娅　可是您老实对我说，他不是中计了吗？

托比　就像收生婆喝了烧酒一样。

玛利娅　要是你们要看看这场把戏会闹出些什么结果来，请看好他怎样到小姐跟前去：他会穿起了黄袜子，那正是她所讨厌的颜色；还要扎着十字交叉的袜带，那正是她所厌恶的式样；他还要向她微笑，照她现在那样恛郁的心境，一定会不高兴，管保叫他大受一场没趣。假如你们要看的话，跟我来吧。

托比　　好，就算是到地狱门口去都行，你这好机灵鬼儿！

安德鲁　　我也要去。（同下）

第
三
幕

第一场

奥丽维娅的花园

薇奥拉及小丑持手鼓上。

薇奥拉　上帝保佑你，朋友，还有你的音乐！你是靠着打手鼓过日子吗？

小丑　不，先生，我靠着教堂过日子。

薇奥拉　你是个教士吗？

小丑　没有的事，先生。我靠着教堂过日子，因为我住在我的家里，而我的家是在教堂附近。

薇奥拉　你也可以说，国王住在叫花窝的附近，因为叫花子住在王宫的附近；教堂筑在你的手鼓旁边，因为你的手鼓放在教堂旁边。

小丑　您说得对，先生。人们一代比一代聪明了！一句话对于一个聪明人就像是一副小山羊皮的手套，一下子就可以翻了转来。

薇奥拉	嗯，那是一定的啦；善于在字面上翻弄花样的，很容易流于轻薄。
小丑	那么，先生，我希望我的妹妹不要有名字。
薇奥拉	为什么呢，朋友？
小丑	先生，她的名字不也是个字吗？在那个字上面翻弄翻弄花样，也许我的妹妹就会轻薄起来。可是自从文字失去自由以后，也是个很危险的家伙了。
薇奥拉	你有什么理由，朋友？
小丑	不瞒您说，先生，要是我向您说出理由来，那非得用文字不可；可是现在文字变得那么坏，我真不高兴用它们来证明我的理由。
薇奥拉	我敢说你是个快活的家伙，万事都不关心。
小丑	不是的，先生，我所关心的事倒有一点儿；可是凭良心说，先生，我可一点不关心您。如果这就表示我什么也不关心的话，先生，那恐怕就表示您什么也不是。
薇奥拉	你不是奥丽维娅小姐府中的傻子吗？
小丑	真的不是，先生。奥丽维娅小姐不喜欢傻气；她要嫁了人才会在家里养起傻子来，先生。傻子之于丈夫，犹之乎小鱼之于大鱼，丈夫不过是个大一点的傻子而已。我真的不是她的傻子，我是给她说说笑话的人。
薇奥拉	我最近曾经在奥西诺公爵的地方看见过你。
小丑	先生，傻气就像太阳一样环绕着地球，到处放射它

的光辉。要是傻子不常到您主人那里去，如同他在
我的小姐那儿一样，那么，先生，我可真是抱歉。
我想我也曾经在那边看见过您这聪明人。

薇奥拉　哼，你要在我身上打趣，我可要不睬你了。拿去，
这枚钱币给你。

小丑　好，上帝保佑您长起胡子来吧！

薇奥拉　老实告诉你，我倒真为了胡子害相思呢；虽然我不
要在自己脸上长起来。小姐在里面吗？

小丑　要是把钱币凑成一对儿，它们不就会下崽了吗，先生？

薇奥拉　会的，只要你拿它们去放债取利息。

小丑　先生，我愿意做个弗里吉亚的潘达洛斯，给这个特
洛伊罗斯找一个克瑞西达来。[1]

薇奥拉　我知道了，朋友；你很善于乞讨。

小丑　我希望这不是什么大事，先生，我是向一个乞丐乞
讨。克瑞西达就是个乞丐。小姐就在里面，先生。
我可以对他们说明您是从哪儿来的；至于您是谁，
您来有什么事，那就不属于我的"领土"之内了——
我应当说"范围"，可是那两个字已经给人用得太
熟了。（下）

薇奥拉　这家伙扮傻子很有点儿聪明。装傻装得好也是要靠
才情的：他必须窥伺被他所取笑的人们的心情，了
解他们的身份，还得看准了时机；然后像窥伺着眼

---

1 潘达洛斯（Pandarus）为克瑞西达之叔，居间撮合特洛伊罗斯与克瑞西达。

前每一只鸟雀的野鹰一样，每个机会都不放松。这
是一种和聪明人的艺术一样艰难的工作：
傻子不妨说几句聪明话，
聪明人说傻话难免笑骂。

托比·培尔契爵士、安德鲁·艾古契克爵士同上。

托比	您好，先生。
薇奥拉	您好，爵士。
安德鲁	上帝保佑您，先生。
薇奥拉	上帝保佑您，我是您的仆人。
安德鲁	先生，我希望您是我的仆人；我也是您的仆人。
托比	请您进去吧。舍侄女有请，要是您是来看她的话。
薇奥拉	我来正是要拜见令侄女，爵士；她是我的航行的目标。
托比	请您试试您的腿吧，先生；把它们移动起来。
薇奥拉	我的腿也许会听得懂我的话，爵士，可是我却听不懂您叫我试试我的腿是什么意思？
托比	我的意思是，先生，请您走，请您进去。
薇奥拉	好，我就移步前进。可是有人走来了。

奥丽维娅及玛利娅上。

薇奥拉	最卓越最完美的小姐，愿诸天为您散下芬芳的香雾！
安德鲁	那年轻人是一个出色的廷臣。"散下芬芳的香雾"！

好得很。

薇奥拉 我的来意，小姐，只能让您自己的玉耳眷听。

安德鲁 "香雾""玉耳""眷听"，我已经学会了三句话了。

奥丽维娅 关上园门，让我们两人谈话。（托比、安德鲁、玛利娅同下）把你的手给我，先生。

薇奥拉 小姐，我愿意奉献我的绵薄之力为您效劳。

奥丽维娅 你叫什么名字？

薇奥拉 您仆人的名字是西萨里奥，美貌的公主。

奥丽维娅 我的仆人，先生！自从假作卑恭被认为是一种恭维之后，世界上从此不曾有过乐趣。你是奥西诺公爵的仆人，年轻人。

薇奥拉 他是您的仆人，他的仆人自然也是您的仆人；您的仆人的仆人便是您的仆人，小姐。

奥丽维娅 我不高兴想他；我希望他心里空无所有，不要充满着我。

薇奥拉 小姐，我来是要替他说动您那颗温柔的心。

奥丽维娅 啊！对不起，请你不要再说起他了。可是如果你肯为另一个人向我求爱，我愿意听你的请求，胜过于听天乐。

薇奥拉 亲爱的小姐——

奥丽维娅 对不起，让我说句话。上次你到这儿来把我迷醉了之后，我叫人拿了个戒指追你；我欺骗了我自己，欺骗了我的仆人，也许欺骗了你；我用那种无耻的狡狯把你明知道不属于你的东西强纳在你手里，一

Olivia. Give me your hand, sir.
Viola. My duty, madam, and most humble service.

Act III. Scene I.

定会使你看不起我。你会作何想法呢？你不曾把我
的名誉拴在桩柱上，让你那残酷的心所想得到的一
切思想恣意地把它虐弄？像你这样敏慧的人，我已
经表示得太露骨了；掩藏着我的心事的，只是一层
薄薄的蝉纱。所以，让我听你的意见吧。

薇奥拉　　我可怜你。

奥丽维娅　那是到达恋爱的一个阶段。

薇奥拉　　不是，我们经常体会到，对于敌人也往往会产生怜
悯的。

奥丽维娅　啊，那么我想现在又到了该微笑起来的时候了。世
界啊！微贱的人多么容易骄傲！要是做了俘虏，那
么落于狮子的爪下比之豺狼的吻中要幸运多少啊！
（钟鸣）时钟在谴责我把时间浪费。别担心，好孩子，
我不会留住你。可是等到才情和青春成熟之后，你
的妻子将会收获到一个出色的男人。向西是你的路。

薇奥拉　　那么向西开步走！愿小姐称心如意！您没有什么话
要我向我的主人说吗，小姐？

奥丽维娅　且慢，请你告诉我你以为我这人怎样？

薇奥拉　　我以为你以为你不是你自己。

奥丽维娅　要是我以为这样，我以为你也是这样。

薇奥拉　　你猜想得不错，我不是我自己。

奥丽维娅　我希望你是我所希望于你的那种人！

薇奥拉　　那是不是比现在的我要好些，小姐？我希望好一些，
因为现在我不过是你的弄人。

奥丽维娅　　唉！他嘴角的轻蔑和怒气，

　　　　　　冷然的神态可多么美丽！

　　　　　　爱比杀人重罪更难隐藏；

　　　　　　爱的黑夜有中午的阳光。

　　　　　　西萨里奥，凭着春日蔷薇、

　　　　　　贞操、忠信与一切，我爱你

　　　　　　这样真诚，不顾你的骄傲，

　　　　　　理智拦不住热情的宣告。

　　　　　　别以为我这样向你求情，

　　　　　　你就可以无须再献殷勤；

　　　　　　须知求得的爱虽费心力，

　　　　　　不劳而获的更应该珍惜。

薇奥拉　　　我起誓，凭着天真与青春，

　　　　　　我只有一条心一片忠诚，

　　　　　　没有女人能够把它占有，

　　　　　　只有我是我自己的君后。

　　　　　　别了，小姐，我从此不再来，

　　　　　　为我主人向你苦苦陈哀。

奥丽维娅　　你不妨再来，也许能感动

　　　　　　我释去憎嫌把感情珍重。（同下）

第二场

奥丽维娅宅中一室

托比·培尔契爵士、安德鲁·艾古契克爵士及费边上。

安德鲁	不，真的，我再不能住下去了。
托比	为什么呢，亲爱的坏东西？说出你的理由来。
费边	一定要说出个理由来，安德鲁爵士。
安德鲁	嘿，我见你的侄小姐对待那个公爵的用人比之待我好得多；我在花园里瞧见的。
托比	她那时也看见你吗，老兄？告诉我。
安德鲁	就像我现在看见你一样，明明白白当着我的脸。
费边	那正是她爱您的一个很好的证据。
安德鲁	啐！你把我当作一头驴子吗？
费边	大人，我可以用判断和推理来证明这句话没错。
托比	诺亚还没有上船之前，判断和推理就已经是陪审官了。
费边	她当着您的脸对那个少年表示殷勤，是要叫您发急，唤醒您那打瞌睡的勇气，给您的心里生起火来，在您的肝脏里加点儿硫磺罢了。您那时就该走上去向她招呼，说几句崭新的俏皮话儿叫那年轻人哑口无

言。她盼望您这样，可是您却大意错过了。您放过了
这么一个大好的机会，我的小姐自然要冷淡您啦；您
在她的心里要像荷兰人胡须上悬着的冰柱一样，除
非您能用勇气或是手段来干出一些出色的勾当，才
可以挽回过来。

安德鲁　　无论如何，我宁愿用勇气；因为我顶讨厌使手段。
叫我做个政客，还不如做个布朗派 [1] 的教徒。

托比　　好啊，那么把你的命运建筑在勇气上吧。给我去向
那公爵差来的少年挑战，把他身上戳十来个窟窿，
我的侄女一定会注意到。你可以相信，世上没有一
个媒人会比一个勇敢的名声更能说动女人的心了。

费边　　此外可没有别的办法了，安德鲁大人。

安德鲁　　你们谁肯替我向他下战书？

托比　　快去用一手虎虎有威的笔法写起来；要干脆简单；
不用说俏皮话，只要言之成理，别出心裁就得了。
尽你的笔墨所能把他嘲骂；要是你把他"你"啊
"你"的"你"了三四次，那不会有错；再把纸
上写满了谎，即使你的纸大得足以铺满英国威尔
地方的那张大床 [2]。快去写吧。把你的墨水里掺满
着怨毒，虽然你用的是一支鹅毛笔。去吧。

安德鲁　　我到什么地方来见你们？

---

1 布朗派为英国伊丽莎白时代清教徒布朗（Robert Browne）所创的教派。
2 方十一英尺，今尚存。

托比	我们会到你房间里来看你；去吧。（安德鲁下）
费边	这是您的一个宝货，托比老爷。
托比	我倒累他破费过不少呢，孩儿，约莫有两千块钱的样子。
费边	我们就可以看到他的一封妙信了。可是您不会给他送去的吧？
托比	要是我不送去，你就再也别相信我；我一定要把那年轻人激出一个回音来。我想就是叫牛儿拉着车绳也拉不拢他们两人在一起。要是把安德鲁解剖开来，你在他肝脏里找得出一滴可以沾湿一只跳蚤的脚的血，我愿意把他那副臭皮囊一起吃下。
费边	他那个对头的年轻人，照那副相貌看来，也不像是会下辣手的。
托比	瞧，一窠九只的鹡鸰中顶小的一只来了。

玛利娅上。

玛利娅	要是你们愿意捧腹大笑，不怕笑到腰酸背痛的，那么跟我来吧。那只蠢鹅马伏里奥已经信了邪道，变成一个十足的异教徒了；因为没有一个相信正道而希望得救的基督徒，会做出这种丑恶不堪的奇形怪状来的。他穿着黄袜子呢。
托比	袜带是十字交叉的吗？
玛利娅	再恶相不过的了，就像个在寺院里开学堂的塾师先

生。我像是他的刺客一样紧跟着他。我故意掉下来诱他的那封信上的话，他每一句都听从；他把脸孔笑得皱纹比新添上东印度群岛的增订地图上的线纹还多。你们从来不曾见过这样一个东西；我真熬不住要向他丢东西过去。我知道小姐一定会打他；要是她打了他，他一定仍然会笑，以为是一件大恩典。

托比　来，带我们去，带我们到他那儿去。（同下）

第三场

街道

西巴斯辛及安东尼奥上。

西巴斯辛　　我本来不愿意麻烦你；可是你既然这样欢喜自己劳碌，那么我也不再向你多话了。

安东尼奥　　我抛不下你；我的愿望比磨过的刀还要锐利地驱迫着我。虽然为着要看见你，再远的路我也会跟着你去；可并不全然为着这个理由：我担心你在这些地方是个陌生人，路上也许会碰到些什么；一路没人领导没有朋友的异乡客，出门总有许多不方便。我的诚心的爱，再加上这样使我忧虑的理由，迫使我来追赶你。

西巴斯辛　　我的善良的安东尼奥，除了感谢、感谢、永远的感谢之外，我再没有别的话好回答你。一件好事常常只换得一声空口的道谢；可是我的钱财假如能跟我的衷心的感谢一样多，你的好心一定不会得不到重重的酬报。我们干些什么呢？要不要去瞧瞧这镇上的古迹？

安东尼奥　　明天吧，先生；还是先去找个下处。

西巴斯辛	我没有疲倦，等天黑还有许多时候；让我们去瞧瞧这儿的名胜，一饱眼福吧。
安东尼奥	请你原谅我；我在这一带街道上走路是冒着危险的。从前我曾经参加海战，和公爵的舰队作过对；那时我立了一点功，假如在这儿给捉到了，可不知要怎样抵罪哩。
西巴斯辛	大概你杀死了很多的人吧？
安东尼奥	我的罪名并不是这么一种杀人流血的性质；虽然照那时的情形和争执的激烈看来，很容易有流血的可能。本来也许以后我们把夺了去的东西还给了他们，就可以和平解决，为了商业的缘故，我们城市大多数的人都是这样的；可是我却不肯屈服：因此，要是我在这儿给捉到了的话，他们决不会轻易放过我。
西巴斯辛	那么你不要常常出来露面吧。
安东尼奥	那的确不大妥当。先生，这儿是我的钱袋，请你拿着吧。南郊的大象旅店是最好的下宿的地方，我先去订好膳宿；你可以在城里逛着见识见识，再到那边来见我好了。
西巴斯辛	为什么你要把你的钱袋给我？
安东尼奥	也许你会看中什么玩意儿想要买下；我知道你手头没有什么闲钱，先生。
西巴斯辛	好，我就替你保管你的钱袋；过一个钟头再见吧。
安东尼奥	在大象旅店。
西巴斯辛	我记得。（各下）

第四场

奥丽维娅的花园

奥丽维娅及玛利娅上。

奥丽维娅　　　我已经差人去请他了。假如他肯来，我要怎样款待他呢？我要给他些什么呢？因为年轻人常常是买来的，而不是讨来或借来的。我说得太高声了。马伏里奥在哪儿呢？他这人很严肃，懂得规矩，很配做我的仆人。马伏里奥在什么地方？

玛利娅　　　　他就来了，小姐；可是他的样子古怪得很。他一定给鬼迷了，小姐。

奥丽维娅　　　啊，怎么啦？他在说乱话吗？

玛利娅　　　　不，小姐；他只是一味笑。他来的时候，小姐，您最好叫人保护着您，因为这人的神经有点异状呢。

奥丽维娅　　　去叫他来。（玛利娅下）

　　　　　　　他是痴汉，我也是个疯婆；

　　　　　　　他欢喜，我忧愁，一样糊涂。

玛利娅偕马伏里奥重上。

奥丽维娅　　怎样，马伏里奥！

马伏里奥　　亲爱的小姐，哈哈！

奥丽维娅　　你笑什么？我要差你做一件正经事呢，别那么快活。

马伏里奥　　不快活，小姐！我当然可以不快活，这种十字交叉
　　　　　　的袜带扎得我血脉不通；可是那有什么要紧呢？只
　　　　　　要能叫一个人看了欢喜，那就像诗上所说的"士为
　　　　　　悦己者容"了。

奥丽维娅　　什么，你怎么啦，你这家伙？究竟是怎么一回事？

马伏里奥　　我的腿儿虽然是黄的，我的心儿却不黑。那封信已
　　　　　　经到了他的手里，命令一定要服从。我想那一手簪
　　　　　　花妙楷我们都是认得出来的。

奥丽维娅　　你还是睡觉去吧，马伏里奥。

马伏里奥　　睡觉去！对了，好人儿；我一定奉陪。

奥丽维娅　　上帝保佑你！为什么你这样笑着，还老是吻你的
　　　　　　手？

玛利娅　　　您怎么啦，马伏里奥？

马伏里奥　　多承见问！是的，夜莺应该回答乌鸦的问话。

玛利娅　　　您为什么当着小姐的面前这样放肆？

马伏里奥　　"不用惧怕富贵，"写得很好！

奥丽维娅　　你说那话是什么意思，马伏里奥？

马伏里奥　　"有的人是生来的富贵，"——

奥丽维娅　　嘿！

马伏里奥　　"有的人是挣来的富贵，"——

奥丽维娅　　你说什么？

Malvolio.   Sweet lady, ho, ho.
Olivia.   Smil'st thou?
I sent for thee upon a sad occasion.

Act III.   Scene IV.

马伏里奥　"有的人是送上来的富贵。"

奥丽维娅　上天保佑你!

马伏里奥　"记着谁曾经赞美过你的黄袜子，"——

奥丽维娅　你的黄袜子!

马伏里奥　"愿意看见你永远扎着十字交叉的袜带。"

奥丽维娅　扎着十字交叉的袜带!

马伏里奥　"好，只要你自己愿意，你就可以出头了，"——

奥丽维娅　我就可以出头了?

马伏里奥　"否则让我见你一生一世做个奴才吧。"

奥丽维娅　哎哟，这家伙简直中了暑在发疯了。

一仆人上。

仆人　　小姐，奥西诺公爵的那位青年使者回来了，我好容易才请他转来。他在等候着小姐的意旨。

奥丽维娅　我就去见他。（仆人下）好玛利娅，这家伙要好好看管。我的托比叔父呢?叫几个人加意留心着他；我宁可送出一半的嫁妆，只愿他不要从中作怪。（奥丽维娅、玛利娅下）

马伏里奥　啊，哈哈!你现在开始体贴我了吗?不叫别人，却叫托比爵士来照看我!这正合信上所说的:她有意叫他来，好让我跟他顶撞一下;因为她信里正要我这样。"脱去你卑恭的旧习;"她说，"对亲戚不妨分庭抗礼，对仆人不妨摆摆架子;你嘴里要鼓唇

弄舌地谈些国家大事，装出一副矜持的样子；"于
是写着怎样扮起一副严肃的面孔、庄重的举止、慢
声慢气的说话腔调，学着大人先生的样子，诸如此
类。我已经捉到她了；可是那是上帝的功劳，感谢
上帝！而且她刚才临去的时候，她说，"这家伙要
好好照看。"家伙！不说马伏里奥，也不照我的地
位称呼我，而叫我家伙。哈哈，一切都符合，一点
儿没有疑惑，一点儿没有阻碍，一点儿没有不放心
的地方。还有什么好说呢？什么也不能阻止我达到
我的全部的希望。好，干这种事情的是上帝，不是
我，感谢上帝！

玛利娅偕托比·培尔契爵士及费边上。

托比　　　凭着神圣的名义，他在哪儿？要是地狱里的群鬼都
　　　　　缩小了身子，一起走进他的身体里去，我也要跟他
　　　　　说话。

费边　　　他在这儿，他在这儿。您怎样啦，老爷？您怎样啦，
　　　　　老兄？

马伏里奥　走开，我用不着你；别搅扰了我的安静。走开！

玛利娅　　听，魔鬼在他嘴里说着鬼话了！我不是对您说过
　　　　　吗？托比老爷，小姐请您看顾看顾他。

马伏里奥　啊！啊！她这样说吗？

托比　　　好了，好了，别闹了吧！我们一定要客客气气对付

	他；让我一个人来吧。——你好，马伏里奥？你怎样啦？嘿，老兄！抵抗魔鬼呀！你想，他是人类的仇敌呢。
马伏里奥	你知道你在说些什么话吗？
玛利娅	你们瞧！你们一说了魔鬼的坏话，他就生气了。求求上帝，不要让他中了鬼迷才好！
费边	把他的小便送到巫婆那边去吧。
玛利娅	好，明天早晨一定送去。我的小姐舍不得他哩。
马伏里奥	怎么，姑娘！
玛利娅	主啊！
托比	请你别闹，这不是个办法；你不见你惹他生气了吗？让我来对付他。
费边	除了用软功之外，没有别的法子；轻轻儿地、轻轻儿地，魔鬼是个粗坯，你要跟他动粗是不行的。
托比	喂，怎么啦，我的好家伙！你好，好人儿？
马伏里奥	爵士！
托比	啊，小鸡，跟我来吧。嘿，老兄！跟魔鬼在一起玩可不对。该死的黑人！
玛利娅	叫他念祈祷，好托比老爷，叫他祈祷。
马伏里奥	念祈祷，小淫妇！
玛利娅	你们听着，跟他讲到关于上帝的话，他就听不进去了。
马伏里奥	你们全给我去上吊吧！你们都是些浅薄无聊的东西；我不是跟你们一样的人。你们就会知道的。（下）
托比	有这等事吗？

费边	要是这种情形在舞台上表演起来，我一定要批评它捏造得出乎情理之外。
托比	他的魂都被勾走了，老兄。
玛利娅	还是追上他去吧；也许这计策一漏了风，就会坏掉。
费边	啊，我们真的要叫他发起疯来。
玛利娅	那时屋子里可以清静些。
托比	来，我们要把他关在一间暗室里捆缚起来。我的侄女已经相信他疯了；我们可以这样依计而行，让我们开开心，叫他吃吃苦头。等到我们这玩笑开乏了之后，再向他发起慈悲来；那时我们宣布我们的计策，把你封作疯人的发现者。可是瞧，瞧！

安德鲁·艾古契克爵士上。

费边	又有别的花样来了。
安德鲁	挑战书已经写好在此，你读读看；念上去就像酸醋胡椒的味道呢。
费边	是这样厉害吗？
安德鲁	对了，我向他保证的；你只要读着好了。
托比	给我。（读）"年轻人，不管你是谁，你不过是个下贱的东西。"
费边	好，真勇敢！
托比	"不要吃惊，也不要奇怪为什么我这样称呼你，因为我不愿告诉你是什么理由。"

费边	一句很好的话，这样您就可以不受法律的攻击了。
托比	"你来见奥丽维娅小姐，她当着我的面把你厚待；可是你说谎，那并不是我要向你挑战的理由。"
费边	很简单明白，而且不通极了。
托比	"我要在你回去的时候埋伏着等候你；要是命该你把我杀死的话——"
费边	很好。
托比	"你便是个坏蛋和恶人。"
费边	您仍旧避过了法律方面的责任，很好。
托比	"再会吧；上帝超度我们两人中一人的灵魂吧！也许他会超度我的灵魂；可是我比你有希望一些，所以你留心着自己吧。你的朋友（看你怎样对待他），和你的誓不两立的仇敌，安德鲁·艾古契克上。"——要是这封信不能让他激动，那么他的两条腿也不能走动了。我去送给他。
玛利娅	您有很凑巧的机会；他现在正在跟小姐谈话，等会儿就要出来了。
托比	去，安德鲁大人，给我在花园角落里等着他，像个捕役似的；一看见他，便拔出剑来；一拔剑，就高声咒骂；一句可怕的咒骂，神气活现地从嘴里刮辣松脆发了出来，比之真才实艺更能叫人相信他是个了不得的家伙。去吧！
安德鲁	好，骂人的事情我自己会来。（下）
托比	我可不去送这封信。因为照这位青年的举止看来，

他是个很有资格很有教养的人，否则他的主人不会差他来拉拢我的侄女的。这封信写得那么奇妙不通，一定不会叫这青年害怕；他一定会以为这是一个呆子写的。可是，老兄，我要口头去替他挑战，故意夸张艾古契克的勇气，让这位仁兄相信他是个勇猛暴躁的家伙；我知道他那样年轻一定会害怕起来的。这样他们两人便会彼此害怕，就像鸡蛇[1]一样，看一眼便要了对方的命。

费边　　他和您的侄小姐来了；让我们回避他们，等他告别之后再追上去。

托比　　我可以想出几句可怕的挑战话儿来。(托比、费边、玛丽娅下)

奥丽维娅偕薇奥拉重上。

奥丽维娅　　我对一颗石子样的心太多费唇舌了，鲁莽地把我的名誉下了赌注。我心里有些埋怨自己的错；可是那是个极其倔强的错，埋怨只能招它一阵讪笑。

薇奥拉　　我主人的悲哀也正和您这种痴情的样子相同。

奥丽维娅　　拿着，为我的缘故把这玩意儿戴在你身上吧，那上面有我的小像。不要拒绝它，它不会多话讨你厌的。

---

1 鸡蛇(cockatrice)又称巴兹里斯克蛇(basilisk)，神话中的怪兽，传说其目光可以致人死命。

请你明天再过来。你无论向我要什么，只要于我的
名誉没有妨碍的，我都可以给你。

薇奥拉　　　我向您要的，只是请您把真心的爱给我的主人。

奥丽维娅　　那我已经给了你了，怎么还能凭着我的名誉再给他呢?

薇奥拉　　　我可以交还给您。

奥丽维娅　　好，明天再来吧。

再见! 像你这样一个恶魔，
我甘愿被你向地狱里拖。（下）

托比·培尔契爵士及费边重上。

托比　　　　先生，上帝保佑你!

薇奥拉　　　上帝保佑您，爵士!

托比　　　　准备着防御吧。我不知道你做了什么对不起他的事
情；可是你那位对头满心怀恨，一股子的杀气在园
底等着你呢。拔出你的剑来，赶快预备好；因为你
的敌人是个敏捷精明而可怕的人。

薇奥拉　　　您弄错了，爵士，我相信没人会跟我争吵；我完全
不记得我曾经得罪过什么人。

托比　　　　你会知道事情是恰恰相反的，我告诉你；所以要是
你看重你的生命的话，留一点儿神吧；因为你的冤
家年轻力壮，武艺不凡，火气又那么大。

薇奥拉　　　请问爵士，他是谁呀?

托比　　　　他是个不靠军功而受封的骑士；可是跟人吵起架

来，那简直是个魔鬼：他已经叫三个人的灵魂出窍了。现在他的怒气已经一发而不可收拾，非把人杀死送进坟墓里去决不肯甘心。他的格言是不管三七二十一，拼个你死我活。

薇奥拉　我要回到府里去请小姐派几个人给我保镖。我不会跟人打架。我听说有些人故意向别人寻事，试验他们的勇气；这个人大概也是这一类的。

托比　不，先生，他的发怒是有充分理由的，因为你得罪了他；所以你还是上去答应他的要求吧。你不能回到屋子里去，除非你在没有跟他交手之前先跟我比个高低。所以上去吧，把你的剑赤条条地拔出来；无论如何你都非得动手不可，否则以后你再不用带剑了。

薇奥拉　这真是既无礼又古怪。请您帮我一下忙，去问问那骑士我得罪了他什么。那一定是我偶然的疏忽，决不是有意的。

托比　我就去问他。费边先生，你陪着这位先生等我回来。

（下）

薇奥拉　先生，请问您知道这是怎么一回事吗？

费边　我知道那骑士对您很气愤，抱着拼命的决心；可是详细的情形却不知道。

薇奥拉　请您告诉我他是个什么样子的人？

费边　照他的外表上看起来，并没有什么惊人的地方；可是您跟他一交手，就知道他的厉害了。他，先生，

的确是您在伊利里亚无论哪处地方所碰得到的最有本领、最凶狠、最厉害的敌手。您就过去见他好不好？我愿意替您跟他讲和，要是能够的话。

薇奥拉　　那多谢您了。我是个宁愿亲近教士也不愿亲近骑士的人；我不在乎别人知道我有多少胆量。（同下）

托比及安德鲁重上。

托比　　　嘿，老兄，他才是个魔鬼呢；我从来不曾见过这么一个泼货。我跟他连剑带鞘较量了一回，他给我这么致命的一刺，简直无从招架；至于他还起手来，那简直像是你的脚踏在地上一样万无一失。他们说他曾经在波斯王宫里当过剑师。

安德鲁　　糟了！我不高兴跟他动手。

托比　　　好，但是他可不肯甘休呢；费边在那边简直拦不住他。

安德鲁　　该死！早知道他有这种本领，我再也不去撩惹他了。假如他肯放过这回，我情愿把我的灰色马儿送给他。

托比　　　我去跟他说去。站在这儿，摆出些威势来；这件事情总可以和平了结的。（旁白）你的马儿少不得要让我来骑，你可大大地给我捉弄了。

费边及薇奥拉重上。

托比　　　（向费边）我已经叫他把他的马儿送上议和。我已经叫他相信这孩子是个魔鬼。

费边　　他也是大大地害怕着他，吓得心惊肉跳脸色发白，像是一头熊追在背后似的。

托比　　（向薇奥拉）没有法子，先生；他因为已经发过了誓，非得跟你决斗一下不可。他已经把这次争吵的起因考虑过，认为其实没什么大不了的；所以为了他所发的誓起见，拔出你的剑来吧，他声明他不会伤害你的。

薇奥拉　　（旁白）求上帝保佑我！一点点事情就会给他们知道我是不配当男人的。

费边　　要是你见他势不可当，就让让他吧。

托比　　来，安德鲁爵士，没有办法，这位先生为了他的名誉起见，不得不跟你较量一下；按着决斗的规则，他不能规避这一回事；可是他已经答应我，因为他是个堂堂君子又是个军人，他不会伤害你的。来吧，上去！

安德鲁　　求上帝让他不要背誓！（拔剑）

薇奥拉　　相信我，这全然不是出于我的本意。（拔剑）

安东尼奥上。

安东尼奥　　放下你的剑。要是这位年轻的先生得罪了你，我替他担个不是；要是你得罪了他，我可不肯对你甘休。（拔剑）

托比	你，朋友！咦，你是谁呀？
安东尼奥	先生，我是他的好朋友；为了他的缘故，无论什么事情，说得出的便做得到。
托比	好吧，你既然这样喜欢管人家的闲事，我就奉陪了。（拔剑）
费边	啊，好托比老爷，住手吧！警官们来了。
托比	过会儿再跟你算账。
薇奥拉	（向安德鲁）先生，请你放下你的剑吧。
安德鲁	好，放下就放下，朋友；我可以向你担保，我的话说过就算数。那匹马骑上去很轻松，而且它很驯顺。

二警吏上。

警吏甲	就是这个人；执行你的任务吧。
警吏乙	安东尼奥，我奉奥西诺公爵之命把你逮捕。
安东尼奥	你看错人了，朋友。
警吏甲	不，先生，一点没有错。我很认识你的脸孔，虽然你现在头上不戴着水手的帽子。——把他带走，他知道我认识他的。
安东尼奥	我只好服从。（向薇奥拉）这场祸事都是因为要来寻找你而起；可是没有办法，我必得服罪。现在我不得不向你要回我的钱袋了，你预备怎样呢？叫我难过的倒不是我自己的遭遇，而是不能给你尽一点力。你吃惊吗？请你宽心吧。

警吏乙　　　来，朋友，去吧。

安东尼奥　　那笔钱我必须向你要几个。

薇奥拉　　　什么钱，先生？为了您在这儿对我的好意相助，又
　　　　　　　看见您现在的不幸，我愿意尽我的微弱的力量借给
　　　　　　　您几个钱；我是个穷小子，这儿随身带着的钱，可
　　　　　　　以跟您平分。拿着吧，这是我一半的家私。

安东尼奥　　你现在不认识我了吗？难道我给你的好处不能使你
　　　　　　　心动吗？别看着我倒霉好欺侮，要是激起我的性子
　　　　　　　来，我也会不顾一切，向你一一数说你的忘恩负义的。

薇奥拉　　　我一点不知道；您的声音相貌我也完全不认识。我
　　　　　　　痛恨人们的忘恩，比之痛恨说谎、虚荣、饶舌、酗
　　　　　　　酒，或是其他存在于脆弱的人心中的令人沉陷的恶
　　　　　　　德还要厉害。

安东尼奥　　唉，天哪！

警吏乙　　　好了，对不起，朋友，走吧。

安东尼奥　　让我再说句话，你们瞧这个孩子，他是我从死神的
　　　　　　　掌握中夺了回来的，我用神圣的爱心照顾着他；我
　　　　　　　以为他的样子是个好人，才那样看重着他。

警吏甲　　　那跟我们有什么相干呢？别耽误了时间，去吧！

安东尼奥　　可是唉！这个天神一样的人，原来却是个罗刹！西
　　　　　　　巴斯辛，你未免太羞辱了你这副好相貌了。
　　　　　　　心上的瑕疵是真的垢污；
　　　　　　　无情的人才是残废之徒。
　　　　　　　善即是美；但美丽的奸恶，

　　　　　　　　　是魔鬼雕就文彩的空椟。

警吏甲　　　这家伙发疯了；带他去吧！来，来，先生。

安东尼奥　　带我去吧。（警吏带安东尼奥下）

薇奥拉　　　他的话儿句句发自衷肠；

　　　　　　　他坚持不疑，我意乱心慌。

　　　　　　　但愿想象的事果真不错，

　　　　　　　是他把妹妹错认作哥哥！

托比　　　　过来，骑士；过来，费边：让我们悄悄地讲几句聪

　　　　　　　明话。

薇奥拉　　　他说起西巴斯辛的名字，

　　　　　　　我哥哥正是我镜中影子，

　　　　　　　兄妹俩生就一般的形状，

　　　　　　　再加上穿扮得一模一样；

　　　　　　　但愿暴风雨真发了慈心，

　　　　　　　无情的波浪变作了多情！（下）

托比　　　　好一个刁滑的卑劣的孩子，比兔子还胆怯！他坐视

　　　　　　　朋友危急而不顾，还要装作不认识，可见他刁恶的

　　　　　　　一斑，至于他的胆怯呢，问费边好了。

费边　　　　一个懦夫，一个把怯懦当作信仰的虔诚的懦夫。

安德鲁　　　他妈的，我要追上去把他揍一顿。

托比　　　　好，把他痛痛地揍一顿，可是别拔出你的剑来。

安德鲁　　　要是我不——（下）

费边　　　　来，让我们瞧瞧去。

托比　　　　我可以赌无论多少钱，到头来不会有什么事发生。

　　　　　　　（同下）

第一场

奥丽维娅宅旁街道

西巴斯辛及小丑上。

小丑	你要我相信我不是差来请你的吗？
西巴斯辛	算了吧，算了吧，你是个傻瓜；给我走开去。
小丑	装腔装得真好！是的，我不认识你；我的小姐也不会差我来请你去讲话；你的名字也不是西萨里奥老爷。什么都不是。
西巴斯辛	请你到别处去大放厥词吧；你又不认识我。
小丑	大放厥词！他从什么大人物那儿听了这句话，却来用在一个傻瓜身上。大放厥词！我担心整个痴愚的世界都要装腔作态起来了。请你别那么怯生生的，告诉我应当向我的小姐放些什么"厥词"。要不要对她说你就来？
西巴斯辛	傻东西，请你走开吧；这儿有钱给你；要是你再不

去，我就不给你这么多。

小丑　　　真的，你倒是很慷慨。这种聪明人把钱给傻子，就像用十四年的收益来买一句好话。

安德鲁上。

安德鲁　　呀，朋友，我又碰见你了吗？吃这一下。（击西巴斯辛）

西巴斯辛　怎么，给你尝尝这一下，这一下，这一下！（打安德鲁）所有的人都疯了吗？

托比及费边上。

托比　　　停住，朋友，否则我要把你的刀子摔到屋子里去了。

小丑　　　我就去把这事告诉我的小姐。我不愿为了两便士就被你们收买。（下）

托比　　　（拉西巴斯辛）算了，朋友，住手吧。

安德鲁　　不，让他去吧。我要换一个法儿对付他。要是伊利里亚是有法律的话，我要告他非法殴打的罪；虽然是我先动手，可是那没有关系。

西巴斯辛　放下你的手！

托比　　　算了吧，朋友，我不能放走你。来，我的青年的勇士，放下你的家伙。你已经蓄势待发了；来吧。

西巴斯辛　你别想抓住我。（挣脱）现在你要怎样？要是你有

Olivia. Hold, Toby; on thy life, I charge thee, hold!
Sir Toby Belch. Madam—

Act IV. Scene I.

胆子的话，拔出你的剑来吧。

托比　　什么！什么！那么我倒要让你流几滴莽撞的血呢。

（拔剑）

奥丽维娅上。

奥丽维娅　住手，托比！我命令你！

托比　　小姐！

奥丽维娅　有这等事吗？忘恩的恶人！只配住在从来不懂得礼
　　　　　貌的山林和洞窟里的。滚开！——别生气，亲爱的
　　　　　西萨里奥。——莽汉，走开！（托比、安德鲁、费
　　　　　边同下）好朋友，你是个有见识的人，这回的惊扰
　　　　　实在太失礼、太不成话了，请你不要生气。跟我到
　　　　　舍下去吧；我可以告诉你这个恶人曾经多少次无缘
　　　　　无故地惹是招非，你听了就可以把这回事情一笑置
　　　　　之了。你一定要去的：
　　　　　别推托！他灵魂该受天戮，
　　　　　为你惊起了我心头小鹿。

西巴斯辛　滋味难名，不识其中奥妙；
　　　　　是疯眼昏迷？是梦魂颠倒？
　　　　　愿心魂永远在忘河沉浸；
　　　　　有这般好梦再不须梦醒！

奥丽维娅　请你来吧；你得听我的话。

西巴斯辛　小姐，遵命。

奥丽维娅　但愿这回非假！（同下）

第二场

奥丽维娅宅中一室

玛利娅及小丑上；马伏里奥在相接的暗室内。

玛利娅　啊，我请你把这件袍子穿上，这把胡须套上，让他相信你是副牧师托巴斯师傅。快些，我就去叫托比老爷来。（下）

小丑　好，我就穿起来，假装一下；我希望我是第一个扮作这种样子的。我的身材不够高，穿起来不怎么神气；略为胖一点，也不像个用功念书的；可是给人称赞一声是个老实汉子，很好的当家人，也就跟一个用心思的读书人一样好了。——那两个同党的来了。

托比·培尔契爵士及玛利娅上。

托比　上帝祝福你，牧师先生！

小丑　早安，托比大人！目不识丁的布拉格的老隐士曾经向高波杜克王的侄女说过这么一句聪明话："是什么，就是什么。"因此，我是牧师先生，我便是牧师先生；因为"什么"即是"什么"，"是"即是"是"。

托比	走过去，托巴斯师傅。
小丑	呃哼，喂！这监狱里平安呀！
托比	这小子装得很像，好小子。
马伏里奥	（在内）谁在叫？
小丑	副牧师托巴斯师傅来看疯人马伏里奥来了。
马伏里奥	托巴斯师傅，托巴斯师傅，托巴斯好师傅，请您到我小姐那儿去一趟。
小丑	滚你的，大魔鬼！瞧这个人给你缠得这样子！只晓得嚷小姐吗？
托比	说得好，牧师先生。
马伏里奥	（在内）托巴斯师傅，从来不曾有人给人这样冤枉过。托巴斯好师傅，别以为我疯了。他们把我关在这个暗无天日的地方。
小丑	啐，你这不老实的撒旦！我用最客气的称呼叫着你，因为我是个最有礼貌的人，即使对于魔鬼也不肯失礼。你说这屋子是黑的吗？
马伏里奥	像地狱一样，托巴斯师傅。
小丑	嘿，它的凸窗像壁垒一样透明，它的向着南北方的顶窗像乌木一样发光呢；你还说看不见吗？
马伏里奥	我没有发疯，托巴斯师傅。我对您说，这屋子是黑的。
小丑	疯子，你错了。我对你说，世间并无黑暗，只有愚昧。埃及人在大雾中辨不清方向，还不及你在愚昧里那样发昏。
马伏里奥	我说，这座屋子简直像愚昧一样黑暗，即使愚昧是

像地狱一样黑暗。我说，从来不曾有人给人这样欺侮过。我并不比您更疯；您不妨提出几个合理的问题来问我，试试我疯不疯。

小丑　　　　毕达哥拉斯[1]对于野鸟有什么意见？

马伏里奥　　他说我们祖母的灵魂也许曾经寄住过鸟儿的身体里。

小丑　　　　你对于他的意见觉得怎样？

马伏里奥　　我认为灵魂是高贵的，绝对不赞成他的说法。

小丑　　　　再见，你在黑暗里住下去吧。等到你赞成了毕达哥拉斯的说法之后，我才可以承认你的头脑健全。留心别打山鹬，因为也许你要害得你祖母的灵魂流离失所了。再见。

马伏里奥　　托巴斯师傅！托巴斯师傅！

托比　　　　我的了不得的托巴斯师傅！

小丑　　　　嘿，我可真是多才多艺呢。

玛利娅　　　你就是不挂胡须不穿道袍也没有关系；他又看不见你。

托比　　　　你再用你自己的口音去对他说话；怎样的情形再来告诉我。我希望这场恶作剧快快告个段落。要是不妨把他释放，我看就放了他吧；因为我已经大大地失去了我侄女的欢心，倘把这玩意儿尽管闹下去，恐怕不大妥当。等会儿到我的屋子里来吧。（托比、玛利娅下）

小丑　　　　嗨，罗宾，快活的罗宾哥，

---

1 毕达哥拉斯（Pythagoras），希腊哲学家，主张灵魂轮回说。

问你的姑娘近况如何。

马伏里奥   傻子！

小丑   不骗你，她心肠有点硬。

马伏里奥   傻子！

小丑   唉，为了什么原因，请问？

马伏里奥   喂，傻子！

小丑   她已经爱上了别个人。——嘿！谁叫我？

马伏里奥   好傻子，谢谢你给我拿一支蜡烛、笔、墨水和纸张来，以后我不会亏待你的。君子不扯谎，我永远感你的恩。

小丑   马伏里奥老爷吗？

马伏里奥   是的，好傻子。

小丑   唉，老爷，您怎么会发起疯来呢？

马伏里奥   傻子，从来不曾有人给人这样欺侮过。我的头脑跟你一样清楚呢，傻子。

小丑   跟我一样？那么您真的是疯了，要是您的头脑跟傻子差不多。

马伏里奥   他们把我当作一件家具看待，把我关在黑暗里，差牧师们——那些蠢驴子！——来看我，千方百计地想把我弄昏了头。

小丑   您说话留点儿神吧；牧师就在这儿呢。——马伏里奥，马伏里奥，上天保佑你明白过来吧！好好地睡睡觉，别啰里啰唆地讲空话。

马伏里奥   托巴斯师傅！

小丑	别跟他说话，好伙计。——谁？我吗，师傅？我可不要跟他说话哩，师傅。上帝和您同在，好托巴斯师傅！——呃，阿门！——好的，师傅，好的。
马伏里奥	傻子，傻子，傻子，我对你说！
小丑	唉，老爷，您耐心吧！您怎么说，师傅？——师傅怪我跟您说话哩。
马伏里奥	好傻子，给我拿一点儿灯火和纸张来。我对你说，我跟伊利里亚无论哪个人一样头脑清楚呢。
小丑	唉，我巴不得这样呢，老爷！
马伏里奥	我可以举手发誓我没有发疯。好傻子，拿墨水、纸和灯火来；我写好之后，你去替我送给小姐。你送了这封信去，一定会到手一笔空前的大大的赏赐。
小丑	我愿意帮您的忙。但是老实告诉我，您是不是真的疯了，还是假装疯？
马伏里奥	相信我，我没有发疯，我老实告诉你。
小丑	嘿，我可信不过一个疯子的话，除非我能看见他的脑子。我去给您拿蜡烛、纸和墨水来。
马伏里奥	傻子，我一定会重重报答你。请你去吧。
小丑	老爷我去了， 请您不要吵， 不多一会的时光， 小鬼再来见魔王； 手拿木板刀， 胸中如火烧，

向着魔鬼打哈哈，

样子像个疯娃娃：

爹爹不要恼，

给您剪指爪，

再见，我的魔王爷！（下）

第三场

奥丽维娅的花园

西巴斯辛上。

西巴斯辛　　这是空气；那是灿烂的太阳；这是她给我的珍珠，
我看得见也摸得到：虽然怪事这样包围着我，然而
却不是疯狂。那么安东尼奥到哪儿去了呢？我在大
象旅店里找不到他；可是他曾经到过那边，据说他
到城中各处寻找我去了。现在我很需要他的指教；
因为虽然我心里很觉得这也许是出于错误，而并非
是一种疯狂的举动，可是这种意外和飞来的好运太
有些未之前闻，无可理解了，我简直不敢相信我的
眼睛；无论我的理智怎样向我解释，我总觉得不是
我疯了，便是这位小姐疯了。可是，真是这样的话，
她一定不会那样井井有条，神气那么端庄地操持她
的家务，指挥她的仆人，料理一切的事情，如同我
所看见的那样。其中一定有些蹊跷。她来了。

奥丽维娅及一牧师上。

奥丽维娅 不要怪我太性急。要是你没有坏心肠的话，现在就
跟我和这位牧师到我家的礼拜堂里去吧；当着他的
面前，在那座圣堂的屋顶下，你要向我充分证明你
的忠诚，好让我小气的、多疑的心安定下来。他可
以保守秘密，直到你愿意宣布出来按照着我的身份
的婚礼将在什么时候举行。你说怎样？

西巴斯辛 我愿意跟你们两位前往；
立过的盟誓永没有欺罔。

奥丽维娅 走吧，牧师先生；但愿天公作美，
一片阳光照着我们酣醉！（同下）

第一场

奥丽维娅宅前街道

小丑及费边上。

费边	看在咱们交情的分上，让我瞧一瞧他的信吧。
小丑	好费边先生，允许我一个请求。
费边	尽管说来。
小丑	别向我要这封信看。
费边	这就是说，把一条狗给了人，然后再把那条狗要还作为补偿。

公爵、薇奥拉、丘里奥及侍从等上。

公爵	朋友们，你们是奥丽维娅小姐府中的人吗？
小丑	是的，殿下；我们是附属于她的一两件零星小物。
公爵	我认识你；你好吗，我的好朋友？

小丑	不瞒您说，殿下，我的仇敌使我好些，我的朋友使我坏些。
公爵	恰恰相反，你的朋友使你好些。
小丑	不，殿下，坏些。
公爵	为什么呢？
小丑	呃，殿下，他们称赞我，把我当作驴子一样愚弄；可是我的仇敌却坦白地告诉我说我是头驴子。因此，殿下，亏着我的仇敌我才能明白我自己，我的朋友却把我欺骗了；因此，结论就像接吻一样，两个异性合拢来变成一个接吻，两个否定合拢来等于一个肯定；要是四个否定可以变成两个肯定，那么自然是朋友坏而仇敌好了。
公爵	啊，这说得好极了！
小丑	凭良心说，殿下，这一点不好；虽然您愿意做我的朋友。
公爵	我不会使你坏些；这儿是钱。
小丑	倘不是害怕犯了二重欺诈的罪名，殿下，我倒希望您把它再加一倍。
公爵	啊，你给我出的好主意。
小丑	把您的恩德伸进您的袋里去，殿下；只这一次，让您的血肉听它的差遣。
公爵	好吧，我要成为二重的罪人了，拿去。
小丑	掷骰子有么二三；古话说，"一不做，二不休，三回才算数"；跳舞要用三拍子；您只要听圣班纳特

	教堂的钟声好了，殿下——一，二，三。
公爵	你这回可骗不动我的钱了。要是你愿意去对你小姐说我在这儿要见她说话，陪同她到这儿来，那么也许会再唤醒我的慷慨来的。
小丑	好吧，殿下，给您的慷慨唱个安眠歌，等着我回来吧。我去了，殿下；可是我希望您明白我的要钱并不是贪财。好吧，殿下，就照您的话，让您的慷慨打个盹儿，我等一会儿再来叫醒他吧。（下）
薇奥拉	殿下，这儿来的人就是搭救了我的。

安东尼奥及警吏上。

公爵	他那张脸我记得很清楚；可是上次我见他的时候，他脸上涂得黑黑的，就像烽烟里的乌尔冈 [1] 一样。他是一只吃水很浅的小小舰船的舰长，可是却使我们舰队中最好的船只大遭损失，就是那些怀恨在心的、被他打败的人也不得不佩服他。为了什么事？
警吏	启禀殿下，这就是在坎迪地方把“凤凰号”和它的货物劫了去的安东尼奥；也就是在“猛虎号”上把您的侄公子泰特斯削去了腿的。我们在这儿的街道上看见他穷极无赖，在跟人家打架，因此抓了来了。
薇奥拉	殿下，他曾经拔刀相助，帮过我忙，可是后来却对

---

1 乌尔冈（Vulcan），司火与锻冶之神。

我说了一番奇怪的话，似乎发了疯似的。

公爵　好一个海盗！咸水之上的贼徒！你怎么敢凭着你的愚勇，投身到被你用血肉和巨量的代价结下冤仇的人们的手里呢？

安东尼奥　尊贵的奥西诺，请许我洗刷去您给我的称呼；安东尼奥从来不曾做过海盗或贼徒，虽然我有充分的理由和原因承认我是奥西诺的敌人。一种魔法把我吸引到这儿来。在您身边的那个最没有良心的孩子，是我从汹涌的怒海的吞噬中救了出来的，否则他已经毫无希望了。我给了他生命，又把我的友情无条件地完全给了他；为了他的缘故，出于纯粹的爱心，我冒着危险出现在这敌对的城里，见他给人包围了，就拔剑相助；可是我遭了逮捕，他的狡恶的心肠因恐我连累他受罪，便假装不认识我，一霎眼就像已经暌违了二十年似的，甚至于我在半点钟前给他任意使用的我自己的钱袋，也不肯还给我。

薇奥拉　怎么会有这种事呢？

公爵　他在什么时候到这城里来的？

安东尼奥　今天，殿下；三个月来，我们朝朝夜夜都在一起，不曾有一分钟分离过。

奥丽维娅及侍从等上。

公爵　这里来的是伯爵小姐，天神降临人世了！——可是

　　　　　　　　你这家伙，完全在说疯话；这孩子已经侍候我三个
　　　　　　　　月了。那种话等会儿再说吧。把他带在一旁。

奥丽维娅　　　殿下有什么下示？除了断难遵命的一件事之外，凡
　　　　　　　是奥丽维娅力量所能及的，一定愿意效劳。——西
　　　　　　　萨里奥，你失了我的约啦。

薇奥拉　　　　小姐！

公爵　　　　　温柔的奥丽维娅！——

奥丽维娅　　　你怎么说，西萨里奥？——殿下——

薇奥拉　　　　我的主人要跟您说话；地位关系我不能开口。

奥丽维娅　　　殿下，要是您说的仍旧是那么一套，我可已经听厌
　　　　　　　了，就像奏过音乐以后的号叫一样令人不耐。

公爵　　　　　仍旧是那么残酷吗？

奥丽维娅　　　仍旧是那么坚定，殿下。

公爵　　　　　什么，坚定得不肯改变一下你的乖僻吗？你这无礼
　　　　　　　的女郎！向着你的无情的不仁的祭坛，我的灵魂已
　　　　　　　经用无比的虔诚吐露出最忠心的献礼。我还有什么
　　　　　　　办法呢？

奥丽维娅　　　办法就请殿下自己斟酌吧。

公爵　　　　　假如我狠得起那么一条心，为什么我不可以像临死
　　　　　　　时的埃及大盗[1]一样，把我所爱的人杀死了呢？蛮
　　　　　　　性的嫉妒有时也带着几分高贵的气质。但是你听着
　　　　　　　我吧：既然你漠视我的诚意，我也有些知道谁在你

---

1 事见希腊传奇《提亚戈尼斯与卡里克列娅》。

的心中夺去了我的位置，你就继续做你的铁石心肠
的暴君吧；可是你所爱着的这个宝贝，我对天发誓
我曾经那样宠爱着他，我要把他从你的那双冷酷的
眼睛里除去，免得他傲视他的主人。来，孩子，跟
我来。我的恶念已经成熟：

我要牺牲我钟爱的羔羊，

白鸽的外貌乌鸦的心肠。（走）

薇奥拉　　我甘心愿受一千次死罪，

只要您的心里得到安慰。（随行）

奥丽维娅　　西萨里奥到哪儿去？

薇奥拉　　追随我所爱的人，

我爱他甚于生命和眼睛，

远过于对于妻子的爱情。

愿上天鉴察我一片诚挚，

倘有虚谎我决不辞一死！

奥丽维娅　　哎哟，他厌弃了我！我受了欺骗了！

薇奥拉　　谁把你欺骗？谁给你受气？

奥丽维娅　　才不久你难道已经忘记？——请牧师来。（一侍从
下）

公爵　　（向薇奥拉）去吧！

奥丽维娅　　到哪里去，殿下？西萨里奥，我的夫，别去！

公爵　　你的夫？

奥丽维娅　　是的，我的夫；他能抵赖吗？

公爵　　她的夫，嘿？

薇奥拉　　　　不，殿下，我不是。

奥丽维娅　　　唉！是你的卑怯的恐惧使你否认了自己的身份。不
　　　　　　　　要害怕，西萨里奥；别放弃了你的地位。你知道你
　　　　　　　　是什么人，要是承认了出来，你就跟你所害怕的人
　　　　　　　　并肩相埒了。

　　　　　　　　牧师上。

奥丽维娅　　　啊，欢迎，牧师先生！我请你凭着你的可尊敬的身
　　　　　　　　份，到这里来宣布你所知道的关于这位少年和我之
　　　　　　　　间不久以前的事情；虽然我们本来预备保守秘密，
　　　　　　　　但现在不得不在时机未到之前公布了。

牧师　　　　　一个永久相爱的盟约，已经由你们两人握手缔结，
　　　　　　　　用神圣的吻证明，用戒指的交换确定了。这婚约的
　　　　　　　　一切仪式，都由我主持作证；照我的表上所指示，
　　　　　　　　距离现在我不过向我的坟墓走了两小时的行程。

公爵　　　　　唉，你这骗人的小畜生！等你年纪一大了起来，你
　　　　　　　　会是个怎样的人呢？
　　　　　　　　也许你过分早熟的奸诡，
　　　　　　　　反会害你自己身败名毁。
　　　　　　　　别了，你尽管和她论嫁娶；
　　　　　　　　可留心以后别和我相遇。

薇奥拉　　　　殿下，我要声明——

奥丽维娅　　　不要发誓；

Sir Andrew Aguecheek. For the love of Heaven, a surgeon!
send one presently to Sir Toby.
Olivia. What's the matter?

Act V. Scene I.

放大胆些，别亵渎了神祇！

安德鲁·艾古契克爵士头破血流上。

安德鲁	看在上帝的分上，叫个外科医生来吧！立刻去请一个来瞧瞧托比爵士。
奥丽维娅	什么事？
安德鲁	他把我的头给打破了，托比爵士也给他弄得满头是血。看在上帝的分上，救救命吧！谁要是给我四十镑钱，我也宁愿回到家里去。
奥丽维娅	谁干了这种事，安德鲁爵士？
安德鲁	公爵的跟班名叫西萨里奥的。我们把他当作一个孱头，哪晓得他简直是个魔鬼。
公爵	我的跟班西萨里奥？
安德鲁	他妈的！他就在这儿。你无缘无故敲破我的头！我不过是给托比爵士怂恿了才动手的。
薇奥拉	你为什么对我说这种话呢？我没有伤害你呀。你自己无缘无故向我拔剑；可是我对你很客气，并没有伤害你。
安德鲁	假如一颗血淋淋的头可以算得是伤害的话，你已经把我伤害了；我想你以为满头是血是不算什么一回事的。托比爵士一跷一拐地来了——

托比·培尔契爵士由小丑扶携醉步上。

安德鲁　还有话要跟你说呢：倘不是因为他喝醉了酒的话，他一定不会那样败给你的。

公爵　怎么，老兄，你怎么啦？

托比　有什么关系？他把我打坏了，还有什么别的说的？傻瓜，你有没有看见狄克医生，傻瓜？

小丑　喔！他在一个钟头之前喝醉酒了，托比老爷；他的眼睛在早上八点钟就昏花了。

托比　那么他便是个踱着八字步的混蛋。我顶讨厌酒鬼。

奥丽维娅　把他带走！谁把他们弄成这样子的？

安德鲁　我来扶着您吧，托比爵士；咱们一块儿裹伤口去。

托比　你来扶着我？蠢驴，傻瓜，混蛋，瘦脸孔的混蛋，笨鹅！

奥丽维娅　招呼他上床去，他的伤口好好看顾一下。（小丑、费边、托比、安德鲁同下）

西巴斯辛上。

西巴斯辛　小姐，我很抱歉伤了令亲；可是即使他是我的同胞兄弟，为了自卫起见我也只好出此手段。您用那样冷淡的眼光瞧着我，我知道我一定冒犯了您了；原谅我吧，好人，看在不久以前我们彼此立下的盟誓分上。

公爵　一样的脸孔，一样的声音，一样的装束，化成了两个身体；一副天然的幻镜，真实和虚妄的对照！

西巴斯辛	安东尼奥！啊，我的亲爱的安东尼奥！自从我不见了你之后，我的时间过得多么痛苦啊！
安东尼奥	你是西巴斯辛吗？
西巴斯辛	难道你不相信是我吗，安东尼奥？
安东尼奥	你怎么会分身呢？把一只苹果切成两半，也不会比这两人更为相像。哪一个是西巴斯辛？
奥丽维娅	真奇怪呀！
西巴斯辛	那边站着的是我吗？我从来不曾有过一个兄弟；我又不是一尊无所不在的神明。我只有一个妹妹，但已经被盲目的波涛卷去了。对不住，请问你我之间有什么关系？你是哪一国人？叫什么名字？谁是你的父母？
薇奥拉	我是梅萨林人。西巴斯辛是我的父亲；我的哥哥也是一个像你一样的西巴斯辛，他葬身于海洋中的时候也穿着像你一样的衣服。要是灵魂能够照着在世时的形状和服饰出现，那么你是来吓我们的。
西巴斯辛	我的确是一个灵魂；可是还没有脱离我生而具有的物质的皮囊。你的一切都能符合，只要你是个女人，我一定会让我的眼泪滴在你的脸上，而说，"大大地欢迎，溺死了的薇奥拉！"
薇奥拉	我的父亲额角上有一颗黑痣。
西巴斯辛	我的父亲也有。
薇奥拉	他死的时候薇奥拉才十三岁。
西巴斯辛	唉！那记忆还鲜明地留在我的灵魂里。他的确在我

妹妹刚满十三岁的时候完毕了他人世的任务。

薇奥拉　　假如只是我这一身僭妄的男装阻碍了我们彼此的欢欣，那么等一切关于地点、时间、遭遇的枝节完全衔接，证明我确是薇奥拉之后，再拥抱我吧。我可以叫一个在这城中的船长来为我证明，我的女衣便是寄放在他那里的；多亏着他的帮忙，我才侥幸保全了生命，能够来侍候这位尊贵的公爵。此后我便一直奔走于这位小姐和这位贵人之间。

西巴斯辛　　（向奥丽维娅）小姐；原来您是弄错了；但那也是心理上的自然的倾向。您本来要跟一个女孩子订婚；可是凭我的生命起誓，您并没有受到蒙骗，您现在同时成为一个女人和一个男人的未婚妻了。

公爵　　不要惊骇；他的血统也很高贵。要是这回事情果然是真，看来似乎不是一面骗人的镜子，那么从这番幸运的船难里我也要沾点儿光。（向薇奥拉）孩子，你曾经向我说过一千次决不会爱着一个女人像爱我一样。

薇奥拉　　那一切的话我愿意再发誓证明；那一切的誓我都要坚守在心中，就像分隔昼夜的天球中蕴藏着的烈火一样。

公爵　　把你的手给我；让我瞧你穿了女人的衣服是什么样子。

薇奥拉　　把我带上岸来的船长那里存放着我的女服；可是他现在跟这儿小姐府上的管家马伏里奥有点讼事，被拘留起来了。

| 奥丽维娅 | 一定要把他放出来。去叫马伏里奥来。——唉。我现在记起来了，他们说，可怜的人，他的神经病很厉害呢。因为我自己在大发其疯，所以把他的疯病完全忘记了。 |

小丑持信及费边上。

奥丽维娅	他怎样啦，小子？
小丑	启禀小姐，他总算很尽力抵挡着魔鬼。他写了一封信给您。我本该今天早上就给您的；可是疯人的信不比福音，送不送到都没甚关系。
奥丽维娅	拆开来读给我听。
小丑	傻子要念疯子的话了，请你们洗耳恭听。（读）"凭着上帝的名义，小姐——"
奥丽维娅	怎么！你疯了吗？
小丑	不，小姐，我在读疯话呢。小姐您既然要我读这种东西，那么您就得准许我疯声疯气地读。
奥丽维娅	请你读得正经一点。
小丑	我就是在正经地读，小姐。可是读他一本正经的话就是这个样子。所以，请公主明察，认真听吧。
奥丽维娅	（向费边）喂，还是你读吧。
费边	（读）"凭着上帝的名义，小姐，您屈待了我；全世界都要知道这回事。虽然您已经把我幽闭在黑暗里，叫您醉酒的令叔看管我，可是我的头脑跟小姐

您一样清楚呢。您自己骗我打扮成那个样子，您的信还在我手里；我很可以用它来证明我自己的无辜，可是您的脸面上却不好看哩。随您怎样看待我吧。因为冤枉难明，不得不暂时僭越了奴仆的身份，请您原谅。被虐待的马伏里奥上。"

奥丽维娅	这封信是他写的吗？
小丑	是的，小姐。
公爵	这倒不像是个疯子的话哩。
奥丽维娅	去把他放出来，费边；带他到这儿来。（费边下）殿下，请您把发生的这些事情再好好想一想，假如您肯把我当个妹妹而不是妻子一样看待，那么我们两人的婚礼可以一同举行。倘不嫌弃，就请在这儿住下，容我略尽地主之谊。
公爵	小姐，多蒙厚意，敢不领情。（向薇奥拉）你的主人解除了你的职务了。你事主的勤劳，可以不顾那种事情多么不适于你的娇弱的身份和优雅的教养；你既然一直把我称作主人，从此以后，你便是你主人的主妇了。握着我的手吧。
奥丽维娅	你是我的妹妹了！

费边偕马伏里奥重上。

公爵	这便是那个疯子吗？
奥丽维娅	是的，殿下，就是他。——怎样，马伏里奥！

Duke.   Is this the madman?
Olivia.   Ay, my lord, this same.—
How now, Malvolio!
   Malvolio.   Madam, you have done me wrong,
Notorious wrong.
                                        Act V.   Scene I.

马伏里奥	小姐，您屈待了我，大大地屈待了我！
奥丽维娅	我屈待了你吗，马伏里奥？没有的事。
马伏里奥	小姐，您屈待了我。请您瞧这封信。您能抵赖说那不是您写的吗？您能写几笔跟这不同的字，几句跟这不同的句子吗？您能说这不是您的图章，不是您的大作吗？您可不能否认。好，那么承认了吧；凭着您的贞洁告诉我：为什么您向我表示这种露骨的恩意，吩咐我见您的时候脸带笑容，扎着十字交叉的袜带，穿了黄袜子，对托比大人和底下人要皱眉头？我怀着满心的希望一切服从您的话，怎么您要把我关起来，禁锢在暗室里，叫牧师来看我，给人当作前无古人的绝顶大傻瓜愚弄？告诉我为什么？
奥丽维娅	唉！马伏里奥，这不是我写的，虽然我承认很像我的笔迹；但这一定是玛利娅写的。现在我记起来了，第一个告诉我你发疯了的就是她；那时你便一路带笑而来，装扮和动作就跟信里所说的一样。你别恼了；这场诡计未免太恶作剧，等我们调查明白原因和主谋的人之后，你可以自己兼作原告和审判官来判这件案子。
费边	好小姐，听我说，不要让争闹和口角来打断了当前的兴会，我正为之惊叹不已。我希望您不要见怪，我坦白承认，是我跟托比老爷因为看不上眼这个马伏里奥的顽固无礼，才想出这个计策来。玛利娅因为被托比老爷央求不过，才写了这封信；为了酬劳

　　　　　　　她，他已经跟她结了婚了。假如把两方所受到的难
　　　　　　　堪衡情酌理地判断起来，那么这种恶作剧的戏谑可
　　　　　　　供一笑，也不必计较了吧。

奥丽维娅　唉，可怜的傻子，他们太把你欺侮了！

小丑　　嘿，"有的人是生来的富贵，有的人是挣来的富贵，
　　　　　　　有的人是送上来的富贵。"这本戏文里我也是一个
　　　　　　　角色呢，老爷；托巴斯师傅就是我，老爷；但这没
　　　　　　　有什么相干。"凭着上帝起誓，傻子，我没有疯。"
　　　　　　　可是您记得吗？"小姐，您为什么要对这么一个没
　　　　　　　头脑的混蛋发笑？您要是不笑，他就开不了口啦。"
　　　　　　　六十年风水轮流转，您也遭了报应了。

马伏里奥　我一定要出这一口气，你们这群东西一个都不放过。
　　　　　　　（下）

奥丽维娅　他给人欺侮得太不成话了。

公爵　　追他回来，跟他讲个和；他还不曾把那船长的事告
　　　　　　　诉我们哩。等我们知道了以后，假如时辰吉利，我
　　　　　　　们便可以举行郑重的结合的典礼。贤妹，我们现在
　　　　　　　还不会离开这儿。西萨里奥，来吧；当你还是一个
　　　　　　　男人的时候，你便是西萨里奥——
　　　　　　　等你换过了别样的衣裙，
　　　　　　　你才是奥西诺心上情人。（除小丑外均下）

小丑　　　　　歌
　　　　　　　当初我是个小儿郎，
　　　　　　　嗨，呵，一阵雨儿一阵风；

做了傻事毫不思量，
朝朝雨雨呀又风风。

年纪长大啦不学好，
嗨，呵，一阵雨儿一阵风；
闭门羹到处吃个饱，
朝朝雨雨呀又风风。

娶了老婆，唉！要照顾，
嗨，呵，一阵雨儿一阵风；
法螺医不了肚子饿，
朝朝雨雨呀又风风。

一壶老酒往头里灌，
嗨，呵，一阵雨儿一阵风；
掀开了被窝三不管，
朝朝雨雨呀又风风。

开天辟地有几多年，
嗨，呵，一阵雨儿一阵风；
咱们的戏文早完篇，
愿诸君欢喜笑融融！（下）

校译说明

一、莎士比亚四大喜剧有两种较常见的说法，《威尼斯商人》《皆大欢喜》《第十二夜》是公认的三部，余下一部则有《仲夏夜之梦》和《无事生非》两说（此外另有《驯悍记》《仲夏夜之梦》《第十二夜》《暴风雨》并称四大喜剧之说等等）。故本喜剧集收录此五部剧，以求代表莎士比亚喜剧的最高成就。

二、本次校译的首要工作是补充朱生豪世界书局版译文中的漏译，以及纠正明显的错译。漏译多为难以翻译的文字游戏，也包括朱氏认为原文不易索解或重复赘余之处。至于错译，固然有显而易见的理解偏误，皆加以修正。然而鉴于文学翻译的复杂性，"不可译"处甚多，某些灵活处理不宜截然断定为错译，此类情况则不予改动。

三、朱氏所持语言有其鲜明的时代特点，不宜悉数转换为时下汉语的习惯性表达。本次校译的原则是只修改明显会造成误解或混淆的用词，或者比较突兀的语法问题，其余尽量保存朱氏原初的语言风格。

四、莎剧原文中有大量或隐或显的双关语，大多与性相关，朱氏在很多地方采取了轻处理，这可视作译者个人风格之所在，本次校译大体上尊重朱氏的处理。如果想要重现原文中全部的性双关语，则需要对整体译文作出极大改动，那么该译本就不成其为朱生豪译本。

五、注解方面，本书尽量保存朱氏原注，并加以修订，在必要处也添加了校者的注释。朱译注释较少，旨在营造酣畅的阅读体验，为读者保留开放的理解空间，本书也延续这一理念。

六、莎剧注本繁多，各家各派的理解也不尽相同，本次校译主要依据较新的皇家版莎士比亚全集（*The RSC Shakespeare: Complete Works*），同时参考阿登版、牛津版等其他英文注本。在中文校译方面，本书参照了 1978 年人民文学出版社《莎士比亚全集》，以及 2016 年外语教学与研究出版社的新译皇家版莎剧全集。

解村